羅剎海市
V.S.
白話聊齋精選

國家圖書館出版品預行編目資料

羅剎海市V.S.白話聊齋精選 / 唐子林、邵群、劉芸竹、許宏源、鄭向恩、謝磬、賴國基、張麟鑫、何嘉欣、林春億 編著. -- 初版. -- 新北市：典藏閣, 采舍國際有限公司發行, 2023.09 面；公分--

ISBN 978-986-271-980-0（平裝）

1.CST: 中國古典文學

857.27 112013671

羅剎海市V.S.白話聊齋精選

編著／唐子林、邵群、劉芸竹、許宏源、鄭向恩、謝磬、賴國基、張麟鑫、何嘉欣、林春億

出版者／智慧型立体學習．典藏閣

總顧問／王寶玲

總編輯／歐綾纖

主編／蔡靜怡

文字編輯／蔡巧媛

美術設計／ Maya

台灣出版中心／新北市中和區中山路 2 段 366 巷 10 號 10 樓

電話／（02）2248-7896 傳真／（02）2248-7758

ISBN ／ 978-986-271-980-0

出版日期／ 2023 年 9 月

本書採減碳印製流程，碳足跡追蹤，並使用優質中性紙（Acid & Alkali Free）通過綠色碳中和印刷認證，最符環保要求。

全球華文市場總代理／采舍國際有限公司

地址／台灣新北市中和區中山路 2 段 366 巷 10 號 3 樓

電話／（02）8245-8786 傳真／（02）8245-8718

新絲路網路書店 www.silkbook.com

圖一 耳中人

淄川譚秀才熱中方士之術，終日在家靜坐，習練吐納，一日忽聽得耳中有人說話，遂凝神屏氣，希冀早日見到自己修練而得之「神丹」。一日，耳中跳出一小人，恰遇人聲驚擾，倏忽消失不見，譚秀才從此丟了魂魄，成爲癡傻之人。

圖二 宅妖

長山李公子家宅富豪，惟宅院裡經常有鬼怪出現。一日傍晚，教書先生王秀才在李宅下了課準備休息時，忽見寢室地上陸續進來一群小人，有抬棺木的，有弔輓的，哀哀悽悽哭成一片。王秀才驚駭莫名，大聲呼叫，頓時一切皆恢復原狀，小人、小棺通通不見了。

圖四 勞山道士

◀嬌生慣養的王七一時興起，前往勞山訪仙求道，惟因不能吃苦，上山數月便請求返鄉，臨行前央求師父傳授穿牆的戲法。王七甫學得本事便急於向妻子賣弄，當他用力衝向牆邊時，口訣失靈，撞得滿頭腫包。

圖三 種梨

衣衫襤褸的道士爲懲罰吝嗇的梨農，用戲法把他一車又大又香甜的梨子，通通變到樹上去，分給眾鄉人品嚐。小氣的梨農發現眞相後暴跳如雷，立即拔腿追趕那道士，但追過集市的牆角，那道士已不見了蹤影。▶

圖五 陸判

心性遲魯的朱爾旦無意間與十王殿裡的陸判結爲好友，兩人時時相聚共飲。陸判爲酬答友人，在陰間尋得一玲瓏剔透心幫他換上，從此朱爾旦之文思大爲精進，很快便在鄉試中拔得頭籌，中了舉人，令鄉里故舊大爲震驚。▶

圖六 嬰寧

◀ 那日王子服漫步在花叢間，忽聽得樹上傳來簌簌聲響，抬頭一看，見是表妹嬰寧坐在樹上，笑得前俯後仰，後來她聽勸慢慢地從樹上下來，在離地不遠處失手跌了下來，這才止住了笑。之後嬰寧嫁與王子服爲婦，但愛笑本性絲毫不改，周遭眾人每每聽聞其笑，煩憂頓消。

圖八 蟄龍

◀ 某日，山東曲公於家宅中讀書，恰逢陰雨，天色昏暗。曲公發現桌案書本上匍匐一條發出綠光的小蟲。曲公心有所悟，整冠理襟，恭恭敬敬地將書本捧至窗簷下。那小蟲略略伸展身子，發出嗤嗤聲響飛了出去。此時，那小蟲隨著一道光束化爲一條龍，沖天而去。

圖七 阿寶

迂訥的孫子楚偶然邂逅望族千金阿寶，因爲心儀她的美貌，靈魂不覺離竅，與之日夜相伴，後經家人招魂而恢復神智；第二次相見，孫子楚化爲鸚鵡，朝夕陪伴在阿寶身畔。阿寶爲孫子楚的深情所感，遂與之結爲連理。 ▶

圖九 小獵犬

衛秀才於佛寺讀書時，苦於室內蚊蠅、臭蟲過多，鎮日不得安寧。某日飯後歇息時，忽見兩寸大小的武士，騎馬駕鷹牽犬在屋內往來巡邏、擊殺蠅蟲。不一會兒又盡皆散去，僅餘下一隻螞蟻般的小獵犬。衛秀才小心豢養，但某日於睡夢中翻了個身，竟不慎把小獵犬給壓死了。

圖十 趙城虎

趙城一名老婦人，膝下僅有一子，卻不幸爲老虎所吃。婦人苦求縣官緝虎爲子報仇。縣官派員捕來了老虎，判其奉養老婦餘生。此後，老虎經常啣些獵物，甚至金銀錦緞至老婦家，供其生活所需。幾年後，老婦亡故，老虎至其墳前呼號一陣，從此不見蹤影。

圖十二 狼二

◀ 一名屠夫擔一些肉骨頭往家裡走。半路上遇到兩匹狼，他一再拋出擔裡的肉骨頭卻始終不能甩開狼隻。最後他跑到麥稈堆旁，一匹狼先行離去，只剩一匹與他四目相對。終於，屠夫利用一個空檔擊斃了野狼，當他正感慶幸時，忽又發現另一匹狼正迂迴地向他採取攻勢。

圖十一 狼一

▲ 夜歸的屠夫爲擺脫饞狼的跟蹤，用鐵鉤鉤住肉塊掛在樹上，打算等隔天再來取肉。第二天早上，屠夫來到樹邊，見到那匹狼被鉤子鉤住上顎，已釣死在樹上了。

圖十三 狼三

◀ 酒醉的屠夫在道途中遭到惡狼追趕，匆忙躲進一間草屋內。惡狼頻頻將爪子探入屋內，屠夫情急之下抓住狼爪，用小刀劃破一個傷口，接著對著那道缺口拼命吹氣。不多久，那狼竟然脹得像一條大牛。屠夫將狼扛回家中，剝了皮，拿到市場上賣掉了。

以鬼怪妖仙之事諷古寓今 千百年世間真理盡收其中

新一代人總是懷著強烈的時代感、現實的價值觀、審美觀，追尋著民族傳統的文化；品味著經久不衰的古代文學經典；探求著時代脈動和傳統文化的最佳切合點。

傳統文化和文學經典所能給予我們的實在太多了，它吸引著我們不斷地從不同角度，藝術地再現古代文學經典的全部精華。

近日，一首以《聊齋》中的《羅剎海市》為名的歌曲橫空出世，引發各界熱議，因為這首歌，原作《聊齋志異》與〈羅剎海市〉這篇故事又再次進入大眾視野。要想聽懂這首歌，就必須先讀懂原作、看懂創作者欲諷刺之事。

除了備受關注的《羅剎海市》一曲外，刀郎的這張《山歌寥哉》的專輯內有大半曲目也都參考了《聊齋志異》中的故事，《山歌寥哉》幾乎可以說是以《聊齋》為基礎所進行的二次創作，對於平日極少接觸古典文學的人來說，可以做為一個「引路人」，藉著《山歌寥哉》的熱潮，一窺蒲松齡的文采，以及他對時局混亂、人性本質的細微觀察。清代文人蒲松齡一生抱曠世之才卻屢試不第，他以滿腔的憤懣與悲歎，用荒誕的妖、鬼、神、怪故事對腐敗的時局進行了揭露，藉以影射現實社會的黑暗和刻劃人生的百態，成就了歷史上著名的鬼怪故事集。

本書是《聊齋志異》的白話改寫版，作者群們特從原作近五百篇故事中，精選出膾炙人口、情節生動曲折，引人入勝，同時富含真實的社會生活內容，寓有啟迪深刻思想的篇章，在保留原著精神的前提下譯成通俗的白話文，篇幅適中，簡明易懂，輕鬆體會到這部經典的雋永魅力。如〈勞山道士〉、〈聶小倩〉、〈羅剎海市〉、〈陸判〉、〈阿寶〉、〈嬰寧〉、〈席方平〉等，讀之覺得含蓄影射，因淺而見深，耐人尋味。為了讓讀者能更加容易地了解《聊齋志異》與蒲松齡，我們還設計了：作品通覽、人物畫廊及附錄中的名著賞析，並以白話文述說這些鬼怪故事，使讀者既能對原著有基本瞭解，又能欣賞到其中最精彩的故事情節；既對書中主要人物有所認識，又懂得如何「品味」原著的文學價值與藝術成就。總之，一冊在手，讀者便盡知其精華。

毫無疑問，《聊齋志異》是本具有永恆藝術魅力的千古佳作，它蘊含了人生的真知灼見，故事情節生動，或神奇、或恢弘、或詭異、或撲朔迷離、或悲壯激昂，五彩繽紛，是一本值得永久珍藏的書籍。

目錄

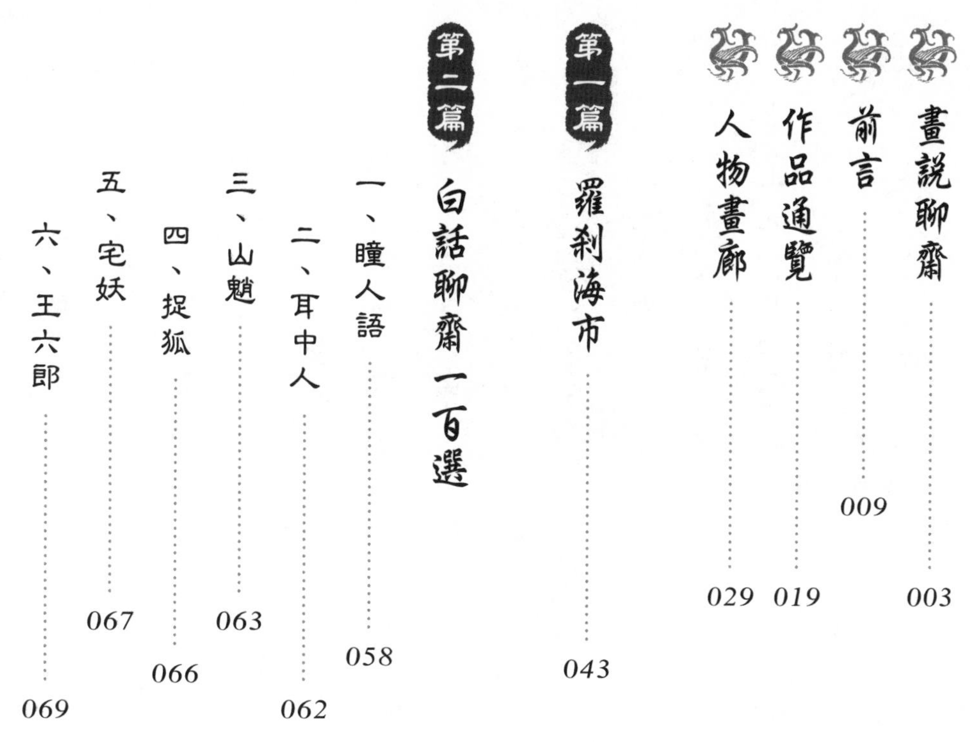

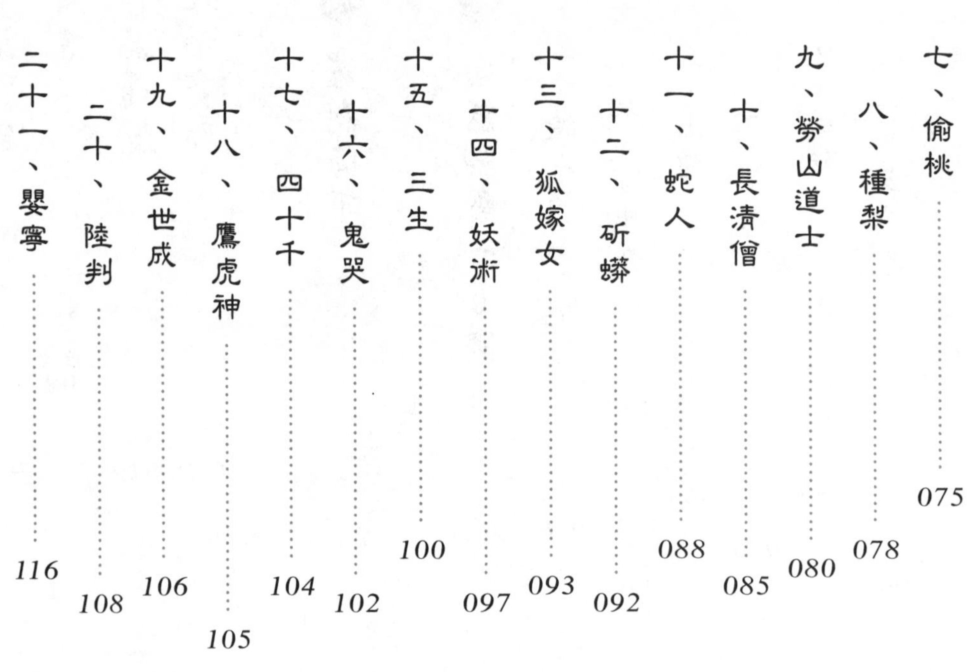

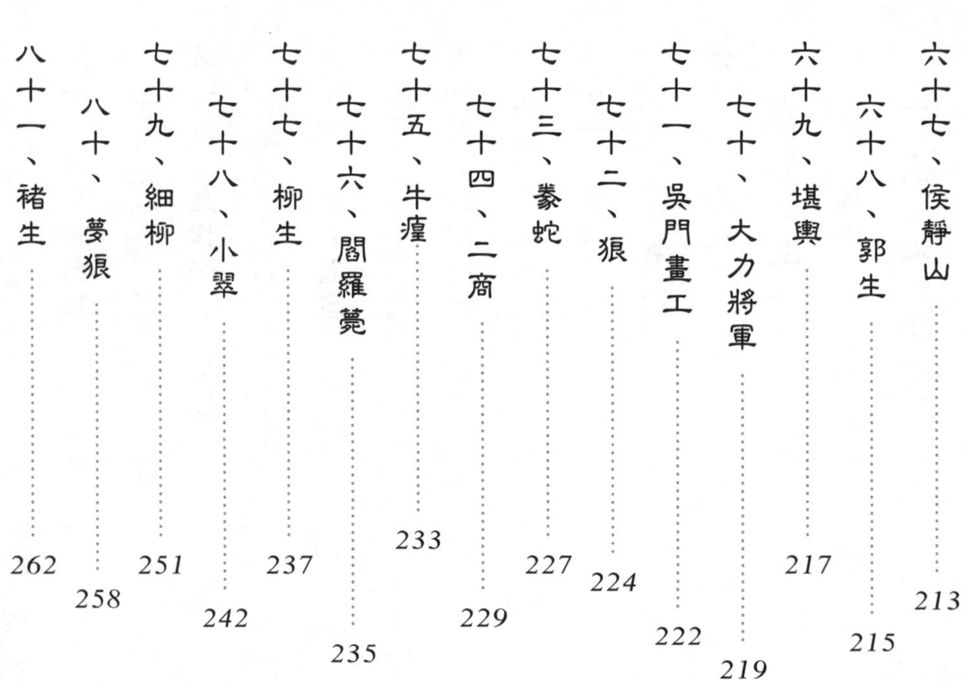

目錄

附錄

作品通覽

《聊齋志異》是清代文人蒲松齡的代表作品。現存版本屬一九二六年中華書局出版的會校會注會評本收錄最為完備，共計有四百九十一篇。本書選錄其中一百零一篇以為代表。

這些虛實相生、荒誕不經的故事，有的寫吏治腐敗，抒發窮途孤憤之感；有的嬉笑怒罵，描摹科場群醜；有的談鬼道狐，詠嘆人鬼相戀；還有一些散文小品，或描述社會風俗，或以寓言警世，讀來無不妙趣橫生、發人深思。

◆一、馳騁幻域，映照人間

《聊齋志異》中最富有現實主義意義的故事，是一些揭露社會時弊、鞭撻吏治腐敗的作品。這類故事，作者往往採取寓實於虛的方法，把人間社會同虛幻的鬼狐世界結合起來，發揮了虛實相生、引人入勝的效果。作者所描寫的關於鬼狐世界中的種種醜惡現象，正是封建社會現實的寫照。

例如：〈石清虛〉以一塊靈石的遭遇講敘了一個豪門地主欺壓下層人民的故事。邢雲飛從水裡撈到一塊四面玲瓏、峰巒疊秀、逢雨生雲的山石，曾被當地豪紳強行奪走，雖然不久即物歸原主，但又有尚書要出一百兩銀子買這塊靈石。邢雲飛不允，尚書便設計誣陷並將他關進監牢。邢妻百般無奈下只好暗中將靈石獻給尚書，將邢雲飛換出來，後來尚書便受到報應，被革職查處，靈石最終又回到邢雲飛的手中。從這血淚斑斑的故事中，可以看見豪門官僚的貪婪與無恥。

〈竇氏〉則藉由一個始亂終棄的故事，從另一側面揭示了地主官僚對勞苦大眾的蹂躪——

山西晉陽人南三復出身官宦世家，一次他外出遊玩遇雨，借住在一戶姓竇的人家裡。主人竇廷章對他招待得十分周到，南三復看到主人家的女兒年方十五、六歲，長得端妙無比，不覺動了心思，此後南三復經常藉故拜訪竇家。一日趁竇廷章外出之時，南三復調戲並姦占了竇女，事後他信誓旦旦地承諾會娶她為妻。等到竇女懷了身孕催南三復娶親時，南三復卻打定主意求娶另一個大戶人家的女子，並從此不再登竇家的門了。竇女產下一名男嬰後，南三復拒不認帳。竇女只得親自抱著孩子連夜去敲南府大門，央告守門人說：「你家主人不掛念我，難道不掛念自己的兒子嗎？」聽聞此言，南三復仍拒見竇女。可憐的竇女只有倚戶悲啼，茫茫黑夜裡抱著嬰兒死在南府門外。竇廷章到官府告狀，南三復卻以一千兩銀子賄賂官府，輕易了事。

然而，南三復的生活從此便一刻也不得安寧了。那大戶人家的女兒自嫁到南家後，終日哭哭啼啼。一日，岳丈到南府，進門便掉淚，見到女兒時驚惶地說：「剛才在後花園看見妳吊死在樹上，怎麼妳現在又在房中呢？」新娘聽罷，旋即倒地死去，眾人一看，卻是竇女，又至後花園，發現新娘果真上吊死了。竇廷章聞言，挖開女兒的墳墓，發現屍體不見了，立即告官，南三復又以金錢賄賂了結此事。從此沒人敢嫁女兒給南三復，南三復只得於百里之外聘娶曹進士之女。新娘子進門後即蒙頭大睡，待南三復揭被探看時，新娘已經斷氣，他隨即派人去報告曹家，但曹家居然否認送親一事。正巧當時姚舉人家女兒剛下葬墳墓即被盜，屍體不知去向。姚家人到南家察看，見被子裡躺著的正是女兒，且四體裸露。官府見南三復屢次犯案，不再偏袒，終於將他判了死罪。

如果說〈石清虛〉和〈竇氏〉揭露的還只是地主豪門與官府的罪惡行徑，〈促織〉一文則將矛頭直指封建帝王及從上至下整個腐敗的官僚機構。因其只為皇帝一人愛鬥蟋蟀，便引得全國上下不得安寧，勞命喪財無以復加。

《聊齋志異》中還有一類作品著重描寫官府衙門審案過程中草菅人命的惡劣行徑。比如〈席方平〉一篇講的是東安人席方平，為了代父伸冤受盡折磨。他從城隍告起，直至告到閻王，均因各級陰司官僚收受了羊家賄賂而受盡酷刑。最後在返回陽間的途中遇到二郎神，才為他討回公道。

我們不難看出作者在描寫當時社會黑暗面時表現出兩大特點：其一是積極肯定人們的反抗精神，比如〈竇氏〉中竇女對南三復的報復，〈席方平〉中主人翁不屈不撓地上告平冤等等；其二是作品的結尾處往往有一個理想的結局，大抵是好人願望實現，而邪惡勢力得到懲罰，這實際上是反映了人們心底的一種潛在願望。

◆二、八股取士，光怪陸離

《聊齋志異》是一部具體揭示科場黑暗、虛偽及腐朽的作品，它描摹了一幅清代社會科舉考試的群醜圖。透過血肉豐滿的形象揭示了科舉制度的不合理、考官的無知以及科舉制度給知識分子帶來的深重災難，並展露了科舉制度對社會風氣的影響。

例如：〈司文郎〉講述的就是一個評文不公的故事：山西平陽府王平子進京趕考，借住在報國寺時，結織了同時赴京趕考，而傲慢無才的余杭生和來此遊玩的宋生。

考試完畢，他們三人請雙目失明卻獨具慧眼的和尚為他們評價文章。和尚用鼻子分別聞了聞王平子和余杭生的文章後，認為王平子可以考中，而余杭生的文章則根本是狗屁不通。幾天後發榜，余杭生竟考中舉人，而王平子卻落榜了。和尚聽說這消息後嘆道：「考官不光眼睛瞎，連鼻子也不管用了呀！」故事到結尾處，宋生在陰府被孔聖人任命為掌管文運的司文郎，王平子也考中了舉人，後又中了進士。

《聊齋志異》中這類故事還有許多，〈賈奉雉〉讀來更令人慨嘆不已——

甘肅平涼人賈奉雉，才名冠於一時，但總是屢試不第。一天，他在路上遇到一位姓郎的秀才。這位郎秀才十分健談，賈奉雉很喜歡他，便拿自己作的文章來請教他。郎秀才覺得賈生的文章不好，就推薦了幾篇讓他照著學，賈奉雉一看，全是些他平日最瞧不起的八股文章，便對郎秀才說：「如果為了求取功名去學寫這種狗屁文章，雖登上公卿高位，也不是高尚之舉。」郎秀才反駁他說：「那些主考官們全都是用這種亂七八糟的文章擠進官場裡去的，難道還會對你另眼相看嗎？」說罷辭別而去。

這年秋試，賈生依然落第。又三年，考期將至，郎秀才飄然而至，擬了七個題目讓賈生作。賈生便依郎秀才的主意在一些落第文人的考卷中，挑取一些空洞無物的語句拼湊成文。郎秀才看了高興地說：「這才算得了文章的要領。」為了讓賈生能牢記在心，郎秀才還特地在他背上畫了一道符。等到了考場上，七個題目全部命中，賈生拼命回憶自己以往那些得意之作，卻一句也記不得了，只有那些開玩笑時寫的狗屁文章清清楚楚地浮在腦際，眼看太陽西沉，交卷時間已到，賈生只得把這幾篇文章抄錄下來交卷了事。

沒過多久公布了榜單，賈生竟高中第一名。他拿出舊稿一看，不覺羞愧萬分，讀一篇便流一身汗，文章讀完，衣衫濕透，自己覺得無顏見天下讀書人，便隨郎秀才一道遁跡山林。無奈賈生塵緣未了，不甘寂寞，不久又返回老家。此時人世間已逾百年。賈生又重操舊業，屢試屢中，官至御史。後遭彈劾，遂又隨郎秀才而去。

科舉之惡不僅表現在選拔不出真正的人才，而且表現在此一制度本身對知識分子身心的摧殘。比如〈王子安〉一篇以幽默辛酸的筆觸描寫了儒生們受科舉、八股毒害的情形，於諷刺之中寄予了深深的同情。

《聊齋志異》中還有一類作品刻畫了科舉制度下的人情冷暖，揭開了封建家庭溫情脈脈的假面具，例如〈胡四娘〉、〈鳳仙〉等篇即是。〈胡四娘〉故事中的胡四娘雖生長在大戶人家，但地位極低，原因是她的丈夫是個非常貧窮的上門女婿，因此胡四娘備受姊妹、公子們的譏諷嘲笑。等到她的丈夫金榜題名，入了翰林院後，姊妹們對她的態度才頓然一變：「耳有聽，聽四娘；目有視，視四娘；口有道，道四娘也。」人人都對她極盡恭維之能事。一場考試徹底地改變了一個封建家庭的人際關係，讀來令人不勝唏噓。

〈鳳仙〉一文則別具匠心地寫出了狐精對科舉仕途的崇拜。該故事說道劉赤水愛上了狐精鳳仙，但岳父瞧不起這位貧寒女婿，鳳仙因受了家裡人的氣，便逼著劉赤水考科舉。她從懷裡掏出一面銅鏡交給劉赤水說：「你若想見我，便請在書卷中去找吧！」說罷就飄然無蹤了，劉赤水拿著銅鏡一看，見鳳仙背著身子立在銅鏡裡，形貌不太清晰，想起鳳仙的囑咐便閉門讀起書來。不久他就發現鏡裡的鳳仙慢慢地轉過臉來，笑盈盈地望著自己。以後，凡劉赤水讀書鬆懈，鏡子裡的鳳仙就面含悲悽；一旦劉赤水閉門苦讀，鳳仙就現出笑容來。這樣過了兩年，劉赤水一試及第，考中了舉人，鳳仙這才走出鏡子同劉赤水團聚。封建社會的狐女尚且這般勢利，蒲老先生的用心何其苦也！

◆三、狐仙鬼怪，款款多情

《聊齋志異》中數量最多、描寫最生動感人的篇章是一些愛情故事。這些愛情都寫到了人與「異類」的交往，或人鬼相戀、或人狐相悅。幽冥虛幻之中男主人翁獲得了真正的愛情，女主人翁則獲得了生命的洗禮。

這些作品如詩如畫，令人耳目一新。在狐鬼仙魅身上往往有一層詩意的光暈籠罩著，如愛笑的嬰寧、好詩的白秋練，以及喜歡戲謔的小翠等等。在這些女性身上，往往寄託了作者的理想。她們來去自由、言笑大方、有膽有識、無所顧忌，用各自喜歡的方式衝破人間的綱常禮法，去接近自己所心儀的對象。

例如〈阿繡〉所描寫的是狐女對愛情的追求——

劉子固愛上了美女阿繡，還來不及求婚，阿繡全家便搬走了。這時狐女幻化成阿繡的模樣接近劉子固並與之熱戀。一日，僕人發現疑竇，認出假阿繡是個鬼魅，狐女只得告別劉子固，但心有不甘的她揚言要找機會與阿繡比美。劉子固在尋找阿繡的途中遭遇戰亂，僕人也走散了。兵荒馬亂中忽然有個女子踉踉蹌蹌走過來叫道：「你不是劉郎嗎？」子固一看，見是阿繡，又疑心是狐女變的，便問：「妳是真的阿繡嗎？」姑娘反問道：「你為何這樣問呢？」子固便把別後所經歷的事向阿繡講了一遍。姑娘說：「我是真的阿繡，不久之前亂兵俘虜了我和父親，正當驚慌無措時，忽然有個女子握著我的手，讓我跟她快跑，我們跑得像飛一樣，也沒人盤問我們。分手時她告訴我說：『前面都是平安大道，愛妳的人將要來了，妳可以與他一同回去。』」子固聽了，知道那個女子便是狐女，心中很是感激，便帶著阿繡騎上馬，雙雙回到家中。

婚後的一天，劉子固酒醉歸家，正要挑燈，阿繡進來了。她問子固說：「你看我和狐精誰比較美？」

「當然是妳美，但粗枝大葉的人是看不出來的。」正談笑間，忽聽得叩門聲，阿繡笑道：「我看你也是粗枝大葉的人！」待開門一看，門外又走進一個阿纁。子固一愣，這才明白原先講話的是狐女，黑暗中傳來了她的笑聲。夫妻兩人望著空中祝禱，祈求她再現一次相。狐女哀婉地說道：「阿纁是我妹妹，前世不幸夭折了。她活著的時候比我聰明，我總是趕不上她。我以為如今已隔了一世，一定能超過妹妹了，沒想到我還是比不上她。」說完就沒了聲響。此後狐女也還經常來看望子固夫妻倆，直到三年以後才斷絕了消息。

另外一篇〈小謝〉也是講述一個曲折離奇的愛情故事，故事中的女鬼被作者賦予了人的各種性情，讀來真是妙趣橫生——

一天傍晚，陶生發現桌上的書不見了，覺得事有蹊蹺，便仰臥在床上屏住呼吸，以觀其變。不久，兩名容貌十分嬌美的少女來到陶生床前，彼此坐著相視而笑，接著又對他百般調笑。陶生喝斥道：「鬼怪竟敢如此放肆！」兩名女子嚇得趕緊跑開了。又一晚，那兩名女子面帶微笑地走來，為陶生劈柴淘米、燒火做飯。陶生誇獎了她們，兩名女子又爭著擺筷安碗，搶著為他盛飯。陶生很高興地同她們說笑，得知年長的那名女子叫秋容、年幼的叫小謝。一日陶生見小謝伏案練字，就教她書寫，繼而又教秋容。從此陶生教兩名女子讀書寫字，辦起了鬼學堂。

不久陶生赴試遭人陷害，被囚禁在監獄裡，身無分文，只得向犯人乞食。忽有一人飄然而入，原來是秋容給陶生送食物來了。秋容告訴陶生說：「小謝的亡弟三郎也同我一起來了，他已到官府陳冤去了。」說罷輕聲出去探聽消息。三日過去了，這三日陶生度日如年，此時忽見小謝走來，悲痛欲絕地說：「秋容在回來的路上被黑鬼判官搶去了，黑鬼判官想逼她做小妾。我的腳也被枯樹荊棘刺傷，恐怕不能夠再來了。」說完拿出一些銀子給陶生，跛著一隻腳走了。部院審問三郎後明白陶生受了冤屈，便將陶生放了回來。天快亮時，小謝也趕回來淒切地說：「冥王見三郎講義氣，已命他投生到一富貴人家去了。」又言及秋容，兩人悲憤相對，不覺已是四更，秋容忽飄然而至，三人悲喜交加。

後來在道士的幫助下，秋容和小謝都復活為人，陶生又中了進士，三人在一起過著幸福美滿的生活。

◆四、散文小品，雅致清新

《聊齋志異》的散文小品，氣韻生動、雅致清新，具有極高的藝術價值。例如〈地震〉一篇寫康熙七年六月十七日晚上八、九點鐘時，忽有一陣如雷的聲響自東南而來，向西北而去。不一會兒「几案顛簸，酒杯傾覆，屋樑椽柱，錯折有聲」。人們都急忙從屋裡往外跑，只見「樓閣房舍仆而復起」、「牆傾屋塌之聲，與兒啼女號，喧如鼎沸」。人們坐在地上隨地面左右旋轉。河裡的浪高一丈，滿城都是雞鳴狗叫之聲。一個時辰過後，才稍微安定下來，男男女女裸身聚在一起互相談論所見所聞，全然忘記了自己身上均是一絲不掛。這篇散文小品把地震時的情形、地震造成的損失，以及人們的反應、作為都做了詳盡的描述，既有藝術成分，又具有史料價值。

寫人的小品也有許多，比如〈張老相公〉、〈快刀〉、〈于江〉、〈農人〉以及〈孝子〉等。

寓言小品有〈大鼠〉、〈鴻〉、〈蛇人〉、〈鹿銜草〉、〈義犬〉、〈禽俠〉以及〈勞山道士〉等篇，都是膾炙人口的佳作。

《聊齋志異》的篇目繁多、內容包羅萬象，其中敘事曲折、情節精采者比比皆是，然因篇幅之考量，本書僅能從中選錄部分篇章，以為介紹。未竟之處，祈請見諒。

人物畫廊

《聊齋志異》為我們刻畫了眾多生動鮮明、豐富多彩的人物形象。這些人物形象個個栩栩如生、活靈活現，在讀者心中留下深刻的印象。作者透過對這些形象的塑造，傳達了自身對美的理想與追求，表現了藝術創造上的高超技巧。

《聊齋志異》中的人物形象大致可分為三類：

◆第一類：情摯感人的書生類

首先在這批書生形象中，作者重筆濃墨地刻畫了鬱悶不平的舉子形象。在中國封建社會中，讀書人唯一的出路便是參加科舉考試，進而踏入仕途，以求光宗耀祖、封妻蔭子，享受榮華富貴。然而考場混沌黑暗、考官昏庸腐敗，他們不辨文章好壞、貪污受賄、大開後門，把考場變成一個污穢的交易所，使那些具有真才實學而家境貧寒的下層知識分子很難有機會進身仕途。他們孜孜以求，辛苦掙扎了一輩子卻始終鬱鬱不得志。在〈葉生〉、〈于去惡〉、〈司文郎〉、〈王子安〉、〈賈奉雉〉等反映仕途、科舉的篇章中，作者刻畫了一批憤懣不平的知識分子形象，批判諷刺了昏庸無能的考官，對落第書生深表同情，也為他們的命運鳴不平。

其次，書中最引人注目的是一批情深意濃的「癡子」。俗話常說「癡情女子負心漢」，在男尊女卑的封建社會中，男子擁有優越的社會地位，往往視女子為玩物。《聊齋志異》雖也描寫了一些忘恩負義、喜新厭舊的薄倖男子，但落筆書寫更多的是癡情的男子，例如孫子楚（〈阿寶〉）、喬生（〈連城〉）、常大用（〈葛巾〉）、寄生（〈寄生〉）、黃生（〈香玉〉）、劉子固（〈阿繡〉）、王子服（〈嬰寧〉）、耿去病（〈青鳳〉）、慕蟾宮（〈白秋練〉）、霍桓（〈青娥〉）、馬子才（〈黃英〉）……等，就是其中的代表人物。他們性癡志凝、情深意真，忠於愛情，最終以癡情感動了人、妖、神，乃至鬼魅。

除此之外，作者還創造了一些正直高尚的男子形象，如〈嬌娜〉中的孔生，以及〈水莽草〉中的祝生、〈素秋〉中的俞慎、〈張鴻漸〉中的張鴻漸、〈梅女〉中的封雲亭等書生，他們品性高潔、捨己救人，具有自我犧牲的精神，表現了封建時代正直知識分子的高尚情操。

◆第二類：光彩照人的女子型

《聊齋志異》中除去寓言、小品以外，描寫女性的作品佔一半以上。在這個色彩斑斕、煥發著奇光異彩的女性形象藝術畫廊中，有兩種形象特別突出。

一種是悖於常情、機智勇敢的類型。這些聰慧果敢的女子反抗封建黑暗勢力的欺凌壓迫，與黑暗社會進行頑強的抗爭。其中有出污泥而不染、富有抗爭精神的妓女鴉頭、細侯；

有臨危不驚、膽識超人的商三官；有冷若冰霜、神奇詭變的俠女……她們都是封建社會裡看似柔弱的女子，然而在邪惡勢力面前，她們勇於抗爭，表現了可貴的反叛精神。

另一種是極富人情的花妖狐魅型。在《聊齋志異》中把女性形象刻畫得極為成功的部分，是數以百計的「花妖狐魅」。這些佳鬼、佳狐、佳妖美麗多姿，富有人情味，讓人覺得「和易可親，忘為異類」（見《中國小說史略》、《魯迅全集》），閃爍著神話般的浪漫色彩。她們當中有天真浪漫的嬰寧、調皮慧黠的小翠、情深意重的香玉、落落大方的嬌娜、有膽有識的青梅、言語幽默的狐娘子、巾幗不讓鬚眉的顏氏、樂於助人的紅玉、溫婉和順的青鳳、純潔可愛的小謝……等，雖然形象眾多、性格各異，但大多表現了一個共通的特點，那就是她們都嚮往人世生活。她們不甘異類身分，因而幻化為人間女子生活在人間，並且表現出一種積極向上的進取精神，顯得可親可敬、光彩照人。她們為情而生、為美而生，有花一般嬌豔的容貌，水一樣純淨的心靈，泉水湧動的才情，是作者理想人格的化身。

這些花妖狐魅的形象，既為人格的昇華，又具備了異類的屬性。例如：綠衣女腰細、聲細，因為她是一隻綠蜂；葛巾香氣四溢，因為她是牡丹的化身；阿英嬌婉善言，因為她是由一隻鸚鵡變化成的；花姑子「氣息肌膚，無處不香」，原來是隻香獐；素秋肌膚瑩徹、粉玉無其白，原是一條蠹魚……她們亦人亦神、亦常亦奇，而這正是她們追求幸福得天獨厚的地方。她們可以變化多端，穿牆越戶、來去自由，不受任何禮教的束縛，積極向上，表現出獨立的人格及美好的人性。作者將幻想與現實結合，凝鑄成她們的靈魂，以此構成一個令人神往的浪漫藝術國度。

◆第三類：豐富多樣的群像圖

《聊齋志異》中〈王者〉、〈潞令〉、〈一員官〉、〈夢狼〉、〈梅女〉等篇表現了官吏的貪暴，刻畫了一批如狼似虎的貪污者形象。在〈沂水秀才〉、〈死僧〉、〈勞山道士〉、〈罵鴨〉等篇中，作者透過描寫一些道德、品性不完善的形象，抒發了自己勸善懲惡之心。封建時代，廣大勞動人民受奴役、被剝削，擺脫不了受侮辱與被戕害的悲慘命運。〈田七郎〉、〈促織〉、〈席方平〉、〈竇氏〉、〈紅玉〉、〈張鴻漸〉等篇中反映了下層人民受苦受難的命運。〈賈兒〉、〈牧豎〉等篇還塑造了機靈聰明的少年形象，讀來妙趣橫生。茲舉數例代表人物略述如下：

王子安

作者透過王子安揭示了那種浸透靈魂的功名觀念對知識分子人格的扭曲，以及八股取士制度對士子精神上的毒害，猛烈抨擊了科舉制度的不當。王子安屢試不中，在發榜前醉入夢鄉，足足過了一次高中的癮。夢中他官迷心竅，一副趾高氣揚的樣子，到處作威作福。黃粱一夢體現了他渴求功名利祿的孜孜之心。他的種種可笑、可卑、可憐的行徑，具體而微地揭示出科舉制度害人之深。

孫子楚

孫子楚生性誠樸、不善言詞，對愛情執著追求，從不逢場作戲。他不問自身條件向美麗絕倫的阿寶求婚。即使阿寶屢次戲弄他，他也毫不氣餒，終於以一片癡情感動對方，贏得了阿寶的愛。他的「癡」主要表現在以下三個方面：斷指、離魂、化鳥。阿寶只是一句戲言，他卻信以為真，用斧頭砍斷多餘的指頭，當下疼痛難忍、流血不止，幾乎死去。第一次見到阿寶以後，靈魂就隨她而去。他的肉體在家躺了三天，呼吸微弱，仿佛就快死去了。招魂後，第二次見阿寶，回去後又是一病不起，身體輕飄飄地變成鸚鵡飛到阿寶家。後來他得到阿寶的許諾，這才又清醒了過來。在想像瑰麗、變幻莫測的「離魂」、「化鳥」描寫中，作者用飽含浪漫主義、奇情色彩的文筆表現了孫子楚用情之深。透過對孫子楚熱烈、真摯的「癡心」描繪，展現了一幅理想的愛情畫卷。

黃生

這是一篇「以情動妖」的故事，黃生愛慕牡丹妖香玉，香玉也受到感動而與他交往。然而好景不常，有一天白牡丹被人挖走，不久便枯萎而死。黃生為香玉慟哭，他的癡情感動了原來不願與他交往的耐冬花妖絳雪，以好朋友的身分來安慰他的寂寞。但黃生並沒有忘情香玉，仍時時哭悼她。他的一片至誠終於打動了花神，使香玉得以復生。後來他甚至甘願化作赤芽生長在白牡丹的身側，與香玉生死相隨。作者寫黃生的癡情，凸顯了他用情專一的特點。黃生與香玉兩情相悅，突遭不幸，黃生簡直悲恨到了極點，他一下寫了五十首哭花詩，天天到移花後留下的坑邊痛哭流涕，悼念香玉。在香玉死後，他雖知道香玉是花精，卻沒有因其為異物而淡去眷愛之情，反而苦苦思念、淚濕枕席，終夜不能入眠。他的情深還表現在不忘舊情上，自從黃生失去香玉後，痛苦寂寞、難以自拔，絳雪前來為他開解分憂。每當他無聊時，絳雪就來陪他飲酒、酬唱。但即使有了絳雪的陪伴與安慰，他也沒有移情絳雪，忘懷香玉，反而睹友思妻，更加思念香玉。後來他約絳雪一同到白牡丹的殘穴，哭祭了很長時間，經絳雪勸止才勉強收住淚。由於愛深情切，使他忘卻死亡的威脅。黃生病倒後並不留戀人世，反而欣然面對死亡，以死為生。因為唯有死亡能解除他生而為人的束縛，使他得以與花木為伍，並且化為赤芽與白牡丹永遠相伴。

孔生

孔雪笠是個善良的落拓書生，他到天台投奔朋友，不料到天台後才發現朋友已死，他只好寄居寺院。他與皇甫公子相遇後，到公子家教書，受到皇甫一家的關愛。當得知皇甫一家大難臨頭，他為了讓曾經摯愛的好友不受傷害，大義凜然，抗擊殘暴，甘為受難的朋友犧牲，表現出輕生重友誼的高貴品格。作者生動地描寫鬼怪來臨時的險惡氣氛，烘托、凸顯孔生的形象：鬼怪來臨時風雲變色，霎時間白晝變成昏黑，墳墓高立、巨穴無底，四周陰森恐怖，再加上震撼群山的雷聲霹靂、拔起樹木的驟雨狂風，足使人變色生畏。在這種令人畏懼的險惡環境中，孔生鎮靜自若，屹立不動。他仗劍門外抵擋鬼怪，為救嬌娜拼死一搏，而自己卻被巨雷擊中，撲跌在地而死。這段描寫驚心動魄，生動地表現了孔生崇高的精神境界、堅定勇敢的英雄行為。讀來扣人心弦，令人震撼。

祝生

祝生在訪友途中，誤吃水莽茶而喪命，變成水莽鬼。作為水莽鬼，祝生本可以尋找替身以求轉生，但他非但不肯這樣做，還阻止別的鬼這樣做，因此救了不少人的命。在這個並不複雜的故事中，作者塑造了一個剛毅正直、樂於助人，富有犧牲精神的祝生形象。這個光彩照人的形象是作者著力刻畫的理想人物典型之一。他性格的主要特徵是愛憎分明、剛強果決、勇於犧牲。他痛恨害人利己的一切惡鬼、助鬼害人的敗類以及人世陰府的醜惡現狀。他本可以找替身轉世為人，但他不肯為了一己之利而害人，寧可自己承擔不幸也不願把災難轉嫁給別人。這般行止已是十分難能可貴了，然而更可貴的是，當其他的鬼在陷害別人時，他還會設法搭救。對於害人的水莽鬼，他切齒痛恨，以不求轉生為代價與之做不屈不撓的鬥爭。這些都表現了他高尚的精神，是祝生人格中的光明之處，寄寓了作者深刻的思想蘊含。

庚娘

庚娘是尤太守的女兒，美麗聰慧，嫁給河南的大家族金大用為妻。離亂中，她與丈夫、公婆一塊兒南逃，途中遇到王十八一家，兩家結伴而行。庚娘發現王十八心懷不軌，於是悄悄提醒丈夫要小心提防，然而丈夫並未放在心上。兩家同舟共行，途中王十八把金大用和他的父母都推下水去。庚娘見此情形並不驚慌，只是哭訴：「我一個人能到哪兒去呢？」她假意答應跟王十八到金陵。王十八帶她回家後，她裝作高興的樣子要飲酒祝賀，等趁機灌醉了他後，庚娘親手殺死王十八，為親人報仇雪恨。後來為了躲避盜墓賊人的殺害，她機智地以珠簪相贈，曉以大義，使賊人折服。作者凸顯了庚娘臨危不懼的大無畏形象，處變不驚、手刃仇敵，真可謂巾幗不讓鬚眉。

商三官

商三官是一位涉世不深的閨中弱女子，父親被地方豪強活活打死後，官府不予公斷，她的兩個哥哥四處告狀，告了一年的狀卻毫無結果。他們只有滿腹委屈地回家，悲憤不已。商三官識破了官府衙門偏袒權勢、欺凌孤弱的黑暗本質，認為光是告狀解決不了問題，但這殺父的深仇大恨不能不報。她上有兩個哥哥，本輪不到她一個弱不禁風、足不出戶的女子擔此重任，但是她敏銳地意識到兩個哥哥性格的弱點，於是義不容辭地挑起了重任。她拒絕了婆家迎親的要求，並在說服家人埋葬了父親後，於深夜不辭而別。她假扮優伶進入邑豪家中，並竭心盡力地取悅邑豪，得到邑豪的信任與喜愛。在邑豪沒有防備的情況下終於得手，殺死了仇人。商三官以其嫉惡如仇、機智勇敢的膽識給人留下了深刻的印象。

俠女

在一系列復仇的女性形象中，俠女可說獨樹一幟。她「豔如桃李、冷若冰霜，有恩必酬、有仇必報。不為世俗禮法所拘，率意而行，到恩仇已了，飄然而去」（見徐君慧《聊齋志異縱橫談》）。作者透過身懷絕技的俠女在復仇過程中與顧生的一段愛情描寫、透過顧母和顧生的眼睛，展現了這個頗具豪俠之氣、神情冷峻的俠女形象。她在日常生活中的舉止行為在在顯示了她的非同尋常。俠女第一次碰見顧生並不躲避，但神情極為端莊。這個細節反映了她沉著反叛的性格。當顧母向她提親時，她默不作聲，神情像是很不樂意。透過顧母對她的評價：「奇人也！」點出了她超凡脫俗的個性。後來俠女見顧家貧困，無能娶妻，又主動向顧生示好，生下一個兒子，以此報答顧生，表現了俠骨柔情。最後報仇成功，閃電似地一轉身，瞬間消失了蹤影。就這樣，作者細膩地刻畫了這個外表嚴肅卻胸懷大志，奇特而又非同凡響的俠女形象。

嬰寧

這是《聊齋志異》中的成功篇章之一。主人翁嬰寧也是作者精心塑造的一個具獨特風采的理想人物典型。作者自稱為「吾嬰寧」，可見他對這個形象極為讚賞，憐愛之情溢於言表。嬰寧是一個淳樸天真、嬌憨可愛的少女，凡讀過這篇作品的人都忘不了她的笑顏。作者緊緊抓住她性格中最大的特點——愛笑，來描寫她特有的美。嬰寧的笑無所不有，或拈花而笑、或倚樹憨笑、或微笑、或狂笑、或忍笑、或含笑、或大笑……各有分別、各得其妙。作者透過一個個細節的描寫，層層深入地描繪了嬰寧愛笑的特點。母親命丫鬟叫嬰寧進來與王生見面，她人未至而笑聲先至。聽母親說姨表兄在這兒，她在門外吃吃地笑個不停。被丫鬟推進屋來時，她還用手掩著嘴，直笑得不能自已。母親瞪了她一眼，她這才忍笑站著。聽見王生問她幾歲了，又逗起她的笑意，她又笑得抬不起頭來。丫鬟對她小聲說王生眼光閃亮、賊模樣沒改，又逗起她的笑意，她先是極力忍住，等到了門外才放聲大笑。一個見面的場景，嬰寧前後一共笑了七次，且層層遞進、形姿多彩，十分動人。後來她隨王生來到人間，身處陌生的環境，仍笑口常開。她在室內吃吃地笑，王母催促她出去，才盡力忍住笑。剛一行禮，轉身進房又放聲大笑。她的笑聲使滿屋子的婦女受到感染，大家都笑得合不攏嘴。她特別愛笑，且笑得狂放而嫵媚，惹人憐愛，為周遭的人們帶來了許多歡樂，鄰家的姑娘們都爭著與她為友。每當王母憂愁煩悶的時候，嬰寧便來到她身邊，用笑聲驅逐她的煩憂。

在封建社會，女子受到禮教的嚴格束縛，被認為舉止言行應該含蓄端莊，笑不露齒。然而愛笑是少女的天性，嬰寧這個狐母所生、鬼母養大、十六年來從未接觸過人世的妙齡女子，從小生活在充滿詩情畫意的蓬萊仙境中，從未受到封建禮教的毒害，不曾沾染人間的惡習，也不知人間尚有污穢陰暗的一面。她心地善良、無憂無慮，像水一樣純淨無邪、像玉一樣晶瑩剔透、像花一樣絢麗多姿。她把天地間的一切都看成像所愛之花那樣美好，對未來充滿了夢想、對生活有著無限的憧憬。因此她時時刻刻都帶著嬌豔的笑容。她的笑是一個活潑健康的少女對美好生活的自信與嚮往。嬰寧這個純潔無瑕的少女是人間真情自然流露的象徵。她的嬌憨發散出人性自然美的精神靈光，是追求自由與生命力的映射。作者透過她猛烈抨擊了封建倫理道德的偽善，表達了對理想人格的追求以及對反璞歸真之人性的呼喚。

小翠

小翠調皮善謔，為了報恩，她主動給癡兒當媳婦。終日廝守著一個癡兒，這在別的少女看來是一種難以承受的痛苦，然而小翠並不嫌棄。她把別院變成了一個遊樂場，終日與丈夫、丫鬟們一起戲耍，給原本死氣沉沉的王家注入了一股勃勃的生命力。她用刺布做成圓球，把球踢到遠處讓丈夫去撿，甚至不小心把球踢到了公公的臉上；她還把脂粉塗在丈夫的臉上，將他畫成個大花臉；又把丈夫裝扮成霸王、匈奴使者，自己扮作虞姬在帳前舞劍，或扮成出塞的昭君，彈撥琵琶。院子裡經常迴盪著笑聲，玩的名目多、花樣奇，但這些又不僅僅是憨女癡兒無心的戲耍，其中隱藏著小翠的智謀。她利用丈夫癡疾的生理弱點，周密地計畫，讓仇敵在她的遊戲中上當，自取禍敗，從而懲治了敵人，在這個過程中表現了她的聰慧過人。後來她神奇地治好了丈夫的癡病，最後卻因失手打碎玉瓶遭到公婆的叱罵，直率倔強的小翠憤然離開。小翠憨直善謔、聰慧情深，作者在這個充滿人情味的形象上寄託了個人理想，同時也藉此譴責封建統治階級的腐敗迂闊。

青鳳

透過狐女青鳳在愛情、婚姻上的坎坷經歷，作者反映了封建禮教加諸婦女的人身束縛與精神壓抑，以及她們內心在這種束縛壓抑下對幸福生活、美好愛情的熱烈追求。在叔父的嚴格管教下，性情溫婉的青鳳恪守禮節，言行舉止十分謹慎。當狂放不羈的耿去病突然闖入他們的家宴時，她隨著家人驚慌逃去。因為在封建時代，女子見到陌生男子理應迴避。而對於耿生的大膽追求，她心有所動。可是由於從小受到封建禮教的約束，她心中微微泛起的漣漪馬上復歸平靜。然而一個情竇初開的少女又怎能做到心靜如水？青鳳的內心湧動著對愛情的美好憧憬，卻又受限於禮教的規制約束，於是表現出一種矛盾的心態。她既關門拒絕耿生的求見，又在耿生的懇請中開門與之相見；既滿心歡喜地同所愛之人在一起，又滿懷憂思地擔心被叔父發現。當叔父突然出現，她羞愧無語，叔父怒罵她，她也只能嚶嚶地低聲啜泣。這些都表現出一個在嚴格家規禮教約束下的女子，為了追求幸福自由必須突破封建禮教的精神枷鎖，以及克服自身弱點所經歷的艱難歷程。但她終究戰勝了自己性格中軟弱的一面，從猶豫徬徨走向堅定果敢，最終獲得了美好的歸宿。在對美好愛情的大膽追求中，作者禮讚了人性覺醒的力量。

紅玉

紅玉俠腸義膽，救人危難。她勇於與馮相如交往，卻遭馮父詬罵，但她並不記恨，主動和馮生斷絕關係。因不能相愛，於是她忍痛割愛，送四十兩銀子給馮生，幫他娶了衛家女子，成全他們的好事。後馮家遭難，衛氏被搶走、馮父被打死，馮生也被抓走，年僅周歲的孩童被丟棄在荒山上。此時紅玉挺身而出，搭救小孩並含辛茹苦地將他撫養成人。紅玉是一個容貌秀麗、聰明穎慧、勤勞耐苦的女子，她對馮生的愛赤誠摯深，即使遇到挫折也不改變，儘管要犧牲自己，只要能使所愛的人生活幸福，她也毫無怨言。從她身上，我們看到了正直善良、樂於助人的美德。

王生

從小嬌生慣養的王生，沒有正當的謀生技藝而又不能安守現狀。他羡慕道法，希冀求得長生不老之術法，於是上勞山尋仙訪道，但他想學藝又吃不了苦，只好辭師回家。臨行前要師父傳他「穿牆術」，甫學得訣竅就匆匆返家了。回到家中，他自誇遇到了仙人、學到了法術。妻子不信，他便模仿道士的方法，奔跑著向牆壁上撞去，結果頭碰在堅硬的牆壁上，重重摔倒在地。作者諷刺他不求道只求長生的荒唐想法，和未曾用心學習便妄想穿牆而過的愚昧動機，告訴我們一個簡單而又嚴肅的道理：不肯下苦功夫，學不到真本領。

田七郎

田七郎本是個有勇力的獵人，某日被地主武承休看中，要收買他。田母識破了武氏的險惡用心，不願兒子為富貴人家賣命。但由於貧窮，田七郎還是動用了武承休藉口買虎皮送來的銀子，後來終於還了人情，將打死的老虎送到武家，但武承休仍不罷休。田七郎與人爭豹子，不慎打死了人，武承休花錢買通官吏和事主，救了他的性命。從此以後，田七郎只得聽命於武家了。後來武家出了事，田七郎為他們殺了仇人，事後便逃走了。武承休覺得自己花了那麼多銀子在田七郎身上，而田七郎僅幫他做了一件事就走了，十分虧本，因此仍不願善罷甘休，田七郎最終只有以命相報。透過田七郎的悲慘命運，說明在封建社會，即使是貧窮的自由民也擺脫不了被奴役的命運，更不用說那些失去人身自由的可憐人了。

賈兒

賈兒生性純潔、天真，他愛護母親，見母親受辱便心生抗爭的念頭，並一刻不停地進行他的計畫。他假裝頑皮，用磚頭把母親房間的窗戶堵住，磨利菜刀，用瓢遮住燈光，躲在母親的房裡。一聽到說話聲就亮出燈光，堵門大叫，砍斷狐精的尾巴，又追尋血跡趕走了狐狸精。他乞求父親買下狐尾、白酒，從舅舅那兒討來毒藥，騙取了狐狸精的信任，將摻了毒藥的白酒送給牠喝，終於殺了狐狸精。在賈兒機智沉著的行為中顯現了他勇於冒險的心靈。狐妖原本陰險狡詐，然而最終仍舊敗在一個孩童的手上，如此更反襯出賈兒的機智和勇敢。

諸如以上千殊萬類、綺麗迷人的形象構成了《聊齋志異》豐美的人物畫廊，散發出引人注目的璀璨光芒。

第一篇 羅剎海市

花面逢迎，世情如鬼。嗜痂之癖，舉世一轍。

羅剎海市

有一位富商之子，名為馬驥，字龍媒，他生得姿容俊美、風度翩翩，從少年時起就風流倜儻，喜歡唱歌與跳舞，經常與梨園弟子們一起演戲，用錦帕作為裝飾，纏在頭上扮成旦角。他的旦角就像是真的美女一樣柔美嬌俏，因此而獲得了「俊人」的雅號。

十四歲時，馬驥在郡中考取了秀才，進入官學念書，因此累積了一定的名氣。後來父親年老體衰，停止了原本經營的生意，閒居在家。他對馬驥說：「就憑這幾卷書，餓了不能當飯吃，冷了也不能當衣服穿呀。兒子你還是接替我的工作，去經商吧。」於是，馬驥就放棄了仕途，開始學起做買賣來。

有一天，馬驥跟著商隊出海經商，船卻被狂風吹走了，於是馬驥在海上漂流了幾天幾夜後，來到了一座奇怪的城市。城市裡的人都長得非常怪異、醜得出奇，但他們在看見馬驥出現時，反而以為他是妖怪，立刻連喊帶叫地逃跑。馬驥看到這種情景也大為恐懼，當他知道這個國家的人害怕的是自己時，就藉此來欺負該國的人。當他遇到有人吃東西時，就跑上前去嚇人，當人們以此而驚慌失措地逃跑時，他就趁機吃了他們剩下的食物。

過了一段時間後，馬驥進入了一個山村裡，山村裡的居民們相貌和馬驥認知中的一般人相似，但他們都是一副衣衫襤褸、像乞丐一般的樣子。當馬驥在樹下休息時，這些居民們都不敢靠近，只敢遠遠地看著。

隨著馬騹來到村裡的時間越來越長後，村民們慢慢地發覺到馬騹不會吃人，於是逐漸大膽起來，主動靠近馬騹。馬騹笑著和他們聊天，他發現村民與他所使用的語言雖然有不一樣的地方，但還是可以聽懂一半。於是，馬騹就向這些村民們講述了自己的來歷。村人聽完之後非常高興，將聽到的消息廣而告之，告訴鄰居及親朋好友們這位突如其來的客人並不會捉人吃。

不過，那些長相奇怪的人們還是只會在遠處觀望，看幾眼之後就離開，終究不敢靠近。那些願意向前與馬騹打招呼的居民，五官的位置、外貌的特徵都和中國人更為接近，他們熱情地準備了各種酒食，宴請了這位外來的陌生人。

馬騹對於他們的恐懼感到很奇怪，於是便問他們為何會如此地害怕自己。村民們回答道：「我曾經聽我的祖父說過，從這裡往西大概兩萬六千里左右，有一個叫做中國的地方，當地的人長相大多非常怪異。我們只有聽說過這件事，直到今天才相信這是真的。」馬騹又問他們為什麼會如此貧窮，他們回答：「我國並不看中人的文采，而是偏向看重外貌和身材。長得最貌美的人能當中央的上卿，差一點兒的人當地方官員，再平庸一點兒的也可以求得貴人的寵愛，或得殘羹冷炙來養活妻子兒女。我們這些人剛生下來就被父母看成是不祥之物，往往出生就被拋棄了，那些不忍心拋棄的，只不過是為了傳宗接代罷了。」

馬驥問：「這個國家叫什麼？」村民答：「叫做大羅剎國。國家的都城在此地向北三十里的地方。」馬驥請求村民領他前去觀光，於是在雞叫之後，他們就帶著馬驥一同前往。

差不多到太陽完全出來後，他們才抵達都城。都城用黑色的石頭砌成城牆，城牆的顏色就像墨那麼黑；樓閣的樓高將近百尺，但很少人將瓦片用在屋頂上，而是選擇用紅石覆蓋在屋子上，馬驥將這些紅石碎塊撿來往指甲上一磨，發現這些紅石的原料就和朱砂沒什麼兩樣。

當時正好是羅剎國的官員們退朝的時間，宮中駛出一輛車子，村民們指了指，向馬驥介紹：「這是相國。」馬驥一看，相國不但兩隻耳朵都長反了，還有三個鼻孔，他的睫毛蓋著眼睛，如同簾子一般。接著又有幾個人騎馬出宮，村民又說：「這是大夫。」接著他依次指明了後面每個人的官職，這些官員各個都長得猙獰怪異，然而隨著職位逐漸降低，後面的人也相對地不那麼醜了。

沒過多久，馬驥踏上了歸程，街上的人看見了馬驥，都喊叫著、跌跌撞撞地四處奔逃，就像是遇到怪物一樣，直到村民極力解釋後，街上的人才敢在遠遠的地方站著。馬驥回到村裡之後，羅剎國內無論大人還是小孩，都知道村裡來了怪人，於是士紳官宦們搶著要開開眼界，就讓村民們傳達請馬驥前去做客的要求，然而馬驥每到一個地方，看門人就會立刻關上大門，不論男人女人都只敢偷偷地從門縫中邊看邊議論，一整天的時間過去了，還是沒有人敢接見馬驥。

村民說：「我們國家有一位執戟郎，先王時期曾經出使外國，見過的人非常多，他或許不會怕你。」於是，馬驥登門拜訪了執戟郎，執戟郎果然很高興，將馬驥奉為貴賓。

執戟郎看起來像是八九十歲的老人，他的眼睛凸出、鬍鬚捲曲濃密，就像是一隻刺蝟。執戟郎說：「早年我奉國王之命，出使次數最多，唯獨沒有去過中國。現在我已經一百二十多歲了，終於見到了來自上國的人物，這件事必須上報給天子。不過，我如今已經退隱山林多年，十幾年沒踏上朝廷的臺階了，明天早上，我為你走這一趟。」

說完，執戟郎擺上酒席，盡了身為主人的待客之禮。酒過數巡後，執戟郎叫出十幾位歌姬與舞女，輪流表演歌舞。這些人長得像夜叉一般，都用白錦纏頭、將紅色的衣服拖在地上，她們唱的不知道是什麼歌曲，唱腔與節拍都相當荒誕且古怪。執戟郎滿意地欣賞著歌舞，他問馬驥：「中國也有這些音樂和舞蹈嗎？」馬驥說：「有。」執戟郎請馬驥學著唱一唱，馬驥便敲著桌子唱了一支曲子。主人高興地說：「真奇妙！你的歌聲就像是鳳鳴龍嘯一樣，我從沒聽過。」

第二天，執戟郎前往朝廷，將馬驥推薦給國王，國王高興地下旨接見。但有兩三個大臣表示馬驥長得相當古怪，怕國王受到驚嚇，於是國王收回旨意。執戟郎出宮將這件事告知馬驥，對此深感遺憾。

過了一段很長的時間，有一次馬驥與執戟郎喝酒喝醉了，馬驥舞起劍來，將漆黑的煤灰塗在臉上，扮成張飛。執戟郎認為這樣子非常好看，說道：「你就以張飛的面目去見宰相吧！宰相一定會願意任用你的，這樣豐厚的俸祿就不難得到啦。」馬驥說：「唉！偶爾這樣裝扮一次還可以，怎麼能改換面貌去謀求榮華富貴呢？」但執戟郎非常堅持要馬驥以塗黑的容貌面見宰相，馬驥最後才答應下來。

執戟郎擺了宴席，邀請執政的重要官員們喝酒，並讓馬驥提前妝扮好，等待時機。等了一下子，官員們紛紛前來，執戟郎叫馬驥出來面見客人們。官員們驚訝地說：「真奇怪！原本那麼醜陋的人現在怎麼變漂亮啦？」

官員們與馬驥一起喝酒，喝得非常高興，馬驥婆娑起舞，唱了一首弋陽腔的曲子，所有人都為之傾倒。第二天，這些官員們紛紛上奏章推薦馬驥，國王大喜，立刻派使者拿著旌節去召馬驥前來。見面後，國王詢問了中國的治國之道，馬驥將自己知道的知識一一陳述，他的言論受到國王大加讚許，於是國王就在行宮設宴款待馬驥。

酒興正濃時，國王說：「聽說愛卿精通樂理，可以演奏一曲讓寡人聽一聽嗎？」馬驥立刻離開座位跳起舞來，他學著歌姬與舞女用白色的錦緞纏頭，唱起了頹廢放蕩的曲子。國王聽後大悅，任命馬驥為下大夫，之後馬驥時常參加國王的私宴，受到了非常人能及的恩寵。

但時間一長，朝中百官對馬驥假扮的面目開始有所覺察，無論馬驥走到哪裡，總會看見人們交頭接耳地議論著，疏遠於他。馬驥感受到了大家刻意的孤立，開始惴惴不安了起來，上奏請求國王讓他辭官隱退。國王沒有答應，於是他又要求要休假，國王便給他三個月的假期。

馬驥乘坐著車馬，載著黃金和珠寶回到了山村。村人們跪著迎接他，他將金銀珠寶分給了過去與自己交好的朋友，村裡立刻一片歡聲雷動。

村民說：「我們這些小民受到了大夫的賞賜，明天我們就要去海市了，到時候一定會找些珍寶玩物來報答大夫的。」馬驥問：「海市在什麼地方？」村民們回答道：「那是海中的集市，四海的鮫人都會聚集在那裡出售珍寶，四方十二國的商人都會去那裡貿易。還有很多神仙會在那裡遊玩嬉戲，讓那裡被雲霧遮住，看不見太陽，還有波濤洶湧的浪潮。貴人們看重自己的性命，不敢冒險，所以都把錢財交給我們，讓我們代買各種奇珍異寶。現在離海市開放的日子已經不遠了。」

馬驥問他們怎麼知道哪天有海市，村民答：「每當看見海上有朱鳥飛來飛去，就代表七天後會有海市。」馬驥問村民們何時出發，想和他們一起去海市，村民們要馬驥珍重自身，馬驥說：「我本來就是個漂洋過海而來的海商，怎麼會怕風浪呢？」

不久後，果然有人前來交錢，托村民們代買珍寶，馬驥便與村民一起將錢財裝上船。船能容下幾十個人，平坦的船底、高聳的欄杆，十個人一起划著船，船槳激起了層層的浪花，船像箭一樣快速地前行。大概行走了三天左右，馬驥遠遠地看見了雲水相交之處樓閣層疊，貿易的商船像螞蟻一般密集，不一會兒，他們抵達城邊，只見城牆上的每塊磚都和人一樣高，城樓高聳入雲。他們將船停泊在港邊，上岸進了城中，只見海市上陳列著各種光彩耀眼的奇珍異寶，這些是在中國沒有看過的東西。

這時，一名少年騎著駿馬出現，海市上的人紛紛奔逃躲避，說這個少年就是「東洋三太子」。太子經過馬驥身邊時，看著馬驥道：「他不是這裡的人。」接著立刻就有為太子開道的人來問馬驥的鄉籍。馬驥在路邊行禮，把自己的籍貫、姓氏一一陳述，太子高興地說：「承蒙光臨，我們真是緣分不淺呀！」於是太子就給了馬驥一匹馬，請他與自己並肩同行，一起出了西城。

剛到海島的岸邊，他們騎的馬鳴叫著跳進了水中，馬驥驚恐萬分，忍不住驚叫出聲。只見海水向兩邊分開，就像是屹立的高牆一樣。不久後馬驥看到了一座宮殿，以玳瑁裝飾屋樑、以魴魚的鱗片當成是屋子的瓦片，四周亮晶晶的，可以將人影映照在上面，非常耀眼。

馬驥下馬拱手行禮，接著步入宮殿。他抬頭看見了高高在上的龍王，太子啟奏說：「臣在集市閒逛時遇到一位來自中國的賢士，特意將他領來覲見大王。」馬驥上前行禮，龍王說：「馬先生是才學之士，文采一定能超過屈原與宋玉。我想請先生提筆寫一篇《海市賦》，請先生不要吝惜自己的文筆，為寡人創作一篇佳作。」馬驥跪地叩頭，接受了龍王的請求，於是龍王的下屬為馬驥拿來了一方水晶硯、一支龍鬣筆，此時桌上的紙張光潔如雪，墨也散發出蘭花一般的香味。

馬驥思索片刻，一篇千餘字的賦作就這樣完成了。馬驥將文章獻給龍王，龍王十分讚賞地說：「馬先生的出眾才能，為我們水國增添了不少光彩呀！」於是便召集了各支龍族，在采霞宮聚飲。酒過數巡，龍王向馬驥舉杯說：「寡人有個愛女尚未許配人家，希望能將她嫁予先生。先生是否願意？」馬驥離席起身，充滿感激又慚愧不安地應承下來。

龍王對身邊的人說了些什麼，片刻後，「叮咚」作響的珮環響起，幾名宮女扶著龍女出來，樂師們奏起了樂曲，馬驥在行禮時偷偷地看了一眼，龍女果真是位漂亮的仙女。

龍女在拜禮結束後就離開了，等到酒宴結束時，梳著雙鬟的小宮女打著彩繪的宮燈，領著馬驥走進旁宮，此時龍女正濃妝豔抹地坐在那裡，等待馬驥到來。只見珊瑚床上裝飾著八種珠寶，帷帳上的流蘇用斗大的明珠綴著，被褥芳香而輕軟。

天剛亮，年輕的宮女前來侍奉，馬驥起床後，趕緊上朝拜謝。馬驥被封為駙馬都尉，他所做的賦被傳送到各方海域，諸海龍王都派人前來祝賀，爭先恐後地送請柬邀請駙馬赴宴。馬驥穿著錦繡的衣裳，騎著無角的青龍，前方有人開路，後方也有人簇擁著，一行人就這樣出了宮。數十名騎馬的武士一律身佩雕弓，肩扛白杖，光彩閃耀，填塞道路，一路上有騎馬的人彈箏，車上也有吹笛的人，只花了三天的時間，車隊便游遍了諸海，從此「馬龍媒」的名稱響徹四海。

龍宮中有一棵玉樹，需要兩人合抱才可圍住，樹幹像白琉璃一樣晶瑩透亮；樹的中間是淡黃色的樹心，比胳膊略細；樹葉如碧玉一般，約一枚銅錢的厚度，細碎的葉片垂下，變成了濃密的樹蔭。馬驥經常和龍女在樹下歌唱吟詠。樹上開滿了花，這種花長得就像梔子花那樣，每落一片花瓣，都會發出清脆的金玉之聲。拾起花瓣一看，它就像是紅瑪瑙雕鏤的一樣，透著閃閃的光芒，令人愛不釋手。

龍宮時常有一種奇異的鳥飛來鳴叫，此鳥生著金色與碧色相間的羽毛，尾巴上的翎子比鳥身還長，發出的叫聲如玉制樂器所奏出的淒清曲調，動人肺腑。每當馬驥聽到這種鳥的叫聲，就會思念起故鄉，於是對龍女說：「我外出三年，遠離父母，每當想到這裡，就忍不住淚灑衣襟。你能跟我回家去嗎？」龍女說：「仙界與凡間有道路阻隔，我不能陪你回去。但我也不忍心因夫妻間的情愛而奪去你與父母的天倫之樂。容我慢慢想個辦法。」馬驥聽了不禁流下了眼淚，龍女也嘆息說：「這勢必不能兩全其美了。」

第二天，馬驥外出歸來。龍王說：「聽說你想家了，明天早上就送你返鄉，你看行嗎？」馬驥向龍王表示了感謝：「做為旅居外鄉的孤臣，承蒙陛下錯愛，您的賞識與寵愛，臣必定會懷著銜環報恩的心情，銘記於肺腑之中，請讓我暫時回家探親，日後我定會想辦法相聚。」

晚上，龍女擺下酒宴與馬驥話別，馬驥想與她約好再次相會的日期，龍女卻對他說：「我們的情緣已經了結啦。」馬驥悲傷異常，龍女安慰他：「你要回家奉養父母，體現你的孝心。人生的聚散離合無常，百年的時間就像朝夕之間那麼短暫，做小兒女之態傷心哭泣又有何用呢？從此以後，我為你守貞、你為我守義，我們在兩個不同的地方懷著同樣的心意，我們就還是夫妻，為什麼一定要朝夕廝守才算白頭偕老呢？如果誰違背了對彼此的誓言，就會招來不祥的婚姻。假如你擔心家事無人料理，只要納一個丫鬟做妾就可以了。還有一件事情要告訴你，在結婚之後，我似乎有了身孕，請你現在為孩子起個名字吧。」

馬驥說：「女孩就叫龍宮，如果是男孩的話，就叫做福海吧。」龍女要馬驥留下信物，馬驥拿出了在羅剎國得到的一對紅玉蓮花，交給龍女。龍女說：「三年後的四月八日，請你乘船到南島來，那時我會將親生骨肉交予你。」說完後就拿出了一個魚皮做的袋子，將袋子裝滿珠寶交給馬驥，說道：「你把這些東西珍藏起來，足以供幾代人日常吃穿也用不完的。」

天色微亮，龍王擺下了餞行的酒宴，送了許多禮物給馬驥。馬驥行禮向龍王告別，出了龍宮後，龍女坐著白羊車，送馬驥到海邊。馬驥登上海岸，跳下馬，龍女說了一句「請多珍重」後就乘車離去，一會兒就走遠了。當海水重新合上，再也看不見龍女時，馬驥就踏上了返鄉的旅途。

當年馬驥乘船出海後，大家都以為他已經死了，等馬驥回到了家裡，家人又驚又喜。幸好馬家父母都還健在，只不過妻子已經改嫁，這時馬驥才明白龍女要他「守義」，是因為預知了今天的事情。

父親想讓馬驥再婚，馬驥沒同意，只收了個丫鬟做妾。馬驥牢記三年的約定，三年後他乘船來到南島，看見兩個小孩漂浮在水面上拍水嬉笑，馬驥靠向前去，其中一個孩子拉住了他的手，撲進他的懷裡，另一個孩子則是大聲哭泣，似乎在抱怨馬驥不抱自己，馬驥將這個孩子也拉上岸來，他仔細一看，孩子是一男一女，都有著秀氣且俊俏的長相。兩個孩子的頭上戴著花冠，花冠上各綴著一半的美玉，就是當年當做信物的紅玉蓮花。

孩子的背上有個錦囊，打開一看，裡面有一封信，上面寫著：「想來公婆應該都平安無恙，三年就這樣過去，一道紅塵把我們永遠地隔開了，清澈卻難以跨越的海使我們音信難通。我對你充滿了思念，每晚這些想念都會鬱結成夢，讓我時時探著頭看著遠方，殷切盼望著能再見你一面。面對這蒼茫的海，就算滿懷著怨又能如何！想起奔月的嫦娥還在月宮裡孤身一人，織女也仍舊惆悵地面對銀河。我又是什麼人，能夠享受永遠與你相知相伴的一生？一想到這裡，我又總是破涕為笑。與你分別兩個月後，我竟生下了一對孿生兒女，他們現在已經能在母親的懷中牙牙學語，對成人的言語與情緒也多能領悟，他們已經會找棗子、抓梨子吃啦，離開母親也能生活了。所以我恭敬地把他們送到你那裡。我把你贈送的紅玉蓮花綴在孩子們的花冠上當作標記，當你把孩子抱在膝上逗弄時，就會有我在你身邊的感覺。聽說你履行了我們過去的誓言，我的心得到了撫慰，我這一生絕對不會變心，就算是死也不會愛上其他人。我的梳妝盒裡不再珍藏潤髮的香油，鏡子裡映照出的我，也是許久沒有打扮的樣子。你就像是遠行的遊子，而我則是守著空房思念你的妻子，即使我們不能再親近彼此、分隔於兩地，為何不能算是夫妻和諧呢？但我總想著，雖然公婆已經有了孫子、孫女，卻不曾與兒媳見面，按一般的情理去想，也算是一種缺憾。一年後婆婆大限將至，到時候我會親自到墓穴送葬，盡一盡身為媳婦該有的孝道。此後，只要『龍宮』能平安無事，我們總會有見面的日子；『福海』也繼承了龍族的長生不老，總有一天能找到回來的方法的。請多加珍重，永遠都說不完的心裡話，就說到這裡吧。」

馬驥反覆看信，直抹眼淚，兩個孩子抱著父親的脖子說道：「回家吧！」馬驥越加悲慟，撫摸著兩個孩子說：「你們知道我們的家在哪裡嗎？」兩個孩子一直哭著，稚聲稚氣地不停喊著要回家。馬驥望著汪洋大海，一片遼闊且無邊無際，就像是和天連接在一起一樣，但美麗的龍女早已沒了身影，如煙的波濤間也沒有可以行走的通道。於是馬驥只好抱著孩子登船返航，悵然若失地回到了家中。

因為龍女的信，馬驥得知母親剩下的日子不多了，於是把衣服、棺木等殯葬時需要用到的物品都預備齊全，又在墓地上種了一百多棵松樹。第二年，馬驥的母親果然病死了。下葬這天，人們抬著棺材走向墓穴旁邊時，只見有一個女子披麻戴孝，站在墓穴前，當大家都驚訝地打量她時，一陣暴風突然吹起，伴隨著轟隆隆的雷聲，接著下起暴雨，轉眼之間，那女子就已經不知去向了。為了母親種下的松柏原本枯死了許多，在這之後又全部活了過來。多年後，兒子福海漸漸長大，常常想念自己的母親，有一次他忽然跳進海裡，過了幾日才到家裡；女兒龍宮因為是個女孩，不方便前往，所以就常常關上房門默默地流淚。有一天早晨，天空卻突然變暗，龍女走進門，溫柔地勸著龍宮：「妳未來也要成家，為什麼總是哭哭啼啼的呀？」

說完後，龍女給了女兒一株八尺高的珊瑚樹、一包龍腦香、一百顆明珠和一對八寶嵌金盒當做嫁妝。馬驥聽見龍女的聲音，闖進屋裡，拉著龍女的手哽咽哭泣，不一會兒，一聲巨大的雷聲破屋而入，再一看，龍女已經無影無蹤了。

異史氏說：「抹去自己本來的面目去討好別人，迎合世俗，如此世態與鬼域無異。像南朝人劉邕那種喜歡吃瘡痂的荒唐事都有人逢迎，這種事情全世界都在發生。有些作家在寫文章時違背自己的初心，微小的不要臉會被一些人喜歡，有時甚至連自己都看不下去、沒臉見人的文章，卻反而能夠獲得大家的喜歡。如果公然保持男子漢的本來面目去遊逛都城，而不嚇得人們四散奔逃，恐怕沒有幾個啊！當年卞和懷抱著和氏璧那樣的美玉獻寶，為什麼會被楚王砍掉雙腳在那裡哭呢？真是悲哀啊！想要體面的富貴榮華，好像就只能到海市蜃樓的虛幻世界中去尋求才是啊！」

第二篇

白話聊齋一百選

懷濟世救國之念，存馳騁仕途之志，然世道艱險、邦國之途迢遙，遂將滿腔孤憤，化做鬼怪妖仙……。

一、瞳人語

從前，在長安城內住一個名叫方棟的書生，他寫得一手漂亮的好字，並且頗有文采，因此，他在長安城裡很有名氣。但他有一個不好的習慣，就是對女子很不禮貌，每次在路上看到出外遊玩的女子，就跟在後面說一些難聽的話。

有一年清明節的前一日，他在郊外散步。突然從路上駛過一輛非常漂亮的馬車，車上掛著車簾，車的後面跟幾個丫鬟，其中有一個小丫鬟騎一匹小馬，跟在車旁，長得很漂亮。這時，方棟的老毛病又犯了，於是他就走近馬車，恰巧這時車簾打開了，方棟立即湊上前，向車裡觀看，只見裡面坐著一個十五、六歲的妙齡女子衣著華貴、美若天仙。方棟從沒有見過這麼美麗的姑娘，不覺看呆了，他緊緊跟著車子走，一直走了好幾里路。車上的姑娘看方棟不懷好意地跟著走了幾里路，於是就把車旁那個騎馬的小丫鬟叫來說：「把車簾放下來，後面跟個渾小子，也不知道是哪裡來的，一直鬼鬼祟祟地朝車子裡看。」小丫鬟回頭看見方棟，先放下車簾，然後騎馬來到他面前，瞪眼睛怒道：「你是哪裡人？在這裡亂瞧什麼？這是我們家小姐，芙蓉城七郎的新娘子，今天回娘家路過此地，你還是走遠一點的好。」方棟怔怔地站在那裡，望著已放下的車簾發呆，像是什麼都沒聽到似的。小丫鬟看他還是呆呆傻傻地看車，便跳下馬，抓起一把塵土向他撒去。方棟一驚，忙閉眼躲過，等他再睜開眼時，大路上什麼都不見了，那些車馬也不知道跑到哪兒去了。方棟非常吃驚，又仔細地看看四周，還是什麼都沒看見。他想自己或許是遇到仙人，便滿心歡喜地回家了。

回家後，覺得眼睛又澀又痛，相當難受，以為是灰塵飛進了眼裡，就請人撥開眼皮檢查一下，竟發現眼球上有一個黑色的小斑塊。方棟認為沒什麼大礙，誰知第二天清晨醒來，一睜開眼竟比昨天還要痛，並且一直流眼淚。方棟很害怕，趕緊請大夫看，大夫檢查後發現眼球上的黑斑更大了，於是就給他開了藥，但一點效果也沒有，視力反而變得越來越模糊。他的家人和朋友找了幾位很有名的大夫替他醫治，可是誰也治不好，吃了很多的名藥還是無濟於事。

方棟很後悔，但為時已晚。沒有多久時間，小黑塊厚如銅錢，並且在他右眼的眼球上也長出了螺旋狀的東西，就像田螺的殼一樣，又過了幾天，方棟的眼睛就什麼也看不到了。方棟在黑暗裡回顧自己昔日的所作所為，知道這一切都是自己以前惡行的報應，他在黑暗的世界裡重新認識了自己，開始悔過自新。後來有人告訴他讀《光明經》能解除災難，於是方棟就請朋友到寺裡求來一本，讓家人讀給他聽。剛開始，他怎麼也聽不進去，在家人的勸說和幫助下，他定下心來認真學習，日日背誦《光明經》，久而久之，便能默背出經文，心中什麼雜念也沒有了。

一年多以後，有一日方棟在默誦《光明經》時忽然聽到左眼中有人說話，那是一種很小很小的聲音。起初他以為自己聽錯了，於是他停止默誦、仔細傾聽，果真聽到左眼裡有一陣如蒼蠅般的嗡嗡聲：「這裡可真黑呀，真讓人難受。」右眼中也有人說：「可不是嘛！我們在這裡待了這麼長時間，都快悶死了。我們出去玩玩吧，也可以好好地透口氣兒。」方棟很吃驚，怎麼也想不到眼裡會有人住　並且還能夠說話。這時候方棟只感覺到鼻孔中就像有一個小蟲子在慢慢地蠕動，奇癢難耐，好像有什麼東西爬出來。

方棟靜靜地端坐等待，但過了一會兒並沒有發現有什麼東西爬出來。原來那小人兒又從鼻孔爬回到眼眶裡。這時方棟又聽到其中一個人說：「好久沒有看園亭，想不到珍珠蘭已經枯死了。」原來方棟很喜歡蘭花，在他的園子裡種了許多，常常入園親手澆灌，自從眼睛失明後，方棟就再沒去過蘭花園，也不知現在的蘭花園變成什麼樣子了。他聽完小人兒說的話後，半信半疑地叫來妻子，問道：「我最喜歡的那株珍珠蘭是不是枯死了？妳為什麼不告訴我呢？」妻子感到很奇怪，丈夫早已雙目失明，又怎麼知道蘭花已經死了呢？於是就問方棟是如何知道的。

方棟知道蘭花確實已經死了，非常難過但又沒辦法，聽到妻子問他，就把剛才發生的一切都告訴了妻子。妻子聽後又驚又怕，她還從未見過這麼奇怪的事情，於是就壯著膽子坐在丈夫的身邊，看著他，靜靜地等著小人再出現。過了一會兒，只見兩個小人兒從丈夫的鼻孔中鑽出來，順著丈夫的衣服爬到地上，這兩個小人兒只有一粒黃豆那麼大，渾身黑漆漆的，閃著亮光慢慢地走出門外去。妻子告訴方棟兩個小人兒出去了，問他是不是應該跟著去看看。方棟說：「不用了，他們會回來的。」果然不久後，他們又牽著手走回來，在地上一躍，就跳回到方棟的臉上，然後再慢慢地從兩個鼻孔爬了進去。

這樣過了幾天，左邊的小人又說話了。他對右邊的小人說：「喂！你看這裡隧道彎彎曲曲的，我們往來很不方便，不如我們自已開個小門吧？你看怎麼樣呀？」右邊的小人說：

「好哇，只是我這邊的牆壁太厚了，不容易打通呀！」

「不要緊，讓我試試看，如果成功了，我們便可以在一起了。」左邊的小人說完後，就使勁地抬方棟的眼瞼，費了好大的氣力總算抬起一條縫。方棟突然透過這條縫看到了桌子上的幾樣東西，而且越來越清楚。他高興極了，連忙興奮得把此事告訴了妻子。妻子聽後也非常高興，就仔細對丈夫的眼睛做了一番檢查，發現眼膜上有一個小小的孔，黑眼珠閃閃發光，比以前還要亮些。

又過了一晚，小斑塊全都消失了。仔細一看，竟有兩個瞳孔，但右眼仍然是螺旋狀，並未見好。方棟的右眼雖然瞎了，但左眼的視力比以往更好了。從此以後，方棟的行為更加檢點，受到鄉鄰的讚揚。方棟也常把自己的經歷講給別人聽，勸誡那些行為不端的人，督促他們悔過自新。

異史氏說：「在鄉村，有個讀書人和兩個朋友同行，路上遠遠看見一個少婦牽著頭驢走在前面，就笑著對他的朋友說：『前方有個美人呢！我們過去追她吧！』但等他們追上那婦人後，那讀書人卻突然間變得垂頭喪氣、沉默不語。朋友們對那婦人輕浮地品頭論足，那讀書人百般不自在，過了一會兒才彆扭地說道：『她是我的兒媳婦。』朋友們聽了都暗自竊笑。輕薄的人往往自取其辱，實在既可笑又可卑。至於被塵土迷了眼睛而雙目失明，更是鬼神的無情報應了。雖然不知道那個芙蓉城主是個什麼樣的神？但終究是眼睛裡的小人兒重闢門戶，使方棟再見光明。可見鬼怪雖然可怕邪惡，又何嘗不願人們改過自新呢？」

二、耳中人

在淄川縣有一個秀才，姓譚名晉玄。他雖然是個秀才，卻非常信奉那些遊走四方的江湖術士，向他們學習吐納導引的技術。譚秀才每日都堅持勤練，寒暑不輟，這樣練了幾年後，譚秀才感到自己似乎學得很不錯，應該有所成就了。

有一天，譚秀才又在靜坐，練習吐納的本領。忽然聽到一個很小的聲音，嗡嗡的就像蚊子一樣在他的耳邊說道：「可以見到了。」譚秀才一驚，忙睜開眼來看，卻什麼也沒有看到，聲音也消失了。於是譚秀才又重新閉上雙眼、屏住呼吸，豎起耳朵努力地聽，又聽到有人在小聲說話。仔細一聽，原來聲音是從他的耳朵裡傳出來的，譚秀才這下真是又驚又喜，心想：準是他的「神丹」已經練成，化成了小人兒，他這本領馬上就要成功了。從此，譚秀才練功更勤快了，每次靜坐吐納時就會聽到耳中的小人兒在說話。譚秀才心想：「神丹」既已練成，就該收回，於是決定一聽到小人兒說話就立即做出反應。

一天，譚秀才在靜坐時又聽到耳中有小人說話，說的還是那句話，譚秀才見時機已到，就小心謹慎地說：「可以見到了。」說完，譚秀才就坐在那裡靜靜地等著，心裡卻非常著急，他很想早點見到自己的「神丹」。過了一會兒，譚秀才只覺得耳內奇癢無比，似乎有什麼東西正在往耳外鑽，接著又覺得耳中一跳，似有什麼東西落到地上。譚秀才瞇著眼睛，順著落地聲望過去，看到一個小人兒，這個小人兒身高大約只有三寸左右，面貌就像是夜叉一樣的兇惡醜陋。這個小人兒在地上繞著圈子走來走去，好像並沒有看見譚秀才。譚秀才也不敢說話，更不敢用手去抓，害怕把這個小精靈嚇跑了。他不知這小精靈到底要幹什麼，於是就全神貫注地看著他，等著看他如何變化。

不巧，這時有鄰居來譚秀才家借東西，在門外又敲又喊。小精靈聽到人的聲音，顯得很害怕，慌慌張張不知該往哪裡跑，也忘了再鑽回譚秀才的耳朵裡，而譚秀才聽到聲音也嚇了一跳，看到小人兒到處亂跑更是驚慌失措，但是過了一會兒，他突然變得癡傻恍惚，像是丟了魂一樣，再也不理會小人兒跑到哪裡去了。從此譚秀才整日瘋瘋癲癲，每天又笑又叫，經過大夫醫治調理半年後，才慢慢地好轉起來。

三、山魈

有一個偏僻的鄉村裡住著一個名叫孫太白的人，他的曾祖父年輕時曾在鄉村附近南山上的柳溝寺讀書。有一年，到了麥子成熟的季節，他的曾祖父就帶著書僮回家收割麥子。十多天以後，忙完農事又回到寺裡繼續讀書。由於已有半個多月沒打掃書房，裡面到處都是灰塵，窗子上也結了許多蜘蛛網，於是就叫僕人來打掃一番。忙了一個下午，直到晚間才打掃乾淨。累了一天，孫太白的曾祖父就讓書僮先回去休息了。

書僮退下後，孫太白的曾祖父開始整理床鋪，接著就關門準備就寢。此時天已經黑了，淡淡的月光從窗子照進屋裡，寺裡一點雜音都沒有，萬籟俱寂。突然間狂風大作、飛沙走石，月光也被遮住，屋裡一片漆黑。只聽得寺門響了幾聲，孫太白的曾祖父以為是寺裡的和尚忘了關上寺門，讓門被風吹得發出巨大的響聲，正這麼想著，窗外的風聲突然變得更大了。一陣大風過後，房門一下子開了。孫太白的曾祖父疑惑道：「這是怎麼回事，無緣無故的門怎麼會開呢？風也沒有這麼大的勁，莫非有什麼鬼怪不成！」

正在胡思亂想之際，耳旁傳來皮靴聲，好像有人從外頭走進來。孫太白的曾祖父心裡很害怕，不知到底發生了什麼事，就順手把壓在枕下的正氣佩刀抽出來端在胸前，以防萬一。順著「喀噠、喀噠」的皮靴聲看去，孫太白的曾祖父看到一具很大的身體站在門前，突然，那龐大的身軀一彎腰，向門裡伸進一顆黑黑的頭，那「人」一抬臉，把孫太白的曾祖父嚇了一跳！只見這個「人」的臉像老冬瓜的皮一樣皺巴巴的；目光閃閃發亮，彷彿兩盞燈似的往屋內各處看著，衝著孫太白的曾祖父齜牙咧嘴。他口大如盆，牙長約有三寸，舌頭不停地在唇邊轉動，喉嚨裡發出呵喇呵喇的聲音，牆壁也被震得搖搖晃晃。孫太白的曾祖父嚇得腿腳發軟、手顫抖得連佩刀都差點落下。

就在這時，那龐然大物已經走進了屋子，頭頂著房樑，渾身上下都是黑乎乎的毛。大怪物一步步地逼近孫太白的曾祖父，伸手要奪他手中的刀，孫太白的曾祖父這時反倒平靜下來，心想：「反正此刻要逃也逃不出去了，不如乾脆和他拚一拚，或許還有活命的機會。」

於是就專注地看著怪物，靜靜地等待機會。大怪物往前一探身，伸手就往他的刀抓去，說時遲，那時快，只見孫太白的曾祖父往前一衝，揮刀向大怪物的腹部砍去，一刀砍在怪物的肚子上，只聽到「啪」的一聲，就像是砍在石頭上一樣，怪物大怒，回身大手一搧，想打倒孫太白的曾祖父，孫太白的曾祖父拿刀一擋，刀被打飛了。孫太白的曾祖父往前一躍跳到床上，拿起被子擋在面前，嘴裡大喊：「有妖怪，快來人哪，救命啊！」怪物一手抓住被子，使勁往地上一丟，憤憤地轉身離去。孫太白的曾祖父跌在地上，大叫一聲就昏了過去。

寺裡的和尚聽到呼救聲，舉著火把跑過來，在門外拚命用力就是推不開門，只好把窗戶打破跳了進來。進到屋裡，眾和尚看見孫太白的曾祖父躺在地上聲息全無，於是趕快把他抬到床上搶救。過了好一會兒，孫太白的曾祖父才醒來，一醒來就忙問眾和尚是否看到了妖怪，和尚們都搖頭。孫太白的曾祖父把事情的經過說了一遍給和尚們聽，眾人都不信，於是孫太白的曾祖父便翻出被子給和尚們看，和尚們看到了一個像簸箕一般巨大的爪印，還有幾個粗大的指洞，這才相信真來了妖怪。

等到天亮，孫太白的曾祖父再不敢在寺裡住了，就趕緊收拾行李，帶著書僮回家了。過了很長一段時間，他在路上遇見寺裡的和尚，問起是否又發生過什麼怪事，和尚笑著告訴他什麼也沒有發生。

四、捉狐

有個姓孫的老頭，膽子向來很大，村裡人都稱他為「孫大膽」。

一天，孫老頭在家裡睡午覺，迷迷糊糊中覺得好像有什麼東西爬到了床上，孫老頭只感到渾身搖搖晃晃好像飄在空中一樣。他以前曾聽別人說過狐仙的事情，心中不禁疑惑道：「莫非是狐仙在作怪嗎？哼！這回你可找錯人了，落到我孫大膽的手裡，我讓你來得了去不得。」於是微瞇雙眼、定睛看去，只見一隻渾身黃毛、很像貓的東西正從自己腳邊慢慢地蠕動往上爬，惟恐被人看見似的。

這個像貓的東西慢慢爬到孫大膽的身邊，當牠的身子碰觸到孫大膽的腳時，孫大膽頓時覺得兩腳變得軟綿綿的，沒有一點力氣。孫大膽還是靜靜地躺著，等待機會準備抓牠。等那像貓的東西剛剛接近孫大膽的腹部時，孫大膽猛然坐起身，一把抓住那東西的身子，又死命地掐住牠的脖子。怪物急得「吱吱」直叫，想掙脫孫大膽的雙手，可孫大膽抓得太緊，牠怎麼也無法掙脫。孫大膽大聲呼喊他的妻子拿來繩子，捆住牠的腰，用手勒住繩子的兩頭以防止怪物溜掉。捆好後，孫大膽笑著對那怪物說：「聽人說狐仙是會變的，現在我捆住了你，看你怎麼變？」

話剛說完，只見那怪物忽然把肚子縮小到像筆管般細，孫老頭大吃一驚，立即一緊繩索，又重新勒緊了怪物的腰。孫老頭剛鬆口氣，那怪物的腰又變化得像碗口般粗，而且非常堅硬。孫老頭擔心撐斷繩子又把繩子鬆了鬆，可剛鬆一點，那怪物的腰又立即縮小。如此反覆了幾次，孫老頭惟恐牠逃掉，就喊妻子拿把刀來要將怪物殺掉。但孫老頭的妻子卻怎麼也找不到刀，孫老頭轉頭示意妻子刀放在何處，妻子趕緊去拿刀。可是等他回過頭來，那怪物已經逃跑了，手裡只剩下一根繩子。

五、宅妖

康熙年間，刑部尚書李化熙有個姪兒住在長山，家裡很富裕，只是宅邸裡經常有妖怪出現。有一次，這位李公子突然發現自家廳堂中多了一張光滑的絳紅色凳子。於是好奇地走過去摸了摸那張凳子，只見那凳子隨著他的手彎了下去，摸起來感覺就像摸一個人，李公子知道又遇到鬼了，心裡很害怕，立即奪門而出。跑到了門口後，李公子禁不住好奇地又回頭張望，只見那凳子開始移著四條腿，慢慢地走到牆邊，接著往牆上一靠，就鑽進牆裡不見了。

又有一次，他看到一根光潔細長的白木杖靠在牆壁上。他想：「這也不像是我們家的東西，莫非又是妖怪不成？不管是或不是，我倒要看個仔細。」於是便走到木杖旁，用手在木杖上一按，木杖「啪」的一聲滑倒在地上，也慢慢地進入了牆壁中。

康熙十七年，有個叫王俊升的秀才來他家教書。天才剛剛黑的時候，王秀才連鞋都未脫就躺在床上，迷迷糊糊的將要睡著了，忽然聽到一聲異響，王秀才微瞇雙眼往響聲處望去，只見一個小人兒，身長大約三寸左右，從門外走進來，在屋裡轉了一圈就出去了。過了一會兒，剛才進來的那個小人兒扛著兩條小凳子又進來了，他把這個看起來就像小孩玩具的小凳子擺到屋子中間。王秀才正感奇怪，又見兩個小人兒走進來，抬著一副棺材，長約四寸左右，兩人把棺材放在凳子上，開始忙碌地收拾屋子。此時又見一個小人兒進來，王秀才定睛細看，發現原來是個女人，後面還跟著幾個丫鬟，身高大約都只有三寸。這女子身穿孝服，用白布纏頭、麻繩捆束在腰間。這個女子走到棺材旁嗚嗚地哭了起來，這哭聲就好像是蒼蠅在嗡嗡叫一樣。

王秀才看了很久，嚇得毛髮都豎了起來，知道自己是遇見鬼了，全身不自覺地顫抖。後來他再也忍不住，於是大喊一聲從床上滾跌下來，小人們一聽到大喊聲忽然都消失了，只剩驚駭過度的王秀才在原處不住地顫抖著。學堂裡的人聽到王秀才的喊叫聲，急忙趕過來看發生了什麼事，這時一切都恢復了原狀，小人兒、棺材、小凳也都不見了。

六、王六郎

有一個姓許的漁人住在淄川城北郊，他每次出河捕魚時都要帶些酒，邊喝邊捕魚。每次喝酒前他都要先往河裡灑一杯酒，說道：「河裡不幸的落水鬼也請共飲一杯吧！」天天如此，習以為常。別人下網一無所獲，而許姓漁人卻總是滿載而歸。別人都感到很奇怪，紛紛向許某請教捕魚的絕招，而許某卻總是笑而不答。於是，大家都以為許某有什麼不傳之秘，但只有許某自己心知肚明：什麼絕招都沒有，只是自己的運氣很好。

有一天晚上，許某又去打魚，仍是邊打魚邊飲酒。這時，有一個年輕人在岸邊徘徊，目光一直注視著許某，許某這時也注意到了這個少年。許某生性豪爽，善與人結交，於是就請那少年上船同飲，兩人邊聊天喝酒、邊撒網捕魚，可是整整一夜卻一條魚都沒有捕到。許某有些失望地對那少年說：「兄弟，別人都說我有捕魚的絕招，可你看我今晚一條都未捕到，看來我今天的運氣不好，不該來捕魚，該陪老弟你一醉方休啊！來來來，我們乾一杯。」兩人又都各自喝了一杯，那少年起身對許某說：「許兄，今晚多有叨擾，心下十分過意不去，小弟略識水性，讓我去下游把魚給你趕過來吧！」說完未等許某反應，就逕自跳入河中，游向下游。過了不久，那少年又游回來，高聲對許某說：「下游的魚都上來了，許兄請準備撒網吧。」說完又上了船，身上卻一點也未濕。許某雖覺得奇怪，卻也顧不了許多，因為他已聽到水裡魚兒唧唧呷呷的聲音。他急忙把網舉起來撒下，收網時，居然有好幾條一尺多長的大魚。許某自捕魚開始還從未捕到過如此的大魚，心裡高興極了。於是許某又撒了幾次網，居然每次收網都有這樣大的魚，不到一會兒，許某就捕了許多魚，那數量竟比平時的還要多些。

這時，天邊也泛起了紅暈，馬上就要天亮了，遠處村裡的雞已經啼過一次了。兩人又喝了幾杯酒，那少年告辭要走，許某為了對少年表示感謝，執意要送他一些大魚。少年拒絕了，說：「屢次叨擾大哥的好酒，這點小事又怎敢勞大哥謝呢！倒是我該謝謝大哥的好酒才是。如果大哥不嫌棄的話，今後小弟可常為大哥效勞。」許某感到很奇怪，便問那少年說：「老弟，今晚咱哥倆是頭一次喝酒，怎麼能說多次叨擾呢？如果你肯幫我的忙，我當然求之不得，只是有些過意不去。唉！你看，我們喝了這麼長時間的酒，還不知道老弟你的姓名，可否見告？」那少年笑著說：「小弟姓王，沒有名字，大哥就叫我王六郎好了。」眼看天已經亮了，王六郎辭別而去，許某高高興興地滿載而歸。

第二天，許某把魚拿到集市上去賣，因為他的魚又大又肥，所以價錢也很好，沒多久就全賣光了。許某拿賣魚的錢買了好酒，傍晚端著酒菜來到河邊，那少年早已在那兒等候多時了，兩人開懷暢飲，喝了一會兒，那個少年又下河為許某趕魚，這一晚許某又是滿載而歸。

就這樣，每日白天許某將前晚捕獲的魚賣掉，沽些好酒，傍晚便去河邊與王六郎暢飲，天將亮時六郎下河為許某趕魚，大約這樣過了半年。忽然有一夜，兩人正喝得盡興，王六郎對許某說：「大哥，自從相識以來，咱們比親兄弟還親，可是不久後咱們就要分離了。」他說這話時顯得很難過，許某聽了十分吃驚，忙問：「六郎，這話是什麼意思？」六郎很為難，幾次想要啟口卻又忍住，最後終於說：「以我和大哥的交情，說出來你應當不至於太害怕。我們馬上就要分別了，我不妨明白地告訴大哥：我早已不在人間。當初因好酒貪杯，有一次喝醉了在此不慎落水而死，做鬼已經多年了。以前你捕到的魚總比別人多些，那都是因為我在暗中為你趕魚的緣故，我這麼做不為別的，只為答謝你以酒相奠。明天我的罪業就該滿了，將會有替身來頂罪，我將因此而投生人間，不知會投到哪裡。所以今夜是咱哥倆最後一次相聚了，我心裡十分難過，真不願和老哥分別呀！」

許某聽得又驚又喜，驚的是六郎原來是鬼的化身，喜的是六郎又可以重新投生到人間了。但想到兩人的深厚交情，今夜即將分別，忍不住熱淚盈眶，許某斟滿一杯酒遞給六郎說：「老弟，來，分別固然是件悲傷的事情，但你的劫難從明天起就要過去了，應該高興才是，大哥敬你一杯，祝你早脫苦海、早日投胎做人吧！」兩人又喝了一陣，都微有醉意，遠處村裡的雞也開始啼鳴。許某知道六郎就要走了，又端起酒杯，順便問了一句：「你的替身是誰呢？」六郎說：「老哥明天可在河邊看看，中午會有一個女子過河，落水而死的便是了。」喝完最後一杯酒，兩人互道了珍重才揮淚而別。

第二天，許某早早就來到了河邊守著，一直等到中午，果然看見有個女人抱著一個孩子走過來。突然，那女子腳底一滑，向河裡滑去，那個嬰兒被拋到了岸邊的草堆上。孩子在草叢裡伸著小手「哇哇」地哭著，那個女子這時已掉入了河中，在水裡時上時下地浮沈，眼看就要沒入水中。許某不忍心看著這個女子活活地淹死，他剛跑到河邊，卻又想起這個女子正是六郎的替身，只好作罷，便走到河邊草叢裡把孩子抱起來，那個孩子一被抱起來便不哭了。就在這時，只見那女子已漂到岸邊，抓住了一棵比較矮的草，慢慢地爬上岸來。許某感到很奇怪，心中疑惑是否六郎的話不靈驗呢？正想著，那女子已走到他身旁，從許某的懷裡抱過孩子道了謝。許某知道六郎還不能脫身，又趕緊跑回家裡，買了些好酒，準備晚上捕魚時與六郎共飲。

傍晚許某帶了酒又到老地方去捕魚，果然，六郎又在那裡等他。再次相逢，兩人的情緒都有些激動，過了一會兒，六郎才揚起一絲苦笑道：「老哥，我們又見面了，看起來我們的緣分不淺啊！」許某笑了笑說：「老弟，我還以為這輩子再也見不到你了。誰知，唉……」六郎說：「那女子本來可以做我的替身，但我聽見嬰兒的哭聲，於心不忍，於是就把她送上了岸。唉！只不知這以後又要等多久才能找到新的替身。」許某聽了六郎的話，感動地說：「老弟，你的心這般善良，一定會感動老天爺，讓你早脫苦海的，來！為我們再次相聚乾杯。」於是，兩人你一杯我一杯的直喝到天亮才分手。

過了幾天，六郎又來告別，許某以為又有了新的替身。六郎說：「不是，小弟是憑藉老哥的吉言，上次的一仁之念果然感動了天帝。現在天帝派我去招遠縣鄔鎮做土地神，明日就要上任了，你要是還記得老弟的話，還望以後常來探看我！」許某高興地說：「真是可喜可賀，老弟你因為正直而成神，我一定會常去看你的。可是，你現在是神，我是人，我們又怎麼能相通呢？」六郎說：「沒關係，你只管去，到時我自有安排！」臨去時又再三叮囑一番。

許某回家後過了幾天，就準備行李要去招遠探訪六郎。許妻笑著說：「老頭子你可真不要命了，到招遠，兩地相隔幾百里地，即使你找到了招遠，可你能和泥塑的土地神說話、喝酒嗎？」但許某不聽勸阻，當天就啟程往招遠方向走去。走了很長時間，終於到了招遠，可許某又不知道鄔鎮到底在招遠的哪個地方，於是就向當地居民打聽，果真有個鄔鎮。又走了一天來到鄔鎮，住進了旅店後詢問當地居民土地祠的位置。主人不禁大驚說：「客官可是姓許嗎？」許某說：「是啊，你怎麼知道老漢姓許呢？」旅店老闆又問他：「您是從淄川來的嗎？」

「咦，你怎麼知道呢？」許某很吃驚地問。旅店老闆也沒有回答，驚疑地看著許某，忽然轉身跑出了旅店。不一會兒，旅店外面來了許多人，前前後後圍成了一堵人牆，他們目不轉睛地看著許某，臉上俱是驚疑。許某更是驚訝，眾人告訴他說：「早幾天的時候，我們夢見土地神說：『我的朋友老許最近會從淄川來看我，大夥兒要資助他一些盤纏。』因此我們已在這裡等候許久了。」許某聽了也感到很奇怪，於是來到土地祠致祭，並祝禱說：「老弟，自從分手後，老哥經常做夢都夢到你，這次我依約前來看你，蒙你託夢告訴父老鄉親，使我感激萬分。真是慚愧，大哥出來沒帶什麼好東西給你，只帶了些我們喝過的酒，如果你不嫌棄的話，就請你喝了吧。」說完又焚燒了紙錢，忽然一股旋風從神位吹來，過了一會兒才慢慢地散去。旋風過後，杯中的酒乾了，焚燒的紙錢也不見了。

到了晚上，許某夢見六郎來旅店看他。只見六郎衣冠楚楚，與從前完全不一樣。六郎說：「老哥，你這麼千里迢迢地來這裡看我，我非常感動，你沒忘了老弟，我很高興。但老弟現在有職務在身，不便露面與你相見，還請原諒。你我雖近在咫尺，卻又無異相隔萬里，我的心裡十分難過。此地的居民，會送你些薄禮，等你啟程時小弟再來送你吧！」說完就不見了。許某一驚，坐了起來，想到六郎與他夢中相見，明白此後再也看不到六郎了，心中很是悲涼。又住了幾天，許某想要回鄉，大家知道後都殷勤挽留，早晚都有人宴請，有時一天連著幾家作東，許某真是受寵若驚。臨走的那天，大家爭著送禮物給他，裝了滿滿一行囊，鎮上的男女老少都來為他送行。剛走出小鎮，平地忽颳起一陣羊角風，隨著許某走了十幾里路，許某知道這就是六郎了。他站在那裡悲悽地說：「六郎，老哥此去不知什麼時候才能再來看你。你自己多珍重吧，不要再送了，我相信你心地仁慈，一定會為這一帶百姓造福的。以後我會再來看你的，你就回去吧！」那陣風在許某身邊轉了幾圈，才慢慢地散去，鎮上居民無不嘖嘖稱奇。

許某回到家鄉把這些事告訴了他妻子，許妻也很驚奇。由於得到六郎的資助，許某家道也稍微富裕了些，不須再在夜間出去捕魚了。後來有路過此地的招遠居民來看望許某，對他說起土地神很靈驗，為當地百姓造了不少的福。

異史氏說：「王六郎身在青雲之中當神，還不忘記貧賤時的朋友，這就是他列入仙班的緣由。今日坐著華麗車馬的顯貴之人，還會承認自己認識戴著斗笠的平民朋友嗎？我的鄉里有一個退休了的人，家裡非常貧窮。他有一個自幼就往來的朋友，如今做了顯貴。他想著如果投奔他去一定能得到周濟照顧，於是竭盡全力置辦行裝，奔波了上千里路，結果非常失望地回來。他花光了行囊裡所有的錢財並賣掉了坐騎，才能回得了家。他的族弟是個詼諧的人，作了一首《月令》來嘲諷這件事：『這個月，哥哥回來了，貂皮帽子解下來了，車馬傘蓋也沒有張開，馬也變成了驢子，靴子也因此沒了聲音。』這首詩唸著可以讓人笑出來。」

七、偷桃

自古相傳，所有的戲法都是假的，但又讓觀眾看不透，這或許就是戲法的魅力所在吧！

在我的家鄉有個老規矩：春節前一天各行各業做生意的都要張燈結綵、敲鑼打鼓，湧到衙門去賀節，叫做「演春」。有一天衙門口熱鬧非凡，各行各業的生意人都使出渾身解數，拿出「絕活」來，希望得到看戲官員們的獎賞。大街上人聲嘈雜，鑼鼓聲震耳欲聾。忽然有一個人帶著一個披頭散髮的孩子，撥開眾人，挑著擔子走到堂上。他站在那裡似乎說了些什麼，可是人聲鼎沸，聽不清楚，只見堂上眾人都笑了起來。這時有一位穿青衣的人大聲傳話：「是個變戲法的。」那人一面答應一面問：「變什麼戲法？」堂上幾位大人交換了意見，有個小官吏下來問他：「你擅長變什麼戲法？」那人說：「小民可以顛倒植物的生長季節，不知大人們是否要看？」那小吏上去回了話，一會兒出來覆話：「你變些桃子來。」

變戲法的說聲：「是。」隨即脫下衣服，蓋在箱簍上，又假裝抱怨地說：「這可真是為難小民呀！現在冰凍尚未解開，哪裡有桃子呢？可要是不去取吧，又怕大人怪罪下來小民擔待不起，這可怎麼辦才好呢？」這時那孩子走上前來對他說：「父親，既然您已經誇下了口，又怎麼好推辭呀？」那變戲法的仍是一副為難模樣，過了許久，說道：「我也沒辦法，只有這條路了。我想過了，現在這個季節人間是不可能有桃子的，但天上王母娘娘的園裡四季常青，或許會有吧！」那孩子在一旁幫腔道：「哎呀！天那麼高，又怎麼能夠上去呢？」變戲法的又想了想，說：「辦法倒有，不過太危險。」隨即打開箱篓，拿出一捆繩索，大約有幾十丈長，尋出繩頭使勁向空中拋去，那繩子像有什麼支著似的，豎立在空中，越升越高，看似已經到了雲層裡，這時手裡的繩也盡了。

變戲法的人轉過身來對那孩子說：「兒子，你過來，看到這根繩子了嗎？它直通王母娘娘的桃園，從這裡爬上去就可以摘到桃子，你爹老了，身手不靈活，只有讓你去了！」那孩子也很為難地說：「爹爹，就這樣一條繩子要我登上天去摘桃，萬一繩子斷了，我不就要粉身碎骨嗎？」父親為難地看看孩子，又回頭看看堂上的長官們，狠下心說：「孩子，我已答應人家，沒其他辦法了，你就冒險走一趟，要是真的取到桃子，大人必會重重獎賞，你也可以用這些錢成個家了。這個報酬應該還算值得吧！」

那孩子知道眼下確實無路可走，只好硬著頭皮拿起籃子，順著繩索往上爬，漸漸地人越來越小，手似乎已經觸到了天，又一會兒，下面的人什麼也看不到了，只有一根長長的繩子憑空垂掛著。下面的人忍不住問：「這麼冷的天怎麼可能有桃子呢？」正在大家七嘴八舌、議論紛紛的時候，空中突然掉下一個東西，人們以為是那孩子掉了下來，急忙向後退去。那東西越來越大，原來是剛才那孩子帶去的籃子，變戲法的趕緊向前一步把籃子接住，往籃裡一看，果然有顆碩大的紅桃，人們都用吃驚的目光看了看籃子裡的桃子，又向繩索上方望去。變戲法的非常高興，急忙捧上大廳，讓那些官大人驗看。那籃子在大廳傳了一遍，每個人都看得目瞪口呆，但誰也分不出這桃子的真假。圍觀群眾議論紛紛，爭著要看那桃子。

變戲法的走到繩子下面，來來回回地轉，焦急地等待兒子下來，突然間繩子「咻啦」一聲掉在地上，變戲法的驚慌失措，手裡拿著掉下的繩子，仔細看了看，大聲道：「不好，上面有人把繩子割斷了！」正在大家不知所措時，又有一樣東西落了下來，一看是那孩子的腦袋，變戲法的痛哭道：「可憐的孩子，一定是被那守園的發現了，我的孩子呀！這可怎麼辦哪？」不久又掉下了一隻腳，接著那孩子的屍身被一塊一塊地抛到場地中央。變戲法的無奈哭道：「孩子死了，可也不能就讓他這樣的去啊！」邊說邊把屍體碎塊仔細地拾起，裝入箱簍裡背著走入大廳，跪在堂下向上面的官人磕了幾個頭，說道：「小民奉大人之意，讓孩子上天偷桃，不幸被守園的發現，殺了他。小民只有這麼一個兒子，我想把他好好地安葬，請大人們可憐可憐，施捨幾個銀錢，小民來世定報幾位大人的大恩大德。」說著打開箱簍，露出孩子被肢解的軀體。

那些官員們個個都嚇傻了眼，紛紛打開腰掛，賞賜了不少的銀兩。變戲法的擦了擦臉上的淚痕，把銀兩放入箱簍裡，然後蓋上蓋子，又對箱簍吹了口氣，拍了拍蓋子說：「孩子啊！老爺賞了這麼多銀兩，還不快出來謝賞！」話音剛落就聽「嘩」的一聲，一個小孩頭頂箱蓋兒由箱簍裡站起來，向上磕頭道：「小的謝過各位大人的賞賜。」大家再定睛細看，正是剛才爬上去偷桃的那個孩子，堂下的人情不自禁地高呼：「妙啊！」、「太絕了！」堂上的官員們也都驚訝萬分，又賞了些錢給變戲法的。「演春」會後，人們再找那變戲法的，卻早已不知去向。

八、種梨

從前，在鄉下有一個農民非常善於種梨，他種的梨又甜又香，老遠就可以聞到那梨散發出來的香味。因為他種的梨好，所以價格也很昂貴，一般百姓是吃不起的。這個人十分吝嗇，別人向他請教種梨的方法，他怎麼也不肯說。

有一次，他推車去集市上賣梨，剛到集市上就見有一道士頭戴破巾、身穿舊袍，沿街化緣，正朝他這邊走來。他看見已經沒法避讓，乾脆把車一停，大聲吆喝：「賣梨啊，又香又甜的脆梨，快來買呀！」這時那道士已經來到他的車邊，拱手合掌道：「施主，貧道化緣到此，口乾舌燥，請施捨兩個梨給貧道，如何？」農民斜看了他一眼說：「喂！你也不看看這梨是給你吃的嗎？閃一邊去！」可是那道士卻不離開，只是合掌閉目等在車旁，農民惱火了，走過來破口大罵：「你這臭道士真是敬酒不吃吃罰酒，你再不走，我可要揍你啦！」道士慢條斯理地說：「施主請息怒，你這一車梨少說也有幾百個吧？我只求施捨一個給貧道解渴，對施主來說也算不上有什麼損失吧，何必那麼在意呢？」旁邊的生意人也勸這個農民，挑一個劣質的梨子打發他走算了，可這農民依舊執拗不肯。

這時，有個酒店夥計實在看不下去，走出來對那賣梨的農夫說：「喂，請你拿個梨給這道士，錢算我的。」邊說邊掏出錢遞過去。梨農接過錢，拿了一個梨扔給那道士，道士看了那梨農一眼，回頭向酒店夥計道了謝，對四周圍觀的人說：「多謝各位施主。出家人不知道什麼是吝嗇，今天既然有這麼好的梨，願拿出請大家共用。」眾人哄然而笑，其中一人喊道：「道士，還是你自己吃吧！」道士卻說：「我正需要此梨種子，馬上請大家品嚐。」大家覺得新鮮，紛紛圍過來看熱鬧。道士也不多說，三兩口把梨吃完，把梨核托在掌中，從肩上拿下小鐵鍬在地上挖了一個小坑，把梨核放入坑中，覆上土。道士向圍觀的人要點水來澆灌梨種。有一個看熱鬧的人想為難道士，就向酒保討了一碗熱湯。道士看了一眼，也不說話，接著就澆到坑內。眾人覺得很可笑，誰知那梨種子竟破土而出，發出了嫩嫩的芽，芽兒越長越長，不一會兒時間就長得枝葉茂盛，開了花又結了果。這梨樹結的梨又香又甜又大，長得滿樹都是。道士看了一眼四周的人群，走到梨樹下隨手摘下梨子，分給圍觀的人品嚐。不多時，滿樹的梨都吃光了。道士看了看眾人，又看了看梨樹，抓起鐵鍬朝梨樹砍去，砍了許久才把樹砍斷，道士把樹幹往肩上一搭，從人縫裡穿了過去，從容地離開了集市。眾人看著老道走遠，議論紛紛。

後來眾人逐漸散開，只聽得有人大罵：「這個該死的妖道，還我梨來！」原來，當道士變戲法時，那賣梨的農夫也好奇地混雜在人群中注目觀看，忘了賣梨。等那道士走後才想起賣梨，可回頭一看，筐子裡連一個梨子也沒有了，這才醒悟過來：這個老道剛才分給大家吃的梨，原來都是自己車上的梨。

梨農非常惱火，拔腿準備追那道士，可是一看車的扶手也不見了，才知道老道士背去的樹幹原來是自己的車把手。梨農扔下車子就去追趕，轉過集市的牆角，見到自己車子的扶把立在牆上，再去尋那道士早已不知去向。

異史氏說：「鄉下人昏愚小氣，那種斤斤計較的醜態教人忍不住覺得糊塗可笑。然而鄉里中還有一些雖無官爵但家產豐富的人，好朋友向他要一些米就生氣，對於救人於危難之中的事也會斤斤計較，連父子兄弟之親亦在他的計較範圍之內，但是對於賭博酒色之事倒是毫不吝惜，區區一個賣梨的鄉下人又算得了什麼呢？」

九、勞山道士

相傳勞山裡住著許多神仙，無所不能，人們有什麼為難的事，只要到那裡去朝拜請仙人幫忙，多數都能得到幫助。

勞山附近有個姓王的秀才，在家裡排行第七，所以別人都叫他王七。這個王七家裡很富裕，自小嬌生慣養，他年少時特別崇尚道學。他聽人說勞山有很多得道的神仙，一時興起打算去勞山拜師學道。在征得了家人的同意之後，他帶著一個書僮就上了山。

在山裡轉了許久，終於登上山頂，王七看見一座廟宇，廟宇外蒼松翠柏，偶爾聽到幾聲鳥鳴，十分幽靜。他和書僮走到廟前，看到一個道士坐在蒲團上白髮垂頸，神態爽朗、氣度豪邁。王七想：「莫非他就是人們說的神仙了。」於是王七走上前去與那老道攀談，那老道上通天文下知地理，非常有學問，王七認定這就是神仙了，於是便請求老道收他為徒。那道士細細打量王七，說道：「恐怕你嬌生慣養吃不了苦，不如不學的好。」王七不服氣地說：「我一定能吃苦的，您就收下我吧！」邊說邊磕頭行禮。老道也為他的真誠感動，就收下了他。到了晚間，觀裡又來了許多人，原來這老道有很多徒弟，白天都去山裡砍柴幹活，磨練意志，晚上才返回觀內休息。王七上前與師兄們一一行過禮後便和他們住在一起。晚上休息時，王七問師兄修道苦不苦？師兄們便告訴他許多事情。王七嫌太辛苦有點後悔，但又不甘心一事無成就回去。

第二天，道士一大早便把王七從夢中叫醒，交給他一把斧頭，讓他隨大家一起進山砍柴。王七恭恭敬敬地接過斧頭，隨師兄們上山了。此後的生活大致如此，約莫過了月餘，王七的手上腳上都磨出了厚繭。王七覺得太累、太苦，很後悔來這裡投師，心裡忍不住產生了想偷偷跑回去的念頭，於是就暗地裡尋找機會。

有一天傍晚大家砍柴回來，看見師父正陪著兩個客人飲酒，師父今天興頭十足，讓徒弟們一起吃酒。這時天色已經完全暗了下來，觀裡也沒有點燈，很不方便。那道士就命一名徒弟拿來一把剪刀和一張紙，剪成一面圓鏡隨手一丟，那紙竟黏在牆壁上，道士用拂塵對紙鏡一指，那面紙鏡竟發出很亮的光來，如同明月掛在屋中一樣。一位客人微帶醉意說：「這麼好的圓月夜，請大家盡情暢飲，不醉不歸。」說著從桌上取過一個酒壺交給門徒。王七心想：「這麼小的酒壺我一個人喝光都沒事，何況七、八個門徒呢？我得先搶一杯，不然準輪不到我，這一壺酒就被倒光了。」說也奇怪，就這一壺酒，你斟我酌總是不斷地流出，怎麼倒也倒不完。這時另一個客人開口說：「你們二人各顯了一手給徒弟看，我也來添點樂趣，這麼好的夜晚，默默地喝酒未免太乏味了，何不把嫦娥請來跳支舞、唱首歌呢？」說完，用一根筷子向月中拋去，只見有個美女從月亮中走出來，起初不過只有一尺左右的高度，等到落下來後，就和常人一般高矮，長得十分標緻，落地後在原地跳起了「霓裳舞」，而且還唱著歌，歌聲婉轉、節奏鮮明。唱完歌在原地盤旋了一圈，飛上了酒桌，大家隨著嫦娥的身影看去又變成了一支筷子。那道士和客人開懷大笑。只聽其中一位客人說：「今晚喝得很開心，我似乎有些醉了，你們倆能否為我在月宮裡餞行？」

三人相視大笑，笑聲剛罷，已到了月亮裡，一桌酒菜仍在，從下邊看得很清楚，就像是在照鏡子一樣。又吃了一會兒酒，月色漸漸暗了下來，這時有一門徒點上了蠟燭，只見師父一個人坐在那裡，客人都不見了。那門徒以為是在夢境中，可是一看桌上的酒菜還在，才知是真的。所謂的月亮不過是那道士方才剪的那個圓紙而已。師父問眾門徒：「你們可喝夠了？」眾門徒答：「喝夠了。」那道士說：「夠了就去休息吧，不要耽誤了明天的修行。」大夥答應著分散就寢去了。王七心裡很高興，他覺得這些事實在是太奇妙了，只需學習一樣就行了，於是便打消了偷跑回家的念頭。

一個月又過去了，還是整天地打柴、爬山，王七見道士始終不提法術之事，又感覺有些灰心，他想：「我就這樣整天爬山、砍柴，師父連半點法術也不傳授，我又何苦在這裡吃苦受罪呢？乾脆回家算了。」於是來到道士房中和道士辭別：「弟子走了幾百里路來此拜師學藝，如果師父不願傳弟子長生不老之術，是否可以傳授弟子一點小小的功夫，以滿足小徒求教的誠心。小徒到此幾個月了，每天都是爬山砍柴，早出晚歸的什麼也沒學到。弟子在家時從未受過這種罪，還請師父見諒。」道士聽完笑道：「你剛到時我就說過，你是吃不得苦的，如今果然如此。既然你不願在此受苦，明早就送你下山吧！」王七苦著臉又道：「弟子跟您老人家也有幾個月的時間了，不知師父可否教小徒些許小法術？這樣的話，小徒也不虛此行了。」

道士想了想，說：「那你想學點什麼呢？」王七說：「徒弟每日見師父進進出出從不走門，都是穿牆而過，不知這種法術叫什麼？小徒想學這門功夫，師父可以傳給小徒嗎？」道士微笑點了點頭，並告訴他這種法術叫「穿牆術」，又告訴他口訣，並囑咐他：「當你唸完口訣後就喊『進去』，此時你就可以穿牆而過了。不過在行此法術時，心裡不許有任何不正的想法，否則口訣就不靈了，記住了嗎？」王七聽完後，高興得直搓手說道：「記住了、記住了，師父放心，小徒一定不以此術行非法之事。」

「你現在試試看，喏，穿過這道牆。」道士說，王七看了看眼前的牆，心裡有些害怕，不知口訣是否靈驗，他唸完口訣，走到牆邊，卻怎麼也不敢再往前走了。道士鼓勵他再試試，王七鼓起勇氣唸完口訣，朝著牆撞過去，到了牆邊，那道牆似乎不見了，再往前走了一點，回頭一看，果然是到了院外，王七喜出望外，忙向師父道謝，道士告誡了他一些應注意的事。第二天一早，道士給了王七一些盤纏，送他下了山。

王七一路上高高興興，心想：「一定要給家裡人一個驚喜，嚇他們一跳。」到了家門口，也不敲門，唸了聲口訣喊道：「進去。」果然進到了院內，王七看到妻子在廳裡坐著，便走到妻子面前，妻子一看是他回來了，感到非常驚訝，問道：「門是關著的，你是怎麼進來的呢？我怎麼一點都不知道？」王七笑道：「妳怎麼能看到呢！我在山裡遇見了神仙，學了仙術，可以穿牆而過，以後啊，想進誰家就進誰家，什麼東西也擋不住我了。」妻子不信，要王七示範給她看，王七說：「好吧，妳看著，我從這道牆穿過去到鄰居家拿點東西給妳看。」說完，就唸了口訣，喊道：「進去。」就朝牆壁猛撞過去，可是，到了牆邊一看，牆還在面前，心知口訣失靈了，但又來不及停住腳。結果，頭碰到硬牆上發出「砰」的一聲，撲倒在地，額頭立刻腫了個大包，足足有番茄那麼大。妻子譏笑他吹牛。他知道是自己忘了師父的告誡，居心不良，所以法術才會失靈，但又不好意思對妻子說，只好把這份羞辱都推到那道士身上。

異史氏說：「聽到這件事情很少有人不笑王生的愚笨，但是世界上像王生這樣的人多得是，現今有這種卑賤無恥之人喜歡用刻薄之道施政，而有一些善於逢迎諂媚的小人就提供一些暴虐的方法迎合他的心意，這種方法剛開始或許可以橫行無阻，但如果每一個狀況都毫不變通，執拗地用這種方法施行，一定會像王生一樣，撞得滿頭大包。」

十、長清僧

從前有個高僧，在長清一帶非常有名。他已經有八十多歲的高齡了，身體還很硬朗。有一天，老和尚唸經唸到一半突然跌臥在地，寺裡的和尚聽到響聲跑來一看，只見老和尚倒在地上，連忙扶起搶救，可是老和尚早已死去多時了。

此時的老和尚不知自己已死，他的靈魂飄在空中，看著那些和尚圍著另一個「自己」，有的捶背、有的壓胸，不知他們在幹什麼。於是他轉身飄出寺門，順著風飄來飄去，不一會兒到了一個城鎮，老和尚一看，原來已來到了河南境內。他向下看見一個年輕人率領十多人騎著馬、駕著鷹正在獵捕野兔。突然那年輕人因馬失前蹄而從馬上摔下，立即死去。此時老和尚的靈魂正在青年附近，順勢附到了那青年的軀體上。僕人們將那少年攙起，一看少爺昏死過去，立即手忙腳亂地搶救。一會兒，那青年醒過來，看了看身邊的僕人問道：「我怎麼會到這裡來了呢？」大家怔怔地不知該如何回答，只以為他尚未完全清醒，便把他背了回家。

剛一進門，就有幾個打扮得十分嬌豔的女子走過來，圍著他問這問那。他感到非常奇怪，問說：「我只是個和尚，怎麼會到這裡來了呢？」家裡人感到十分疑惑，聽回來的僕人敘述了事情的經過，也以為少爺的神智尚未清醒，於是就跟他講了家裡的許多事，企圖幫他恢復神智。老和尚聽得不知所措，也不想再多做解釋，只是閉口不言。家人以為他累了，就為他端上飯菜、酒肉。家人見他只揀素食吃，酒肉一概不沾，都感到很奇怪。夜晚休息時，也只是一人安寢，不要妻妾的侍奉。就這樣過了幾天，突然有一天他說想出外散步，家人們都以為他終於清醒了，高興得趕緊出去準備。

剛走出房門，就有僕人送來帳簿，報告錢糧收支的情況，少爺只得推說太疲勞，置之不理，放在一邊問僕人道：「在山東省有個長清縣，你們有知道這個地方的嗎？」僕人中有人答道：「知道。」少爺說：「知道最好，最近我很煩悶，想去長清縣散散心。你們快去準備一下行裝，咱們馬上就走。」大家勸他說：「少爺的病剛好，最好不要出遠門，待完全康復後再去不遲啊。」可少爺不聽，堅持要去，僕人們只好趕緊去準備行裝，第二天一大早就啟程了。

走了幾天的路程。這一天，到了長清縣境內，少爺一看見熟悉的景物，便知道沒有走錯，因為他對這裡太熟悉了。於是他走在隊伍的前面，根本不用問路，就直接來到了長清寺。那些和尚只道是貴客來參拜，十分恭敬地迎進寺內。少爺問那些和尚：「你們寺裡的住持大師呢？」住持和尚道：「住持大師不久前仙逝了。」少爺又問葬在何處？住持和尚只以為他要祭奠住持大師，就領他來到老和尚的墳處，老和尚的靈魂見到自已的墳上已經長出了荒草，不禁嘆了口氣，眾和尚不知這闊少爺為何嘆氣，也不便多問。那闊少爺在寺裡住了一夜，第二天就啟程回家了。臨走前叮囑繼任的住持和尚：「你師父是個有道高僧，他留下的經卷等物一定要善加保管，千萬不要有什麼丟失、破損。」大家雖然對這少年的古怪行徑感到十分奇怪，但口裡還是答應著，把闊少爺送出了寺門。

那闊少爺回到家後，每天總是無精打采的，什麼事也不做。家裡人只覺得他的病又犯了，也不去多管他。又過了幾個月，闊少爺突然不見了，家裡人急得到處尋找，可是找了幾天都沒找到。後來聽僕人說少爺在長清寺的行為，決定去長清寺尋找，果然那闊少爺就在長清寺裡。家人向寺中和尚問起此事，和尚向闊少爺的家人述說了事情的經過。原來幾天前那闊少爺突然來到寺裡，對那住持和尚說：「我是你的師父，我並沒有死。」眾僧起初只覺得好笑。那闊少爺知道眾僧不信，就向他們講述了許多老和尚過去的事情，半點不差，和尚們都覺得奇怪。闊少爺就向他們說了自己借屍還魂的事，這時眾僧才相信面前的這個闊少爺就是以前寺裡的住持大師。眾僧趕緊為少爺打掃了老和尚原來的住房，像以往對待師父那樣恭敬地侍奉這個闊少爺。說到這兒，闊少爺的家人才恍然大悟，明白闊少爺的舉止為何大反常態。家人們請少爺回去，可那闊少爺就是不肯，眾人只好回家將此事稟告給少爺的長輩們聽。闊少爺家的長輩知道後，多次差人來接他回家，僕人們也苦苦相求，可那少爺就是不予理會。

就這樣又過了一年多，老夫人派管家給寺裡送來許多金銀物品，那少爺一概不收，只收下一件布袍留作紀念。後來有朋友來看望他，見他很老成、不苟言笑、心意誠篤。年紀看上去雖只有三十歲左右，卻常常談起幾十年前的許多事，大家都很驚奇。

異史氏說：「人死了魂魄就會飛散，不飛散者是因為他的本性穩定執著。我不會對和尚的死而再生感到特別驚訝，讓我驚訝的是他進入富貴之地而能毅然選擇再度出家，如果他受了功名富貴的引誘，那就會死而不生了。」

十一、蛇人

從前，東郡有個戲人以耍蛇為生。他曾經餵養了兩條被馴服的蛇，兩蛇渾身發青，非常漂亮。耍蛇人把大的那條蛇命名為大青，小的那條命名為二青。二青的額頭上有個紅點，特別顯眼。耍蛇人很喜歡二青，不僅是因為牠額頭上的紅點，最讓耍蛇人喜歡的是二青十分機靈、聽話，能很快明白主人的意思，配合主人做出各種動作。一年後大青不幸死了。耍蛇人想再捉一條，可是一直未遇見合適的。

有一天晚上，耍蛇人走到一座山上，借宿在山中寺院裡。天亮時發現二青不見了，耍蛇人十分悲痛懊惱，他想一定是二青太孤單了，去找牠的同類去了。但又不甘心，於是在山裡四處尋找，到處呼喊，可還是杳無蹤影。耍蛇人想：「以往每次進入深山密林，總要放二青出去玩玩、讓牠自由活動一下，可每次二青都會自己回來呀！這次會不會出了什麼事呢？還是再等等吧。」因此耍蛇人抱著一絲希望，一直等到日上三竿，實在是等不下去了，只得帶著難過的心情離開了山寺。

走出寺門不遠，耍蛇人聽到一陣熟悉的窸窣聲響，心中一陣驚喜，心想莫非是二青回來了？於是停下來仔細尋找。果然，在不遠的草叢裡看見二青正向這邊爬來，後面似乎還跟著一條小蛇。耍蛇人放下擔子，在路旁等候，片刻，二青領著一條小蛇來到耍蛇人身邊，耍蛇人如獲至寶，俯身撫摸著二青說：「二青啊二青，我以為你離開我，不再回來了呢！」邊說邊掉下了眼淚。過了一會兒，耍蛇人拿出食物給牠們吃，小蛇縮著身子不敢上前，二青銜起食物餵牠。吃完，小蛇隨二青爬進了籠子。耍蛇人挑起擔子下了山，繼續他的耍蛇生活。

耍蛇人在空閒的時候就教小蛇各種技藝，小蛇學得很快，動作做得和二青一樣好。因此耍蛇人就叫牠小青。從此，耍蛇人就倚仗著二青和小青的技藝招引客人，收入頗豐，日子過得也比以前好多了。

耍蛇人對蛇的要求很嚴，一般不超過兩尺，太長就過重，身體也就不靈活了，所以必須要經常更換。這時的二青已超過兩尺，可是由於二青十分聽話，並且動作還很靈活，耍蛇人一直留著不放。又過了幾年，二青已長到三尺多長，動作比以前遲緩了許多，睡在籠子裡塞得滿滿的。於是耍蛇人決心忍痛割愛，放掉二青，讓牠回歸自然。

耍蛇人行至淄川東山，見這裡的環境很好，就決定讓二青留在這裡。耍蛇人將二青抱出簍子，為牠調好美食，看著二青吃完，撫摸著二青道：「走吧！希望你能自由過活，別讓人抓住。」二青慢慢地爬走了，耍蛇人望著二青爬過的痕跡，傷心地落下淚來。不多時，二青又回來了，繞著蛇籠轉，耍蛇人看著二青，彎下身向二青揮手說：「去吧，世上沒有不散的筵席，你從此隱居在深山裡，可能會變成龍的，這籠子又怎麼是你久居之地呢？去吧去吧，這兒沒什麼可留戀的了。」於是二青又離去了。可是過了一會兒，二青又回來了，耍蛇人揮手趕牠走，二青不但不離開，反而不住地用頭頂籠子，小青在籠子裡也來回地爬著。耍蛇人這才明白說：「你莫非是要與小青告別？」便打開籠門，小青爬出來後，和二青交首伸舌，似乎有許多的話要說，一會兒兩條蛇一起走了。

耍蛇人心想：「小青是二青帶來的，二青帶走牠也是應該的。唉！看來小青是不會再回來了。」可是，過不了多久，小青就回來了，單獨回到籠中。有幾日，小青很少吃東西，技藝也不如從前，耍蛇人知道牠是思念二青，於是就準備再找一條好蛇與小青作伴，但一直沒有再找到可以和小青、二青相比的蛇。這時的小青也長大了，不適合繞在身上表演技藝了。後來耍蛇人雖找到一條比較馴服的蛇，但無論如何也比不上小青。耍蛇人想再讓小青來表演，可小青已長得過粗，行動起來也不像以前靈活，耍蛇人只好作罷，湊合著表演一些比較簡單的技藝。

耍蛇人有時路過東山，便向樵夫打聽二青。樵夫告訴耍蛇人二青過得很好，在山中經常能看到牠的身影，耍蛇人聽了很高興。又過了幾年，有人說東山中有一條大蛇身長數尺，足有碗口那麼粗，且不時出來追逐行人，嚇得往來的行人都不敢從山下經過。有一天，耍蛇人路過東山，忽然有一條大蛇像風一般追過來，耍蛇人從未見過這麼大的蛇，嚇得立時轉身沒命地逃跑。那蛇也追得非常急。耍蛇人心想：「這次肯定完了，看來是劫數難逃了。」他回頭一看，那蛇追得好快，突然耍蛇人發現那大蛇的頭頂有個紅點，知是二青，於是放下擔子叫道：「二青、二青！」那蛇聽到喊聲，立即停下來昂起頭，盯著耍蛇人，吐著血紅的信子。耍蛇人又叫道：「二青，你不認識我了嗎？」許久，那大蛇爬到耍蛇人身邊，眼中竟湧出淚水，慢慢地繞上耍蛇人的身子。

和過去的二青一樣，耍蛇人知道牠沒有惡意，但二青實在是太重了，耍蛇人承受不住，只得躺在地上懇求牠讓自己脫身。二青聽話地鬆開耍蛇人，爬到籠子旁邊，又像先前那樣用頭頂籠子，耍蛇人明白牠的意思，打開籠子放出小青。兩蛇互相纏繞 過了許久才分開。耍蛇人便向小青說：「小青，你也長大了，我也早想讓你回歸山林，今天正是時候。二青啊，小青是你帶來的，現在還是由你帶走吧，你倆在一起互相有個伴，這樣我也就放心了。二青啊，我還是要跟你說，這深山裡不缺食物，你們倆以後切莫傷人，不然的話必遭天譴，聽到了嗎？」

兩蛇聽後，低下了頭，耍蛇人蹲下身摸了一下二青，又摸了一下小青，然後說：「走吧、走吧，該走的總該要走。」兩蛇又昂起頭看了耍蛇人一會兒，突然躍起，二青在前，小青在後，迅速消失在林中，凡是兩蛇經過的地方，便出現了一條山道。耍蛇人直到看不見兩蛇的影子才離去。從此以後，行人往來如常，再也沒有聽說有蛇出來傷人，山中的樵夫也沒有再見到過這兩條蛇。

異史氏說：「蛇雖然只是動物，但是還有對老朋友的依戀不捨之意，而且還願意聽話不再出來害人，而有些人對於好友卻常常落井下石、恩將仇報，真是連一條蛇都不如。」

十二、斫蟒

在胡田村裡有一對姓胡的兄弟，感情很好。有一天，兄弟兩人到山林茂密的深山砍柴，哥哥在前面開道。突然一陣風颳來，隨之而來的是一條巨大的蟒蛇。哥哥走在前面，眼看已來不及脫逃，於是端起砍柴的刀，往前衝了一步，高聲喊道：「兄弟快跑！」哥哥邊說邊向那蟒蛇砍去，只見那蟒蛇身子一偏，躲過去了，接著大嘴一張，「呼」的一吸氣，那位哥哥便隨著風朝著那大蟒口中飛去。弟弟剛看到那巨蟒衝過來時，心裡很害怕，轉頭就想跑，可是當他看到巨蟒把哥哥吸入口中吞食後，頓時怒火沖天，一心想著要把哥哥救回來，於是他顧不得危險，從地上掄起斧頭向大蟒衝了過去。這時那巨蟒正低頭吞食，但只吞進了人頭，肩膀以下還都在外邊，哥哥的手緊緊地摟著蟒身，腳懸在空中朝蟒身亂踢。弟弟一斧砍下，正砍到蟒蛇的頭部，蟒蛇一痛鬆開了口。弟弟趁勢用雙手牢牢地抓住哥哥的腳，用力往外拉，終於把哥哥從巨蟒的口裡奪了回來。弟弟把哥哥放下，拿起哥哥的柴刀向蟒身砍去，那蟒蛇躲避不及，又被砍中一刀，負痛掉頭跑了。

弟弟也沒有去追那蟒蛇，趕緊回頭去照顧哥哥，只見哥哥的臉上都是傷，鼻子、耳朵都被咬掉了，已經奄奄一息，只是還沒有完全嚥氣。弟弟背著哥哥立即往回走。路上停停走走，費了很大的勁才把哥哥背回來，又趕忙請大夫醫治。大約經過半年的時間，才慢慢地好轉，可是滿臉盡是疤痕，耳朵、鼻子也沒有了，只剩下兩個小孔。弟弟還是終日上山打柴，哥哥在家做些力所能及的事情，兩人就這樣相依為命，深受當地百姓的稱讚。

十三、狐嫁女

在山東歷城縣，有一位尚書姓殷。殷尚書小的時候家裡很窮，但他膽子很大，也頗有見識，就連一些鬼怪都怕他。有一次他與朋友在一起喝酒，聽朋友講一些古怪故事。有個朋友說：「在咱們縣城東邊有一處園林，是從前一個官人留下的，方圓數十畝裡頭有許多樓閣，但是卻長期沒有人居住，聽人說裡面有鬼怪，就連白天也沒有人敢進去看看。」殷公聽完哈哈一笑道：「這有什麼了不起的，不就是有幾個鬼怪嘛，也值得這樣大驚小怪的。看我去把他們抓回來，讓大家見識見識。」說完，捧了一缸子酒向園林方向走去。朋友們見他說走就走，就和他開玩笑說：「我們在這裡等你，如果有什麼怪異的東西出現，你就大喊，我們好去救你。」殷公笑道：「算了吧，這點小事還不用麻煩諸位。」

殷公逕自來到園林所在地，只見那裡雜草叢生，蓬蒿遍地。月色昏暗，但還勉強看得見東西。殷公小心地找到門，向前摸索著前進，透過昏暗的月光看見前面有一座小樓。殷公想先到上面看看是不是有什麼怪物，於是上了樓，向四下裡看了看，只見小樓裡很乾淨，不像有什麼怪物的樣子。這時月色更加昏暗，只能看到一點兒餘光。殷公心想：「這兒可真是個飲酒的好地方，可惜他們來不了，沒這個福分呀。這裡的環境這麼好，怎麼會有什麼妖怪呢？肯定是人們的謠傳而已。」於是就把酒缸子放下，坐在那裡對著月光自斟自酌，喝了一會兒，有了些許睡意，就去搬了一塊石頭枕在頭下，仰著臉看天上的星星，不多久就朦朦朧朧地睡著了。

到了一更將盡的時候，殷公忽然在朦朧中聽到一陣腳步聲，正朝著樓上走來。他自言自語道：「果真是有妖怪，碰到我算你們倒楣。」於是假裝睡熟，瞇著眼睛朝樓梯那兒看去。只見有個女孩拿著一盞燈走了上來，突然「呀」地一聲，嚇得往後退去，對著後面的人說：「爺爺，上面有個陌生人在睡覺哪！」這時又走上來個白髮老頭，只見他走到殷公面前，藉著燈光仔細地看了看，說：「沒關係，原來是殷尚書，這個人生性豪爽，也許不會怪罪我們的，你們趕緊去辦自己的事吧！」說完又往樓裡走去，打開了裡面的門，這時，從樓下又走上來許多人，來來往往，非常熱鬧，就好像過年一樣。

殷公剛才聽到老者說的話，覺得老頭似乎沒有什麼惡意，也不好意思再裝下去，於是輕輕地咳嗽一聲，那老頭聽到咳聲連忙轉過頭來，此時殷公已經坐了起來。那老頭忙跪下說：「殷尚書，實在是對不起，小人有個女兒今晚要出嫁，不知您在這裡休息，打攪了您的美夢，還請見諒！」殷公忙站起來把老頭兒扶起來，說：「老人家多禮了，晚生不知今夜是個大喜的日子，也沒有帶來什麼賀禮，真是不好意思呀！」那白髮老翁忙說：「尚書說的什麼話，您可是貴人，有您在，鬼怪都不敢作亂，我高興還來不及呢！如果您不嫌棄的話，請您喝杯喜酒如何？」

殷公欣然答應，於是和那老人一同走進樓裡，只見裡面的陳設十分華麗，殷公還從未見過如此富麗堂皇的擺設。正在欣賞時，有一個老婦人走過來向殷公深施一禮。殷公忙道：「不敢當。」忙又還了一禮，那白髮老者向殷公介紹說：「這是我內人。」正說著，聽見樂曲響起，有個僕從模樣的人跑上樓來對老翁說：「啟稟老爺，姑爺到了。」老人忙站起身出門迎接，殷公也隨那老人一起站起，走出門。幾分鐘後，只見一大群宮燈向樓這邊移動，到了近前，宮燈後面站著一個少年，大約十七、八歲，長得很秀氣。那少年走到老人面前，準備施禮，老人說：「先給這位貴客施禮吧！」少年抬起頭看了看殷公，以為他是女方邀請來主持婚禮的人，於是趕緊上前深施一禮。施完禮後，又向那老人深施一禮，然後一同走進樓裡。此刻屋裡早已排好了酒席，三人按主次坐在桌旁。隨後又進來一些女子邊唱邊跳，一時間，屋裡充滿了喜慶的熱鬧氣氛。

酒過數巡，那老人吩咐僕從去請小姐出來，僕從應聲而去。可是小姐過了許久也未見出來，老人只得自己進去請。不一會兒，新娘由丫鬟簇擁著走出來。老人讓她給客人行禮，那新娘行了禮，羞答答地坐在母親身邊。殷公看了看新娘子，只見她頭上戴著一頂金鳳冠，耳朵上夾著一對明珠耳環，長得非常漂亮，就像天上的仙女一樣。又喝了好一陣子，老人取出一套大金杯給客人斟酒，殷公看了看那金杯，心想：「這裡可以拿走的也只有金杯了，不如就拿一隻回去當證據吧！」於是端起杯子一口喝光，並把杯子偷偷地藏在袖子裡，又裝作喝醉了的樣子趴在桌子上假裝睡著了。

又過了好長時間，新郎告辭走了，客人們也都紛紛退去，樂曲聲又響了起來。客人在樂曲聲中下了樓。筵席散後，僕人們收拾酒具時發現少了一隻金杯，找了許多地方都沒找到。有個僕從說：「是不是在這位殷相公身上呢？」老人訓斥說：「不許胡說，你可知此人是誰？他怎麼會偷一個杯子呢？你們趕緊再去仔細找找，實在找不到就算了！」於是眾人都走了，殷公仍然趴在那兒，等到四周什麼聲響都沒有了才站起身。這時屋裡又恢復了最初的樣子，一片黑暗，只是空氣裡還殘留著些酒香。

殷公又到最初獨自飲酒的地方躺了一下，天亮後才慢悠悠地從園林裡出來。快到門口時，殷公摸摸袖中的金杯，嘴角泛起一絲微笑。殷公剛走到門口，就看到他的朋友們早已在那兒等著他了！有個朋友問他：「你是不是今天早上才進去的，怎麼到現在才出來？」殷公見大家不信，便拿出袖中的金杯，並向他們說了昨晚發生的一切，大家這才相信殷公真的見到了狐仙，臉上都露出驚駭之色。他的朋友從此也更加佩服殷公了。

幾年後，殷公考中了進士，到肥丘去任職。有一個世家公子姓朱，他想和殷公交朋友。有一天朱公子在家裡設宴請殷公吃酒，在酒席上，朱公子命家人取大杯子來用。過了好長時間，僕人也沒有拿來，朱公子很不高興，正在這時，有個年輕的僕人跑過來對朱公子悄悄地說了幾句話，朱公子的臉色微變，顯得非常地不高興。過了一會兒，僕從拿來兩個金杯為朱公子和殷公斟上酒。殷公看著金杯，感覺似曾相識，再仔細端詳，發現杯上的花紋款式與自己在園林作客時所用的杯子一模一樣，於是就問朱公子：「朱公子，這個金杯是哪裡造的？如此精美。」朱公子說：「這種杯子共有八個，是我父親在京城做官時特意請能工巧匠專做的，是家傳的寶物，一般是不用來待客的。今天您大駕光臨，特意從箱中取出。可是，誰知只剩下七個了，我懷疑是家人偷去的，但又不太可能，這些金杯十年來從未用過，保存得很嚴密，實在讓人想不出那只杯子到哪裡去了。」

殷公笑著說：「金杯是寶物，也許會自動消失，但是不能配成一套，真是太可惜了。我這裡有一個杯子，與你的金杯很相似，如果你不嫌棄的話，我願送給你做個紀念。」酒席散後，殷公回到家命人把杯子給朱公子送去。朱公子看後大為震驚，原來那個杯子正是八個杯子丟掉的那個。於是朱公子特意親自前來道謝，並問殷公那個杯子的來歷。殷公就把昔日經歷之事詳細地向朱公子講了一遍，朱公子聽後非常驚訝。

十四、妖術

崇禎年間有一個姓于的相公，他從小就很懂事，喜歡幫助別人，且練了一身好武藝，力大無比，雙手能夠舉起一對裝滿水的大缸。

長大後他到京城裡去考試。到了京城，他的僕人得了重病，于相公很著急，也很為他擔心。他聽別人說集市上有一個算卦的人，算得很準，甚至可以知道人的生死。於是他決定去找那算卦的人，為僕人卜一卦。于相公來到集市上，老遠就看到有許多人圍著算卦的人問東問西，于相公擠到卦攤前，剛要開口問，那算卦的就用手指著他說：「你是不是要問你僕人的病？」于相公很吃驚，那算卦的人又說：「你的僕人不會有什麼事，倒是你自己卻大難臨頭了。」于相公聽後不以為然，又問：「你可知道會有什麼危險嗎？」算卦的掐指算了算，說：「你在三天之內必有殺身之禍，但我卻有辦法使你逃過這一禍，不過你需要付給我十兩銀子。」于相公聽後心想：「既然註定要死了，就算有解救之法又有什麼用呢？不如不去管它，任由天命吧！」於是也沒有回答，轉身就走。那算卦的人說：「先生可不要為了幾個錢賭上自己的性命，否則將要後悔莫及。」于相公的朋友都非常擔心，勸他還是花些銀兩請那卜卦的人給一個解救的辦法。但于相公就是不聽，仍安心做著自己該做的事。

很快地到了第三天，于相公端坐在屋裡想道：「前兩天什麼事都沒有發生，有事也就是今天了。」可是，整個白天什麼事也沒有發生。到了晚上，于相公關了門、點上燈，手端寶劍在床頭一直坐到一更以後，仍然沒有發生什麼事。於是于相公收了劍準備休息。此時忽然聽到窗縫中有聲響，他順著那聲音望去，只見窗縫裡跳出一個小人兒，手裡拿著武器。眨眼之間，小人兒就變得和平常人一樣高，于相公立即抓起寶劍向那人刺去，那人一閃躲了過去，又突然變小，想從窗縫逃走。于相公又搶前一步，用力把小人兒砍倒在地，拿過燈來一看，原來是個紙人，已被剛才那一劍攔腰斬斷。于相公知道還會有怪物再來，就端著寶劍坐在桌旁等候。不多時，又有一個東西從窗外竄了進來，長得像鬼一樣。于相公立即衝上前去，一劍把他劈成兩段，但怪物卻沒有死，仍在移動 。于相公又連忙砍了幾劍，料想已經砍死，便取過燈上前仔細一看，原來是泥做的，已被砍成碎片。

于相公心想一定還會有古怪的事發生，就搬了一把椅子坐在窗戶旁邊，目不轉睛地看著窗縫。過了一會兒就聽到窗戶外邊又有響聲，有東西正在推窗戶，那東西的力氣很大，推得連牆也顫動起來，眼看就要倒了。于相公心想，與其坐在屋裡等死，不如出去和這怪物鬥一鬥，於是一個箭步來到門前，推門而出，只見窗前有一個醜陋的大鬼，頭頂屋簷，兩眼發出一陣陣黃光，全身赤裸，手裡抓著一把大弓，腰裡懸著箭袋。那怪物見有人出來，拔箭搭弓就向于相公射過來，于相公立即用劍一撥，把箭撥開了。那怪物見第一箭落空，第二次又搭箭向他射過來，于相公側身躲過去，箭射在身後的牆上，振振有聲。那怪物看兩箭都沒射到于相公，頓時大怒，拔出佩刀夾著風向于相公劈過來。于相公不敢硬接，立即往旁邊一閃，刀劈在身後的一塊大石頭上，只聽「喀嚓」一聲，石頭裂成了兩段。于相公趁機一個箭步鑽到那怪物的胯下，用劍刺向怪物的腳，怪物躲閃不及腳跟被刺傷，疼得大吼一聲，又揮刀砍來。于相公一低頭，衣服被削開，後來于相公又趁勢鑽到那怪物的腋下，連刺三劍，那怪物支撐不住，終於倒下。于相公進屋拿燈一照，原來是一個木偶，有一人多高，而且刻得十分醜陋，但被砍傷的地方卻流出了鮮血。于相公回到屋裡，一直守到天亮，總算沒有再出現其他怪物。

于相公此時也明白了，這事一定是那個卜卦人搞的鬼，他只是為了讓人們信服他的卜卦很準而已。第二天于相公把這件事告訴了他的朋友，朋友們都很氣憤，便一起去找那卜卦的先生。那卜卦的看到于相公還沒有死，一晃眼就不見蹤影了。有個朋友說：「這可能是人們傳說的隱身術，用狗血可以使他的法術失靈。」於是于相公回去準備了一些狗血，又回來找那卜卦的，那卜卦的竟還在那裡騙人，他看到于相公又來了，就準備逃跑。說時遲，那時快，于相公忙用狗血朝那卜卦人的身上潑去，那卜卦的被淋了一頭的狗血，法術果然被破解。只見他目光呆滯地站在那裡，于相公走上前去，用繩子將他捆牢，押到當地官府，述說了他的罪狀，官府把他判刑處死。

異史氏說：「我覺得去算卦的人都有些傻氣，世上有幾個人是因為鑽研此道而超脫生死的呢？卜了又不準那卜卦幹嘛？知道了自己的死期又如何呢？有人為了實現自己的卜卦結果，甚至還去殘害人命，真是非常可怕。」

十五、三生

有個姓劉的舉人聲稱能夠記起前世，他常向人一件件地歷數前世種種。他說他第一世是個紳士，品性不好，六十二歲時死了。在陰間，閻王爺起初很客氣地接待他，給了他一個座位並請他喝茶。他見閻王杯中的茶是清的，而自己杯中的茶卻汙濁難聞，心想：「這莫非就是人間所說的『迷魂湯』？」於是就趁閻王沒注意的時候，偷偷地把茶倒在桌子下面，口裡連稱：「好茶、好茶。」假裝把茶喝了。

過了一會兒，閻王開始考查他生前有什麼罪惡。看完後閻王大怒，命小鬼把他揪下去，罰他到人間做馬贖罪。言畢，立刻有一群惡鬼把他捆綁起來，押送到人間，找到一戶官家。這官家的門檻很高，跨不過去，他正在猶豫間，那群惡鬼在後面使勁地踢了他一腳。他痛得跌倒在地上，爬起一看，已經在馬廄中，他心裡很清楚，但就是說不出話來。這時就聽到有人說：「黑馬生了小駒了，是匹雄的。」他落地後感覺肚子很餓，迫不得已，只得靠到母馬身邊吃了些奶。就這樣過了四、五年，他長得又高又大，但卻最怕人抽打，每每見到鞭子就跑。主人騎他時都要加上鞍子，才能少受點苦。可是當僕人、馬伕騎他時，卻都不用鞍子，雙腳夾得緊緊的，夾得他皮肉很痛，他心裡很生氣，於是三天不吃不喝，終於餓死了。

他的魂又來到陰間閻羅殿，閻王一查知他罪限還沒有滿，就命小鬼們剝掉他的皮，罰他再到人間做犬。他不願去，一群小鬼拉住他一頓亂揍，他忍不住疼痛，就向殿外跑去。跑著跑著就看見前面有一處斷崖，心想：「與其這樣去人間做犬，不如再死一次算了。」一狠心就跳下了懸崖，當他跌到崖下，一瞬眼卻已到了狗窩裡，母狗正用舌頭舐著他。過了幾年，他漸漸長大，見著糞便心知是髒東西，聞起來卻有香味，可他就是不吃。又過了大約一年的時間，他想再度尋死，但害怕贖罪期未滿閻王不肯放過他，於是他就故意去咬主人，想讓主人殺死他。幾次之後主人發了怒，一氣之下用棍子把他打死了。

閻王一看他回來了，又拉上堂來審訊，知他是因咬主人被打死的，又罰他到人間做蛇。眾小鬼把他關在一間暗室裡，一點兒光也見不到。他順著牆壁往上爬，爬出暗室後發現自己在一片荒草中，身子已經變成了蛇。他一心想早日脫離苦海，因此發誓從此後不再殘害生靈，於是餓了就吃些野果。如此過了一年多，心想：「自殺閻王不讓做人，害人而死又不饒。到底如何死去，閻王才會饒過我呢？」一天，他在一堆荒草裡睡覺，聽到路上有車經過的聲音，心想：「如果讓車子把我壓死的話，閻王可能會饒恕我吧？」於是連忙爬到路上，這時車子剛好經過，一下把他壓成了兩段。

他死後，閻王又召見他，問他為何這麼快又回來了。他就把一切都告訴閻王，並請求閻王饒恕他。閻王也覺得他死得不該，確實可以原諒，就允許他轉世到人間做人，他心裡非常高興。到了人間後，他一出世就會說話，並且讀書時過目不忘，後來考中舉人，成為了現在的劉舉人。劉舉人深深記得自己三世投為畜生的苦，常勸別人說：「騎馬的時候必須要加上鞍子，這樣馬會舒服些；不要使勁用腿踢馬腹，那比用鞭子抽打更教馬兒難受。」

異史氏說：「世上有好人，也有壞人，好人和壞人有時又是很難分辨的。壞人中可能會有良心未泯之人，好人中也可能會有暗藏禍心的人，所以做人要懂得有過改之，無過加勉。否則死後就會受盡懲罰，要不拖鹽車、受羈絆，罰他做馬；不然，就會吃糞尿、受烹割，讓他做狗；再不然就會讓他做滿身鱗片的蛇，葬身於鶴鸛之腹。」

十六、鬼哭

清順治三年，謝遷起義造反。起初，所到之處官府不敵紛紛投降，所有官老爺的宅邸都被起義軍占領當作兵營使用，王學使在高苑城的宅邸比較大，所以聚集的義軍戰士也很多，但後來由於叛徒的出賣，起義失敗了。王學使帶領朝廷的軍隊整日攻城，終於把城池攻破。軍隊進城後大開殺戒，城中被殺的人多得難以計數。一時間，城裡血流成河，屍橫遍野。

王學使進城之後，命令士兵打掃戰場，把屍體搬出城外扔到荒野裡，把大街小巷的血跡清洗乾淨，又命人仔細地清掃了他原來的宅邸，仍居住在這裡。自從王學使血洗高苑城後，城裡往往白天都能見到鬼。到了夜裡，床下牆角更是經常能聽到鬼哭之聲。

有一天，王學使的朋友路過高苑，寄宿在王學使的家裡。到了夜晚，朋友聽到床底下發出一陣低鳴，漸漸地聲音越來越大，說：「我死得好苦啊！」說完大哭不止，緊接著就聽到滿院子裡都有「人」在哭。

王學使聽到院裡的哭聲，提著劍走到院裡，大聲說：「你們這些慘死的鬼都聽著，我是王學使，不許你們在這裡又哭又叫打擾我的客人，你們趕快走開，不然的話……」沒等他說完，只聽院子裡一片冷笑聲打斷了他的話。王學使沒有辦法，只好請來一些和尚、道士在院子裡設了水陸道場，唸經超渡那些亡魂。夜裡還在院子裡撒了些米糧，請那些鬼吃飯。只見院裡到處都是燐火，閃閃發光。

王學使家有個看門的老頭，幾天前生了一場重病，一直昏昏沈沈、長睡不醒、不知人事。就在王學使撒飯請鬼的這天晚上，忽然打了個呵欠醒了過來。正巧他的妻子來給他送飯，他對妻子說：「剛才我已經吃過，現在不餓。」妻子不明白他在說什麼，他又解釋說：「剛才主人不知為什麼在院子裡撒飯，我隨著大夥一起，已經吃過了。」妻子聽了很驚訝，知道他剛才是遇見鬼了。但自此以後院裡再也沒有鬼怪出現。

十七、四十千

新城王司馬有一位總管，他為人很吝嗇，雖然家裡很富裕，卻總喜歡借別人家的東西，而且用完總是不還。因為他有錢有勢，別人又不敢和他作對，不敢去官府告他，只好忍氣吞聲。這個管家生活富足又頗有權勢，日子過得十分順心，唯一不如意的是他一直沒有子嗣。

有一天總管在夢中看見一個人跑到他的屋子裡說：「你欠我四十千錢，一直未還，記得嗎？現在該還給我了。」總管不解地問他自己欠的是什麼錢，那人也不說，轉頭便向他妻子的居室裡走去，他一驚，醒了過來，發現這原來只是一場夢。忽然，有個僕人進來對他說他的妻子生了一個男孩，總管十分高興，忙跑進去看望妻子，才剛走到內室，看到妻子，突然想起剛才的夢，仔細一想，知道這個孩子是那個討債鬼投胎。於是總管吩咐僕人將四十千錢放在一間屋子裡，凡是以後這個孩子所需用的東西都從這些錢裡支取。這個孩子一天天地長大，家裡的人都很喜歡他，長到三、四歲的時候，準備的錢只剩下七百了。總管知道這個孩子是討債鬼化身，也不往屋子裡添錢。有一天孩子的奶娘抱他玩耍，逗他說：「小少爺，你看四十吊錢馬上就要用完了，你也應該走了吧。」誰知奶娘話剛說完，就見孩子的臉色變得慘白，眼睛睜得大大的，脖子軟垂了下來，並慢慢地沒了呼吸。孩子的母親、家人很是心疼，整日哭泣，只有總管一個人還是老樣子，只淡淡地說一句：「用屋子裡餘下的錢，給他置辦個小棺材埋掉算了。他是個討債鬼，討完了債也該走了。」家人們私下裡一算，這孩子從出生到死，總共花費了總管四十千錢，這數目正好是總管欠別人的錢數。

從前有個老人膝下無子，求問一個道行高深的和尚，和尚說：「你不虧欠別人，別人也沒有虧欠你，哪裡來的兒子？」所以說，生了個好兒子是來報前世恩情的；生了個壞兒子則是來討前世欠債的。因此生了兒子不必高興，死了兒子也無須悲傷啊！

十八、鷹虎神

在郡城南部有個東嶽廟，廟門左右各有一尊神像，高達一丈多。人們把其中的一個叫鷹神，另一個叫虎神。兩神的相貌十分可怕，一般人都不敢直視。

廟裡住著一個姓任的道士，他每天雞鳴就起來焚香誦經。在離廟不遠的村裡有個小偷，早就注意這個道士並摸清了他的習慣。有一天那小偷裝作上香的香客，偷偷藏在廟裡的一個角落裡，靜靜地等了一夜。等到第二天清早道士又去上香唸經時，小偷立即竄入道士的屋裡，尋找道士的財物。可是找了半天，什麼值錢的東西都沒有，僅在道士的褥墊下找到了三百個銅錢。小偷趕緊把錢揣入懷裡，跑出廟門，一直朝千佛山的方向跑去。他不停地向南跑了兩個多小時，才跑到山下，只見一個大漢從山上追下來，小偷一見跑得更急了，可是還沒跑幾步，那大漢已經來到他的面前。小偷心知無法脫逃，索性放慢腳步，抬頭望向那人，只見那大漢左肩上有一隻蒼鷹，面色鐵青，很是嚇人。小偷心裡一驚：「咦，這不是昨日進廟時門前的那個神嗎？」嚇得渾身發抖，跪在地上不停地向那個大漢磕頭求饒。那大漢也不理他，揪起他就拉回廟裡，叫他把偷走的錢都拿出來，跪在床頭不要亂動。小偷心裡害怕不已，哪還敢動，那道士上香回來後見有人跪在自己床頭，非常吃驚，便問他緣由。小偷只得把剛才發生的事一五一十地講了出來，道士收下了錢，勸他改過自新，遂放他自行離去。小偷非常感激那道士不懲罰他，回去後認認真真地務農，再也沒犯下傷人害人的事了。

十九、金世成

長山有個人名叫金世成，這個人平時總喜歡偷偷摸摸、不務正業，所以在長山一帶，他的名聲很差。有一天金世成忽然來到一座廟裡，請求老和尚為他剃度，經他苦苦相求，老和尚終於收下他，並為他進行了剃度。

自從他出家後，每天都在街上徘徊，裝成一副瘋瘋癲癲的樣子，總把那些髒東西當成美味。有時別人丟下殘羹剩食，他就撿起來吃，甚至在街上看到狗和羊剛剛拉下的屎尿，他也趴在地上津津有味地舔著吃。金世成在街上看到人就說，自己現在已經是佛了，所以對一切都沒有原來的意識。而那些比較迂腐的男男女女見金世成做的每一件事都很奇怪，不像是普通人的做法，也就漸漸相信他真的已經成佛了。於是紛紛拜金世成為師，向他請教成佛的方法。金世成就教那些門徒跟著他吃糞喝尿，門徒雖然不太願意，但又不敢違背他的意志。有一天金世成又突發奇想，打算建造一棟樓閣，但這要花費很多的銀兩。他的那些徒弟知道後，就到處化緣請求資助，不久就建成了一棟樓閣。

當地知縣南公早就聽說金世成這個人到處招搖撞騙，不是個好東西，如今又聽說他建起了樓閣，更是氣憤，便命差人把金世成抓來狠狠地打了一頓板子，並叫他花錢修建孔子廟。金世成的門徒聽說這件事後，紛紛拿出錢來解救他，並對附近的人說：「佛爺遭難，要求眾人資助。」一個月的時間未到，他的門徒就把修廟需要的錢準備齊了，交到衙門裡救出了金世成。南公不禁喟嘆：「金世成這個小子騙術可真夠高明，修廟的錢這麼快就收集齊備，比那些貪官汙吏追繳稅錢還要有效得多。」

異史氏說：「我聽到人人都說金道人是『今世神佛』，但他的品格竟那麼不好，罰他罰得再重也應該，南公處罰他的方法也不錯，但是用這個道士騙來的錢建孔廟，實在也是讀書人的恥辱啊！」

二十、陸判

很久以前，在陵陽縣有個名叫朱爾旦的人，他生性豪放，喜歡結交朋友，深得朋友的讚揚。可是朱爾旦反應比較遲鈍，雖然學習很勤奮，卻一直沒能考取功名。

有一天，他與同窗們在一起喝酒聊天，其中有個朋友和他開玩笑說：「別人都說你膽子很大，如果你敢半夜到十王殿裡左邊走廊下把那個判官背來，我們大家請你喝酒。」其他的人都隨聲附和。朱爾旦笑了笑，他知道眾人是在激他，因為十王殿裡面全都是木雕的鬼怪，個個栩栩如生，而在殿中東院有個木雕的判官，滿臉紅鬢、面上帶著青光，長得更是可怕。曾經有人夜裡經過那裡，還聽到裡面有拷打的聲音。就是白天進去也不免心驚膽顫，更何況晚上？朱爾旦端起一杯酒一飲而盡，站起來就向十王殿走去。朋友們見他走了，都哈哈大笑起來，笑朱爾旦真是個老實人。誰知過了一會兒，只聽朱爾旦在門外大聲說道：「我把那判官請回來了。」話音剛落，朱爾旦已背著木雕走了進來，安放到桌旁，並倒上三杯酒，恭恭敬敬地敬了三杯。他的朋友們非常害怕，請朱爾旦趕快把判官背走，他不急不徐地又倒上一杯酒，澆地禱告說：「弟子無禮，還請判官您不要見怪，我的家離這裡不遠，如果您不嫌棄的話，今後請光臨寒舍共飲。」說完把那判官背走送回原處。

第二天，他的朋友請他喝酒，喝到天黑才回家。到家後仍覺得意猶未盡，於是點起燈自斟自飲。這時忽然有一個人掀開門簾走了進來，一看原來是十王殿的那個判官，朱爾旦連忙站起來問：「想必是前晚得罪了您，今晚來問罪的吧？」判官拈著紅鬚微笑說道：「不，昨晚是你說要請我喝酒的，正好今晚有時間，所以就來了。」朱爾旦聽了很高興，於是又添了一把椅子請判官入座，並燒火燙酒。判官說：「不用燙了，天氣這麼暖和，冷飲就可以了。」朱爾旦把酒壺放在桌上，轉到後屋告訴妻子，命她趕緊準備酒菜。妻子一聽是十王殿的判官來了，心裡非常害怕，怕判官對她的丈夫不利，不讓他再出去。朱爾旦不聽，又催她趕快準備就出去了。過了一會兒，他的妻子把準備好的菜餚瓜果端了上來。兩人對飲了幾杯，朱爾旦問起判官的姓名，判官說：「我姓陸，無名無字，你就叫我陸判好了。」朱爾旦又和他談論各種知識，陸判都對答如流。朱爾旦又問陸判：「您會八股文嗎？」陸判答道：「只是稍稍能夠分辨出一點優劣，我在陰間和你在陽間所學的大部分都是一樣的。」陸判的酒量很大，兩人連飲了十杯，他仍然沒有一點醉意。朱爾旦因為白天剛喝過，現在又喝了許多，不一會兒就醉得趴在桌子上睡著了。等他醒過來時，陸判早就已經走了。

從此每隔兩三天，陸判就來他家喝一次酒，兩人的友誼也一天比一天深厚。有時喝到深夜，兩人睡在同一張床上，朱爾旦就拿出自己的文章請陸判指教。陸判也不客氣，用紅筆在他的文章上替他修改。朱爾旦每次作完文章，都要給陸判看，陸判總是搖頭說不好。

又有一天夜裡，兩人喝到很晚，朱爾旦有了醉意就先睡下了，只留陸判仍在自斟自飲。夢中朱爾旦感到腹部微微一痛，醒了過來，只見陸判坐在床前拿刀剖開他的肚子，抽出腸胃仔細地清理，於是吃驚地問道：「我們倆無怨無仇，感情這麼好，你為何要殺我？」陸判聽了哈哈大笑說：「我要殺你還要用刀嗎？不要怕，我正在為你換心，換一顆聰慧的心。這樣你的文章才能作好。」清理完後，又慢慢地把內臟放了回去，然後縫好，並解下朱爾旦的裹腳布捆在他的腰上。朱爾旦只覺腹部稍稍有些發麻，床上卻沒有血跡。接著他看見陸判把一坨肉放到桌上，忙問：「這是什麼？」陸判說：「這是你的心，以前你的文章總是寫不好，正是由於心不開竅，剛才我在陰間為你挑了一顆最好的給你換上，再拿你的這顆到陰間補足缺數。以後你的文章定然能夠作得好，放心吧！」說完帶上門就走了。

天亮後，朱爾旦覺得腹部已不再麻木，就解開纏在腰間的布仔細一看，傷口已經癒合，僅留下一條淺淺的紅印。從此朱爾旦的文思大有精進，讀書時過目不忘，作文也一天天越寫越好。幾天后他又拿出文章讓陸判修改，陸判說：「嗯，這回的文章還算可以，但你卻做不了大官，因為你的福薄，最多只能中個舉人。」他又問陸判自己何時能夠中舉，陸判笑說：「今年你一定能考中頭名。」不久，府城考試果然應驗，鄉試也得了頭名。他的同窗以前都嘲弄他文章寫不好，見他考中了舉人，都不相信，爭著要看他的試卷。看完後，無不嘖嘖稱讚，吃驚地問他是怎樣寫出這麼好的文章。朱爾旦被迫無奈，只好如實地把事情經過告訴了他們。大家更是吃驚，爭相請他介紹結識陸判。

朱爾旦沒辦法，只好將這事告訴了陸判。陸判聽了也沒再說什麼，答應和他們相見。大家都很高興，就在朱爾旦的家裡設宴招待陸判。等到初更時，陸判從門外掀簾進來，雙眼閃著亮光，紅鬍子在胸前不斷地飄，一臉嚴肅。這些人嚇得渾身發抖，互相望了一眼便拔腳都溜了出去。兩人見這些人如此狼狽，不由得相視一笑，攜手坐到桌旁開懷暢飲。兩人喝了許多，都微微有了醉意，朱爾旦開口說：「大哥，咱倆的交情也不淺了，以前我受您的恩惠不少，我也不客氣地都接受了，眼下還有件事想麻煩您，也不知該說不該說？」陸判盯著他問他有何要求？朱爾旦想了想，說：「大哥既可以為我換心，想必這面貌也可以更換。我的妻子您也見過，為人賢慧、知書達理，唯有一點不好，就是面貌不美，我想請您給她也動手術，換副比較漂亮的容貌，不知行不行？」陸判聽後，哈哈一笑說：「沒問題，放心好了，不過得慢慢設法才可以。」

又過了幾天，陸判始終沒有再來吃酒，朱爾旦心裡覺得很奇怪。這一天半夜，忽然聽到有人敲門，朱爾旦心想一定是陸判來了，便急忙去開門。果然，開門一看，只見陸判衣襟處鼓鼓的像是包著一件東西，朱爾旦好奇地問陸判那是什麼？陸判說：「還不是你託我辦的事。我雖然答應你，但卻一時不易辦到，所以這幾天一直沒有來。剛才機會來了，在陰間為你找來一顆美人頭，應該可以滿足你的要求。」說完打開包裹，朱爾旦一看那頸子上還有血，心裡不禁一陣狂跳，不知該怎麼辦才好。陸判看他站在那裡發怔，催促他趕緊把門關上，不要讓別人看見。兩人來到內室，此時朱妻早已熟睡多時了。陸判從靴子裡取出一把閃著寒光的匕首，走到床前把朱妻的頭給切了下來，又趕緊拿來美人頭仔細地接合上去，又慢慢地調正，然後用力一按，按完後又把枕頭墊好。等一切辦完後，兩人走出內室，陸判讓他快去把他妻子的頭埋起來，又囑咐了幾句便離開了。

朱夫人醒來後，覺得脖子有些發麻，臉上也好像有什麼東西黏著很不舒服。伸手在臉上一搓，發現掉下來的竟是血塊，嚇得大叫一聲。門外的丫鬟聽到朱夫人的喊聲，忙走入房內，只見朱夫人滿臉是血，也嚇壞了，趕緊出去打了一盆水進來。夫人匆匆忙忙地洗了臉，盆裡的水都染紅了。夫人又叫丫鬟拿鏡子過來，丫鬟抬頭一看，見夫人面目全非，很吃驚地望著夫人。夫人覺得奇怪，拿過鏡子一看，鏡中的自己已不是昔日的面目，感到非常驚訝又不知所措。這時朱爾旦恰好從屋外進來，仔細端詳夫人，只見她秀眉彎彎，一張鵝蛋臉上帶著優雅的笑容，就像畫中的美女一樣。夫人見是丈夫進來，忙問緣由，朱爾旦笑著對夫人說了整個事情的經過，夫人又是高興又是害怕。

誰知過了幾個月，一天門外有人敲門，朱夫人以為是丈夫回來，開門一看，是一個不認識的婦人，那婦人一看見朱夫人，大叫一聲轉身就跑了。朱夫人覺得很奇怪，等丈夫回來後向他說了這件事，朱爾旦也不知是怎麼回事。第二天，官府來人不由分說將夫婦二人帶走。到了堂上，只見縣官的身旁坐著一人，睜著一雙驚訝的眼睛看著朱夫人。過了一會兒，只聽那人說：「我女兒正是這夫婦二人用妖法所害，那女人的頭就是我女兒的人頭。」朱爾旦和夫人不解其意，相視不知所措。原來告狀那人是城裡的吳侍禦，他有個女兒長得很漂亮，尚未嫁人。上元節那天和家人一同去十王殿遊玩，誰知被一個無賴見到，暗地裡探明了她家的住址，到了夜間從窗外跳入屋中，企圖強姦。那小姐死活不從，無賴大怒，把小姐和一個丫鬟都殺了。吳夫人聽到女兒屋中的喊叫聲，忙命僕人去看看發生了什麼事。僕人到小姐屋裡一看，只見小姐、丫鬟都被殺死了，嚇得跑回去告訴了吳夫人。全家人聽說了這件事沒有一個不害怕的，哭鬧聲響成一片。吳侍禦家人趕緊報官，然後把兩人的屍體存放在停屍堂上，頭顱安置在身體旁邊。誰知第二天揭被一看，小姐的頭顱已不見了，丫頭趕緊報告了吳侍禦。吳侍禦聽了大吃一驚，趕到靈堂，果然頭已不見。吳侍禦大怒，心想准是看靈堂的人晚上不小心讓狗把女兒的頭叼走了，便嚴懲了那個家人。官府接案三個月，始終不能破案。後來吳侍禦聽人說起朱爾旦的夫人夢中換頭的事，心裡非常懷疑，就派家人去朱家探一下虛實。那天到朱府敲門的婦人正是吳家的家人。她回去後把自己看到的一切都告訴了吳侍禦，吳侍禦更加懷疑是朱爾旦用妖術殺害了自己的女兒，於是一狀告到了官府。官府這才將二人押到堂上。縣官審訊二人，二人都說不知原因，只知是在夢中被人換掉了頭。於是縣官又審問他的家人，家人的口供也與兩人所說一致，縣官一時也不知該如何決斷，只有暫時將朱爾旦夫婦押在牢裡。朱家人趕緊把這事告訴了十王殿裡的判官，陸判安慰家人一番，並開始設法解救朱爾旦夫婦。

有一天晚上，吳侍禦剛剛入睡，在夢中只見女兒走進來說：「孩兒的死與朱舉人夫婦無關，朱舉人因嫌妻子不美，所以陸判官就把女兒的頭與朱夫人換了，如此一來，女兒雖死但頭卻未死，所以請您不要再為難他們夫婦，如果您要為女兒報仇的話，就去蘇溪抓那個楊大年，女兒是被他殺的。」吳侍禦一驚，醒了過來，恰好吳夫人也醒了過來。吳侍禦把自己的夢告訴了夫人，夫人很驚訝地說自己也做了一個同樣的夢。天亮後夫婦二人趕緊到官府向知縣陳情，知縣立即派人去查問，果然有楊大年這個人，於是把他抓了回來。一經審訊，楊大年承認了他的罪行，知縣把朱爾旦夫婦放出，並把楊大年押入死牢。

過了幾天，吳侍禦和夫人來到朱爾旦家，對他們夫婦說了女兒托夢之事，並且把朱夫人認作女兒，又命人把朱夫人的頭顱起出，與女兒的屍體合葬在一起。

朱爾旦自從換心之後，雖然文采比以前好多了，但三次到京城參加會試都沒能如願。從此後，他對自己沒有了信心，也知道自己不可能在仕途上有什麼發展。陸判仍然像以前一樣，每隔幾天就到他家來喝酒。又過了三十年，一天兩人又在對坐飲酒。陸判說：「老弟，你的陽壽快盡了。」朱爾旦忙問：「還有多長時間？」陸判答：「五天。」朱爾旦又問：「能救嗎？」陸判說：「老弟，你可知道天命難違啊。況且，活，並不都是快樂的；死，也並不都是悲傷的。自己看開些就可以了。」朱爾旦聽了覺得很有道理，於是也不再多問什麼，繼續和陸判喝酒談天。第二天，他命家人準備壽衣和棺材，並囑咐了妻子很多話。到了第五天，他穿戴整齊，安然地死去。由於事先安排妥當，倒也不顯得慌亂。

死後第二天，朱爾旦忽然又從外邊走了進來，朱夫人原本正伏在棺材上哭，忽感覺有人進來，抬頭一看，見是剛死去的丈夫，心裡很害怕。朱爾旦說：「妳不要怕，我雖然變成了鬼，但卻與活人一樣，因為心裡掛念妳和孩子，所以就回家來看看。」夫人一聽，哭得更加傷心，問：「聽人說，人死可以重新還魂，你不如請陸判幫幫忙，讓你回來吧！」朱爾旦笑了笑，說：「天命難違啊！」夫人又問：「你在陰間做什麼？」他說：「因為陸判的推薦，閻王給我一個不小的職位，過得還不錯。妳就不要為我擔心了。」夫人張口還想說下去，朱爾旦連忙止住她，催她趕快去準備酒餚，說：「今天陸判和我一起來了，我們還要喝點酒，快去吧！」夫人聽說陸判也來了，便趕緊去準備酒菜。兩人邊喝酒邊談天，就像以前一樣，直到半夜兩人才離去。

從此，朱爾旦每隔兩三天就回家一趟，在家裡順便幹些家務，夫婦的感情仍像以前一樣。他有個兒子名叫朱瑋，已經五歲了，他每次回家都要抱抱他、逗他玩，等到兒子七、八歲的時候就教他讀書。朱瑋很聰明，九歲的時候就會做文章，十五歲時考取了秀才，朱爾旦很高興，他看兒子逐漸長大，回家的次數也就少了。這時朱瑋還不知父親已死，只是感到奇怪：父親為什麼隔幾天才回來一次。有一天夜裡，朱爾旦對夫人說：「夫人啊，我們這一次可要永別了，玉帝命我做太華卿，那兒離家很遠，事也比較多，恐怕沒時間再回來了。」母子倆一聽，抱著他痛哭，他心裡有說不出的難受：「唉，你們無須如此，瑋兒已經長大了，家裡過得也可以，我也就沒什麼好掛心的了。再說，天下沒有不散的筵席。孩子，我還要囑託你幾句：以後無論做什麼，都要好好做人，萬萬不可壞了咱家的門風，十年後我們再見吧！」說完就不見了。

後來朱瑋二十五歲時考中進士，皇帝派他去西嶽華山祭祖。當車隊走到華陰界內時，忽然前面出現一輛很大的車子。這輛車子很漂亮，也很氣派，車前車後還有許多隨從，直向他的儀仗隊走過來。士兵趕緊報告朱瑋，他仔細一看對面車子，只見自己的父親坐在裡邊，於是連忙跳下車，停下儀仗隊跪在路旁哭了起來。這時，那邊的車隊也停了下來，朱爾旦沒下車，只是對朱瑋說：「你在陽間做的事我都知道，你為官清正，我很放心。」說完，就命人繼續趕路。朱瑋還想說些什麼，父親的車馬卻已經走遠了。朱瑋跪在那裡呆呆地望著父親遠去的方向，突然有一匹快馬從遠處跑來，馬上跳下一人，來到他面前遞上一把佩刀，說是他父親贈給他的，要他好好保存，切勿丟失。說完上馬又向前追去。朱瑋抽出佩刀細看，那刀做得十分精緻，刀面鐫著一行小字：「膽欲大而心欲小，智欲圓而行欲方。」直到看不到父親的車子，朱瑋才命人繼續趕路。

幾年後，朱瑋做了司馬，依舊為官清正廉潔，深得皇帝的賞識。這時朱瑋已有了五個兒子，朱瑋對幾個兒子要求很嚴，很小就教他們學習。忽然有一天夜裡，他又夢見父親對他說：「你的那幾個兒子裡只有朱渾可以繼承你的志願，佩刀可以傳給渾兒。」朱瑋知道又是父親顯靈，於是就照他的囑咐，把佩刀傳給了朱渾。後來朱渾官至總憲，也是為官清正、頗有政績。

二十一、嬰寧

從前有個名叫王子服的人，家裡很富有，從小家裡人就嬌慣他，平常從不許他到野外去玩。因王子服很聰明，有過目不忘的本領，讀書也很用功，所以十四歲時就考取了秀才。後來與當地一位姓蕭的女子定親，可那女子尚未過門就得重病死去了。此後，他再也沒有找到更合適的配偶。

有一年的上元節，他表兄吳生來邀他出去遊玩，他母親見有他表兄陪伴，也就同意了。兩人信步來到野外，這時舅舅家的僕人急忙來找他的表兄，說家裡有事，讓他立刻回去。於是吳生囑咐王子服要早些回去，免得母親擔憂。吳生走後，王子服見在外遊玩的姑娘很多，且自己從未單獨出來過，於是就決定獨自在外逗留遊覽一番。走了一會兒，看見一個姑娘帶著一個小丫鬟，手裡握著一枝梅花，那樣子真是美極了。尤其是那女孩笑的時候，更加動人，王子服不覺看得忘我，眼睛癡癡地盯著那少女。正巧那少女回頭，看到王子服，就對身旁的丫鬟說：「妳看那個少年的目光，好像賊一樣，看得讓人很不舒服。」於是把花丟在地上，拉起丫鬟轉身笑著走開了。王子服見那少女離去，心中若有所失，走上前把那枝梅花拾起來，回頭想找那女孩，卻早已不見人影。他再也沒有心情遊玩，便垂頭喪氣地回到家裡，把花藏在枕下，整日無精打采，沉默寡言。母親見他反常，懷疑他被什麼妖物迷失了本性，於是就請來道士為他驅邪，可是一點作用都沒有。

眼看著兒子一天天地消瘦下去，母親心裡十分著急，又請大夫開了藥吃，誰知吃藥後卻更加昏昏沉沉。母親問他許多話，他卻一聲不吭，只是呆呆地坐著。母親知道已是無法可施，心急如焚。正巧有一天吳生來家裡探望，便把姪兒叫到屋中，讓他設法從旁瞭解一下兒子到底有何心事。王子服一見到表哥，不自覺地流下眼淚。吳生一面安慰他一面詢問，王子服就把上元節那天發生的事都告訴了表哥，並讓表哥幫他打聽那姑娘的情況。吳生聽了哈哈一笑說：「老弟，你也未免太癡了，這點事有什麼不好辦的，包在我身上好了。我想一個姑娘家徒步在外遊玩，一定不是什麼達官貴人家的小姐，如果她還沒有許給別人，就很容易撮合了。你不必因為這件事整日悶悶不樂，你看姨娘這幾天急得都瘦了許多。」王子服聽了不好意思地笑了笑。吳生問明白後，立刻將情況告訴了姨娘。吳生回去後，想了許多辦法打聽那姑娘的情況，但過了很久仍然一點消息都沒有。

自從吳生走後，王子服心情好轉了許多，飯量也有所增加。過了幾天，吳生又來了。王子服忙問他事情進展得如何？吳生不好意思對他直說，只好哄他道：「已經查明了，我還以為是誰呢！原來是我姑母的女兒，算來也是你的姨表妹，她還沒有訂婚。我們和她是親戚，雖然似乎有點不太適合，但如果把實情告訴姨娘，我想倒也不無可能。」王子服聽了喜得眉開眼笑，忙問那姑娘住在哪裡？吳生信口說：「我們和她家聯繫較少，她家住在西南方向的山村裡，離這裡大約有三十幾里路吧！」王子服又請表兄前去說媒，吳生只好答應下來。

幾天後，王子服的身體大致康復了。有一天，他想起枕頭下的梅花，翻開一看，花早已枯了。他拿起枯枝，想著種種美事，不覺有些出神。他見表兄去了這麼長時間不見再來，於是連著寫了幾封信，都被表兄藉故推諉了過去。他見表兄總是有意推辭，心裡十分生氣，於是又成天鬱鬱不樂。他母親見兒子又故病復發，便託了幾個媒人為兒子物色合適的對象。他知道後告訴母親不要再費心了，他一定要找到那個姑娘。母親雖然無奈，卻也無計可施。王子服還是整天盼著表兄的消息，可總是失望。一天，王子服心想，既然表兄不肯幫忙，不如自己去找，反正也只有三十幾里路，又何必去求別人呢？於是他把花放入袖裡，也沒有和母親商量，便偷偷地溜出家門，朝表兄說的方向走去。

他走了很長時間，路上已沒了人家，也沒有地方問路，只好朝著南邊的山區走。大約走了三十幾里，四周盡是山巒疊嶂，路上寂無行人，只有鳥獸。又往前走了一段，隱約看見遠處山谷下的樹林裡似乎有個小村子，王子服心裡一喜，想那表妹一定是住在這裡了。頓時腳下生風，很快下山到了村邊，看見路邊有幾間茅草屋，雖然簡陋了些，修整得卻十分乾淨幽雅，不禁陶醉其間。他看到北邊一家門前種滿絲柳，牆內桃杏尤繁，夾雜幾株修竹，野鳥在林間鳴囀，門前有一個光滑的石頭，此時王子服也感覺有些疲憊，就走到石頭邊坐下，環顧四周的風景。

不一會兒，忽聽牆內有女子輕聲叫道：「小榮，小榮。」聲音細膩柔和，聽起來很動人。他正在仔細品味那聲音，只見一個女郎由東向西走了過來，手拈一枝杏花，邊走邊低頭往髮髻上插去。那女子抬頭看見王子服坐在那裡，就不再插花，含笑拈著花走進了對面的那個花園。他仔細一看那女郎似乎在哪裡見過，猛然想起正是上元節那天見到的小丫頭，心裡一喜，站起來就要跟著進去，但接著又想：「不行啊，進去怎麼說呢？說找姨娘吧，兩家從未來往過，萬一弄錯就不好收場了。」心裡著急，偏那戶人家也不見有人出來，只得在門口轉來轉去，站起來又坐下，從早晨一直等到日落，也沒有人經過，只有剛才進去的那個女子不時地探出頭看看，又趕緊縮回去，王子服只有無奈地等著。

忽然有個老婆婆從屋裡走出來，拄著枴杖，看著他問：「小夥子，聽說你早晨就來了，天黑了也不走。你從哪兒來的呀？是不是找人啊？」王子服趕緊走上前深施一禮，回答說：「晚輩是來這裡看望一個親戚的，但卻一直都沒找到。」誰知那老婆婆耳聾得厲害，往前探了探身子。王子服見老人家沒聽清楚，又大聲地講了一遍。老婆婆又問：「你是來探親的？你那親戚姓什麼？」王子服一時答不上來，不知如何是好。那老婆婆看他尷尬的樣子，不禁笑道：「你可真是一個書呆子，連親戚的姓名都不知道，還探個什麼親呢？哎，不如先進屋裡吃些東西，正好家裡還有一張床，你可以在這裡先休息一下，等明天回去問明白了再來吧！」此時的王子服早已是饑腸轆轆，又想到進屋後也可以順便打聽一下那位姑娘的情況，心裡非常高興，便跟著老婆婆進了花園。

王子服進到花園後，只見路的兩邊白石相砌，石階上落滿了花瓣，又向西一轉，看見一個門院內到處是花架，還種了許多蔬菜，充滿了農家小院的氣息。王子服隨老婆婆進了屋，牆壁四周粉刷雪白，窗外的海棠連著枝葉從窗口伸進屋內，別有一番風味。他剛坐下，就覺得有人在窗外偷看。果然，老婆婆對著窗外叫聲「小榮」。窗外有個女聲答應，老婆婆又讓她趕緊去準備些吃的。老婆婆坐下，隨便同王子服聊了一下家事，突然問：「這麼說你外祖父是姓吳了？」他很奇怪地答道：「對呀，可您又是怎麼知道的呢？」那老婆婆笑著說：「孩子，說來我們還是一家人哪！你母親是我的妹妹。多年來只因家裡窮困，又沒有男孩子，所以就再也沒有聯繫過，沒想到你都長這麼大了。」王子服一聽大喜說：「晚輩這次出來就是來找姨娘的，只是匆忙中忘了您的姓氏。」老婆婆說：「我姓秦，有個女兒，並非親生，是姨太太生的。後來她母親改嫁了，這孩子一直留在我身邊。人倒是不笨，只是有些太嬌慣了，等一會兒叫她過來見你。」

片刻間，那名叫「小榮」的丫頭擺上飯菜，他姨娘知道他餓了一天，勸他多吃些，他也不客氣，很快地吃完了飯。小榮見他吃完，趕快收拾了餐具，老婆婆又命她去把小姐請過來。過了好一會兒，門外傳來一陣清脆的笑聲。那婆婆道：「這就是我那女兒。嬰兒，過來，見過妳表哥。」門外那姑娘仍在吃吃地笑，小榮把她推進屋來，她仍掩著口笑個不止。老婆婆生氣地說：「妳也太不像樣了，沒看見屋裡有客人嗎？嘻嘻哈哈的成何體統！」那姑娘忙忍住笑站到老婦人身邊，王子服趕緊站起來給她行了一禮。老婆婆回頭對女兒說：「王少爺是妳姨娘的兒子，只是很長時間沒有來往過，雖是一家人，但卻不相識。」王子服問：「妹妹今年芳齡幾何？」老婆婆沒聽清楚，他又重複一遍，那姑娘見他這樣子，忍不住又笑了起來。老婆婆說：「這孩子就是被慣壞了，都十六歲了還像個孩子似的，一點事都不懂。」王子服點點頭說：「原來妹妹只比我小一歲。」老婆婆又問：「想來外甥已經成親了吧？外甥媳婦是哪家的姑娘？」他不好意思地說：「外甥至今尚未娶妻。」老婆婆看了女兒一眼，說：「像外甥這樣才貌雙全，為何十七歲尚未定親？嬰寧也沒有定親，我看你們兩個倒是挺合適，只可惜是內親。」王子服聽了，眼睛直盯著嬰寧，其他全然不顧。小榮在旁悄悄地對嬰寧說：「小姐，妳看他目光灼灼，直盯著妳瞧，真是賊相未改。」嬰寧聽了又笑，轉身對小榮說：「走，我們去看看碧桃花開了沒有？」兩人小聲掩嘴笑著出去了。老婆婆也站起身，囑咐丫頭把被褥整理好，又對王子服說：「外甥遠道來一趟也不容易，不如在這裡多住幾天吧！如果寂寞的話，就到屋後的小園裡轉轉，家裡有些書你也可以隨便看看。」

　　第二天，他信步走到屋後，果見屋後有半畝見方的一塊小花園，細草如氈、楊花鋪路，花園裡有三間小茅屋，房屋四周種滿了各式各樣的花草。他漫步走在花叢間，忽然聽到樹上有簌簌的聲響，抬頭一看，原來是嬰寧在樹上。嬰寧看見他，笑得前俯後仰，王子服趕緊說：「快別笑了，小心跌下來！」嬰寧聽了，笑著從樹上爬下來，離地不遠時失手從樹上跌了下來，笑才止住。王子服上前將她扶起，偷偷捏了一下她的手腕，嬰寧卻又笑了起來。王子服等嬰寧笑過，拿出袖中珍藏著的梅花枝遞給嬰寧，嬰寧接過問：「這花早已枯了，你怎麼還留著呢？」王子服說：「因為這是上元節妹妹丟下的，所以才留 。」嬰寧又問：「花早已經枯了，也沒有香氣了，留著有什麼用呢？」王子服答道：「這表示我對妹妹的愛是無法改變的。自從我和妳上元節相遇，回家後便患了相思病，還以為會不久人世了，萬幸的是今天又見到了妳。」嬰寧天真地說：「這是小事，既然我們是親戚，等你回家時我叫僕人折一大捆花給你就是了。」

王子服聽了，不知她這話是什麼意思，只好說：「妹妹當真不明白嗎？」嬰寧說：「明白什麼呢？」王子服解釋道：「我並不是愛花，而是愛拿花的人。」嬰寧又說：「既然是親戚，當然要相互愛護了。」王子服又向她解釋說：「我所說的愛不是親戚間的愛，而是夫妻間的愛。」嬰寧奇怪地問：「難道說夫妻間的愛和親戚間的愛不同嗎？」王子服真不知該如何解釋，想了一下說：「夫妻之間的愛，是能同床共枕的。」嬰寧想了許久，然後低下頭說：「可是我不習慣和陌生人睡在一起……」話未說完，小榮不知從什麼地方走了過來。王子服感到很難堪，就趕緊走開了。

不一會兒，僕人請他過去吃飯。他到了飯廳一看，老婆婆正在問嬰寧：「妳到哪裡去了這麼久，飯菜早都煮好了，就等妳了。」嬰寧告訴母親：「我和表兄在後花園說話呢！」老婆婆問：「有什麼話，談了這麼長時間？」嬰寧就把剛才兩人的談話告訴了母親。王子服聽了十分尷尬，忙用眼色阻止她說下去。幸好老婆婆沒聽清楚，仍在嘮嘮叨叨地問著。他趕緊上前用別的話搪塞了過去。過了一會兒，小聲地責備道：「這些話是不能隨便講給別人聽的。」嬰寧奇怪地問道：「背著別人可以，豈能背著母親呢？」王子服心想，這個丫頭真是傻得可愛，就不再說什麼了。剛吃過飯，聽到門外有人敲門，開門一看見是自家的僕人。原來自從他離家出走後，母親很擔心，派人四處尋找，一直都沒找到，就命人到吳生家裡看看。吳生想起先前曾對表弟說過的話，便告訴家人到西南山區裡去找。家人一路走來，問了幾個村子，最後才找到這裡。王子服見是家人來找，就進去向姨娘告辭，並請求讓妹妹和他一起回去。老婆婆聽了很高興地說：「你不說我也有這個想法。我老了，身體也不行了，你帶著妹妹回去認親，那是最好不過了。」說完命人喚嬰寧過來。嬰寧笑著走了進來。老婆婆對她說：「妳表哥想帶妳一起回去。妳先去打扮一下。」又命人招待王家的人吃了飯，然後把他們送到門口，對嬰寧說：「姨娘家比較富有，到了那兒也別急著回來。學點禮節，將來也好侍奉公公、婆婆，再請姨娘給妳找個好人家。」

到了家裡，母親見兒子帶回一位美貌的姑娘，私下裡問那姑娘的來歷。王子服告訴母親那姑娘是姨娘的女兒。母親疑道：「你表哥以前對你講的全是捏造的，我沒有妹妹，哪來的什麼外甥女。」於是請出嬰寧，問她原委。嬰寧說：「我並不是母親親生，父親姓秦，去世時我還很小，哪裡記得。」母親聽了又說：「我以前倒是有個姊姊，嫁給了秦家，但死去很久了，不可能還活著。」又問嬰寧母親的特徵，竟然完全一樣。母親更是驚奇地說：「真的是她！但確實很久以前就去世了啊……」正說到這裡，吳生從外面進來，嬰寧則匆匆進了內室。吳生問起事情的原委，想了許久，問：「那姑娘是不是名叫嬰寧？」王子服奇怪地問表哥是如何知道的。吳生說：「這事可怪了，秦家姑母去世後，姑爹一人獨居。後來被狐仙迷住了。狐仙給他生了一個女孩兒，名叫嬰寧。小時候我們大家都見過，姑爹死後那狐仙仍常來看她，後來家人求得張天師的符，貼在牆上，狐仙就把女兒帶走了，以後就再也沒有見過。我想嬰寧可能就是那個孩子。」大家一時不知該如何是好，卻聽嬰寧在屋裡面嘻嘻地笑個不停。母親說：「這孩子有些憨，不知能不能治好？」吳生說要看看她是怎樣的人，母親去催她出來見客，嬰寧極力忍住笑，對著牆站了好一會兒才出來。出來後也只是匆匆行了個禮，轉身又回去了。進屋後又笑了起來，逗得屋裡的人都笑了。

吳生臨走時說要先到秦姑母那裡看看，順便給表弟提親作媒。到了那裡卻什麼也沒有找到，只有山花零落滿地。吳生回憶姑爹所埋之處，好像離這裡不遠，但墳墓早已被蔓草覆蓋，很難辨認。他回來把這些事告訴了姨娘，王子服的母親聽了，懷疑嬰寧是鬼，於是就進內室詢問嬰寧，可她卻滿不在乎。王母又告訴她，以後就無家可歸了，她聽了之後也不怎麼悲傷，仍然在那裡傻笑。王母沒辦法，只好讓她同家裡的丫鬟睡在一起，天亮後什麼事也沒發生。嬰寧每天早晨都來向王母請安，她女紅做得很好，只是愛笑，但笑得厲害時倒顯得更漂亮了。鄰里的婦女們都很喜歡她，總會主動過來和她搭話、做朋友。王母決定選個黃道吉日為兒子完婚，但心裡總是有些懷疑，就偷偷地看她在陽光下是否有影子，結果與常人一樣，這才稍微放心。

到了完婚那天，嬰寧身穿漂亮的衣服，準備行婚禮。只因為笑得太厲害，使婚禮無法順利進行，只好草草了事。往後家裡有什麼不愉快的事，只要嬰寧一笑，一下子便煙消雲散了。有時僕人犯了錯誤，害怕主人懲罰，就來求嬰寧替自己在老太太那裡求情，嬰寧求情也都見效。嬰寧非常喜歡花，常向周圍的人打聽，只要知道哪裡有好花，無論多少錢，甚至把自己的首飾賣掉，也要買回來。幾個月中，家裡到處都種滿了花。在院子後面種著一架丁香，長得很好，與兩邊的鄰居家連著，嬰寧經常爬上去摘花。雖然常被婆婆訓斥，可就是改不了。一天嬰寧又去摘花，恰好被鄰居的兒子看到，那人癡癡地看著嬰寧，嬰寧也望著他笑了一陣，結果那人會錯了意，以為嬰寧對他有意。嬰寧用手指了指牆下，對方誤以為那是暗示他在牆下幽會，喜出望外，到了晚上，那人來到牆根下，見嬰寧真的在那裡等他，就予以非禮。誰知下體有如錐刺，忍不住大聲叫了起來。細看卻是一段朽木，他所觸到的正是朽木的一個眼孔。他父親聽到兒子喊叫，急忙跑過來問他緣由，可他總是不說，只是在那裡「哎喲！哎喲！」地號叫著，等到他妻子來才說了真相。於是，點了燈看那朽木，發現朽木孔中有個像螃蟹那麼大的蠍子。他父親大怒，把那朽木劈開，殺死了蠍子，把兒子背了回去，不到天亮就死了。鄰居向官府告狀說嬰寧是妖精變的，但因為王子服平時頗得縣官的賞識，他知道王子服品行端正，又是個有學問的人，就替他開脫，判鄰人有意誣告，準備予以判刑。王子服聽說後找縣官求情才釋放了鄰居。

事情過後，母親對嬰寧說：「我就知道像妳這樣子早晚要惹是生非。幸好縣官英明，如果是個糊塗縣官，把妳抓上堂審問，那時我兒子還有什麼臉面見人呀！」嬰寧聽了發誓不再笑。母親說：「人哪有不笑的，但笑總該有個時候吧！」可是嬰寧從此再也不笑了，家人逗她笑也笑不出來，不過也未見她傷悲過。

有一天晚上，她突然坐在丈夫面前哭了。王子服感到奇怪，問她原因。她哽咽地說：

「過去和你相處不久，說出來恐怕嚇著你。如今你和婆婆都十分疼愛我，我也就對你直說了吧！我本是狐仙所生，母親臨死的時候把我託給了鬼媽媽照看。我沒有別的親人可依靠，只有你和婆婆對我好。可是鬼媽媽只能孤零零地待在山谷裡，我希望你能把鬼媽媽和父親合葬在一起，那麼她們也就無怨了。」王子服聽了也不害怕，欣然答應。又問她如何才能找到鬼媽媽的墳墓，嬰寧說她自有辦法。兩人於是備買了棺材一同來到山谷中，嬰寧在一片亂草中找到墳墓，開始挖掘，果然見到屍骨，嬰寧趴在屍骨上痛哭失聲，丈夫勸了許久才止住啼哭，然後兩人又把兩具屍骨葬在一起。當晚王子服夢見老婆婆來向他道謝，早上醒來把夢說給嬰寧聽，嬰寧笑了笑說：「我早知道了，我昨夜見到了她老人家，她囑咐我不要驚醒你，所以……」丈夫聽了對於沒將老人家留住感到惋惜。嬰寧又道：「你的好意她是知道的，只是這裡生人多、陽氣盛，她不能久住。」丈夫又問起小榮。嬰寧說：「小榮也是狐，她很聰明，母親留下她照看我，她對我很好，我常在心裡感激她，昨晚問媽媽，才知道她也嫁人了。」從此每到清明節，夫妻兩人都去為兩老掃墓。一年後嬰寧生了一個小男孩，王母整日抱著走來走去，疼愛得不得了。那孩子也不怕生人，見人就笑，別人都說這孩子像極了他的母親。

二十二、聶小倩

在浙江有個名叫寧采臣的人，為人慷慨豪爽，且又公正、廉潔、講義氣。他常對人說自己生平不喜女色，也不見異思遷。有一次他去金華辦事，由於忙著趕路，一時錯過了旅店，到了晚上只好借宿寺內。寺內有大殿、寶塔，十分壯麗，但周圍卻長滿了和人一般高的茅草，好像從來沒有人來過。東西兩邊是僧人的房屋，門虛掩著卻沒有人住；南邊有個小屋，似乎是剛上鎖；階下有個大池塘，開滿了藕花，偶爾聽到幾聲鳥叫反而顯得很幽靜。寧采臣心想：「正巧來金華應試的士子很多，城裡也不一定有地方住，不如就住在這裡。」於是就在寺裡隨便走走，等寺裡的和尚回來。過了一會兒，見一個人進來，逕走到南邊的小屋，打開鎖剛要進去。寧采臣趕緊上前到那人面前施禮，並告知自己打算借宿的想法。那人說：「這裡沒有人管，我也是在這裡借住的，如果你願意的話就住在這裡吧。」寧采臣很高興，找了一些乾草鋪在地上做床，又找了一塊木板支起來當桌子用。待一切佈置妥當後，他來到那人屋裡談天，兩人互相通報了姓名，才知那人姓燕名赤霞。寧采臣以為他也是來應考的，但聽口音又不像是浙江人，一問之下才知是陝西人。兩人談了一會兒，都有些倦意了，就各自回房就寢。

寧采臣因為剛到不太習慣，所以遲遲沒有入睡，躺在那裡想著心事，忽然聽到北邊房裡有人說話，像是住有人家。他覺得很奇怪，就爬起來伏到石窗下偷看，只見矮牆外小院內有兩個老婦。說話的看來有四十多歲，那婦人說：「小倩為什麼去了這麼久還沒有回來？」另一個駝背的老太婆說：「可能是有相好的來了吧！」那中年婦人又說：「我聽說小倩對姥姥有怨言啊！」駝背老太婆說：「我尚未聽說，但確實這些時日她好像不太高興。」另一人又說：「姥姥您對這丫頭不能太好……」話未說完，一個十七、八歲的美貌少女走了進來。那駝背老太婆說：「背後可不能亂說別人的壞話，我們正在說妳呢，幸虧沒說什麼壞話。」接著又說：「小倩長得太漂亮了，假使我是男人的話，也會被妳迷住。」那少女說：「哼！如果姥姥不誇我的話，也許就沒有誰會說我好了。」再來的就什麼也聽不清了。他只以為是鄰居女眷，就躺下自己想心事，過了好長一段時間，什麼也聽不到了。

就在他朦朧中將要睡著時，忽然感覺有人進來，睜眼一看竟是剛才那個少女。寧采臣吃驚地問：「妳來幹什麼？」那女子說：「這麼好的夜晚，我一個人很寂寞，特地來與你共度良宵。」寧采臣嚴肅地說：「請妳自重。妳不怕別人說閒話，我還怕人議論呢。偶一失足，我就成為不知廉恥的小人了。妳還是趕快出去吧！」那女子說：「沒關係的，夜深人靜不會有人知道的。」寧采臣大聲地斥責她，她本還想說什麼，寧采臣說：「妳要再不走的話，我可要叫醒南屋的人了。」那女子聽了，嚇得趕緊往門外走去。走到門外，又轉過身將一錠金子放在門口。寧采臣上前一步抓起那金子丟到門外，說：「不義之財，我還怕汙了口袋呢！」那女子慚愧地拾起金子自言自語道：「這人可真是鐵石心腸。」

第二天清晨，又有個讀書人帶著僕人進寺，住到了東廂房，誰知到了翌日清晨突得暴病而死，腳板心上有一個小孔，像是用錐子刺的，還有一道鮮血流出。誰也不知死因為何，又過了一夜，那僕人也死了，死狀和他的主人相同。到了晚上，燕赤霞從外面回來，寧采臣就把這件事告訴了他。燕赤霞說：「可能是被附近的鬼魅迷住，奪去了性命。」寧采臣生性耿直，也沒把這話放在心上。

夜裡，那女子又來對他說：「我見過許多人，很少有像你這樣的硬漢。你是好人，我不敢欺騙你。我姓聶，名小倩，十八歲病死就埋在這寺旁邊。但這附近妖魔很多，我被他們威脅幹了些害人的勾當，其實我也不願意這麼做。我取不了你的性命，恐怕會有夜叉來取你的性命。你這幾天要多多注意！」寧采臣聽了有些害怕，忙問小倩該怎麼辦。小倩說：「你只要和燕赤霞待在一起，那夜叉就不敢取你性命了。」寧采臣又問她為什麼不去迷燕赤霞。她說：「他是個奇人，沒有鬼魅敢接近他，所以我也不敢去迷惑他。」寧采臣又問她是如何迷惑人的？小倩說：「誰和我苟且，我就用錐子刺誰的腳心，讓他昏迷不醒，然後我再取他們的血給那些妖魔喝。對那些愛財的人，就拿金子引誘。其實那並不是什麼金子，是羅剎鬼的骨頭，可取人的心肝。這兩種辦法都是迎合一般人好色貪財的心理想出來的。」寧采臣非常感謝小倩，並問她夜叉何時會來？小倩告訴他隔夜夜叉便要來犯。臨走時，小倩流著淚說：「我是個苦命的鬼，掉入苦海卻無法上岸。你是個仗義行俠的君子，希望你能救我，把我的屍骨起出，葬在別處，我將感恩不盡。」寧采臣欣然答應，詳細問她屍骨埋在何處？小倩說：「出了寺，有一棵白楊樹，上面有個烏巢，我的屍骨就埋在那棵樹下。」說完，扭身一轉就不見了。

第二天清晨，寧采臣惟恐燕赤霞外出，早早地來到南屋約他喝酒，喝了一會兒又要求晚上同他睡在一起，燕赤霞一聽連忙推辭。寧采臣不停地請求並把自己的鋪蓋搬了過來。燕赤霞不得已只好同意，只反復叮囑他說：「我知道你是個君子，令人敬佩，不過有些話我不便明言，只是希望你不要翻看我房裡的東西，否則對你我都不利。」寧采臣連連點頭稱「是」。

夜裡，燕赤霞把箱子放在窗口，剛睡下一會兒，他就鼾聲如雷。寧采臣心裡有事，許久不能入睡。大約一更左右，窗外隱約出現一個人影，接著慢慢靠近窗戶向內看，目光閃爍。他嚇得剛要喊叫，忽然有個東西從箱篋裡飛出，發出如白綢一般的光輝，「砰」地打在石窗櫺上，又回到箱中。燕赤霞站起來，向箱篋走過去。寧采臣假裝睡著，瞇著眼看他要幹什麼。只見燕赤霞提起箱子，取出一件東西在月光下嗅了嗅，那東西亮晶晶的，長不過兩寸，好像一片韭菜葉一樣。燕赤霞把那東西重新包好放到箱子裡，自言自語道：「什麼老妖精，好大的膽子，把我的箱子都弄壞了。」說完又倒下要睡。寧采臣覺得很奇怪，便站了起來，問他剛才拿的是什麼，並把自己方才見到的情景全都講了。燕赤霞看他很誠懇，就說：「承蒙厚愛，我也不敢隱瞞。我是個劍客，早有殺這妖魔的想法，今晚如果不是這石窗櫺擋著，那妖精只怕早死了，不過想必那妖精此刻也身受重傷。」寧采臣又問燕赤霞剛才收藏起的東西是什麼？他說：「是我的降妖小劍，剛才聞到上面有一股妖氣。」寧采臣道：「可否讓小弟看看？」燕赤霞二話沒說就從箱裡取出一柄小劍遞給他看。寧采臣見他如此坦蕩，對他更加尊敬。

翌日晨起，寧采臣看到窗上有血跡，信步走出寺外，只見寺院的北面到處都是野墳，不遠處有一棵白楊樹，樹上有個鳥巢。他到樹下把小倩的屍骨起出，回來後即向燕赤霞告辭。兩人經過那晚的事後結下了深厚的友誼，於是燕赤霞為他擺酒餞行，並取出一隻破皮囊給他，說：「這是個裝劍的袋子，你要好好收藏，它可以幫你驅趕妖魔。」寧采臣又提出想學劍術的想法。燕赤霞說：「以你的為人，我應該教給你，可你命中註定是富貴中人，不是幹我們這一行的。」兩人喝到深夜才分別就寢。第二天清晨，燕赤霞送他上了船。回家後寧采臣把小倩的屍骨葬在自己的書齋附近，並默默祝禱說：「我同情妳孤孤單單的，所以把妳葬在這裡，離我近些，也可使妳免受惡鬼的欺負。一杯薄酒不成敬意，請妳不要嫌棄。」禱告完正準備回去，忽聽後面有人說：「等等我！」回頭一看，原來是小倩。小倩高興地向他道謝，說：「你對我的情義我永遠都不會忘記。如果你不嫌棄的話，請收我做個丫頭服侍你，好嗎？」

寧采臣仔細打量她，見她長得非常漂亮，皮膚細膩，寧采臣越看越喜歡，於是兩人一同來到他的書齋。寧采臣讓小倩在書齋等候，自己先到內室，將此事稟告了母親。母親聽了很吃驚，當時恰好他的妻子正患重病，母親要他千萬別在妻子面前談起此事。兩人正說著話，小倩走了進來，跪在老婦人面前。寧采臣趕緊介紹說：「這就是小倩。」剛開始母親很害怕，小倩說：「我一個人孤孤單單，遠離父母兄弟，承蒙公子不嫌棄，我願從此服侍他，哪怕只是做個丫頭。」母親聽她說得很誠懇，模樣又溫柔漂亮，才開口說：「姑娘肯照顧我的兒子，我心裡很歡喜，但是我只有這麼一個兒子，還要靠他傳宗接代，怎麼能娶個鬼妻呢！」小倩說：「我對公子不敢有二心，夫人如果不信的話，我就把公子當作大哥，跟著夫人早晚伺候，您意下如何？」母親想了想同意了，但寧妻因重病纏身，故免去拜見。

小倩下去後，先到廚房準備飯菜，又整治桌椅請寧母吃飯，穿堂入室，就像是在自己家中。天黑了，寧母心裡仍有些害怕，要小倩回去就寢。小倩知道老人家的心意，只好出來。經過書齋，剛想往裡走，卻又急急退了出來。寧采臣看到小倩，出來請她進去，小倩說：「你房裡劍氣太重，令人生畏，我一路上不敢招呼你也是這個原因。」寧采臣一想，知道是那劍袋的原因，於是忙取下掛到別的屋子裡。小倩這才敢進屋，進屋後坐在燭光下，默默無語。過了一會兒，小倩問：「大哥夜間讀書嗎？我小時讀過《楞嚴經》，如今大半都忘記了。請大哥找一本給我，夜間無事時也好請大哥指教。」寧采臣欣然同意。小倩又坐下，仍是沉默無語，二更都打過了，小倩還沒有離去的意思。寧采臣催她回去。小倩難過地說：「我現在孤孤單單的毫無依靠，害怕再到荒墓中去。」寧采臣說：「這屋子裡只有一張床，並且兄妹間也該避嫌。」小倩站起，愁眉苦臉，悲傷得要哭出來，勉強抬腳，慢慢走出門就不見了。寧采臣雖然很憐惜她，想留她睡在別的床上，但又怕母親見怪。

從此小倩每日早晨都來向寧母請安，然後下堂幫忙操持家務，不辭辛勞，竭力讓寧母稱心如意。一到晚上就到書齋裡陪讀，當寧采臣想睡覺時就悄悄離開。自從寧采臣的妻子病倒後，一切家務事都由老太太操勞，老人家疲憊不堪。然而小倩來了之後，寧母輕鬆多了，寧母心裡感激她，加上日子久了，逐漸熟悉了，也就把小倩當成親生女兒，不再害怕，夜裡還留她住在家裡。

最初小倩從不吃喝人間食物，最多也只是吃幾口稀飯。母子二人都很喜歡她，從不在她面前提「鬼」字，別人也不知道。不久，寧采臣的妻子去世了，母親想收小倩為媳婦，但又怕會對兒子不利。小倩猜到老人家的心事，便對寧母說：「這一年多來，夫人也該知道小倩的心意了吧！我不想害任何人，所以才和大哥一同回來。大哥為人光明磊落、使人敬佩。我想依靠大哥三、五年，等他取得了功名，我也可以借光受到封誥，讓我在陰間揚眉吐氣。」寧母雖知她沒有什麼惡意，但又怕她不能夠生兒育女。小倩對寧母說：「子女都是命中註定的，大哥滿臉福相，我算準大哥以後會有三個兒子，不會因為娶了我而無後代的。」寧母知道鬼能算命，於是也就深信小倩的話，把寧采臣叫到內室和他商量這件事，寧采臣聽了十分高興。於是寧家發出請帖，大辦筵席，把親友們都請來。成親那天有人提出要看新娘，小倩也不推辭，穿戴一身新衣大大方方地出來見客。所有賓客都被小倩的美貌驚呆了，紛紛稱讚她是仙女下凡，沒有誰懷疑小倩是鬼。親戚中有許多女眷，一見小倩就喜歡上她，爭著和她結識交好，並各自送了豐厚的禮物。小倩也拿出自己畫的蘭花和梅花送給眾人，作為禮物。眾人接過畫，看到那蘭花和梅花就像是真的一樣，非常傳神，無不視為珍品。

忽然有一天，小倩感到心跳劇烈，就問寧采臣：「那劍袋你放在哪裡？」寧采臣說：「因為妳怕劍氣，所以一直放在別的屋內。」小倩又說：「我在人間時間長了，受的生氣也多了，已不怕那劍氣，你還是取來掛在床頭吧！」寧采臣奇怪地問小倩是怎麼回事，小倩解釋道：「最近這幾天我總是心驚肉跳，想必是那金華老妖恨我逃走，要來這裡找我回去的。你把劍袋掛在床頭可以驅妖，就不怕那老妖精了。」寧采臣聽了小倩的話，趕緊去把那劍袋拿來，小倩反覆翻看，說：「這是劍仙用來砍壞人頭的，看它破舊成這樣子，不知曾殺了多少壞人？現在就算只看到劍袋，心裡也很害怕呀！」於是，把劍袋掛在床頭，第一晚什麼事也沒發生。第二晚又掛到窗戶上，不久即有一怪物像鳥一樣飄然而至，小倩急忙躲到帳幕裡，寧采臣一看那怪物像是夜叉，目光如電、吐著紅紅的舌頭在門外立著，就是不敢進來。過了好長時間，那怪物走到劍袋旁，伸出大爪抓住劍袋，使勁地撕扯，只聽「喀嚓」一聲，那袋子迅速膨脹，那怪物的身子卻不由自主地從袋口往裡鑽，好像袋中有人揪住他似的，一會兒，一點聲音也沒有了，袋子也恢復原樣。寧采臣驚詫不已，小倩走了出來，高興地說：「這下可好了，以後再也不用擔心了。」兩人打開劍袋一看，裡面只有一些清水而已。

又過了幾年。寧采臣中了進士，恰巧此時小倩也生下一個男娃兒。小倩勸寧采臣又納了一房妾，小倩和妾又為他各生了一個兒子，後來這三個兒子都做了官，並且享有極高的名望。

二十三、義鼠

從前有個叫楊天一的人說他曾經在野地裡看見一條蛇正在吞食一隻老鼠，而另一隻老鼠鼓著兩顆憤怒的小眼睛死命地盯著那條蛇，但不敢上前。蛇吞下那隻老鼠後緩緩往洞裡爬，身子剛進去了一半，只見那隻在旁觀望的老鼠迅速奔過來用力咬住蛇的尾部。蛇從洞裡退出來，那隻老鼠就跑了。蛇見抓不到那隻老鼠轉過身又進了洞，剛進到一半時那隻老鼠又跑過來狠狠地咬住蛇尾巴。蛇出來，老鼠就跑；蛇進洞，老鼠就跑過來狠狠地咬。如此反覆了幾次，那條蛇終於吐出吃下的老鼠，快速地爬進了洞。那隻老鼠來到死鼠旁邊嗅了嗅，啾啾叫，好像哀鳴一樣，最後啣著死鼠走了。聽了這個故事，他的朋友張歷友特地寫了一篇〈義鼠行〉來讚揚那隻老鼠。

二十四、丁前溪

在山東諸城住著一個名叫丁前溪的人，家裡很富有，平日仗義疏財，常以西漢大俠郭解為榜樣。有一年，他觸犯了官員，禦史派人抓他。他聽說後就悄悄離家，到外地避一避。這一天他來到了安丘，不巧正遇上滂沱大雨，他看到路旁有間小草屋就跑了進去。雨仍是下個不停，到了下午，有一個少年從外面走進來，看見有陌生人在家裡便上前搭話，丁前溪也不隱瞞，把自己的事情告訴了他。那少年聽了對他很敬佩，禮貌地接待了他。傍晚時雨停了，丁前溪打算告辭離去，那少年卻執意挽留他。丁前溪想，再往前趕路也不知有沒有地方住，不如暫時在這裡借住一宿。於是他問那少年姓名，少年說：「我家主人姓楊，我是他的姪兒，叔叔喜歡交遊，現在恰好有事外出，家中只剩嬸嬸和我二人。但此刻家裡也沒什麼好吃的，還請多多包涵。」他又問起主人的職業，那少年說：「也沒什麼正當的職業，只是開了一個賭場掙些錢餬口。」

第二天又下起了雨，少年仍留他住下，吃喝供給一點兒都未怠慢。傍晚時少年動手切草料，丁前溪看那草濕漉漉的，長短不齊，感到很奇怪，便問那少年。那少年嘆口氣說：「沒辦法呀，家裡太窮沒有東西餵家中飼養的牲口，剛才把孀母屋上蓋的茅草取下來，準備鍘給牲口吃。」丁前溪聽了覺得很過意不去，但轉念又想：莫非這家人是想得些報酬？天亮之後他拿出一些銀子交給那少年，可那少年卻拒不接受。在丁前溪的堅持下，那少年沒辦法，只好拿著銀子走進內室，一會兒又出來把銀子還給了他，並說：「孀孀說，我們不能收您的錢，我們不是靠收房錢謀生的。我家主人外出時，往往都是分文不帶，靠的都是朋友；客人到我家來，我們又怎麼好收您的銀子呢？」丁前溪聽了，對這家主人頗有好感，臨行時對少年說：「如果你家主人回來，告訴他我想和他交個朋友，有空時請他到諸城走走。」可是一去多年，那家主人也沒去過。

有一年收成不好，楊家的生活更苦了，夫妻兩人面面相覷、一籌莫展。楊妻忽然想起丁前溪幾年前說的話，就隨口說：「不如到諸城丁前溪那裡看看吧！」丈夫一想也只有如此了。於是來到諸城找到丁家，向守門人報上了姓名，請他向主人稟報。僕人向丁前溪稟告時，他對此已沒什麼印象，待僕人向他細說了那人的話，丁前溪才猛然想起，連鞋都沒穿上，急忙跑到門外迎接。只見楊某衣衫破爛、腳跟外露，於是立刻把他請進室內設酒款待，第二天又命人按楊某身材做了一套新衣、新鞋。楊某認為丁前溪這個人確實很講義氣，不過感激之餘想到家裡還沒有飯吃，更加憂心忡忡，只盼望能多得些資助。住了幾天，楊某便對丁前溪說：「老哥，小弟不敢隱瞞，我動身來此時家裡的米糧已不多，小弟在這裡過得很好，但不知家裡……」丁前溪聽了笑笑說：「這些事你就別操心了，我已經交代好了，你就放心地在這裡多住幾天，到你走時我再幫你準備些盤纏。」於是丁前溪派人邀來一些賭徒，在家裡設場，讓楊某坐收頭錢。僅一夜就掙了幾百兩銀子。

楊某高高興興回到家，卻見妻子穿戴得整整齊齊，身邊還有個丫鬟侍奉 。他覺得很奇怪，楊妻對他說：「你走後的第二天就有人推車送來了米和布匹，堆了一屋子，那些人說是丁先生要他們送來的，還送了個小丫頭來。」楊某心中十分感激。從此不再開設賭場，而是認認真真地幹些正經事，家裡也比以前好過多了。

二十五、張老相公

從前有個山西人，別人都叫他張老相公，至於他的真名到底叫什麼，人們早已不記得了。

有一年張老相公的女兒要出嫁了，因為他只有這麼一個女兒，所以全家出動到江南為女兒購置嫁妝。這一天，船到金山，張老相公自己先過江，臨行前吩咐家人千萬不要在船上炒帶葷腥氣味的飯菜，因為這個江中有個很大的鼉怪，只要聞到腥味就會湧出江面把船掀翻，還會吞食船上的旅客。這鼉怪為害已久，只是人們不敢貿然觸怒牠。張老相公離開後，家人並不在意他吩咐的話，在船頭烤豬肉吃。突然江面上掀起滔天巨浪，把他們的船打翻了。船上的人無一倖免，全部墜入江中，成了那怪物的腹中物。

張老相公回來後聽說此事，又是悲傷又是憤怒，於是來到江邊金山寺，向寺裡和尚詢問那怪物的情形，準備親自收拾牠。和尚們聽了大吃一驚說：「我們天天和這怪物接觸，生怕惹惱牠，對這怪物奉若神明，常要宰殺牛羊投到江裡奉獻給牠，哪還敢和牠結仇呢？」張老相公聽了這些話頓時心生一計。他立刻回去招集了一批鐵匠在山腰上建起熔爐，鑄生鐵數百斤。張老相公又詳細察探了那怪物經常出沒的地方，隨後又請了兩、三個大力士用大坩鍋盛滿紅紅的鐵水，推到那幾處地方，然後用帶腥味的東西引誘牠。不一會兒那怪物果然出現了。趁那怪物張口要吃的時候，張老相公忙命人把那大坩鍋裡的鐵水倒下，那怪物只以為是食物，一躍而起，張開大口吞了下去。那怪物將鐵水吃下後痛得在江裡掀起數十丈的大浪，折騰了好一陣子才漸漸地平靜下來。不久，那怪物的死屍也浮上了水面，那一帶的旅客、和尚無不拍手稱快。大家為了感謝張老相公，集資興建了一座「張老相公祠」，裡面供奉他的塑像並尊稱他為「水神」，常常到那裡祈禱，據說十分靈驗。

二十六、珠兒

從前在常州有個地主名叫李化，家裡有不少田產，只是到了五十歲還沒有兒子，只有一個女兒名叫小惠，容貌長得十分美麗，老倆口愛如珍寶，可誰知她剛滿十四歲時突然得暴病死了。從此家中冷冷清清的，就像是一個大空宅子。老伴奉勸老頭子再納一個小妾，以防絕後，老頭兒聽了老伴的話覺得有理，就要了自家的婢女做妾，過了一年生了一個兒子，全家都把這孩子看成是命根子，為他取名叫「珠兒」。

珠兒慢慢地長大了，他的身材魁梧，只是反應很遲鈍，到了五、六歲時還分不清豆子、麥子，說話也是結結巴巴的。可老頭兒愛子心切，對珠兒的種種缺陷都視若無睹。

有一天，一個瞎眼和尚到他家化緣。傳說這和尚法術很高，能預測人的生、死、福、禍，大家都將他視若神明，因而每次總能化上幾十、幾百甚至幾千兩白銀。那和尚化到李家，開口就要一百兩。李老頭兒感到很為難，給了他十兩那和尚不肯收，又增加到三十兩，那和尚仍是不收，還說：「只化一百兩，多一分不要，少一兩一文也不行。」李老頭兒很生氣，把錢收回來，用力關上了大門。沒想到那和尚也動了氣，在門外喊道：「你可不要後悔。」果然不多時，珠兒突然犯了心絞痛，他的面色慘白，不住地在床上床下亂滾亂爬。李老頭兒一看，知是那和尚動的手腳，趕緊拿八十兩銀子去向那和尚求救。和尚笑著說：「一下加了這麼多可真是不容易，可是我也沒辦法救你那寶貝兒子了。」說完便走了。李老頭兒回屋一看，珠兒已經死了，李老頭兒全家哭得死去活來，只好告到官府。官府派人把那和尚捉來審訊，卻什麼也問不出來。知縣大怒，命人杖刑伺候，可那和尚一點事都沒有，板子就像打在皮革上。知縣又命人扒他身上，搜出兩具小木人、一副小棺材和五面五色小旗。知縣非常生氣，將口訣舉在手上給那和尚看。和尚一見頓時怕了，就把一切都招供出來。縣官更是大怒，命人將他杖斃，李老頭兒見縣官為他報了仇，忙叩頭謝恩。

李老頭兒叩別知縣，回到家時已是黃昏。正和老伴坐在床上唉聲嘆氣，忽然有個孩子進來說：「爹爹怎麼走得這麼快，孩兒拼命追都沒追上。」老倆口一驚，看那孩子大約七、八歲，正要問個明白，卻見他忽隱忽現、恍恍惚惚，像是一團煙霧在屋裡飄。這時那孩子已經爬上了床，李老頭兒趕緊一推，那孩子從床上掉下去卻無半點聲息。那孩子眨著眼問：「爹爹怎麼這樣對待孩兒呢？」話未說完又爬到了床上，老倆口嚇得奪門而出，往小妾房裡跑去。那孩子只是在後面「爹爹、母親」地叫個不停。兩人剛走到小妾的房裡把門關上，回頭卻見那孩子已跪在面前。李老頭兒問：「你是誰？到底想幹什麼？」那孩子說：「我是蘇州人，姓詹，六歲時父母雙亡，被嫂嫂趕到外祖父家。有一次在外玩耍時，被妖僧迷住害死，並強迫為他服侍，含冤地下，無法脫身。幸好被爹爹救出。如您不嫌棄，我願給二老做兒子。」李老頭兒說：「人和鬼怎麼能生活在一起呢？」那孩子說：「不要緊，只要打掃一間房，安個床鋪，每天澆一杯冷粥就行了。」李老頭兒遂點頭應允。

第二天一早，男孩便來給二位老人請安，聽到李老頭兒的小妾在哭珠兒，便問他：「爹爹，珠兒死去幾天了？」李老頭兒說：「七天了！」那小孩說：「還好，現在天氣寒冷，也許屍體不會腐爛，只要不壞，我倒可以救活。」李老頭兒聽了大喜，立刻和那孩子一起把珠兒的屍體挖出檢查，所幸軀殼仍保完好。李老頭兒正在傷感，已不見了那孩子，只好獨自把珠兒的屍體抬了回去，安置在床上，但沒過多久，突然看到珠兒的眼睛已開始轉動。一會兒又開口說要喝水，家人趕緊端水過來餵他喝下，珠兒喝了水後渾身開始出汗，又過了一會兒珠兒站了起來，全家非常高興，只是其言行舉止與往日大不相同。

到了晚上，珠兒又停止呼吸，全家人又亂作一團，誰知天亮時又醒了過來。問他是怎麼回事，他說：「以前和我一起服侍妖僧的還有一個孩子，名叫哥子。昨日追爹爹沒有追上，夜間我就去和他告別。現在哥子在陰間給姜員外做義子了。」李母又忙問：「那你在陰間見到珠兒了嗎？」孩子說：「珠兒已經轉生了，他本與爹爹無緣，不過是金陵的嚴子方來討那筆債罷了。」原來早年李化在金陵做生意曾向嚴子方借了一筆錢，後來嚴子方死了，錢也就沒有還。這件事本來無人知道，李化聽這孩子說出大吃一驚。

李母又問：「你可見到惠姊了嗎？」孩子說：「沒有，下次我一定找到她。」過了兩、三天，珠兒就對李母說：「惠姊在陰間很好，嫁給了楚江王的小兒子，可氣派啦！每次出門都是前呼後擁的。」李母又說：「那你姊姊又為何不回家看看呢？」珠兒說：「人一死便沒有骨肉之情了，如果有誰能把前生的事講給他聽，才能慢慢想起。昨天我託姜員外設法，才有機會見著惠姊。惠姊讓我坐在珊瑚几上，我告訴她父母時時想念著她，又把她以前在家時的事告訴了她，惠姊聽了很難過，說要告訴夫君，然後回來看望二老。」李母聽了大喜，忙問：「惠姊什麼時候回來？」珠兒說：「惠姊沒說。」又過了幾天，珠兒對李母說：「娘，姊姊馬上就要來了，來的隨從很多，所以要多準備些酒。」然這情景其他人卻怎麼也看不到，只得隨著珠兒來到門口迎接，一會兒珠兒進來對李母說姊姊已經來了，說完把桌凳搬到中堂，說：「姊姊請坐，別再哭了，這不見到爹爹、母親了嗎？」說完命人拿了紙和酒來到門外，把紙焚了、把酒潑到了門外，接著又轉身回來說：「隨從的人暫時離開了。姊姊問她以前所蓋的綠被，曾被燭花燒了一個豆大的孔兒，是否還在？」李母趕緊說：「在、在。」於是開箱子取了出來。珠兒又說：「姊姊要我鋪到她原來的房中，她有些累了，想要休息，她說明天再和母親敘舊。」

這天夜裡，鄰居趙家女兒夢見小惠，言語笑貌與生前一樣。小惠對她說：「我早已是陰間的人了，想和父母說說話，可又相隔太遠，因此想借妹妹的身體一用，請不要介意。」天亮後趙女正與母親談述這件事，忽然僕倒在地，片刻又醒了過來，向趙母說：「小惠與嬸嬸分手幾年來，嬸嬸頭上也有了白髮。」趙母以為女兒發瘋，大吃一驚，接著趙女拜別母親，逕直來到了李家，趙母知道其中必有緣故，也跟了過來。趙女到了李家後，便抱著李母痛哭。李母不知發生何事，一時驚愣住。一會兒又聽趙女說：「我昨天回家後已很疲乏，來不及與父母說話，做女兒的不孝，中途拋卻了父母，勞父母掛念，女兒對不起您。」李母聽了頓時醒悟，知道是小惠回來了，也跟著大哭起來，並對女兒說：「娘聽說妳已做了貴夫人，我很高興。可妳到了別人家，又怎麼能夠回來看娘呢？」趙女說：「楚江王的兒子和我感情很好，公婆待我也很好，所以女兒可以回來看望您！」李母仔細觀察趙女說話時的動作、神情竟和小惠生前一模一樣。不久，珠兒進來說：「娘，接姊姊的僕人來了。」趙女聽了忙站起身，灑淚和母親告別。說完又撲倒在地，過了好一會兒才慢慢地醒過來。

幾個月後，李老頭兒病重，吃了很多藥都治不好。珠兒說：「爹爹恐怕是無法挽救了，有兩個鬼坐在床頭，一個手執鐵杖、一個手挽四、五尺長的麻繩。我苦苦哀求了幾日，那兩個鬼都不肯走。」李老頭兒的妻子聽了痛哭不已，開始忙著準備老頭兒的後事。到了晚上，珠兒來到內室說：「娘，請您趕快離開，姊夫來探望爹爹了。」過了一會兒聽他鼓掌大笑。李母問他怎麼了，他說：「娘，我是笑這兩個小鬼，他倆一聽姊夫要來就躲到了床底下，好像縮頭烏龜一樣，真有意思！」又過了一會兒，只見珠兒抬頭恭恭敬敬地對著空中說了許多話，又問姊姊是否平安？然後對母親說：「這兩個可惡的小鬼，我苦苦哀求他們不走，這回他們可要倒楣了。」說完走出了門，片刻又回來說：「姊夫走了，兩個小鬼被姊夫鎮在馬鞍上，爹爹的病沒事了。姊夫還說，他將為爹娘增壽。」一家人聽了都很高興。果然不多久，李老頭兒醒轉過來恢復正常，就好像剛睡醒一樣。

李老頭兒見珠兒很是聰慧，就請來老師教他讀書。珠兒十八歲那年考中秀才，並時常對人講些陰間的事情，附近鄰居如果有得了病的都來找他，他常常為那些人指出鬼魅的藏身之處，叫人拿火去燒，幾天後病人就轉危為安。突然有一天，珠兒得了一場大病，躺在床上渾身發紫，過了幾天又慢慢好了，他說那是鬼神對他洩密的懲罰，從此以後，珠兒再也不與人談論陰間之事了。

二十七、快刀

明朝末年，濟南一帶經常有強盜出沒，於是各個縣都訓練了自己的隊伍緝捕盜匪，只要是抓住的盜匪一律格殺勿論。

章丘縣一帶強盜最多，有一天，知縣官兵捕到十幾名強盜，準備押赴刑場處決。這些官兵中有一個人的刀極鋒利，據說殺人時被殺者感覺不到疼痛。那些將要受刑的強盜裡有一個認識他的，就對他說：「我聽人說你的刀最快，砍頭時只用一刀，並且讓受刑者感覺不到疼痛，到時請你給我一個痛快。」那士兵說：「那你就緊緊地跟著我，千萬不要離開。」到了行刑的地方，那強盜跪下來望望身後的士兵，只見那士兵執刀一揮，強盜的頭就落了地，人頭滾到了幾步之外還在旋轉，並大聲地稱讚：「好快的刀啊！」

二十八、酒友

從前有個姓車的人，家中並不寬裕，但卻很喜歡喝酒，每天夜裡如不喝上個三兩杯就睡不著覺，因此雖然家裡並不富有，但床頭卻總還是會放著一些好酒。

有一天夜裡，他睡得正香，一翻身感覺好像有人睡在身邊。起初還以為是衣服掉了下來，伸手一摸，毛茸茸的體型比貓大一點，心裡一驚，忙點起蠟燭一看，原來是隻狐。再舉燭看看床頭的酒，早已經空了，於是笑著說：「沒想到這狐還是我的酒友啊！」說完也沒驚動牠，並替牠蓋好衣服，用手臂摟住牠，想看牠如何變化。半夜時那狐伸了伸腰，車生笑著說：「睡得可真香呀！」掀開衣服一看，那狐已變成了一個瀟灑書生。此時狐仙也醒了，嚇得跪在床頭，感謝他不殺之恩。車生說：「這有什麼好謝的呢？我喝酒成癖，別人都把我當成癡人，只有你才是我的知己，如果你不懷疑我的好意，我們倒是可以成為很好的酒伴。」邊說邊扶起他，請他繼續睡一會兒，並說：「如果不嫌棄，以後歡迎你常來，咱哥倆痛痛快快地喝個過癮。」狐仙很爽快地答應了。兩人又睡下，第二天車生起床一看，那狐仙已經走了。於是又準備了許多好酒，等那狐仙來共飲。

到了晚上，狐仙果然又來了。兩人開懷暢飲，車生發覺狐仙的酒量很大，並且言語詼諧，兩人談得非常投機，大有相見恨晚之意。狐仙說：「屢次叨擾，不知該如何報答？」車生說：「說這些話可就見外了。」狐仙又說：「話雖如此，但你家裡也不富裕，有幾個錢也不容易啊！」第二天夜裡又來，狐仙告訴車生說：「離此七里，東南方向路邊有人丟失銀兩，可以撿來貼補家用。」第二天清早，車生來到狐仙說的那地方，果然看見路旁有二兩白銀，便用這二兩銀子買了許多好酒請狐仙品嚐。有一天，狐仙又對他說：「你屋子的後院地下埋有銅錢，可以挖出來用。」於是他拿了鐵鍬到後院去挖，果然又挖出幾百吊錢。車生高興地說：「有了這些錢就再也不愁沒錢買酒了。」狐仙說：「這些錢能管什麼用呢？又能買幾杓酒呢？還是要多找些錢來才行。」

有一天狐仙又對車生說：「最近市場上的蕎麥價格比較便宜，應該多囤積一些。」車生依狐仙所說買了四十多石，鄰居見他買了這麼多的蕎麥都笑他傻。誰知過了不久，天大旱、滴水不見，禾苗、大豆全都枯死了。只有蕎麥抗旱，於是人們都來買他的蕎麥種，車生算計一下，差不多賺了十倍多。車生有了本錢，就買了二百畝好田，至於種什麼東西全都聽從狐仙的安排。狐仙說多種小麥，小麥就一定能夠豐收；狐仙說種小米，小米也一樣的豐收；至於該要什麼時候播種，也全都聽從狐仙的指示。

日子久了，狐仙和車生的家人也漸漸熟悉，於是就稱車生的妻子為嫂子，把車生的兒子當成自己的姪兒。又過了許多年，車生得了一場大病無藥可治，死了。自從車生死後，那狐仙也不再來他家，也沒有人再看到他出現。

二十九、阿寶

從前廣西地方有一位名士叫孫子楚，一隻手生有六指，稟性迂腐木訥而又不善於聽話。別人有意騙他，他卻往往信以為真，朋友請他喝酒，只要宴會上有歌妓在他就遠遠地避開。知道他這個毛病的朋友常常騙他來喝酒，在酒宴上指使歌妓和他親近，他總是急得臉紅脖子粗，不停地擦汗。大家見他這個樣子都樂得哈哈大笑，甚至有人還取笑他的這種毛病，說他癡呆，並作了一幅畫在鄰近地方傳看嘲諷，還把畫名取作「孫癡」。

當地有個富有的大商人，他的親戚也都是當地的望族。這個商人有個女兒名叫阿寶，長得很漂亮，也恰好到了出嫁的年齡。不少富貴人家的子弟紛紛差人上門提親，卻都不合那富商的心意。有幾個喜歡開玩笑的人便鼓動孫子楚也請媒人去阿寶家提親，孫子楚也不自量力，居然真的照那些人的話請了媒人去提親。富商平日也聽說過孫子楚這個人，但卻嫌他家貧窮，自然也就沒有答應。媒婆只好起身告辭，走到門口時恰巧遇到阿寶，阿寶問媒婆：「又是哪家前來提親？」媒人告訴她是孫子楚請來說媒的。阿寶聽說是孫子楚來提親，就隨口說了一句：「如果他能把手上的第六指去掉，我就嫁給他。」媒人回來後，把這些話都告訴了他。誰知孫子楚竟說：「這有何難？」媒人走後，他立即用斧頭砍斷了那第六根指頭，當場血流不止，痛得差點暈死過去。過了好幾天，才能下床行走，之後他又來到媒婆家，把手伸給她看。媒人一看大吃一驚，馬上跑到富商家告訴了阿寶，阿寶也感到很驚奇，同時也對他產生了一些好感，隨即又對媒人說：「妳回去轉告他，請他再改一下癡傻的毛病，待他改好後我就嫁給他。」媒人回來後把這些話又轉告給孫子楚，孫子楚聽了很不高興，再三申辯自己並不傻。可卻苦於無法見到阿寶，沒能當面說個明白。但他轉而又想：「阿寶未必就像人們傳說中的那樣美如天仙，又何必苦苦追求呢？」因此他也就不再想這件事了。

廣西有個風俗，就是清明節這天婦女可以自由地在外邊戲耍，一些輕薄少年也成群結隊在街上遊蕩，對來往的女孩評頭論足。這天，孫子楚的幾個同窗邀他一起外出遊玩，途中有個人戲弄他說：「你是不是想看看你的意中人哪！」孫子楚雖然知道對方是在戲弄他，但自從上次提親被阿寶兩次刁難後，也確實想看看她到底是個怎樣的人，所以也不在意眾人說什麼，隨同大夥邊走邊尋找。正走著，遠遠看見前面一棵大樹下有個美貌的女子在休息，周圍圍著許多無聊少年，他的朋友說：「樹下那位姑娘一定是阿寶。」於是眾人也走了過去，一看果然是阿寶。因為圍攏過來的人越來越多，阿寶便起身走了。大家望著阿寶的背影議論紛紛，只有孫子楚站在原地默默無言。過了一會兒，眾人漸漸散開，他卻仍呆站在那裡。大夥知道他本就不大喜歡說話，也並不感到奇怪，連拉帶推地把他送回家，孫子楚回到家後就上床睡覺，整天不起來，不管怎麼叫也叫不醒。家裡人懷疑他在野外丟了魂，就請人到曠野去為他招魂，可也不見效果，家人使勁拍打他，問他是怎麼回事，他含含糊糊地回答說：「我在阿寶家裡。」再一細問他又噤口不語了，家人都惶恐不安，不知該如何是好。

原來清明節那天孫子楚看阿寶走了，心裡很捨不得，恍恍惚惚地跟在她身後，與她走得很近，也沒有聽到有人呵斥他。於是就跟著阿寶回到家裡，兩人每天都是形影不離、有說有笑，關係很是融洽，可是當肚子餓得慌想回家時，卻又不認得路。阿寶也常常夢到自己和一個男人在一起，問他姓名，他說：「我是孫子楚。」阿寶心裡覺得很奇怪，但又不敢告訴別人。

孫子楚在床上躺了整整三天不吃不喝，眼看著就要斷氣了。家人十分著急，託人婉轉地告訴富商，想要到他家為子楚招魂。誰知富商聽了笑著說：「我們和他平時也不互相往來，他的魂怎麼會丟在我家呢？」孫家人再三哀求，富商才勉強同意招魂的術士拿著孫子楚平時慣用的東西來到阿寶家。阿寶見有人來，問明來意，感到非常吃驚，就直接把術士領到自己房裡，任憑術士招魂而去。等術士回到孫家的時候，孫子楚已經在床上呻吟了，等到醒過來後就對家人說起阿寶房內梳妝用品及各種擺設，包括什麼顏色、什麼名稱都說得清清楚楚。阿寶得知後，更加吃驚，也暗暗被孫子楚的深情所感動。

孫子楚病好之後，也是整日地坐著出神發呆，像是把周圍一切都忘了似的，只盼望能夠再次遇到阿寶。後來聽說阿寶要在四月初八到水月寺燒香拜佛，於是四月初八那天便早早起床，去路邊等候。直到中午時分，才看到阿寶過來。阿寶也遠遠地看見他，就偷偷地揭開車簾，深情地注視著他。孫子楚見阿寶望著他，心裡更加激動，就緊緊跟在車後，阿寶突然命小丫鬟過來問他姓名，孫子楚趕緊自我介紹，眼看阿寶的車漸漸遠去，他才回家。回家後又病倒了，整日昏昏沉沉的，也不吃東西，睡夢中總是叫喚著阿寶的名字。

他家本來養著一隻鸚鵡，忽然死了，孩子們拿著在旁邊戲弄。孫子楚想：「如果能變成一隻鸚鵡，就可以飛到阿寶那裡了。」心裡正想著，就覺得自己的身體輕飄飄地變成了鸚鵡，飛到阿寶住的地方。恰好阿寶正在那裡玩耍，見有鸚鵡朝她飛來，就輕輕地把牠抓住，縛住翅膀拿了些芝麻餵牠。突然鸚鵡說：「姊姊，不要縛住我，我是孫子楚啊！」阿寶聽了嚇了一跳，連忙把繩解開，鸚鵡也不飛走。阿寶說道：「你的深情我永遠記在心上，只是現在你已變成了鸚鵡，和人不是同類，我們又怎麼能結合呢？」鸚鵡說：「只要能和妳在一起，我就心滿意足了。」別人拿東西餵牠，鸚鵡就是不吃；只有阿寶餵牠才肯吃。阿寶坐著時牠就落在她膝上，阿寶休息時牠就依偎在床沿，這樣過了三天，阿寶很愛惜牠，又暗地派人去孫家看看孫子楚，那人回來說孫子楚已經昏迷三天了，只是心口還有些餘溫而已。阿寶於是對鸚鵡說：「如果你能重新變成人，我定會與你生死相從。」鸚鵡說：「妳不會又是騙我的吧？」於是阿寶對天發了誓。鸚鵡聽完，斜著腦袋，好像在思考什麼，過了一會兒阿寶脫鞋裹腳，把鞋放在一邊。那鸚鵡突然飛下來，叼起一隻鞋飛了出去。阿寶急得不住叫喚，可鸚鵡早已飛遠了。

阿寶又派了一個老僕婦到孫家探看，這時孫子楚已經清醒了，同時家裡人又看到一隻鸚鵡叼著一隻鞋飛進來，一落地就死了。大家都詫異地看著孫子楚，孫子楚見大家都在看他，就向家人討那隻繡鞋，大家正不知該如何回答時，那老僕婦走進來，問他把阿寶的繡鞋藏到哪裡了？孫子楚說：「繡鞋是阿寶給我的信物，怎麼可以拿回去呢？妳回去告訴妳們家小姐，我不會忘記她許下的誓言。」老僕婦回來把經過告訴了阿寶，阿寶更加驚奇，故意讓丫鬟把這些稀奇的事都透露給母親知道。阿寶的母親暗地一查，發現果然有這些事，就把阿寶叫來說：「孫子楚的人品才學確實不錯，但就是太窮了，咱家挑了幾年女婿，如今只選中了這麼個窮漢子，親戚朋友會怎麼說我們呢？」可阿寶為繡鞋的緣故，發誓絕不另嫁他人，兩位老人家只好依她，派人到孫家報喜。孫子楚一聽，高興得從床上跳下來，病也馬上好了。

富商原打算招孫子楚做上門女婿，可阿寶說：「女婿怎麼好老是住在岳父家呢？再說他本身就很窮，時間久了肯定要被別人說閒話的，我既然已經答應嫁給他，哪怕以後吃糠嚥菜、住草房我也不後悔。」幾天後孫子楚來迎親，婚禮過後兩人洞房相見，都覺得彷彿是隔世夫妻重新團圓一樣。

孫子楚自從娶了阿寶，得到岳父的一些資助，日子比以前好過多了。但子楚畢竟是個書呆子，從來不知如何治家，好在阿寶精明能幹、善於理家，一切家事都不用他操心。過了幾年，家境逐漸寬裕了，不料孫子楚卻患了重症而死，阿寶只是終日痛哭，茶不思、飯不想，別人怎麼勸也沒有用。到了夜裡，竟趁無人注意時懸樑自盡，幸好被送飯的丫鬟發現，及時搶救過來，可仍是不肯進食。三天過後，家人請來親友準備為子楚入殮，卻突然聽到棺材中有呻吟聲，趕緊開棺搶救，子楚又活了過來，對阿寶說：「我這次能死而復生，全靠娘子搭救。當時我死後去見閻王，因為我為人誠樸，閻王便派我去做部曹，就在我要啟程的時候，有個小鬼來報，說孫部曹的妻子馬上就到。閻王查看生死簿，說妳命不該絕，那小鬼又說妳已經絕食三天了。閻王聽後對我說，你妻子的行為讓人佩服，你還是回去吧！於是就派小鬼把我送了回來。」眾人聽了更是驚奇，也更加敬佩阿寶。

這一年正好是大比之年，鄉試前一些少年捉弄孫子楚，共同商量擬出七道很偏的試題把他叫到無人處，對他說：「這份試卷是我家人花重金請人打聽到的，我們關係不錯，你拿回去看一看吧！」子楚拿了試卷後深信不疑，夜以繼日地用心思考，把七道題都作成了文章，那些少年見他又上當，都在私下裡譏笑他。誰知這次派來的主考官經過再三考慮，認為一般的考題容易抄襲、舞弊，決心一反原來的做法。進入考場後公佈試題，七道考題竟與子楚所準備的一模一樣，因此他高中榜首，第二年又考中進士，被授為翰林。

皇上聽說了他離奇的婚姻，就召他上殿詢問，他也毫不隱瞞、照實奏稟。皇上聽了大受感動，於是對他嘉獎封賞，後來又召阿寶進殿面聖，也獎賞了許多東西。

異史氏說：「個性癡傻者是因為他心中的意志堅定，所以愛書成癡的人其文采一定不錯，而對於某種技藝癡迷的人，那個技術就會學得精湛，世上一事無成者都會說自己沒有癡迷的東西，所以說那些太過聰明的人才是真正愚魯之人呢！」

三十、九山王

從前曹川地方有個姓李的秀才，家裡很富有，但住的地方卻不是很寬敞，屋子後面雖有一片花園，但從來也不整治。有一天來了一個老頭，說是要來租房子的，並拿出一百兩銀子做租金，李秀才告訴他家裡並沒有多餘房舍可供出租。老頭卻說：「不要緊，你不必多慮，只管收下就是了。」李秀才不知這老頭到底是何用意，只好先把錢收下，等著看看到底是怎麼回事。

過了一天，村裡人看到許多車、馬、眷屬搬進李秀才家，大夥都懷疑李家宅邸怎可能納得下這許多東西。恰好李秀才從外地回來，村民就爭著向他探問，李秀才也覺得很奇怪，立刻回家詢問家人，但家人卻說什麼也沒有發生。過了幾天，那老頭忽然又來了，並且對他說：「我們住在這裡幾天了，因為事情比較多所以來不及拜見主人，還請見諒。今天我教兒女們辦了點酒菜，希望您能賞光。」李秀才正想看個究竟，就跟隨他來到園裡。只見房屋修整得煥然一新，室內陳設非常講究，走廊上、廚房裡炊煙裊裊、酒菜飄香。僕人端上佳餚，又端上湯，每一樣都很可口精緻。院子裡有許多年輕人進進出出，簾幕裡傳出陣陣笑聲，李秀才仔細一算，連男女僕從大約有一百八十人。李秀才心想，這些人一定是狐精所變，心中暗暗起了殺機。

回來後，李秀才就到市區買了些硫磺、芒硝之類的東西，偷偷地布滿了整個園子。這一天他神不知鬼不覺地點火焚燒，只聽園內啼哭聲和號叫聲亂成一片，不久聲音漸漸地沒了，整個園子裡充滿了臭氣，進園一看，到處都是焦黑的死狐。當李秀才正在查看時，那老頭從外面進來，看到眼前淒慘的景象，頓時泣不成聲，指著李秀才罵道：「我和你無冤無仇，這個荒園一年一百兩租金不算少吧！你怎麼如此狠心把我們全家都殺死呢？這等血海深仇非報不可，你等著吧，總有一天你會得到報應的！」說完轉身就消失了。李秀才想：「你一個狐精又能把我怎麼樣呢，頂多不過是騷擾我，使我不得安寧罷了。」過了一年多也沒發生什麼事情，李秀才就漸漸地將這件事給淡忘了。

順治初年，山東境內到處有強盜出沒，且聚眾經常是萬人以上，官府也無可奈何。李秀才家裡人丁眾多，總是擔心會遭強盜侵擾。一天，村裡來了一個看相算命的人，自稱為「南山翁」。李秀才聽說此人能預知人的禍福吉凶，並且非常靈驗，就把他請到家裡，請他推算八字，南山翁稍一推算，忙起身離座向他行禮說：「我可總算是找到了真命天子！」李秀才嚇了一大跳，斥責他胡說八道，南山翁卻嚴肅地說：「是真的！」並一再解說。李秀才也半信半疑，問：「可哪有白手起家的帝王呢？」南山翁答道：「您這麼說就不對了。自古以來，開國帝王都是白手創業，有誰生下來就做皇帝的呢？」李秀才將信將疑，遂向南山翁請教該如何起事，南山翁也不客氣，稱自己有諸葛孔明之才。他告訴李秀才須事先準備好盔甲、弓弩。李秀才擔心自己無力號召，別人也不肯歸服，南山翁又說：「這些您儘管放心，臣會為大王聯絡各個山頭，結成同盟。再派能說會道之人到處宣揚大王是真命天子，用不了多久他們必定會前來歸順，輔佐您登基的！」

李秀才聽了心裡非常歡喜，於是一面催他儘快行事，一面挖出自家地窖藏的白銀，連夜趕製盔甲和弓弩。過了幾天，南山翁回來說：「託大王洪福，臣以三寸不爛之舌說動各個山頭的英雄豪傑，讓他們聽您的調動指揮。他們這幾天就到。」半個月內果然有幾千人集結待命。於是李秀才封南山翁為軍師，樹起「李」字大旗，又做了無數小旗遍插山間，在山下紮營立寨，聲勢十分浩大。縣官聽說有人造反，就帶了官兵前來征討，南山翁指揮人馬打了一個大勝仗。縣官嚇得急忙向兗州府發出告急文書，請求支援，兗州府的兵馬遠道而來，又被南山翁設下計謀重重包圍，打得兗州官兵落花流水，四散而逃。時間一久，來歸順的隊伍更多了，於是李秀才就自封為「九山王」。南山翁擔憂戰馬太少，不夠戰時衝鋒陷陣。恰好京城有一大批戰馬由此押送江南，南山翁於是設下埋伏把馬匹攔劫下來，從此「九山王」的威名震動全國。李秀才加封南山翁為「護國大將軍」，自己則每日在山寨裡做著黃袍加身的帝王美夢。

山東巡撫因為朝廷的戰馬被奪，正準備派兵前往圍剿，恰好又收到兗州軍報，於是特地選出精兵數千人，與各路人馬配合進行圍攻。一時間，官兵的軍旗滿山遍野，「九山王」嚇得膽戰心驚，急忙召人去請軍師，可南山翁卻早已不知去向。走投無路之下，「九山王」登山遠望，發現到處都是官兵，不禁嘆道：「如今才知道朝廷的勢力如此龐大，但卻為時已晚！」不多時，官兵攻破山寨，把他抓住，押到官府判定死罪，並滿門抄斬。這時他才恍然明白，原來那南山翁是老狐精所變，來報滅族之仇的。

三十一、江中

從前有一個叫王聖俞的人去南方旅遊，到了晚上，船在江心下錨過夜。他躺在床上看著皎潔明亮的月光，怎麼也睡不著，於是就叫書僮來替他按摩。

忽然船篷頂上傳來一陣腳步聲，踏得蘆蓆呼呼作響，那聲響從船尾走過來，漸漸靠近了艙門。王聖俞擔心是盜賊，急忙爬起來問那書僮，書僮也聽到了，兩人正在問答間，突然看見有個人趴在船頂上，探下腦袋向裡張望。王聖俞大吃一驚，抽出佩劍大聲呼叫其他的僕人，船上的人全都醒了，他把自己見到的一切告訴了大家，但有人疑心這只是王聖俞自己的錯覺。

過了一會兒，艙外又傳來了聲響，眾人四處尋找卻不見半個人影，只有天上的星星、月亮和浩渺的江水而已。於是大夥在艙中坐下，又過了一會兒，忽見一縷燈火似的青焰竄出江面，隨浪浮游，漸漸靠近了船隻，青火熄滅，有個黑黑的人影突然竄出水面，筆直地站在水面上，用手攀著船舷行走，大夥叫喊起來說：「一定就是這個怪物！」說完就想用箭射它，正張弓搭箭時，那個怪物卻一下子鑽入水裡不見了。大家叫來船家詢問，船家淡淡地說：「這一帶原是古戰場，時常有鬼怪出現，沒有什麼好奇怪的。」

三十二、胡氏

從前河南直隸有個富貴人家，打算請個家庭教師。有一天，一個姓胡的秀才上門毛遂自薦，主人請他進來，那秀才言辭爽朗，與主人談得頗為投緣，主人就付了學費讓他住在家裡。胡先生授課果然十分認真，知識又很淵博，但他時常外出，直到深更半夜才回來。大門雖關得嚴嚴實實，但沒聽見他敲門，人卻已在房裡了。大家十分驚奇，懷疑他是狐狸精，但是觀察之後卻發現他並無惡意，因此對他仍舊十分敬重，並不因為他行為怪異而怠慢他。

胡先生知道主人有個女兒，有意求婚，暗示了好幾次，主人卻假裝不懂。有一天胡先生告假出門，第二天有客人來訪，他把騎來的驢子繫在門外，主人就迎他進門。這人五十來歲，穿著整潔，坐下之後說明來意，才知道他是來為胡先生做媒的。主人聽後過了許久才說：「我與胡先生已是至交，又何必再結成親家呢？再說我女兒已經許配給別人了，請你替我向胡先生表示歉意。」客人說：「我們知道您的女兒並沒有定下婆家，為什麼拒絕得如此堅決呢？」再三請求，主人就是不同意，客人有些下不了臺，就說：「胡先生也是大家族，有哪點配不上你家呢？」於是主人直言相告說：「沒有別的，就怕不是同類。」客人聽了大怒，主人也動了氣，雙方你一言、我一語，互不相讓。客人站起身來抓主人，主人忙叫僕人用棒子趕他走，客人只好落荒而逃。留下的那頭驢子渾身黑毛、尖耳長尾，拉也拉不動；一趕牠牠就倒下了，原來是一隻小蟈蟈兒。主人見客人走的時候滿臉怒容，知道結下了冤仇，於是就小心提防著。

第二天果然來了大隊狐兵，有騎馬的、有步行的、有拿槍的、有執弓箭的，馬嘶人喊，聲勢浩大。主人不敢出來，狐兵們叫嚷著要放火燒屋，主人更加懼怕。這時有個力大勇猛的僕人，帶領眾人衝了出去，雙方你來我往，互有損傷，狐兵漸漸支撐不住，就逃走了，地上留下一把大刀，亮晃晃的，走近一看，原來是片高粱葉子。大家笑著說：「也不過就是這點本領罷了。」為了防止牠們捲土重來，眾人更加小心戒備。第二天，果然有一個巨人自天而降，身高一丈多，掄著門扇一樣的大刀追著家人們砍殺，而大家齊心協力，射箭的射箭、扔石的扔石，這樣一陣亂擊，巨人倒地而死，就近一看，原來只是一個稻草人，眾人因此就更不把狐兵當回事了。接下來三天狐兵們都沒上門，眾人稍有鬆懈。這一天，正巧主人去上廁所，就有狐兵來了，狐兵向他射箭，一箭射到屁股上，他十分害怕，忙叫僕人們來抵抗，狐兵這才退出，待把箭拔出來一看，卻是蒿草梗子。就這樣過了一個多月，狐兵時來時去，雖然沒有大傷害，但是每天得小心戒備，令主人大為頭痛。

一天，胡先生又帶領大隊狐兵前來，主人親自督戰，胡先生看到主人出來就躲進了狐兵裡，主人指名叫住他，他只得走出來，主人說：「我想敝人並沒有任何對不起先生的地方，先生何必要大動干戈呢？」這時眾狐兵都想射他，卻被胡先生攔住了，主人上前握住他的手，請他走進舊日的書房，用酒菜款待他，心平氣和地說：「先生是一個通達之人，以我們這樣的交情，我是十分樂意與你結親的，但是先生的車馬、住房和人類都不一樣，讓我女兒嫁給你，連先生也該知道是不行的，俗話說：『強扭的瓜不甜。』先生又何必強求呢？」

胡先生聽了十分慚愧。主人又說：「沒關係，我們結親不成情義在。你如不嫌棄世上俗人，我的兒子願給你家當女婿，但不知你家有年貌相當的姑娘沒有？」胡先生大喜說：「我有一個妹妹，長得還不錯，讓她來服侍公子如何？」主人欣然同意，起身作揖，胡先生也還禮，於是互相敬酒，冰釋前嫌。主人向胡先生詳細詢問了住址，打算送禮定親，胡先生予以婉謝。這場酒一直喝到晚上，賓主盡歡，從此果真太平無事。

轉眼又過了一年多，胡先生沒有來。有人懷疑他的婚約是信口胡說的，但主人堅信不疑，又過了半年，胡先生果然再度光臨，賓主互致問候後就說：「我妹妹已經長大成人，請你選個好日子迎娶過門吧。」主人歡歡喜喜地定了日子，胡先生就辭別離去了。到了議定的那日晚上，果然有車馬將新娘子送來，隨後還跟著裝載著豐富嫁奩的車輛。新娘拜見公婆時，主人一見這新娘溫柔美麗非比尋常，非常高興。胡先生和一個弟弟來送親，談吐都很有教養，也很會喝酒，一直到天亮才離去。這新娘子能夠預測年分好壞，所以從此以後這一帶的經營生產都聽她指示，胡先生兄弟和胡家老太太也不避常人，時常來親家走動，許多人都曾見到過他們。

三十三、蟄龍

從前山東於陵有個銀台司姓曲。一天，曲公在樓上讀書，恰逢陰雨，天色昏暗，他看見有一個小東西身上發出像螢火蟲一樣的綠光，慢慢一扭一曲地爬行，牠所經過的地方都留有一道蜿蜒的黑跡。後來那東西爬到了書本上，並在書本上盤起來，那本書馬上就焦枯了。曲公心想，這大概就是龍了，於是捧起書本想送牠出去。

到了門外，曲公捧著書本站了許久，那小東西卻蜷曲著身子一動也不動。曲公心想：「牠可能是認為我不恭敬吧！」於是就把書捧回來，仍放在桌上，急忙穿上公服、戴好官帽，向小東西作了幾揖，然後再送牠走。剛走到屋簷下，只見牠抬頭伸了伸身子，離開書本飛了出去，發出嗤嗤的聲音，隨著一道光帶飛出數步之外，回頭看了看曲公，這時，龍的頭變得比水缸還大，身子也有幾丈長。那龍又猛一回頭，只聽到霹靂一聲，驚天動地，便飛天而去。曲公回來查看龍爬過的地方，發現那龍原來是從竹書箱裡爬出來的。

三十四、金陵女子

從前山東沂水地方有個人姓趙，有一天從城裡辦完事回家，看到一個白衣女子在路邊哭得很傷心，偷偷一看，見那女子長得真是漂亮，就暗暗喜歡上了，於是便在一旁盯著她不肯離開。那女子哭著說：「你怎麼不走，光盯著我做什麼？」趙某說：「我看妳在荒郊野地哭得這樣傷心，心裡很難受。」女子說：「我丈夫死了，從此沒有了依靠，所以傷心。」趙某就勸她再找一個人。女子說：「我一個身無分文、無依無靠的人，哪裡還能去挑人家，只要有可以託付終身的人，就算做個小妾也心滿意足了。」趙某說：「那妳就跟著我吧。」那女子也同意了，就跟趙某回家。一路上走得飛快，就像仙人趕路似的。

那女子到了趙家，操持家務十分勤快。如此過了兩年多時間，她忽然對趙某說：「我很感謝你的厚愛，跟著你一轉眼快三年了，今天我也該走了。」趙某問：「妳既沒有歸宿，打算要往哪兒去呢？」女子說：「我那時是隨口說的，其實我父親在金陵賣藥材，你若想重新和我相聚，就帶著藥材到金陵去，我可以幫你籌一點路費。」趙某沒辦法，只好張羅著為她買車馬送行，但女子謝絕趙某的安排，出門就走，不一會兒就沒了人影，追也追不上。

趙某獨自過了些日子，還是很想念那女子，就收購了些藥材到金陵去。到了金陵，把貨物留在客店內存放好，就去尋訪那女子。忽然藥店內有個老頭看見了他，高興地說：「女婿來了。」就請趙某入店，那女子正在院子裡洗衣服，見了趙某也不說話，只不停地洗衣服。

趙某心裡很不痛快，轉身欲走，老頭上前拉他回來，可是那女子仍舊跟剛才一樣對他不理不睬。老頭吩咐僕人準備飯菜，打算多送些錢給他，但女子拉住老頭說：「他命薄，給多了享受不起，最好為他接風洗塵，再另外挑十幾張藥方給他就行了。」老頭又問起帶來的那些藥材，女子說：「已經賣了，錢在這裡。」老頭拿了藥方，付了錢，便送趙某回家。趙某回到家後，用藥方給人治病，效果非常地好。沂水地方的人至今還記得這些方子，比如用搗蒜的石臼接茅簷滴下的雨水，就可以改善瘤節腫塊什麼的，據說十分有效。

三十五、湯公

湯聘是辛丑年間的進士，有一天他得了重病，就在將死的時候，突然感到身體下方有一股熱氣漸漸往上升。升到大腿後，兩腳就僵死了；熱氣繼續又往上升，升到腹部後，大腿就僵死了；熱氣升到了胸口後最是難受。湯聘感覺到彷佛從童年到最近所做的一些事都隨著心血而來，好像潮水般湧來湧去。如果做的是好事，心裡就寧靜無波；如果做的是一件壞事，心就像油在鍋子裡沸騰，十分難受。他想起在兒時曾頑皮地搗鳥窩弄死了小鳥，這樣一件小事，就讓他難受了大半天，一直等到平生所做的一切一一從心裡回憶過，忽覺得一縷熱氣從咽喉進入大腦，從頭頂心內穿過，過了許久靈魂才出竅，湯公就死去了。

湯公的靈魂漫無目的地飄在大路上，這時有一個身材十分高大的巨人走過來，把湯公的靈魂塞進了袖子裡，湯公進了巨人的袖子後，覺得旁邊都是人，汗臭撲鼻。這時湯公想起佛祖能夠解除災難，就唸起佛來，不一會兒就飄出袖子。巨人一見，又把他塞進了袖子，湯公還是繼續唸佛，就這樣三進三出，巨人才放過他，讓他走了。

湯公不知該往哪兒去才好，心中想到佛在西方，就向西行。過了不久，看到路邊有一個和尚，就下拜問路，和尚指點他說：「像你們這樣的讀書人是由文昌帝君和孔聖人主管生死簿的，一定要在這兩個地方除了名才能去別處。」和尚為他指點了方向，他就直奔而去。到了孔廟，只見孔聖人朝南端坐著，湯公上前參見，孔子說：「要想除名，還須去見文昌帝君。」也為他指了路，湯公又趕緊走去。不久便到了一處樓閣，和平常傳說中神仙的住處一樣。他走了進去，果然見到了文昌帝君。湯公頓時拜倒，文昌帝君拿出名冊一查，說：「你心正而誠實，陽壽未盡，但你的軀體已經腐爛了，這事非得求菩薩不可。」於是叫湯公趕快去找菩薩。

不一會兒，湯公來到一片茂盛的林子，這處所在翠竹滿園，殿堂修得富麗華美。湯公於此處見到了觀音菩薩，其神態莊嚴，手中玉瓶內插著柳枝，連忙上前跪倒，轉達了文昌帝君的話，觀音菩薩覺得很為難，而湯公又不停地哀求。這時有個尊者說：「菩薩可以施展大法力，用土捏成人的肉體，用條柳枝做骨架就可以了。」於是菩薩折下一段柳枝，倒了一點瓶中甘露，揉了一把土抹在湯公身上，派童子帶湯公去靈堂，把湯公推進了棺材。這時，棺材中響起了呻吟聲，家裡人非常吃驚，將湯公扶出棺外，湯公的病竟一下子全好了。仔細算算，湯公已經斷氣整整七天了。

三十六、西僧

從前有兩個和尚從西域來，他們一個上了五臺山，另一個在泰山落了腳。他們穿的衣服、說的話、長的模樣都和我們中原人不同。聽他們說：「我們在過火焰山時可真熱，山巒重重疊疊，熱氣撲面而來，就像在爐灶中一樣。趕路必須得在下雨之後，而且心要專、眼睛得睜大，輕輕踩著前面的腳印走，如果一不小心踢上火石，火焰就騰地一下子燃燒起來。我們途中還經過了流沙河，河中間有座水晶山，山上峭壁高聳入雲，山壁四面晶瑩剔透，好像沒有什麼阻隔似的，還有一個很窄的山口，只能容納一輛車子通過。還有兩條龍的龍角交叉，口對著口把守在那兒，要過山口的人都得先拜龍，龍允許過，龍角龍口就會自動分開。龍的身子雪白，鱗片和鬍子都像水晶一樣透明。」

過了一會兒，他們又說：「我們在路上經過了十八個年頭，在離開西域時有十二個人，到中國只剩下兩個了，我們在西方時聽說中國有四大名山：泰山、華山、五臺山及落伽山。傳說這四座名山上遍地是黃金。觀音、文殊兩尊菩薩還生活在這四座名山中，誰能到那兒誰就能長生不老。」聽他們說東方中國的情況，我們也覺得就像世俗中嚮往的西方樂土。假使有向西方求佛的人與來東方求佛的人半途遇上，各人各自說一說本土的情況，那麼他們一定會相視一笑，都省得長途跋涉，吃苦受累了。

三十七、連城

從前雲南晉寧地方有個書生姓喬，年少時就十分有名，但二十多歲了還不得志。他為人十分坦誠，與顧生十分要好，然而顧生不幸年紀輕輕的就得病死了，喬生就時常接濟顧生的妻兒。由於他的文采十分好，寧縣官很看重他。後來縣官死在任上，他的家屬流落本地不能回鄉，喬生就變賣家產，親自護送棺木回縣官家鄉，來回兩千多里，這使他原本就不富裕的生活變得更加拮据，但文士們卻對他益加敬重。

當地舉人史某有個女兒叫連城，精於刺繡又知書達理。有一年，史家出一幅連城繡的〈倦繡圖〉，徵求青年題詩，想藉此為連城選一個好夫婿。喬生寫道：「慵鬟高髻綠婆娑，早向蘭窗繡碧荷。刺到鴛鴦魂欲斷，暗停針線蹙雙蛾。」他還作詩讚美了連城刺繡的好功夫，連城看了十分喜歡，但她父親卻嫌喬生家貧，不願將女兒許配給他。連城逢人就誇喬生的詩文好，還派一個老僕婦謊稱是她父親的意思，偷偷送錢去周濟喬生，喬生感動地說：

「連城真是我的知己！」從此便傾心相思。然而不久，連城便被父親許配給鹽商之子王化成，喬生這才絕了念頭，但還是無法忘懷。

不久，連城染上肺癆，西域頭陀聲稱有個藥方能治，但需男子心口肉一錢作為藥引。史舉人派人到王家告訴女婿王化成，但王化成不願割肉，史某就貼文宣告：「有肯為我女兒割肉的，我便將女兒許配給他。」喬生聽了立即趕往史家，用刀剜下一塊胸肉，頓時血流如注，直到頭陀為他敷上藥才止住血。史家用喬生的胸肉與藥物合成三粒藥丸，連城服下後頓時藥到病除。

史舉人打算實踐自己的諾言，便告訴王家要取消婚約，不料王家大怒，要去告官。史舉人只好擺酒宴請喬生，席間他拿出千兩白銀對喬生說：「實在對不起先生，權以此白銀報答。」並將毀約的原因告訴喬生。喬生氣憤地說：「我之所以割肉，只是為了報答知己之情，難道是為了錢財嗎？」說罷便拂袖而去。

連城知道後十分過意不去，就讓老僕婦去安慰喬生，喬生說：「古人說：『士為知己者死。』我喜歡連城，並不僅僅是因為她美。說實在的，恐怕連城並不十分瞭解我，要是她真知我心，不能結合相守又有什麼關係呢？」老僕婦連忙替連城表達心意。喬生說：「若真如您所說，今後我和她相遇時，只要她對我笑一笑，我就是死了也沒有什麼好遺憾的了。」

老僕婦走後沒有幾天，喬生偶然外出，正碰上連城從叔父那兒回家。喬生看著連城，連城也啟齒對他嫵媚一笑，喬生大喜，說：「連城真是我的知己。」連城回家後剛好碰上王家的人來議定婚期，頓時舊病復發，數月後便逝去了。喬生前往弔喪，痛哭一陣，也斷了氣，史舉人便派人把喬生的屍體抬到他家裡。

喬生知道自己已經死了，也不感到難過，信步走出村外，希望還能和連城見上一面。他看見前面有一條南北向的大路，上面行人很多，他就擠身在人叢中，過了一會兒，走到一處衙署，沒想到卻遇上了顧生，顧生驚問道：「你怎麼會來呢？」說著就挽住喬生的手，要送他回家，喬生嘆了一口氣說：「心事還沒有了結。」顧生說：「我在這裡管文案，有什麼要幫忙的，儘管說好了。」喬生就說起連城。顧生帶他找了好幾個地方，後來看見連城和一個白衣女子，一臉憂愁地坐在屋簷下面，連城看到喬生，高興地連忙起身問起喬生的來由，喬生說：「妳死了，我怎麼還能活呢？」連城啜泣道：「像我這樣忘恩負義的人，你不唾棄，反而以身殉情，這是何苦？我今生不能許配給你，只能祈求來世之緣了。」喬生對顧生說：「你若有事你就先回去好了，我是寧死不願活了，只是麻煩你幫我查一查連城將投身何處，我打算與她同去。」顧生答應後就走了。

這時那個白衣女子問連城喬生是誰，連城一一為她述說往事。女子聽了極為感動。連城對喬生說：「她與我同姓，小名叫賓娘，是長沙史太守的女兒。我和她一同來的，所以十分要好。」喬生看賓娘生得楚楚動人，正想仔細問她，顧生卻已回來了，他高興地對喬生說：「我已經為你們安排好了，讓你們一起還魂回生。」喬生和連城都十分高興，正想向顧生辭別，賓娘卻大聲哭了起來：「姊姊這一走我到哪兒去呢？希望你們帶我一起走吧，讓我做姊姊的丫鬟好了。」連城也跟著傷心起來，便與喬生商量，喬生又哀求顧生，但顧生卻表示自己對此也無能為力。然而，禁不住喬生再三哀求，顧生只得說：「我去試試看。」過了一會兒，顧生垂頭喪氣地回來，說：「十分抱歉，實在是無能為力了！」賓娘聽了痛哭起來，依偎在連城身邊，惟恐她走，大家都傷心極了，又想不出什麼辦法，相對默默無語，看著賓娘愁苦的面容，又令人肝腸寸斷。

顧生嘆了口氣，說：「喬兄你就帶她走吧，以後有什麼事，我頂著就是了！」賓娘聽了才轉悲為喜，歡歡喜喜地跟著喬生出來。喬生擔心路遠沒有人陪她去，賓娘說：「我願跟你回去，不再回家了。」喬生說：「那怎麼行呢？不回家妳怎麼復活呢？」恰巧此時有兩個老婆子帶了公文要去長沙，路過此處，喬生就把賓娘託給她們，揮淚而別。

在回去的路上，連城走得很慢，休息了十多次才看到家鄉，連城說：「我復活後怕我的父親還會阻攔我們，不如你把我的屍骨討來，我在你家裡復活，我父親和王家就不能反悔了。」喬生認為有理，便在當晚與連城結為夫妻，一起返回喬家。過了三天，喬生便復活了。

喬生一復活，就到史舉人家裡討要連城的屍骨，說能使連城復活。史舉人很高興，就答應了喬生。到了喬家，連城果真復活過來，她對父親說：「我已經是喬郎的妻子了，再也不能嫁到王家，倘若以後有什麼變化，我還是只有一死了之。」

史舉人便派了婢女到喬家伺候小姐，王家的人得到消息就告上官府。官府因得到王家的好處，就將連城判給王家，喬生很氣憤卻又無可奈何。連城到了王家後拒不飲食，只求早日死去，過了一天就奄奄一息，性命不保了。王家擔心鬧出人命，就把連城送還給史家，史舉人把連城又送到了喬家，王家也無法，只得聽之任之。

連城身體復元後，十分想念賓娘，總想去長沙打聽消息，然因路途遙遠難以成行。忽然有一天，家門口車馬喧鬧，喬生夫婦忙出外觀看，只見賓娘從門外走了進來，三人久別重逢，悲喜交加。史太守親自送女兒來，喬生連忙請進。太守說：「小女全靠公子才得以還世，所以她說非你不嫁，現在我滿足她的心願把她送來了。」於是喬生按禮節拜了岳父。從此，一家三口其樂融融。

三十八、汪士秀

汪士秀是安徽廬州人，他生性剛強勇猛，非常有力氣，能舉起石臼，他和他父親都擅長踢球。汪父四十多歲時，有一日在過錢塘江時不慎落水身亡，過了八、九年，汪士秀去湖南辦事，晚上船停靠在洞庭湖邊，當時明月東升，湖水如鏡。汪士秀正在欣賞湖中景色，忽然看見五個人從湖中走了出來，將一條蓆子平鋪在湖面上，約佔半畝大小。他們把酒菜擺在蓆子上，然後有三個人坐了下來，兩個人在旁邊伺候。坐著的一個人身著黃衣，另外兩個穿白衣，但頭巾都是黑色的，高高的聳立，下擺連著後背，式樣很古怪，站著的兩個人都穿著褐色衣服，一個像是僮子，另一個像是個老頭。

那個穿黃衣的說：「今晚月色真好，讓我們開懷暢飲！」穿白衣的說：「今夜彷彿像是南海廣利王在梨花島開宴會的情景。」三個人相互敬酒，爭相痛飲。船家們都躲藏起來，汪士秀仔細看那侍立的老頭，極像自己的父親，但說話的聲音又不十分相同。二更快到時，有一個人說：「趁著明亮的月色，應該踢球取樂。」說罷，只見那僮子從水中吊起一個圓球，約有一人雙手環抱大小，中間好像灌滿了水銀，裡外透亮，於是飲酒的人都站了起來。黃衣人叫老頭一起踢，球起一丈多高，銀光閃爍，非常耀眼。過了一會兒，球不小心落在汪士秀船中，士秀不覺技癢，盡力踢去，覺得那球很鬆軟，但由於用力過猛，似乎把球給踢破了。只見球中漏出一道光帶，直射下來像是一道彩虹，落入水中發出一陣沸水的氣泡聲響，然後就沉了下去。

蓆上的人都氣憤地叫道：「是什麼人，竟敢敗壞我們的雅興！」那老頭卻笑著說：「不錯，不錯，這是我家傳的流星拐踢法。」白衣人怪罪他說話不恭敬，怒道：「大家都很氣憤，你這老奴才為何這樣高興？快和小僮去把那人抓來，要不然小心腿上挨錐。」汪士秀想既是無處可逃，也就不再害怕，索性提刀站在船中。那老頭和小僮手執兵器上船來，汪士秀一看，果然是自己的父親，就喊道：「爹，我在這裡！」老頭兒大吃一驚，兩人對視萬分悲痛，僮兒一見狀，反身離去。老頭兒勸汪士秀趕快躲藏起來，可是那三個人已經到了船上。他們的面孔漆黑，眼睛比石榴還大，一把抓住老頭，汪士秀忙上前爭奪，船晃了起來，纜繩也斷了。汪士秀用力砍斷了黃衣人的臂膀，又有一個白衣人撲了過來，被汪士秀一刀劈中頭顱，掉進水中，頓時一陣亂哄哄，人都不見了。汪士秀正打算立即開船，卻看到一張大嘴伸出水面，深得像一口井，四面湖水直往內湧，頓時白浪滔天，船上所有的人都嚇得半死。汪士秀看見船上有兩只石鼓，每只約有百十斤重，便舉起一隻向巨嘴投去，立即激起雷鳴般的響聲，巨浪漸漸平息下來。他又將另一隻投入，湖面馬上恢復風平浪靜。汪士秀懷疑父親是鬼，汪父說：「我本來就沒有死，當時船上共有十九人，全被妖怪吃了，我因踢得一腳好球所以活了下來。後來妖怪得罪了錢塘王，便逃到洞庭湖來了。方才那三人全是魚精，所以踢的是魚泡泡。」於是父子重逢，兩人都十分欣喜。

天亮後，汪士秀看到船上有根大魚鰭，約有四、五尺長，這才知道是昨夜砍斷的黃衣人的臂膀。

三十九、于江

從前有一個農民叫于江，他的父親有天在田間睡覺時被狼吃掉了。于江當時只有十六歲，他找到了父親留下的鞋子，非常悲痛，就想為父親報仇。晚上等母親睡著後，他就偷偷拿了鐵錘，睡在父親睡過的地方。過了一會兒，有一頭狼走過來，繞著于江兜圈子，聞聞他，于江不動；牠又用尾巴拂他的額頭，他還是不動；接著牠又低頭舔他的大腿，于江仍然不動。那狼覺得萬無一失，就要咬他的喉管，不料于江突然於此時跳起，用錘子猛擊狼頭，狼便倒地死了。他趕緊將狼拖入草叢，又躺了下來。過了沒多久，又有一隻狼過來了，于江便重施故技，打死了牠。直到半夜，沒有狼再來了。于江忽然打起瞌睡來，夢見父親對他說：「你殺死兩隻狼，足以為我報仇了，但害我的狼是白鼻子的。」于江醒來後耐心地等候，到了天亮也不見有狼來，他想把死狼拖回去，又怕母親知道了害怕，於是就把死狼投入枯井後才返回家中。到了晚上于江又去守候，這樣過了三、四夜。到了第五天夜裡，有一頭狼咬住他的腳，拖著他就走，走了幾步，荊棘刺進他的腳內，石頭劃破了他的皮膚，于江忍著痛一聲不吭。過了一會兒狼把他放下來，眼看著就要咬向他的肚子，這時于江飛快地用鐵錘重擊牠，那狼便倒在地下，于江又站起來連擊了幾下，把狼打死，一看真的是一隻白鼻子的狼。他高興極了，背起狼回到家中，這才向母親稟告這一陣子發生的事。母親嚇得哭了起來，和他一起到枯井邊，取回兩頭死狼。

異史氏說：「這種鄉村人家，怎會有那麼勇敢的人呢？他的勇氣是發自內心的真誠而非匹夫之勇，他的智慧也和一般莊稼漢不同啊！」

四十、鴝鵒

我的一位朋友王汾濱說他的家鄉有個養八哥的人，他每天教八哥說話，十分親近，出門一定要帶上八哥，人鳥相處已經有好幾年了。

一天，那人從外地返鄉，到了山西絳州時，身上的錢已經用光了，而回鄉的路途還有一大段，他滿臉憂愁想不出一點辦法。八哥說：「你怎麼不把我賣了？賣到王府，可以得一個好價錢，回家就不用發愁了。」那人說：「我怎麼捨得呢？」八哥說：「沒關係，你拿到錢後趕快走，然後到城西二十里外一棵大樹下等我。」那人同意後便將八哥帶到城裡，和八哥你一言我一句地說話，圍觀的人越來越多。王府的管家見了告訴了王爺，王爺就把那人叫進府來，表示要買八哥。那人說：「小人與牠相依為命，不願賣。」王爺就問八哥：「你願意住在這裡嗎？」八哥說願意。王爺很高興。八哥又說：「只能給他十兩銀子，別多給。」王爺立即付出十兩銀子，那人裝作很懊悔的樣子走了。

王爺和八哥說話，八哥對答如流，王爺十分高興，叫人取出肉來餵牠，八哥吃完肉後說：「臣要洗澡。」王爺就命人取來金盆，倒上水打開籠子，讓八哥洗澡。洗完後，八哥飛上屋簷，一邊梳理羽毛，一邊還和王爺嘮叨個沒完。過了一會兒，羽毛乾了，八哥就說：「臣去了。」說完拍拍翅膀，只一會兒工夫就飛得無影無蹤，王爺只得仰面嘆息，立即派人去尋那養鳥人，但早已不知去向了。後來有去陝西的人，還看到那人和八哥在西安市出沒。

四十一、劉海石

劉海石是山東蒲台人，曾在濟南濱州避亂，當時十四歲，與濱州秀才劉滄客是同門，因兩人很要好，遂結為兄弟。沒過多久，劉海石的父母死去，靈柩送回家鄉，兩人就沒有再通音訊了。

劉滄客家裡很富裕，他四十歲時已有兩個兒子，長子十七歲，是個名士；次子也很聰明。他還收了同鄉倪家女兒為妾，對她寵愛有加。可是半年後，他的長子忽得腦疾死了，沒過多久結髮妻子又死了，過了幾個月大兒媳也死去，丫鬟僕人們也是相繼死去。劉滄客傷心極了，幾乎無法承受這一連串的打擊。

一天，劉滄客正在家中獨坐，忽然看門的僕人來通報說劉海石來了。劉滄客很高興，急忙把劉海石迎了進來，正要寒暄幾句，劉海石忽然開口說：「你家有滅門大禍，你還不知道嗎？」劉滄客愣了一愣，不懂此話是什麼意思，劉海石說：「很久沒有通消息了，看來老兄近來不大好呀。」劉滄客眼淚汪汪，就把家中情況告訴了劉海石，劉海石嘆息半晌，接著又笑了起來，說：「我先要為老兄痛心，災禍還沒有完；但我又要為老兄祝賀，幸虧你遇到我。」劉滄客疑惑地問：「為什麼呢？」劉海石說：「我會看風水、相宅基。」劉滄客很高興，就請劉海石幫他看看屋基。

劉海石便裡裡外外看了一遍，然後又請求和家眷們一一見面。劉滄客答應了他的要求，就叫兒子、媳婦、丫鬟、小妾出來相見，並一一指給他看。當他指到倪家女子時，劉海石便仰面朝天大笑，大家正在驚疑間，只見倪家女子渾身顫抖、面無人色，一下子縮到二尺來長。劉海石拿起紙鎮打她的頭，並揪住她的頭髮，在她後腦杓上看見了幾根白頭髮，劉海石伸手準備把它拔下，那女子縮起頭頸，跪下啼哭，說她願意立即離開，只求別拔，劉海石大怒：「妳害人之心還不死嗎？」說完就拔下了白頭髮，倪家女子頓時變成一隻黑狸。劉海石一把抓起那隻黑狸，放進袖子裡，又對小兒媳婦說：「妳中毒已深，背上一定有些異樣，請讓我查看一下。」只見她的背上生了白毛，有四指多長，劉海石用針把白毛挑出，接著又為劉滄客和眾丫鬟也挑去白毛。劉海石說：「要不是我碰巧來到這裡，這家裡的人都將歸赴黃泉了。」劉滄客問他這是什麼東西，劉海石說：「只不過是狐狸一類的東西罷了，專門吸人的精氣來養自己的靈性。」劉滄客很奇怪他怎麼有這樣的本事，便懷疑他是仙人。劉海石笑著說：「我哪談得上仙呢，只不過是跟師父山石道人學了點小伎倆罷了。剛才那個東西，我沒有辦法弄死牠，只好帶回去交給我師父來處置了。」

說完了就要告別，卻覺得袖子裡空盪盪的，原來那黑狸逃走了，大家都很驚恐，劉海石說：「沒關係，這畜牲頸上的毛已拔去，再也不能幻成人形，只能變為獸類，逃不遠的。」於是在屋內尋找，最後發現豬欄內多了一頭豬，就大笑起來，那豬聽見笑聲就伏在地上不動了。劉海石把牠捉出來，見尾巴上有一根白毛，硬得像針，正要拔去，那豬拼命哀叫掙扎。劉海石說：「妳作孽已經太多，拔根毛還不肯嗎？」說完就揪下白毛，那豬立即又變成了黑狸。

劉海石走了之後，劉滄客才恍然大悟：山石道人的「山石」二字，合起來就是個「岩」字，那是呂洞賓的名諱。原來就是這位老神仙派劉海石來捉妖的啊！

四十二、賭符

從前有個韓道士住在城裡的天齊廟，會各種各樣的幻術，大家都稱他仙人，我父親在世時和他很要好。

我們家族中有個人很喜歡賭博，透過我父親的關係也結識了韓道士，正好大佛寺裡來了一個和尚，專好擲骰子賭博，輸贏很大。我們族裡那人見了，頓時心癢起來，就拿了家中所有的錢去賭，結果都輸光了。他不服氣，就典賣了田地再去賭，一夜下來又都輸光了。他悶悶不樂，便去拜訪韓道士，說話間神情頹喪、語無倫次。韓道士問他怎麼回事，他便把情況詳述了一遍。韓道士笑著說：「經常賭博哪有不輸的道理，你如果能夠戒賭，我便替你翻本。」那人說：「要是本錢能夠贏回來，我就把那幾粒骰子全都砸了。」於是韓道士就畫了一道符佩在他腰間，又給了他一千錢，叮囑他撈足本錢就停手，不能貪心。

那人與沖沖地去找和尚，和尚嫌他錢少，不願跟他賭。那人軟纏硬磨，要求擲一把決勝負，那和尚拗不過只好答應了，於是拿出一千錢與那人搏。和尚先擲，沒什麼好點子，那人接著一擲就是贏點，和尚又拿出兩千錢，還是輸了。漸漸賭注加到了十幾千，那人擲數卻是無往不利，以前輸掉的錢頃刻之間全贏了回來。那人吃了甜頭，便在心裡盤算起來，要是再贏個幾千錢豈不更好，於是繼續再賭。可是擲出來的點數越來越差，他心裡很奇怪，低頭一看，那符已經不見了，他大吃一驚，立即就離開賭桌了。

回到廟裡，那人把一千錢還給了韓道士，再算一算剩下來的錢，不多不少正好是原來所輸的錢。然後他就帶著愧意向韓道士道歉，說自己不小心失了紙符，韓道士笑著說：「紙符在我這兒呢！我早叮囑過你不要貪心，你不聽，所以我就收回了紙符。」

異史氏說：「天底下能使人傾家蕩產的，沒有比賭博更快的了，天底下道德敗壞的也沒有比賭博更厲害的了。道德淪喪、行為墮落、家破人亡，不都是賭博造成的嗎？」

四十三、黑獸

從前有一個人在瀋陽的一座山上設宴，宴中看到山下有一隻老虎用嘴啣著一頭死鹿，在地上刨了個坑把鹿埋起來後就走了。這個人就派人下去把死鹿取出來，再把坑虛掩好然後便離開了。過了一會兒，老虎引了一頭黑色的怪獸前來，那獸身上的毛有幾寸長，老虎在前引導，好像在邀請某位尊貴的客人。到了埋鹿的土坑前，老虎把爪伸進洞內，黑獸在一旁瞪大眼睛看著，當老虎發現鹿屍不見了之後，便渾身顫抖，伏在一旁一動也不敢動。黑獸以為老虎騙牠，就用爪子猛擊老虎的頭，老虎當場被擊斃，黑獸也自行離去。

異史氏說：「不知黑獸叫什麼名字，牠的體形並不比老虎大，但為什麼老虎竟會伸著脖子領死呢？果真萬物都各有剋星嗎？其中的道理著實讓人無法理解。」

四十四、余德

從前有個武昌人叫尹圖南，他有一所宅邸，一個年輕的秀才曾租住在此，半年多也沒有去過問。一天尹圖南在門口遇見他，只覺得他一表人才、風度翩翩，上前交談又覺得他溫文儒雅。尹圖南很是驚訝，回家和妻子說了，妻子就讓婢女藉送東西來偷偷查看秀才的臥室。只見屋內有個美女，比天仙還漂亮，屋內的擺設十分富麗，都不是一般人見過的。尹圖南猜不出秀才到底是什麼身分，就去拜訪他，正巧他又出去了。第二天那秀才就來回訪了，告訴尹圖南他叫余德。言談之間，尹圖南仔細詢問他的來歷，他說得非常含糊，尹圖南一再追問，余德只好對他說：「你若想和我交往，我肯定不會拒絕，你只要相信我絕不是盜賊或壞人就夠了，何必苦苦追問我的來歷呢？」尹圖南便馬上向他道歉，並擺下酒宴招待，兩人說說笑笑十分融洽，到了晚上，就派人送他回去。

第二天余德回請主人尹圖南到了他家，只見屋內四壁明亮如鏡，爐中點著異香，一隻玉瓶中插著鳳尾和孔雀羽各兩支，每支約有二尺來長；另一隻水晶瓶中浸著一株粉花，也有兩尺來長，不知叫什麼名字，垂下的枝葉覆蓋了几案，花多葉少、含苞未放，很像一隻被打濕的蝴蝶收攏了兩翅。席上只有八盤菜餚，卻都十分精緻。

筵席一開始，余德命小書僮擊鼓行酒令，鼓聲一響，瓶中的花開始抖動起來，像蝶的翅膀漸漸張開，鼓聲一停，只見那花頓時落下，真變成了一隻蝴蝶，飛落在尹圖南的衣服上。余德起身為他斟上一大杯酒，酒剛一斟滿，那蝴蝶就飛走了。不一會兒鼓聲又起，又有兩隻蝴蝶飛到余德的帽子上，余德笑道：「我真是自作自受。」就喝了兩大杯酒。擊完了三通鼓，花瓣紛紛落下，沾滿了二人衣襟，小書僮笑著來點數，尹圖南該喝九杯、余德喝三杯，而此時尹圖南已微有醉意，不能再喝，只勉強喝了三杯就起身告辭。從此他更覺得余德不同尋常。

余德不喜歡與人交往，常閉門不出，也不參加左鄰右舍的喜慶弔喪。尹圖南逢人就宣揚，其他人聽說這種怪事便爭相與余德結交，余德的宅門外經常停滿車馬，余德因此很不耐煩，某天突然辭別主人離去了。

余德走了之後，尹圖南到他的住處，只看到空盪盪的院子內打掃得一塵不染，用剩的蠟油堆棄在台階下；窗格上有剩存的布頭、線頭，仿佛還留著指印。屋後遺下了一隻白石小缸，大約能盛下一石米左右。尹圖南將它搬回家用來養金魚。過了一年，那裡面的水仍舊很清澈，就好像才剛剛放進去的一樣。後來僕人們移動山石，不小心把缸打碎了，但水竟仍凝聚著不瀉下來，乍看之下缸似乎還存在。若伸手進去，就有水溢出來，抽出來又合攏了，就這樣，即使到了冬天也不結冰。有一夜水忽然結成了水晶狀，而魚卻還在裡面游。尹圖南連忙把它搬進密室，生怕別人知道了這個寶貝，除了兒子、女婿，誰也不准看。

可是時間一長，消息漸漸傳開了。要求觀看的人爭著登門求見。在臘月的一天夜裡，凝固的水晶忽然化成水，流得滿地都是，只剩下缸的碎片還在。有一天一個道士來了，說要看這只石缸，尹圖南就給他看，道士吃驚地說：「這是龍宮的儲水器呀！」尹圖南便向他述說了石缸破而不漏的事。道士說：「這是石缸的魂還存在呀！」說完道士便向他討一些碎片，態度非常懇切，尹圖南問他要做什麼用，道士說：「用它的粉末入藥可以長生不老啊。」尹圖南就送給了他一片，道士歡歡喜喜地辭別而去。

四十五、保住

清朝初年，平西王吳三桂在還沒有叛變的時候，曾經對部下們說過：「誰能獨自擒住一猛虎，就可以得到豐厚的賞賜，以及『打虎將』的封號。」

在吳三桂賜封的打虎將裡有一個叫保住的勇士，身手非常矯健，好像猿猴一樣。王府中有一座正在建造的樓宇，大樑才剛剛架上去，保住便沿著樓角攀上去，一眨眼就到了樓頂。

他站在大樑上飛快地行走，往返了三、四次後縱身跳下，筆直地站在地下。

平西王有個愛妃很會彈琵琶，她的那張琵琶是用暖玉做成的，只要抱起來就感到滿室溫暖，平時珍藏著，沒有平西王的手諭從不拿出來給人看。一天晚宴，客人們要求看看這支琵琶，平西王正感到有些疲懶，就承諾隔日再讓眾人觀看。當時保住在一旁說：「現在沒有王爺的手諭，我也能拿到琵琶。」平西王馬上派人迅速傳令後宮，要求內外戒備森嚴，然後打發保住前去拿取。

保住接連越過幾重院牆，才來到了平西王愛妃的住所，只見室內燈火輝煌，而門窗緊閉，一時無法進入。走廊內有一隻鸚鵡停在架子上。保住就學貓叫，接著又學鸚鵡驚叫：「貓來了！」伴以撲騰翅膀急急掙扎的聲音。保住這時聽到平西王的妃子在屋內說：「綠奴妳快出去看一看，鸚鵡就快被貓咬死了！」保住躲在暗處，不一會兒有個婢女挑燈出來。等她的身體剛一離開門口，保住就一竄，從門縫擠了進去。只見平西王的妃子正緊緊守住放在几案上的琵琶，他上前提起就跑，平西王的妃子連忙高呼：「強盜來了！」防衛的衛兵們一齊衝了出來，看見保住抱了琵琶飛奔，只是追趕不上，於是就拉開弓，弓箭好像雨點般的向他射去。院子外有幾十棵大槐樹，保住躍上其中一棵，並在樹上穿梭，行動敏捷得像飛鳥一般。接著他跳上了樓頂，飛奔在大殿台閣之前，與飛鳥展翅沒有兩樣，轉眼之間就不見了。

回到席上，客人還在宴飲，保住飛身落在筵席前。而此時大門仍然鎖著，雞犬無聲、一片靜寂。

四十六、促織

明朝宣德年間，皇宮內盛行鬥蟋蟀，每年都向民間徵收。蟋蟀這玩意兒本來不是陝西特產，而華陰縣令想要巴結上司，就找到一隻送了上去。上司試了一回，發現那隻蟋蟀居然還頗有幾分能耐，於是命他年年供奉。縣令就把征蟋蟀的工作派到鄉長頭上。鄉長地保便想出壞點子，藉此來攤派錢款，如果抓不到蟋蟀就要罰鍰，因此每年徵收蟋蟀的時節，便有幾戶傾家蕩產。

華陰縣有個叫成名的讀書人，考了幾次秀才，一直沒有考取。他為人迂腐木訥，於是被刁猾的公差報上去，點為鄉長的差使，他不願意做但又推脫不掉，這樣不到一年，一點微薄的家產就賠光了。不久又逢上頭徵收蟋蟀，成名不願去攤派，自己又拿不出錢來，整天煩惱得很。

他妻子說：「你怎麼不去找一找，看能不能找到一隻交差呢？」成名認為有理，就每晚去找，可用盡了辦法仍舊一無所獲。好不容易找到一隻，卻是不合規定的劣等貨。縣令嚴定期限，催促趕快交來，十幾天內成名連挨了百十下板子，身上皮開肉綻，連出去捉蟲都不行了。他在床上翻來覆去，想一死了之。

有一天村裡來了一個女巫，成名的妻子便去占卦，輪到她時女巫在一旁朝天禱告，嘴唇一開一合，也不知說些什麼，不一會兒就見布簾後扔出一張紙，她拿起來一看，上面不是字，而是一幅畫。中間是殿台樓閣像是寺廟，後面的小山下亂堆著許多石頭，一叢叢灌木中伏著一隻名為「青麻頭」的上等蟋蟀，旁邊有一隻蛤蟆，看似將要躍起。成名的妻子拿在手中反復觀看卻又不解其意，便帶回去給成名看。

成名一看便覺得是在指點他捉蟲的地點，仔細看圖上的景象，與村東的大佛閣十分相似，就勉強拄著枴杖，拿著圖來到大佛寺後。那兒有一座草木茂盛的古墓，沿著墳墓邊上走去果真看見一堆亂石，跟畫上畫的一模一樣。他在亂草中尋覓，慢慢前進，卻絲毫沒有蟋蟀的蹤影。他不願放棄，又找了一陣，突然看見一隻癩蛤蟆跳過，成名覺得驚奇，忙撥草尋找，只見一隻蟋蟀伏在草根上，他猛地跳上去，幾經周折才捉住牠。仔細觀看，只見這蟋蟀全身發光，身長尾大、青項金翅，長得十分好看，不由大喜，便裝在竹籠裡帶回家，全家高興不已。成名把牠養在瓦盆裡，用蟹肉、粟粉餵養牠，呵護備至，等到期應付官差。

成名有個九歲的兒子，這天趁父親不在家就悄悄打開瓦盆偷看蟋蟀。那蟋蟀一躍而起，等他把蟋蟀抓到，已經腿斷肚破，一下子就死了。兒子很害怕，就對母親說了。成名的妻子一聽，頓時面如死灰，大罵道：「你這個敗家子，你的死期到了，你爹回來會找你算帳的！」孩子就哭著跑了出去。

成名回家後聽了妻子的敘述頓時大怒，可是到處找不到孩子，最後在井裡找到了兒子的屍體，便呼天搶地，哀傷欲絕。夫妻倆抱頭痛哭、悲不欲生。

到了天黑時，成名用草蓆裹了兒子去埋葬，卻發現他心口似乎還有一點呼吸，心中一喜便把兒子移到床上。半夜裡兒子果然甦醒過來了，夫妻倆稍覺一點安慰，但兒子仍然癡癡傻傻的，昏昏沉沉像睡著了一樣，成名回頭看空空的蟋蟀盒子，只是長嘆一聲，一夜未曾合眼。

太陽升起的時候，成名忽然聽見外面有蟋蟀的鳴叫聲，就立時搶出門去，一看蟋蟀果然還在，便前去捕捉。那蟋蟀蹦蹦跳跳、靈巧敏捷，捉了幾次沒有捉到。後來成名在轉角的牆壁上看見蟋蟀，但仔細一看，個頭很小，根本不是原先那隻。而此時那蟋蟀突然跳到他的衣袖上。乍看之下，有梅花翅、方頭長腿，好像是良種，於是他把蟋蟀收起來，準備獻給上司，但又怕上司不滿意，就想拿出去鬥一鬥，試試牠的本領。

村裡有個年輕人養了一頭蟋蟀，取名叫做「蟹殼青」。每天拿出去和別人鬥，沒有一次不勝的。這天他到成名家拜訪，見了成名養的那一隻，便掩嘴竊笑，隨後拿出自己的那一隻放進瓦盆裡，堅持要和成名的蟋蟀鬥一鬥。成名一看他的蟋蟀修長健壯，便覺得慚愧，不敢與他較量，但又經不住那人再三的請求，於是勉強把蟋蟀放進了鬥盆裡。

小蟋蟀伏在盆中動也不動，呆若木雞，那年輕人笑了一陣，用獵鬃毛去撩撥牠，還是不動，年輕人又笑起來，再次去撩撥，小蟋蟀忽然奮起，向前衝去，於是兩隻蟋蟀便鬥在一起，還振翅示威，不一會兒，只見小蟋蟀猛然跳起，直向蟹殼青的頭頸鬚上咬去，年輕人大驚，連忙把牠們分開，成名不由得大喜。

兩人正在賞玩，有隻公雞看見了小蟋蟀，便走過來向牠啄去。成名大驚，幸而公雞一啄不中，小蟋蟀跳出去一尺多遠，公雞大步緊追，小蟋蟀幾乎已在雞爪之下了。倉促之間，成名不知所措，變了臉色，但轉眼間卻見公雞伸長頭頸，撲打翅膀，不停地哀叫。走近一看，原來小蟋蟀停在雞冠上，用力咬住牠不放。成名愈加驚喜，連忙把牠收進了竹籠。

第二天，成名把牠獻給了縣令，縣令嫌牠太小，把成名訓斥了一頓，成名便向縣令講述了小蟋蟀的奇妙本領。縣令一聽便拿出其他蟋蟀和小蟋蟀相鬥，結果那些蟋蟀一隻隻地敗下陣去。接著縣令又拿雞來試驗，果然情況和成名所說的一樣。這才賞賜了成名，把小蟋蟀獻給了巡撫，巡撫把牠裝在金絲籠裡獻給皇上，並且上書詳細說明牠的本領。進宮以後，王侯用全國進貢來的各種蟋蟀佳品和牠相鬥，沒有一隻鬥得過牠的。而且每當聽到音樂，小蟋蟀還會跟著節拍跳舞，於是立刻被皇上視為寶物，重賞了巡撫，巡撫又賞過縣官，縣官一高興便免除了成名的徭役，又讓成名補了一名秀才。

又過了一年多，成名的兒子才甦醒過來，說自己變成了蟋蟀，輕捷靈巧，善於格鬥。這時巡撫又厚賞成名，沒過幾年，成家有了良田百頃，蓋了很多樓宇華宅，勝過了那些名門富貴人家。

異史氏說：「帝王偶然使用一物，經常是興之所至，不多久便忘記了，而手下執事者卻將之視為一成不變的慣例，加上官吏貪虐，老百姓賠妻賣兒還是受到無休止的壓迫。所以帝王的一言一行都關係著老百姓的性命生計，一點都大意不得啊。像成名這樣的人，因貪吏的壓迫而散盡家產，又因為奉獻了蟋蟀而得以致富。當他擔任里正、受朝官欺壓責打時，哪裡想得到竟有這番境遇。上天要酬報這些忠厚之人，就連這些朝臣、縣官也跟著受到蟋蟀的福蔭。所以說：『一人得道，雞犬升天』這句話真是一點都不假。」

四十七、柳秀才

明朝末年，青州、兗州一帶出現了大批蝗蟲，漸漸飛集到了沂縣地區。沂縣的縣令十分擔憂，有一天退衙以後就在後房內午睡，做了一個夢，夢見一個秀才來拜見，他戴著高高的帽子、身著綠色的長衫，身材魁梧，說他有辦法對付蝗災。縣令向他請教，他說：「明天城南的大道上有個婦女騎一頭老青驢，她就是蝗神，只要向她哀求就可以免去災禍。」縣令醒來十分驚異。

第二天縣官準備了酒食，早早來到城南等候，過了許久果然看見一個婦人梳著高高的髮髻、披著褐色的斗篷，騎著一頭老青驢姍姍而來。縣官立刻點燃香燭，捧著酒在路邊跪拜迎接，牽住驢頭不肯讓牠走。婦人問道：「大人何故如此？」縣令說：「我們區區一個小縣，望您開恩讓它在蝗口下免災吧。」婦人說：「好可恨的秀才，洩露了我的機密。就讓他用自己的身體承受苦果吧，我不損傷你的莊稼。」喝罷三杯酒，轉眼就不見了。

後來蝗蟲遮天蔽日的飛來，但一隻也不落在莊稼田裡，全都停在柳樹上，柳葉全都被吃光了。縣官這才明白，原來那個秀才就是柳神。有人說：「這是縣官憂慮百姓感動了上天的緣故啊！」

四十八、庫官

明朝萬曆年間，山東鄒平人張華東奉旨祭祀南嶽衡山。他南下經過江淮的時候，準備在驛亭暫時歇息一下，然而在前面開路的人卻回來報告說：「驛亭內有怪物在那兒留宿，一定會惹出是非來。」張華東不信，依舊住了進去。半夜時分，他端坐在驛亭內，忽然聽到一陣腳步聲，回頭一看，原來是一個頭髮花白的老翁。張華東覺得很奇怪，便問他是誰，老翁下拜說：「我是這兒的守庫官，為大人您保管庫藏銀子已有些日子了，現在幸虧大人來了，我也可以卸下這付重擔了。」張華東問他目前庫藏一共有多少，老翁回答說有二萬三千五百兩。張華東擔心在路上帶太多銀子不方便，就向老翁約定回來後再取，老翁連忙答應告退了。

張華東來到南方，收到的饋贈十分豐厚，等回到江淮，到驛亭時，那老翁再次來拜訪他。當張華東問到庫藏銀兩的時候，老翁說：「已經撥給遼東作軍餉了。」張華東十分奇怪他為何不守信用，老翁說：「人生一世的財產和命運都有一定的數額，不會相差一斤一兩，大人這次南行應該得到的數目已經得到了，那麼還能有什麼要求呢？」說完就走了。於是張華東計算了一下南下所得到的禮金，與老翁所說的庫存數目正好吻合。看來各人的福分早已在命中註定，並不是自己所能非分追求的。

四十九、雨錢

從前山東濱州城內有個秀才，有天在房內讀書的時候忽然聽見有人敲門，開門一看，原來是一個白髮老翁，衣著打扮很古樸，秀才請他進屋。老翁自我介紹說：「我名叫養真，姓胡，其實我是一個狐仙，因為欽慕你的高雅，願和你朝夕相處。」那秀才本來性格就很開朗，也不以他是狐仙為怪，就和他一塊談古論今，老翁的知識非常淵博，秀才很嘆服他的學問，留他住了很久。

有一天秀才悄悄地對老翁說：「先生您算是對我關懷備至了，不過您看我如此貧窮，而您只要一揮手，金錢就可以滾滾而來，為什麼您不稍稍周濟我一點呢？」老翁想了一想，就笑道：「這是很容易的事情，但要有十幾枚錢作本錢。」秀才便按他的要求拿出了十幾枚錢。老翁拿著錢和秀才一起進了密室，只見他口中念念有詞，像巫師作法一樣，過了一會兒，忽見很多銅錢從屋頂上掉了下來，就像下雨一樣，一眨眼就淹沒了膝蓋。再過了一會兒，一丈見方的屋內就堆得有幾尺高了。老翁這才對秀才說：「滿意了嗎？」秀才說：「夠了。」老翁手一揮，銅錢就停止落下，於是兩人就鎖門出來了。

秀才高興極了，以為自己成了暴發戶。過了一會兒，他進入密室想要取些錢來用，卻發現滿屋的錢不翼而飛，只剩下原先那十幾枚錢。秀才大失所望，出來向老翁發脾氣，老翁生氣地說：「我本來與你是文字之交，不想和你一起做賊，如果要合你的意，你應該找樑上君子做朋友才對，請恕老夫不能聽從你的吩咐。」說罷便拂袖而去。

疑。

五十、龍取水

在民間流傳著龍能取江河之水化為雨的故事，然而這只是一種傳說，其可信度很教人懷疑。

有個叫徐東癡的人有次在南遊的時候，將船停在長江邊，只見一條青龍從雲端上垂下來，用尾巴攪動江水，頓時波浪滔天，水便順著龍身攀騰而上，遠遠看去十分耀眼，比三匹白練還要寬闊一些。過了一會兒，龍尾收起，水浪也馬上平息了，接著傾盆大雨從天而降，溝管道路頃刻消失，天上地下一片汪洋。

五十一、小獵犬

衛中堂是山西人，當他還是一介秀才的時候，因為討厭環境嘈雜有人打擾，便搬到佛寺內去讀書，但是苦於室內臭蟲、蚊子、蒼蠅很多，整天還是無法安心讀書。

一天吃飽飯後，衛中堂躺在床上休息，忽然看見一個只有兩寸大小的武士，騎著一匹蚱蜢般大小的馬，臂上裹著黑皮，上面立著一頭大小如同蒼蠅般的鷹，從外面進來，在屋內繞圈子，走得非常快。衛中堂正凝目注視間，外面又進來一個人，裝束和那個武士一樣，腰中束著小弓箭，牽著一頭獵犬，就像螞蟻那般大小。又過了一會兒，步行的、騎馬的，陸陸續續來了幾個人，鷹有好幾隻，獵犬也有好幾隻。武士一見有蚊蠅飛起，便放出老鷹騰空撲擊，將其全部殺死。獵犬有的爬上床，有的沿牆搜索。跳蚤、蝨子一旦找出來便被殺死吃掉。頃刻之間，蚊子、蒼蠅、跳蚤、蝨子都被消滅乾淨了。

衛中堂假裝睡著，瞇著眼睛看，只見老鷹、獵犬都停在自己身上，接著又來了一個身穿黃衣，像大王一樣的人，那些武士連忙獻上捕獲來的蚊子、蒼蠅等，爭相圍在他身邊，不知說了些什麼。不一會兒，大王就登上了上小小的御用馬車，衛士們各自尋找自己的坐騎，只見一片煙霧飛騰，片刻之間都走光了。

衛中堂看得清清楚楚，很奇怪他們是從哪兒來的。他出門探望，卻不見一絲蹤影，回屋內巡視一遍也沒有發現什麼異樣，只在牆壁上看到一頭小獵犬。他急忙將牠捉住，把牠放在裝硯台的盒子裡。小獵犬身上長著極細的茸毛，頸上有一隻小環，用飯粒餵牠，牠聞一聞就丟在旁邊，逕自跳上床，鑽進衣縫，見著蝨子就咬，然後再回到盒子裡伏臥著。過了一夜，衛中堂懷疑牠跑了，打開盒子一看，牠還是盤伏在老地方。當衛中堂睡覺的時候，牠就爬到竹蓆上，見了臭蟲就咬死，蚊子、蒼蠅也因為有了牠而不敢停留，衛中堂對牠視若珍寶。

可是有一天，衛中堂在睡夢中翻了個身，不小心把牠壓在身下。等他察覺時，急忙起身查看，可是小獵犬已經被他壓死了，形狀就像用紙剪成的那樣。但從此以後，那些臭蟲、蝨子之類的就完全絕跡了。

五十二、棋鬼

揚州督同將軍梁公辭官回鄉之後，天天帶著圍棋和酒食，悠閒自在地在山林泉水邊玩樂。這一天，正是重陽，他與一個客人對弈，忽然有一個人走過來看棋，久久不願離去。梁公看他面容清瘦、衣裳破舊，但舉止文雅，頗有讀書人的風度，便以禮相待，請他坐下。梁公指著棋盤說：「先生必定精於此道，何不與客人對弈一局呢？」那人謙遜了一番後，才坐下對局，第一局輸了，他的神情非常懊悔，幾乎控制不了自己；第二局他又輸了，他更加慚愧。梁公斟了杯酒給他，他也不喝，只是拉著客人繼續下，從早晨到夕陽西斜，就連上廁所也顧不上。正當為一步棋爭執的時候，那書生忽然站起來，顯得很沮喪，過了一會兒，他對著梁公跪下，叩頭求助。梁公很吃驚，扶起他說：「下棋本來是一件好玩的事，何必如此認真呢？」書生卻說：「我是想請您囑咐您的馬夫，不要縛住我的頭！」梁公感到納悶，問他：「我的馬夫？你指的是誰？」書生說：「是馬成。」

原來梁公先前的馬夫馬成能去陰間，常常十幾天去一次，手拿文牒充作勾魂的差役。梁公因為覺得書生說得蹊蹺，便派人去查看馬成，果然他已經僵臥在床兩天了。梁公便大聲喝斥他不得對書生無禮，就在這一瞬間，書生便不見了。這時，梁公才明白那書生原來是一個鬼。

過了一天，馬成醒過來了。梁公就叫他過來詢問，馬成說：「那個書生是湖北襄陽人，非常愛好下棋，以致於傾家蕩產，他父親把他關起來不讓他下棋，但他還是偷偷越牆跑出去與人對弈，因此，就把他父親活活給氣死了。閻羅王因為他不孝，就減了他的壽命，罰他下了餓鬼獄，到現在已經七年了。前些日子正逢東嶽大帝鳳樓建成，向各府發文牒徵召文人作碑記，大王便將他從獄中提出，命他應召撰寫碑文以贖罪孽，不料他又半路拖延，耽誤了限期。東嶽大帝就派值日官向閻羅王問罪，閻羅王大怒，派我們四處追捕他。前天我聽了您的吩咐，所以沒敢用繩子去綁他。」梁公問道：「那書生現在怎樣了？」馬成說：「仍然送到監獄裡，關了起來，永世不得超生了。」梁公不禁嘆道：「怪癖誤人竟到了這等程度！」

五十三、捉鬼射狐

有位李著明先生，是睢寧縣令李襟卓的兒子，為人豪爽，從來不畏縮膽怯。他是新城王季良的妻弟。王先生家裡樓閣多，常常會看到一些怪異的現象。李著明常在暑日裡到王家寄宿，他非常喜歡樓閣夜晚時分的涼爽氣息。有一次，家人好心告訴他樓閣晚上常有怪異，他卻絲毫不以為意，堅持要上樓閣去睡。主人只得吩咐幾個僕人一塊兒上去陪他，但李著明謝絕說：「我就喜歡一個人睡覺，一生從不知道什麼叫做害怕。」主人就命人在香爐內點上香，才熄滅蠟燭，關上門走了。

李著明躺下就睡，過了一會兒，在朦朧的月色中，只見几案上的茶杯，忽然傾斜並旋轉起來，不掉下來也不停止轉動。李著明大喝一聲，茶杯就立即停止不轉了。接著又好像有人拔起香，在空中搖晃著，左右上下畫出像花一樣的圖案。李著明起身大喝道：「何方鬼怪膽敢如此！」他光著身子下床，想上前抓拿，用腳在地上勾鞋子，卻只找到一隻。李著明來不及細搜，就赤著腳向搖香的地方打去，香頓時插回爐內，居然連一點聲息也沒有。李著明俯身在地上到處摸索，忽然有個東西飛打在臉上，他覺得好像是一隻鞋子，找了半天又找不到，就喚來僕人點亮燈，但還是找不到，就重新睡下了。等到天亮以後，他到處翻箱倒櫃地找，還是沒有，主人就為他換了一雙新鞋。第二天，他偶一抬頭，看見有一隻鞋子嵌在屋椽上，挑下來一看，果然就是他不見的那一隻。

李著明曾經在淄博孫家寄住過，孫家的宅院很大，平時都空著，李著明只住其中的一半。南院內有一處高閣，中間和他的住處只隔一堵牆，經常能看到閣門自己開關，他也不放在心上。有一天，他偶然與家人在庭院內聊天，閣門又開了，突然有一個很小的人，面朝北坐著，身高僅二、三尺，披著綠袍，穿著一雙白襪，大家用手指著看他，他也不動。李著明猛然想起這就是狐精，連忙去取弓箭，對著閣門準備射去，結果那小人兒一下子就不見了，臨走時還咧著嘴像是在嘲笑。李著明提著刀登上閣樓，一邊叫罵，一邊搜索，竟一無所獲。那怪物從此就絕跡了。李著明又住了好幾年，一直安然無恙。李著明的大哥李友三是我的親家，這件事是他親口所述。

異史氏說：「只是我生得太遲了，未能趕上李公。但聽老人們說，他是一位剛強、豪邁的大丈夫。只要看看這兩件事，大體上就可以想見他的風采了。其實，人的心中若是充滿了浩然正氣，鬼狐妖魅又能把他怎麼樣呢？」

五十四、賽償債

李著明為人慷慨，樂善好施。有一個同鄉在他家幫傭，那人從小就遊手好閒，無所事事，所以家裡面很窮，但因為有一些小技能，常常做些雜務，所以得到的賞賜也不少。有時候早晨沒有米可煮，李公就接濟他幾升幾石米。一天，那人突然對李公說：「我天天接受您的救助，一家三、四口人才不致於餓死，然而這樣總不是長久之計，我想向您借一石綠豆作本錢，去做點買賣。」李公很高興他有這種想法，就借給了他。那人向李公借貸之後，經過了一年多，什麼也沒有償還，問起他的時候，他總是說錢早已經用完了。李公可憐他窮，也不去問他要。

李公一直在寺院內讀書，三年後的某一夜，忽然夢見那人來了，說：「小人欠了主人的綠豆錢，今天特地來清還。」李公安慰他說：「假如我真要向你討債，那麼平時積欠的怎麼算得清呢？」那人神色黯然地說：「做過一些事情而受人千兩銀子，可以不報答；如果無緣無故受人資助，那麼一升一斗也不該含糊，何況我受您那麼多的恩惠！」說罷，就離開了。

李公醒來覺得奇怪，而這時僕人來告訴他後院母驢生了一匹小駒，長得十分高大。李公頓時想到：莫非這新生小駒就是那個人？他去到後院，見了小駒，開玩笑地叫了一聲那人的名字，小駒馬上奔過來，好像聽得懂他的意思，從此以後，李公就用那人的名字來叫小駒了。

有一次，李公騎著那匹小駒到青州去，管倉庫的內監見了小駒非常喜歡，願意出高價買牠，價錢還沒有定下來，李公就因家裡有事匆匆地趕回去了。

又過了一年，小駒與一頭雄馬同拴在一個馬槽裡，小駒被雄馬咬斷了腿骨，怎麼醫都醫不好。正巧有個獸醫到李公家，見了小病駒，就對李公說：「這小駒讓我帶走，我一定朝夕調養，要是能治好，賣的錢和你對分好了。」李公就答應了。過了幾個月，獸醫賣掉了小駒，得了一千八百錢，其半數正好與綠豆的價格相符合。

五十五、鬼作筵

從前有個秀才叫做杜九畹，他的妻子體弱有病。當時正逢重陽節，杜秀才的朋友請他一起去喝酒。杜秀才早上起來漱洗完畢，對妻子交代了自己要去的地方，然後整理衣冠準備出去。忽見妻子神情昏亂，口中念念有詞，好像在和誰說話似的。杜秀才覺得奇怪，就到床邊詢問，沒想到妻子竟以「兒子」來稱呼他，家裡人都覺得奇怪，當時杜秀才的母親剛死，靈柩還沒有下葬，杜秀才便懷疑母親的魂附在妻子身上了。

杜秀才說：「莫不是我母親來了嗎？」他妻子便罵道：「畜牲！為什麼連你父親也不認識了？」杜秀才問：「既然是我父親，您為什麼回來禍害兒媳婦呢？」妻子立即喊他的小名說：「我專程為兒媳婦來，為什麼要怨恨我呢？兒媳婦壽數已盡，有四個人來勾她的魂，我萬般哀求為首的張懷玉，才獲恩准，我答應送一些薄禮給他們，你馬上去打發一下。」杜秀才按吩咐在門外燒了一些紙錢。他妻子又開口說：「那四個人顧念我的老面，已經走了，三天之後，我要辦酒席答謝他們，到時候，還要兒媳婦去幫忙。」杜秀才說：「陰間、陽間各不相同，怎麼能去幫忙治辦酒席呢？」他妻子說：「我兒不用擔心，她去一去就回來，這是她自己的事，她應當不會怕勞苦。」說完，就昏了過去，許久才甦醒過來。杜秀才問她剛才說了些什麼，她茫然毫無記憶，只是說：「剛才有四個人要抓我，幸虧公公哀求，還拿錢送給他們，他們才走了。」杜秀才因為妻子病勢沉重，便對她的話半信半疑。

過了三天，杜秀才正在與妻子談笑之間，妻子忽然瞪著眼睛呆了半天，說道：「你媳婦現在要為我辦筵席去了，我帶她去一下，你不必擔心。」話音剛落，就昏死過去。約莫過了半天，才慢慢醒過來說：「剛才公公把我叫去，對我說：『用不著妳動手，我自有人來烹調，妳只須端坐一旁略作指導便可，我們陰間喜歡豐盛，每盤菜都要溢出來才行，妳要記住這一點。』我聽了公公的吩咐來到廚房，就看見兩個穿著紫青色外衣的婦女在裡面切菜，她們叫我嫂嫂，每盛好一盤菜，都要端來給我看一看，上次見到的那四人都在席上。等筵席用完，杯盤酒具都收拾好了之後，公公才讓我回來。」杜秀才十分驚異，常常將這事講給朋友們聽。

五十六、鼠戲

我有位朋友王子巽說：「有個人在長安街上做馴鼠表演，他背著一個布袋，裡面養百十幾隻小老鼠。他常常在人多的地方拿出一只小木架，擱在肩膀上，很像戲台的樣子，然後他拍打著鼓板，唱起古代的雜劇，歌聲剛起，就有小老鼠從布袋內爬出來，戴著小小的假面具，穿著小小的戲裝，從背後登上戲台，像人一樣立著跳舞，演出男女悲歡離合，情節完全符合劇情。

能把老鼠訓練成這樣，可真是好本領啊！

五十七、寒月芙蕖

濟南有一位道士，不曉得他是什麼地方的人，也不知道他姓什麼、叫什麼。不管是冬天、還是夏天，他都只穿一件夾衣，繫一根黃色的絲帶，再沒有別的衣服了。他常常拿梳齒夾住頭髮，把它弄成帽子的樣子，白天赤著腳在街上行走，晚上露宿街頭，在他身體數尺以內的冰雪全都融化了。

剛剛來濟南的時候，那道士常當著眾人的面變魔術，行人都爭著賞錢給他。有一個市井無賴打酒送他，求他傳授幻術，道士不答應。後來他看見道士在河裡洗澡，便突然抱起他的衣服，說：「你不教我幻術，我就不把衣服還給你。」道士向他作揖道：「請把衣服給我，我一定傳授你幻術。」那個無賴怕道士騙他，說什麼也不肯先還。道士說：「你真的不願意先把衣服還給我嗎？」無賴說：「是的。」道士便不再說話。不一會兒，只見那條黃色絲帶變成了一條大蛇，有好幾吋粗，在那無賴身上繞了六、七圈，仰頭吐信，對著他怒目而視。那無賴大吃一驚，兩腿一軟跪了下來，鐵青著臉，連聲求饒。道士這才拿回了絲帶。

經過了這件事之後，道士名聲大振，官僚仕紳們聽說他非比尋常，紛紛與他結交。從此道士就經常出現在這些人家中，司、道衙門的長官也風聞其名，每當有宴會的時候，就會去邀請他參加。

有一天，道士要在大明湖的水面亭上酬謝各位長官的招待，客人們都在自己的桌子上看到了道士的請柬，也不知道是怎麼送來的。眾賓客均按時赴約，道士躬身迎接，等眾人走進去以後，卻只見一座空盪盪的亭子，連桌椅都沒有擺，大家都疑心他在騙人。道士對他們說：「貧道沒有僮僕，煩請大家借幾名僮僕給貧道，稍稍分擔我一點奔走之勞。」長官們欣然應允。於是道士在亭壁上畫了兩扇門，用手拍打，奇怪的是，裡面居然有人應聲，搖動著門栓開門。眾人都向內張望，只見門內有人來回走動，屏風、帷幕、桌椅等也一應俱全。隨即有人把這些東西送到門外，道士命令小吏差役們接過來擺在亭子裡面，並吩咐他們不要和門裡的人講話，門裡外接送東西，只能相視一笑而已。不一會兒，桌椅器具擺滿了亭子，排場闊綽到了極點，隨後散發著香氣的美酒、熱氣騰騰的佳餚，都從牆壁縫裡不斷地傳遞出來，在座的客人無不嘖嘖稱奇。

那亭子本來就靠著湖水，每當六月時節，荷花就會開滿湖面，一眼望去，無邊無際，美不勝收，但宴會舉行時正是隆冬，窗外茫茫，只有一潭綠色的湖水。有個官員嘆道：「今天這樣的盛會只缺了荷花點綴！」眾人都點頭稱是。不一會兒，一名差役跑來稟告：「荷葉、荷花已開得滿塘都是了！」與會眾人個個大吃一驚，推窗望去，果然眼前的一片碧綠之中，鑲嵌著一朵朵荷花。轉眼之間，千枝萬朵一齊開放，北風吹來，荷香沁人心脾。大家都覺得奇怪，便吩咐小吏划船進去採蓮，眾人遠遠看著小船劃進了荷花深處，但僕吏們回來時盡皆兩手空空。官員詢問原由，小吏們回答：「我們划船前去，看見荷花在遠處；漸漸靠近北岸，卻又見荷花漸漸轉向南湖去了。」道士笑著說：「這是幻術，荷花實際上並不存在。」不多時，酒席結束，荷花也凋謝了；接著一陣狂猛的西北風吹來，荷花被摧折得不再存留。

濟東觀察公很喜歡這名道士，便邀他回府，每天與他一同玩樂。

一天，觀察公和一個客人對飲，他家藏著祖傳秘製的美酒，每次飲酒以一斗為限，不讓客人多飲。這天，客人喝了覺得味道特別醇厚，再三要求多飲幾杯，觀察公堅持酒已喝完，不肯答應。道士笑著對客人說：「先生要滿足酒癮，只須向我索討就行了。」於是客人轉而向道士請求，道士將酒壺塞進袖內，過了片刻再取出來，把每人的酒杯都斟滿了，那味道與觀察公的家傳珍釀並沒有兩樣，大家喝到盡歡而散。觀察公不免心裡疑惑，入室查看酒缸，只見那酒缸雖然外表泥封完好無損，但打開一看，裡面卻已空無一物了，觀察公十分惱怒，就把道士綁起來當作妖人打。棍子剛下去，觀察公就感到大腿一陣巨痛，再打下去，屁股幾乎就要開花。道士雖然在下面嘶叫，可是觀察公已經血染座椅了，他只得下令停手，把道士送了出去，於是，道士就離開濟南，不知去向了。

後來，有人在金陵見到他，穿著裝束與先前無異，問起他的近況來，只是笑而不答。

五十八、趙城虎

山西趙城有一個老婆婆，七十多歲了，只有一個兒子。有一天，兒子進山被老虎吃掉了。老婆婆痛不欲生，就哭哭啼啼地跑到縣官那兒告狀。縣官笑著說：「官法怎麼能夠制裁老虎呢？」老婆婆聽了這話，愈加悲痛號啕不已，縣官喝斥她，她也不在乎，縣官可憐她年老就不再對她發脾氣，答應為她捉老虎報仇，但老婆婆仍跪在地上不起來，一定要縣官發了捉拿公文才肯起身，縣官沒辦法，就簽了公文，問眾衙役誰能捉虎。有個衙役名叫李能，當時因多喝了兩杯，迷迷糊糊走到縣官跟前，自稱能捉虎，就拿著公文走了，老婆婆這才離開縣衙。

李能酒醒之後便開始後悔，但他認為縣官下公文捉老虎只不過是做個樣子以打發老婆婆，因此他也不怎麼在意，拿著公文空手回來交差。沒想到縣官卻發怒說：「你既已承諾此事，怎能反悔呢？」李能很難堪，就請求縣官下公文把當地獵戶召集起來，縣官同意了。李能於是把那些獵戶集中起來，日夜埋伏在山谷裡，希望能夠捉到一隻老虎交差。

一個多月過去了，老虎沒捉到半隻，李能挨了幾個板子，一時心中覺得委屈，就到東城外山神廟裡向神明泣訴。過了一會兒，一隻老虎走了進來，李能被驚嚇得不敢動彈，深怕被牠攻擊喫咬，可是老虎進來後就蹲在廟堂當中，動也不動。李能祈禱說：「如果是你吃了老婆婆的兒子，就讓我捆綁吧！」隨即拿出繩子繫住老虎的脖子，老虎也不反抗，俯首貼耳地接受捆綁。

李能帶著老虎回到縣衙，縣官問老虎：「老婆婆的兒子是你吃掉的嗎？」老虎點頭。縣官又說：「殺人償命，這是自古定下的規矩，你吃掉了她的兒子，她靠什麼生活呢？如果你能做她的兒子，我就放了你。」老虎又點點頭，縣官便解開繩索放牠走了。

老婆婆起初心裡很怨恨縣官不殺老虎為她兒子報仇，可是早上開門的時候卻發現門口有一隻死鹿，原來是老虎捉來的，她把死鹿拿去賣了，得到的錢用作生活費，從此這一人一畜便維持著這樣的生活模式。老虎有的時候還啣著金錢、綢緞等放在院子裡。老婆婆從此富裕起來，而且覺得老虎比她兒子還孝順，心裡就暗暗感激老虎。老虎有時躺在屋簷下，整天不離開，人畜之間也相處得很好。

幾年以後，老婆婆死了，老虎一見就到堂屋內大聲吼叫。老婆婆平時的積蓄，用來辦喪事後還綽綽有餘，同族人合力把她葬了。墳墓剛整理完畢，老虎突然跑來，賓客全嚇跑了。老虎在墳前呼吼了好一陣子才離開，於是當地老百姓就在東郊立了一座「義虎祠」，到現在都還保存著。

五十九、螳螂捕蛇

有一個姓張的人，跟我講了一個他親眼所見的奇事：他有一次走在山谷，聽見崖上發出陣陣巨大的響聲，他就找了一條小路登上山崖察看，只見一條碗口粗的大蛇在樹叢中擺動顛撲，用尾巴猛擊柳樹，把柳樹枝都弄斷了。看牠不斷翻騰傾跌的樣子，好像被什麼東西箝制著，但是又看不到什麼，於是就一點一點靠過去，仔細一看，才看見一隻螳螂伏在大蛇的腦袋上，用刺刀一樣的前臂刺進大蛇的頭，那條蛇怎麼甩也甩不掉。不久以後，大蛇竟然皮開肉綻地死去了。

六十、小人

在康熙年間，有一個玩把戲的人，帶著一個盒子，盒子裡面藏著一個小人兒，有一尺來高。觀看的人給他錢，他就打開盒子叫小人兒出來，唱上一段曲子，然後再退回到盒子裡面。

這一天，那人來到了山東掖縣，縣官命人把盒子弄到縣衙內，縣官對小人兒很感興趣，就仔細盤問他的來歷。剛開始小人兒什麼也不敢說，一再追問，才講出了他的家鄉族姓。原來他是一個讀書人，某天在從鄉塾回家的路上，被那個玩把戲的人抓住，給他吃了藥，使他的身體猛然縮小，然後將他當作演出的工具，帶著他四處跑。縣官聽了，頓時大怒，就殺了那個玩把戲的人，留下了小人兒。縣官想為他醫治，可惜怎麼也治不好。

六十一、布客

山東長清縣有一個人，專做販賣布匹的生意。有一次，他到江蘇泰安行商，聽說有一個算命先生算得很準，就去找他卜問一下運氣，算命的推算了一番，說：「你的運氣太壞，要趕快回家。」布販子心裡很害怕，帶著錢就往家裡趕。半路上遇見一個穿短衣的，看樣子像是衙門裡的差役。布販子就湊上去和他搭話，不一會兒兩人就熟悉了。布販子問差役要去辦什麼事，差役說：「去長清縣捉幾個人。」布販子忙問抓捕的是什麼人，差役就拿出公文，說：「你自己看吧。」布販子一看，公文上的第一個人就是自己，頓時驚得目瞪口呆，差役說：「我是陰間東四司的差役，大概是你的陽壽到了，才來拘捕你的吧。」布販子便流著眼淚向他求救。差役說：「這個嘛！我也救不了你，但公文上列名的人很多，捕起來要一些時間，你趕緊回去，處理好後事，我最後再捕你。」

兩人一起往長清縣走，不多久，走到一條河邊，河上的橋樑斷了，行人過河很困難。這時那鬼差說：「你要是死了，一文錢也帶不走，不如馬上修橋，方便來往的行人吧！這對你未必就沒有點好處。」布販子認為他說得有理，回到家後，便教妻子準備棺材，自己去找人，出錢在公文限期內修好了橋，就這樣過了許久，那鬼差也沒有來找他，布販子心裡十分疑惑。終於有一天，鬼差來了，對布販子說：「我已經把你修橋的事報給城隍老爺，由他轉達給冥司，說憑這件事就可以延長你的壽命，現在閻王爺已經從公文上除掉你的姓名，我是特地來向你報喜的。」布販子高興極了，再三感謝鬼差。

後來，他再度來到泰山，因感念鬼差對他的恩情，就恭恭敬敬地拿著紙錢，呼喚鬼差的名字來燒化祭奠。等他出門的時候，忽然看見鬼差匆匆忙忙來到他面前說：「你差點害死我了，幸虧剛才東四司長官辦事去了，沒有聽見，要不然我可要招禍了。」接著他又陪布販子走了一小段路，然後說：「你以後不要再來了，如果我有事往北方去，自然會去你那兒拜訪的。」說完就辭別離去了。

六十二、農人

有個農夫在山下田裡除草，妻子用陶罐為他送飯，農夫吃了之後，隨手把陶罐放在地上，可是到了傍晚，陶罐內的剩粥全都沒了。這樣的怪事接連發生了好幾次，農夫心裡有些懷疑，就在幹活時斜眼偷看。結果看到一隻狐狸，把頭伸進陶罐內。農夫於是扛著鋤頭悄悄靠過去，使勁一擊，那狐狸驚慌逃竄，但因頭被陶罐套住了，苦苦掙扎不出，跌倒撞到山石上碰碎了陶罐，才伸出了頭。牠一看見農夫就逃得更急，翻過山就不見蹤影了。

過了幾年，山南有個富人家的女兒，被狐狸精糾纏得很苦，富翁請人家來作法驅邪，卻一點作用也沒有，狐狸精對那富翁的女兒說：「這些東西根本就不能把我怎麼樣的。」富家女哄騙狐狸精說：「你的道術很深，我很慶幸能永遠跟著你，但是你有沒有很懼怕的人呢？」狐狸精說：「我什麼也不怕，只是十年前在北山時，曾經到田裡偷吃糧食，差點被一個戴著草帽，拿著彎頭兵器的人打死，至今想起來還有些害怕。」富家女就把這話告訴了父親。父親想找這個人來對付狐狸精，卻又不知道這人住在哪裡。

有一天，富人的僕從偶然到北山村子裡說起這件事，旁邊有一個人吃驚地說：「這跟我前些年經歷的事倒正好相符，莫不是以前追趕的那隻狐狸，現在能夠作怪害人了嗎？」僕人回來後告訴了富人。富人很高興，馬上就讓僕從牽了馬去請農夫，懇切地請求他來除妖。農夫笑著說：「以前遇到狐狸的確是真的，但未必就是這一隻，況且牠既能作怪變成人形，難道會怕一個農夫不成？」但富人非要他驅邪不可，於是農夫便穿戴打扮成當年的模樣，進了富家女的閨房，把鋤頭往地上一頓，大聲吼道：「天天找不到你，沒想到你居然藏在這兒，今天碰到了，一定要打死你！」話音剛落，就聽見狐狸在房間內嗷嗷哀叫，農夫做出更加生氣的樣子，狐狸精馬上出來請求饒命。農夫喝斥說：「你趕快走，不要再來，這次就饒了你。」狐狸精抱頭鼠竄而去，從此就再也沒有來過了。

六十三、義犬

山西長治有一個人，他父親被人陷害入獄，就快要被處死了。他把以往積攢的錢都找了出來，差不多有一百兩銀子，準備帶到郡裡去打通關係，營救父親。他騎著騾子出門，家裡養的一條黑狗緊緊跟在身後，他喝斥牠、趕牠回去，可是沒走幾步，黑狗又跟了上來，用鞭子抽打牠也趕不走。這樣跟著走了幾十里路，這個人下了騾子，到路邊草叢裡小解，然後又拿起石頭來扔牠，黑狗這才跑開了。那人上騾繼續趕路，不一會兒，狗又跟了上來，咬那騾的尾巴和蹄子，這人十分生氣，用鞭子抽打牠，狗狂吠不止。忽然間，狗跳到騾前，憤恨地咬騾子的頭，好像要阻擋這人前行，這人認為不吉利，更加生氣，掉轉騾頭往回趕狗。看著狗已跑遠，這才拉回轡繩飛馳趕路，到了郡裡天已經黑了，當他要進旅店投宿時，摸一摸腰裡的錢袋，才發現銀子丟了一大半，頓時急得汗如雨下，翻來覆去想了一夜睡不著。忽然想起狗叫或許是有原因的，他急忙跑到城門，沿著來路仔細尋找，心想：「來路是一條南北要道，每天經過的人不知道有多少，丟掉的銀子哪裡還找得到呢？」這樣滿懷疑惑地來到昨天下騾的地方，卻看見狗死在草叢內，毛上汗水淋漓，像被水洗過一般。他拎起狗耳朵把狗提起來一看，原來銀子就在牠的身下。他被狗的情義所感動，就買來棺材埋葬了牠，後來人們管那個地方叫「義犬墳」。

六十四、蓮花公主

山東膠州有一個人叫竇旭。一天中午剛要午睡，就看見一個穿褐色短衣的陌生人站在床前，盯著他看，彷佛有什麼話說似的。竇生就問他要幹什麼，那個人回答說：「我家相公有請。」竇生問：「你家相公是誰？」那人說：「他就住在你家隔壁。」竇生於是跟他一起出了門，轉過屋牆來到一個地方，只見樓閣重疊，曲曲折折，往前走只覺得千門萬戶，完全不是人間所在，又看見來來往往的宮人宮女，都問道：「竇郎來了嗎？」那人一一答應。一會兒，一個貴人走了出來，態度恭敬地迎接他。登上殿堂之後，竇生說：「我們從來沒有什麼交往，你們這樣熱情地接待我，使我感到很疑惑。」貴人說：「我們大王因為先生家世清白，世代都很有才德，心裡非常傾慕，所以很想和你相見。」竇生更加驚奇。過了一會兒，有兩個女官來了，手中拿著兩面旌旗在前面給竇生領路，過了兩重宮門，見殿上有一個君王，他看見竇生進來，就走下臺階迎接，兩人行過賓主之禮，然後入席，筵席十分豐盛。竇生抬頭看見殿上一塊匾上寫著「桂府」二字，不知該說些什麼。大王說：「我們兩家能夠成為鄰居，緣分可說很深，請先生開懷暢飲，不要有什麼疑慮。」竇生連忙稱是，遂與之共飲。

酒過數巡，殿下響起笙歌，聲音十分纖細幽雅。又過了一會兒，大王看著兩邊的大臣說：「我出一道上聯，你們對下聯。上聯是『才子登桂府』。」大臣們還在思考，竇生就應聲道：「君子愛蓮花。」大王非常高興地說：「妙啊，妙啊！蓮花是公主的小名，你怎麼會對得這樣合適！難不成是前世有緣嗎？來人啊，請公主出來見君子一面。」過了一會兒，只聽見一陣鈴鐺玉環聲響，隨之飄來一陣濃濃的蘭麝香，原來是公主來了。公主模樣大概有十六、七歲，貌若天仙。大王命公主向竇生行禮，並向竇生介紹說：「這是小女蓮花。」公主見過禮後便走了。竇生一看到她，怦然心動，就像一塊木頭似地失神呆坐著，大王舉杯向他勸酒，他睜著眼睛竟然沒有看見。大王有點覺察到了他的心意，就說：「小女跟你很相配，只可惜你們不是同類，這該如何是好呢？」竇生失魂落魄像個呆子，當下又沒有聽見大王的話。

坐在旁邊的大臣碰碰他的腳說：「大王舉杯勸酒你沒有看見，大王跟你說話你也沒有聽見嗎？」竇生猛然回神，心裡很慚愧，就離席對大王說：「我承蒙大王厚待，不知不覺喝醉了，失了禮節，還望大王原諒。大王您日夜操勞，我不便過久打擾，這就告辭了。」大王起身說：「今日能與先生相見，心中實在很高興，為什麼這麼快就要走了？你既然不留下，我也不勉強，但若你心裡懷念此地，以後歡迎再來。」於是命官人送竇生出去。在出去的路上，那個人說：「剛才大王說你與公主很相配，好像是要跟你結親，你為什麼不回答他？」竇生聽了非常後悔，走一步悔恨一陣，就這樣回到了家。

忽然一陣風吹來，竇生猛然清醒，一見已是日落西山，便起來呆坐著回想，夢裡所見到的東西，好像還歷歷在目。吃過晚飯後，竇生早早的就熄燈上床，希望能尋找舊夢，然而故夢已遠，杳無蹤跡，只剩無盡悔恨嘆息罷了。

一天晚上，竇生和朋友同床共寢，忽然又看到先前送他出宮的那個官人來傳大王召他相見的命令，竇生欣喜萬分，立刻跟著他走。竇生見到大王，立時上前參拜，大王拉起他說：「自從上次分別後，我知道你一直很思念這兒，於是自作主張想把小女許配給你，想來你不會嫌棄吧？」竇生高興極了，連忙叩謝大王。大王讓大臣們陪同宴飲。待酒喝得差不多的時候，有人來報告說：「公主來了。」很快就看見幾十個宮女簇擁著公主出來。公主蓋著紅蓋頭，邁著輕盈的碎步，和竇生拜堂成親。

拜過堂後，新人又被簇擁著送入洞房。洞房內溫暖清爽，芳香無比，竇生說：「這不會是夢吧？」公主掩嘴笑道：「明明有我在，哪裡會是夢呢？」第二天早上剛起床，竇生笑著為公主塗脂擦粉，又量她的腰和腳。公主笑著說：「你瘋了嗎？」竇生說：「萬一這是夢，我也希望夢醒後還記得這些。」正談笑間，一個宮女跑進門喊道：「不得了啦！有妖怪進門了，大王已躲進偏殿去了，災禍不遠了！」竇生吃了一驚，連忙跑去見大王，大王拉著他的手，流淚說道：「蒙你不嫌棄，我本想與你從此相好下去，想不到突然來了妖怪，國家就快要傾覆了，我們該怎麼辦呢？」竇生便問明原因，大王拿起桌上的一份奏章，開口念道：「從五月初六，來了一條千丈長的大蟒，盤踞在宮門外，已經吞食了宮內外的臣民一萬三千多人，所經之處都變成了廢墟。那巨蟒頭如山嶽，眼似紅燈，一抬頭能把殿閣吞掉，一伸腰能使樓牆全部塌毀。真是千古未見的凶物！國家的命運真是危在旦夕，乞望大王率領宮中眾人，馬上搬遷到安全的地方去……」等等。

竇生看過奏章以後面色如土，正在著急的時候，外面有人大叫道：「妖怪來了！」接著全殿的人都哀叫起來，景況教人慘不忍聞。大王倉促間對竇生說：「小女就全託付給先生了。」竇生忙跑回洞房，公主正和宮女抱頭痛哭，看見竇生進來，就扯著他的衣襟說：「夫君，我們該怎麼辦呢？」竇生說：「我家很窮，雖沒有金屋可以藏嬌，但有三、四間茅草房，尚可容身。」公主含著淚說：「你快帶我去吧。」竇生就扶著公主一塊兒逃出去，沒多久，就回到了家。公主說：「這裡應該安全了，可是我們自己有了安全的地方，那父母怎麼辦呢？請你再另造一處房舍，讓舉國臣民都跟來吧。」竇生感到十分為難，公主就趴在床上悲傷地哭了起來，勸也勸不住。

正在焦急的時候，竇生突然醒了過來，才知道又是一場夢，但耳旁的哭聲卻嚶嚶不斷，仔細聽來和人的哭聲完全不同，接著看見兩三隻蜂在枕頭上飛鳴，竇生大叫怪事。朋友被吵醒了，問竇生發生什麼事，竇生便把夢中的情形告訴他，朋友也感到奇怪。兩人一道起來看蜂，蜂依附在竇生的袖袍之中，趕也趕不走，朋友便勸竇生幫蜂做巢。竇生就按夢中公主的要求，督促工匠們建造，才豎起兩道牆，成群的蜂就從外面飛來了，巢頂還沒有合攏，蜂已飛滿了巢。竇生就沿著蜂飛的路線找尋蜂的來處，原來在鄰家老翁的舊園子裡。那個園裡有一房蜂，約有三十年歷史，繁衍得很旺盛。有人把竇生為蜂築巢的事告訴了老翁，老翁便去舊園裡看，只見蜂房內寂靜無聲，扒開蜂房的壁腳，卻看見一條蛇盤在那兒，有一丈多長，老翁便捉住牠，把牠打死。竇生這才明白夢中所謂的巨蟒原來就是這條蛇。

蜂群飛進竇家後，繁衍得更加興旺，之後也沒有再出現什麼怪異的事了。

六十五、罵鴨

在縣城西邊白家莊住著一個人，有一天，這人偷了鄰居家的鴨子來吃。到了夜間覺得皮膚很癢，等天亮一看，身上毛茸茸的長了一身鴨毛，一碰就覺得奇痛無比。這個人嚇壞了，可是又沒有辦法醫治。

第二天夜裡，夢見有一個人告訴他：「你的病是老天爺對你的懲罰，但也不是無法醫治，要讓那個鴨主人罵罵你，這鴨毛才能脫落。」可是鄰居家的老頭兒向來寬宏大量，平時少了一點什麼東西，從來沒有作過聲、發過脾氣。這個人又不好意思向老頭兒明說，就假意去告訴老頭兒是某某人偷的，還說那個人怕挨罵，老頭兒若暗中罵他，可以警告他，使他以後不敢再偷竊了。沒想到老頭兒卻笑著說：「誰有閒氣去罵無德的人。」這個人感到非常難堪，在無法可想的情況下，只好照實告訴了老頭兒。老頭兒這才罵起來，這個人身上的鴨毛才脫落了。

異史氏說：「偷竊的人應該以此為戒，只要一偷東西就會長鴨毛、受報應。罵人的人也必須瞭解，只要一罵，那偷盜者的罪就會減輕。然而這也是施行善行的一種方法，比如鄰家老翁開口罵人，即是以仁慈心為出發點啊。」

六十六、柳氏子

柳西川是山東膠州人，在法內史家掌管財務。四十多歲的時候生了一個兒子，十分溺愛，兒子想怎麼樣就怎麼樣，惟恐有什麼不稱他的心。兒子長大以後，奢侈放蕩，什麼都不怕，成天吃喝玩樂，把柳西川的積蓄全敗光了。不久以後，兒子得了一場重病，柳西川有一匹好騾子，平日用來代步的，他兒子說：「騾肉肥美好吃，你把騾子殺了給我吃，我的病就能好。」柳西川捨不得殺這匹好騾子，想殺一頭差點的，兒子卻不依，為此大發脾氣，病情更加嚴重了。柳西川沒有辦法，只好把好騾殺了給兒子吃，兒子這才高興了。但煮好了騾肉，他只嚐了一塊就不吃了。但即使如此，病情也不見好轉，不久就死了，柳西川十分悲痛。

過了三、四年後，村中的人到泰山燒香拜神，在半山腰，看見一個騎著騾子的人，很像是柳西川的兒子，等他到了跟前，一見果然是他。他下了騾子，向大家一一作揖，一個個嘘寒問暖。村裡的人都很驚懼，也不敢問他為什麼死了又能活過來，只是問他：「你在這裡做什麼？」他回答說：「也沒有什麼事，只是東奔西跑。」接著又問大家住在哪家客店。大家告訴了他，柳家兒子向大家拱了拱手，說：「我碰巧有件小事要辦，來不及和大家敘談別後的情況，明天我再去拜訪你們。」說完，騎上騾子就走了。大家回到客店以後，覺得他第二天未必會來。沒想到第二天中午，他卻果真來了。他把騾子繫在馬廄的柱子上，跑進來和大家談天說笑，村民問他：「你父親天天在想你，為什麼你不回去看看他呢？」柳家兒子驚訝地問：「你們說的是誰？」大家告訴他是柳西川，他一聽臉色都變了，停了很久之後才說：「他既然想我，就請你們回去帶個話兒，四月初七那天我就在這裡等他。」說完，便走了。

大家回村以後，把遇見柳家兒子的事告訴了柳西川，柳西川聽了以後大哭。到了四月初七，便到了那家客店，把來意告訴了店主。店主對他說：「那天我看你家公子神情冷漠，未必是有什麼好意，以我的估計，你們還是不要見面的好。」柳西川不相信，那個店主又說：「我不是阻攔你，只是恐怕你會遭到不測。但如果你一定要見，請你先躲在櫃子裡面，等他來的時候先觀察一下他的態度，確定可以相見了你再出來。」

於是柳西川按照店主的意思辦了。過了一會兒，柳家兒子來了，問店主：「柳西川來了嗎？」店主回答道：「還沒有。」柳家兒子說：「那個老畜牲怎麼還不來呢？」店主說：「你怎麼這樣罵你的父親？」柳家兒子說：「他哪是我的什麼父親！前世我把他當作好朋友，和他一起做買賣，不想他暗地裡包藏禍心，吞了我的血汗錢，還蠻橫無理地不還給我，今天只有殺了他才痛快，他哪是我的什麼父親。」說完，就出了門，邊走還邊罵：「今天算他走運。」柳西川在櫃子裡面聽得清清楚楚，嚇得冷汗直流，大氣也不敢出一聲。店主叫他，他才鬼鬼祟祟出來，狼狽地跑回家。

異史氏說：「所以說突然得到那麼多錢不見得是件快樂的事，因為當人家要討回你所欠的債時，你就會變得很難堪了。柳西川前世虧負的友人此生幾乎蕩盡他的家產，但仍嫌不足，定要酬報前世之怨，可見人的怨憤是可以持續到生生世世的啊。」

六十七、侯靜山

朝廷的少宰高念東先生說：「在崇禎年間，有個猴仙，號靜山，託附在河間縣的一個老頭身上顯靈，與人談論詩文、判斷吉凶，勤勉不知疲倦。把菜餚、果子放在桌子上，牠可以又吃又喝，還把桌子弄得一片狼藉，只是人看不見牠罷了。」

當年，高念東先生的祖父有病，臥床不起。有人給高先生捎信說：「侯靜山是一個百歲的仙人，不能不去拜訪。」於是，高先生便派僕人騎馬去請河間縣的老頭兒。請來老頭兒一整天，猴仙還沒有附身，於是高家便燒香祭祀請牠降臨。不久，忽然聽見屋頂上有人大聲讚嘆說：「好人家！」大家吃驚地抬頭往上看，一會兒，房簷上又有人這麼說，那老頭兒站起來說：「大仙來了。」眾人便恭恭敬敬地跟隨他出去迎接，大夥在外面看不見什麼東西，只聽見了拱手致意的聲音。進了屋子之後，大仙就縱聲大笑，高談闊論。當時高念東先生和他弟弟還只是秀才，剛剛參加完鄉試回來，大仙說：「二位相公試卷作得很好，只是經書不太熟，如果能再刻苦努力的話，離做官也不遠了。」二位相公便恭謹地請問祖父的病情，大仙說：「生死的大事，這道理很難說得清楚。」但是從牠的口氣裡，大家都明白祖父的病已入膏肓。果然過了不久，高先生的祖父就去世了。

說起猴仙的來歷，原來是從前有一個養猴的人，在村子裡給人家耍猴，有一隻猴弄斷鎖鍊逃跑到山裡面去。幾十年後，人們還看見牠，牠往來飄忽，見了人就跑。後來常常溜進村子裡面偷糕餅果子吃，大家都沒能看見牠。有一天突然被村裡的年輕人看見了，追到荒野，用箭射死了。但牠的鬼魂卻不知道自己身體已死，只覺得身輕如燕，一口氣能行百里，於是就去依附在河間縣老頭兒的身上，說：「如果你能供奉我，我就可以讓你富有起來。」從此以後，牠就自號靜山。

長沙地區有一隻猴子，脖子掛著條金鍊，曾經在官宦人家的宅院裡出沒，看見牠的人不久便會交上好運。若有人拿水果糕餅給牠，牠也會接過來吃。沒有人知道牠從何處來，又往何處去。有一個九十多歲的老人家說自己幼年時還看過這猴子身上鍊著一塊前朝藩王府的識記，想來這隻猴子，也一樣是仙吧！

六十八、郭生

城外東山有一個姓郭的人，從小就喜好讀書，但山村裡沒有好老師可以請教，到了二十多歲還經常寫錯別字。先前，郭家有狐仙作怪，家裡穿的、吃的、用的東西常常丟失。郭生對這個禍患深感苦惱。一天，郭生夜裡讀書，讀完後隨手把書放在桌上，然後上床睡覺，第二天早上一看，卻被狐仙用墨塗抹了，嚴重的地方更是烏漆墨黑，無法辨清文字。他把其中稍微乾淨些的挑出整合起來，僅僅剩下了六、七十首詩。郭生心裡非常氣憤，卻也無計可施。另外，他還把平時為準備考試而作的二十幾篇文章收集在一起，想等待名人評點。可是有天早上起床一看，書本上又是一片黑，郭生為此又悲又惱。

這時，郭生有位好友王生進山來拜訪郭生，他看到被墨汁污染的書，就問郭生原因，郭生便向王生訴苦，還拿出被塗得一塌糊塗的文章給王生看。王生接過文章仔細地看了起來，他發現塗掉之後而保留的地方，卻頗有深意；他又拿起被塗過的書來看，也都屬於拖沓冗長，刪改過的反而更好，便驚訝地說：「狐仙似乎是有意的，你不但不要憂心，還要拜牠為師呢！」於是過了幾個月，郭生再來翻看自己以前寫的文章，頓時覺得狐仙塗得相當準確。於是他用舊題改寫了兩篇文章，放在書桌上，想看有什麼稀奇事沒有，等到天亮一看，文章果然又被塗抹過了。過了一年多，狐仙不再塗了，只是用濃墨灑成大點子，淋漓滿紙都是。郭生感到很奇怪，就拿過去給王生看，王生看過以後說：「狐仙真是你的老師啊，教你寫出了這樣好的文章，你一定可以考中了。」果真，這一年郭生很順利地考入了縣學。他因此非常感謝狐仙的恩德，常常擺了雞鴨玉米供奉狐仙。每當郭生買到了考場中的範文名稿，都由狐仙來代為決定。此後，郭生兩次考試都名列前茅，並入闈中副車。

在當時，葉公、繆公等人的文章風雅豔麗、詞藻華麗，家家戶戶無不爭相抄閱傳誦。郭生有一卷葉公的手抄本，非常愛惜，忽然一天晚上被潑了大概有一碗濃墨，污染得幾乎不剩一個字；郭生又自己擬題作文章，寫完之後，覺得非常滿意，結果到了晚上，又被狐仙亂塗了一陣。於是，他有些不相信狐仙了。可是過了不久，葉公因為糾正文體而被捕入獄，郭生又稍稍有些佩服狐仙的先見之明。然而，郭生認為自己每每作成一篇文章，都是絞盡腦汁，好不容易才完成的，到頭來卻被狐仙塗抹殆盡，不免心中有些不大舒服，兼之前幾回考試都名列前茅，更加有些高傲。因此，就開始懷疑狐仙是毫無目的地胡亂塗抹。於是郭生就把先前狐仙灑下很多墨污的文章抄錄下來試驗，果然，狐仙又全部塗上了墨汁，郭生笑道：「真是亂塗的呀，不然的話，為什麼先前讚許過的文章，現在又予以否定了呢？」於是他不再給狐仙準備吃食，還把讀的書都鎖進了箱子裡。早上起來，只見箱子仍然鎖著，打開一看，書的裡面被塗了比手指還長的四道黑線；第一章被塗了五道，第二章也被塗了五道，往後就沒有了。從此，狐仙竟然不來了。

後來，郭生參加考試，一次考了四等，兩次考了五等，都屬於很差的一類。這才想起狐仙已經把預兆藏在符畫之中了。

異史氏說：「『滿招損，謙受益。』這是千古不變的道理。然而郭生仗著自己小有一點名氣，就自以為是，拿著葉公、繆公的文章，拘泥不加變通，勢必一敗塗地，這就是自滿的後果。」

六十九、堪輿

山東臨沂人宋君楚官至侍郎，他們一家都很崇尚風水，就連閨閣之中的女子也能閱讀這一方面的書籍，懂得一些門道。

宋侍郎去世以後，他的兩個公子各立門戶為父親選擇墳地。聽說哪兒有擅長風水的先生，哪怕遠在千里之外，也爭相去邀請，搜羅在門下。如此一來，兩家請來的風水先生足有一百多人，天天都騎著馬，遍佈郊野相看風水，分東西兩路出入，就像是兩支隊伍。過了一個多月，兩隊風水先生各挑出一塊風水寶地來。哥哥說把父親埋在他所相定的地方，子孫將來可以封侯；弟弟說把父親埋在他所相定的地方，子孫將來可以拜相。就這樣兄弟二人爭執不下，就賭氣兩人不再商量，各自找工匠營造墳墓。下葬用的錦棚、彩旗，兩邊都準備齊了。到了下葬那一天，靈柩抬到了路口，哥哥說要往東，弟弟說要向西，兩邊人馬開始爭執起來，從早上到太陽西下，還是僵持不下。送葬的客人都散去了，抬靈柩的人換了十多次肩，累得再也扛不動，就一起把靈柩擱在路邊走了。因此最後只好停下來暫不下葬，雇了工匠造棚子，給靈柩遮風避雨。哥哥在靈柩旁建了一處房子，留下僕人看守，弟弟也在靈柩旁建了一處房子，留下僕人看守。後來哥哥來擴建，接著弟弟也來擴建，久而久之，竟然形成了一個村落。

又過了許多年，兄弟兩人相繼去世，妯娌倆才在一塊兒商量，想要化解以前那種水火不容的分歧，二人共乘一輛車子到野外，看以前兄弟倆選的兩處墳地，覺得都不怎麼樣，於是就一起備了上等的聘禮去請風水師來尋找好的墳地。每選好一個地方，就要畫好圖樣送到妯娌倆的房間，由她們來評判。十多天以後才選到一個地方，嫂嫂看了就說：「這是一個好地方。」然後給弟媳看，弟媳說：「公公葬在這裡，我們家裡可出一個武舉人。」於是，就把宋侍郎葬在這個地方，果然三年後，宋侍郎的長孫鄉試考中了武舉人。

異史氏說：「風水地理之術，也許有它自己的道理，但是如果一味迷信就太傻了，而且為了這種東西起爭執，而把棺材丟在一旁，既已不講孝悌之道，又如何能奢望以風水地理來福蔭子孫呢？倒不如閨中女子，她們化解分歧、和睦協力解決問題之法，不僅近乎人情，且能傳予後世作為榜樣。」

七十、大力將軍

在浙江有個名叫查伊璜的人，有一年清明節那天，祭掃完父母的墳墓，獨自來到野外寺裡喝酒，看到殿前有一口古鐘，體積大約有兩個米缸那麼大。他走到鐘前仔細觀看，只見上面留有兩個泥手印。那泥還是濕的，似乎剛有人搬運過這個大鐘，於是就俯下身子朝鐘裡探看，結果發現鐘下放 一隻約能裝八升東西的籮筐，卻看不清筐裡裝的是什麼。查伊璜感到很奇怪，就叫來幾個人提住鐘的雙耳，想把那鐘抬起來，可那鐘卻紋絲不動。查伊璜心裡更加驚訝是什麼人把東西放在鐘下，想必這人的力量一定大得出奇，於是又端來一些酒，邊喝邊等籮筐的主人回來。

不久，有個叫化子走了進來，直接來到鐘旁，從懷裡拿出討來的乾糧、麥粉放在那古鐘旁邊，然後用一隻手提起古鐘、另一隻手把那些吃的東西放入筐裡，來回幾次才放完。放完後又把鐘蓋上走了出去，過了一會兒，那人又從外面進來，又提起古鐘從筐裡拿出一些吃的，吃完了又去拿，提那沉重的古鐘就像是在提一個木頭蓋子似的輕鬆。查伊璜走過來驚奇地問：「壯士，像你這樣的好漢為什麼會去討飯吃呢？」叫化子看了他一眼，說：「因為我每頓飯吃得很多，所以沒人雇我做工。」查伊璜又和他說了一會兒話，最後勸他去從軍。那叫化子聽後很高興，卻又擔心沒有人舉薦官府不收。查伊璜就把他帶回家，命家人做些飯讓他吃，並在一旁估算他的食量，只見那人大約吃了五、六個人的飯量後才停下筷子。之後查伊璜為他準備了衣服和鞋子，還送了五十兩銀子給他做路費。

過了十幾年，查伊璜的姪兒在福建做縣令。有一天一個叫吳六一的將軍來到他府上拜訪。兩人談得很投機，說了一會兒話後，吳將軍忽然問：「查伊璜是你的什麼人？」他奇怪地回答說：「是我的叔父輩，將軍怎麼會和他老人家認識呢？」吳將軍答道：「查伊璜是我的老師，分別已有十幾年了，也不知他現在怎麼樣了，麻煩你見到他時請他來我這裡作客。」查伊璜的姪兒隨便答應了一聲，心裡卻很疑惑：「叔父是個文弱的讀書人，怎麼會有個習武的徒弟呢？一定是認錯了人。」過了幾天，恰好查伊璜來福建，姪兒便把吳將軍的話轉告了他。查伊璜聽了也不知這吳將軍到底是誰，但因為吳將軍心意誠懇，便叫僕人備好了車馬，拿著名片到吳將軍府上拜訪。

到了吳府遞上名片，請門人代為傳話。將軍見了他的名片趕緊走出來，到大門外迎接。查伊璜仔細打量吳將軍，覺得很面生、不曾認識，心想是將軍認錯人了，可吳將軍一見他卻彎下腰顯得十分恭敬。吳將軍熱誠地將他接了進去，過了幾道門後看到有婦女往來，查伊璜心想，一定是到了內院，於是便停下腳步不再往前走。但吳將軍卻熱切地招呼說：「先生請再往前走。」

一會兒走上了廳堂，只見這裡來往的都是年輕的女孩子。查伊璜剛坐下，正要問將軍話，將軍卻朝僕人們點了一下頭，馬上就有一個女子將朝服送了上來，將軍站起來換上。查伊璜心裡很奇怪，不知這位吳將軍到底要做什麼。那女子給將軍整理了一下衣服，將軍又命幾個人把查伊璜按到座位上，不讓他動。查伊璜有些害怕，不知將軍要把自己怎麼樣。卻見那將軍後退兩步跪倒在地，朝他拜了幾拜。查伊璜大驚，掙脫眾人把將軍扶起來說：「將軍這是何意，小人擔當不起您的大拜啊！」將軍聽後笑道：「先生真是貴人多忘事啊！您難道不記得那個舉鐘的叫化子了嗎？」查伊璜這才恍然大悟，細看吳將軍果然是當年那舉鐘的叫化子。不一會兒，擺上了酒宴，兩人開懷暢飲述說舊情，直到很晚，兩人都有些醉了，吳將軍親自把他送到房裡，照顧他休息後才離開。

查伊璜因前夜喝多了，起來得遲一些，將軍已經到他的臥房外面問過三次安了。查伊璜知道後心裡很過意不去，就向將軍告辭。可將軍卻殷勤地挽留，不讓他走，查伊璜沒有辦法，只好答應再住幾天。將軍每天也不幹別的事，除了陪他聊聊天，就是忙著整理清點家中的奴婢、僕役及騾馬等，並囑咐家人造冊登記，不許遺漏。查伊璜感到很好奇，但一想這是將軍的家事，也不便過問。

一天，將軍拿著財產登記冊來到他屋中說：「我之所以有今天的家業，完全是您當年給我的恩賜，我沒有什麼可以報答的。這些是我家產的一半，如果您還看得起我就請收下。」查伊璜聽他如此說嚇了一跳，立即拒絕道：「如果你這樣做就太看不起我了。」但將軍卻十分堅持。一會兒將軍命人拿出家裡全部金銀分成兩半，後來又命人按登記冊加以清點。一會兒的工夫，各種東西把堂內、堂外擺得滿滿皆是。查伊璜在一旁百般勸阻，可將軍卻不聽他的，又命人把分出的奴僕叫來，命男僕收拾行裝、女僕收拾東西，待收拾完後又親自把他們送出門外，囑咐他們要像對待自己一樣服侍查老先生。直到看著他們都上了車慢慢走遠了，他這才返身來與查伊璜告別。

後來查伊璜因為一件案子的株連、被捕入獄，將軍得知後就到處託人講情，終於使他無罪釋放。

異史氏說：「大方的救濟別人而不問他人姓名是大丈夫的作為，而將軍的回報慷慨豪爽也是空前絕後，這般的胸襟氣度，本就不該老死于平凡無名之中，所以這兩位賢人的相遇並非偶然啊。」

七十一、吳門畫工

蘇州有一個畫工非常喜歡畫呂洞賓的像，常常透過想像來畫，總希望能有幸親眼見到呂洞賓一面。有一天他看到有一群乞丐在郊外喝酒，其中有個乞丐衣衫襤褸但神采奕奕、氣宇軒昂，便懷疑是呂祖變化的，於是仔細打量，越看越覺得自己的猜測無誤，因此便走過去拉他說：「您是呂祖嗎？」那乞丐聽了大笑，畫工見他大笑，更加認定他就是呂祖，便跪在地上。那乞丐說：「我的確是呂祖，你要怎樣呢？」畫工叩著頭請他指點。那乞丐說：「你既然能認出我來，足見我們兩人有緣。但這裡不是說話的地方，晚上我自會找你。」說完便不見了。畫工見呂祖走了，也與沖沖地回去了。

到了夜裡，他夢見呂祖來到他家，對他說：「知你誠心想見我，今夜終讓你得償所願。我本想度你成仙，但你卻沒有這個慧根，只好作罷。有一個人可能對你有所幫助，你還是見見吧！」說完便向空中一抬手，只見有個美女從天而降，看那衣著打扮好似一個貴妃。呂祖說：「這是董娘娘，你仔細看好了。」過了一會兒又問：「記清楚了嗎？」畫工說：「記清楚了。」話音剛落，那個美人和呂祖都不見了。畫工醒來覺得很奇怪，就把夢中見到的那個美女畫了下來。

幾年之後，他去京師辦事，碰巧遇見董妃去世。皇上感念董妃的賢慧，打算給她畫個肖像，於是命人召集了許多畫工進殿，皇上口裡描述董妃的模樣，讓他們畫，畫了許多幅皇上都說不像、不中意。恰巧那畫工也在其中，他想起那晚呂祖對他說的話，心想：「那個美人莫非就是這個董妃？」於是回家取出那幅畫像獻了上去，皇上看了很滿意，又讓內宮裡的人傳看，那些人看了都讚不絕口。皇上非常高興，就任命他為中書侍郎，畫工婉言謝絕，皇上於是就賞了他一萬兩銀子，從此那位畫工聲名大噪。有錢人家都爭相以高價請他為先人畫像。那畫工聽了他們口述，憑想像即可畫出一幅幅栩栩如生的肖像，眾人看了無不稱奇。沒多久他就掙了幾萬兩銀子，從此家道日漸富裕。

七十二、狼

（一）

有個屠夫在集市上賣了肉回家，當時天色已經晚了。忽然黑暗中竄出一隻狼，那雙閃著藍光的眼睛直盯著擔子上的肉。屠夫走一步，狼也走一步，一直跟了好幾里。屠夫心裡很害怕，趕緊跑了起來，狼還是緊追不捨，屠夫心裡更加害怕，便從擔子裡抽出割肉的刀對狼晃了晃。狼見到刀，轉頭就往回跑，跑了幾步又回過頭來盯著他，屠夫見狼往回跑，立即挑起擔子向前跑，可是那隻狼又跟了上來。屠夫心想：「莫非這狼是想吃擔子裡的肉？如果真是這樣，不如把擔子裡的肉掛到樹上，等天亮後再取也行。」於是便用鐵鉤把肉鉤起來，來到一棵樹下，踮起腳把肉掛在樹上，然後拎起空擔子給狼看了看，挑起空擔子再往前走去。回頭看那隻狼果然不再跟來，屠夫總算擺脫了狼的跟蹤，一路小跑回到家。

第二天，天剛矇矇亮，他又趕緊去取肉。遠遠看到樹上掛著一個很大的東西，屠夫心裡一驚，趕緊跑過去，一看，原來是昨晚跟著他的那隻狼。鐵鉤子鉤著狼的上顎，狼的嘴裡還含著那塊肉，樣子就像被釣住的魚。屠夫很高興，因為當時市場上的狼皮價格很高。雖然是丟了一塊肉，但卻得到一張狼皮。屠夫回去扒下狼皮，拿到集市上賣掉，竟然得了十多兩銀子。

（二）

有一個屠夫賣完了肉，天黑了才往回家的路上走。擔子裡只剩下一些骨頭，屠夫心裡很高興，因為今天的生意特別好。他嘴裡哼著小曲，走著走著忽然看見路旁有四盞藍光閃閃的小燈，仔細一看原來是兩隻狼。屠夫心裡一驚，便跑了起來，跑很遠，回頭一看，只見那兩隻狼還緊緊地跟在身後。屠夫心裡很害怕，從擔子裡拿出一根骨頭扔了過去，他以為狼不會再跟來，挑起擔子又往前跑去。跑了幾步，再回頭一看，只見遠遠的有一隻狼在啃骨頭，而另一隻則仍在後面跟著，於是又拿出一根骨頭扔了過去。這隻狼低頭去啃骨頭，前面的那隻狼卻又跟了上來。就這樣，屠夫在前面跑，後面兩隻狼交替地跟著他。不久，擔子裡的骨頭就快要全部丟光了，可那兩隻狼還是緊緊地跟在身後，屠夫心裡害怕到了極點，生怕狼會撲上來傷害他，便一路猛跑，遠遠看見前面有個曬穀場，場上堆了很多麥稈，一堆堆的像許多小山丘一樣。屠夫心想只要跑到麥稈堆那兒，就不怕狼前後夾擊了，於是立刻跑到麥稈堆前，背靠著麥稈堆站著，從擔子裡拿出刀來，面對兩隻狼，兩隻狼也不敢上前，只是瞪著眼睛看他。

過了一會兒，一隻狼掉頭走開，而另一隻狼卻像狗一樣蹲在那裡，屠夫見只剩下一隻狼，心裡稍微放鬆了一些。又過了一會兒，只見面前這隻狼打了個呵欠，慢慢地閉上了眼睛，似乎是有些睏了。屠夫抓住機會突然衝過去，舉起刀向狼砍去，不等狼反擊又猛砍幾刀，那狼還沒有反應過來就被屠夫殺死了。屠夫挑起擔子剛準備離開，忽聽麥稈堆後面發出些許聲響，於是操起刀悄悄地繞過去，只見另外一隻狼正在那兒打洞，身子大半已經鑽了進去，只露一截尾巴在外面。屠夫立即抓住那隻狼的腿，手起刀落砍在狼腿上，那狼一痛想掉頭出來，可怎麼也轉不過來。屠夫又連砍了幾刀才把狼殺死。屠夫此時也驚出一身冷汗，這才明白過來前面蹲著的那隻狼原來是在誘惑他，而後面的狼才是真正要襲擊他的。

（三）

有一個屠夫去朋友家喝酒，直到很晚才回家，搖搖晃晃往家裡趕路。不巧迎面走來一隻狼，屠夫一驚，酒也醒了，拔腿就跑。恰好路邊有個小草屋，心想先到裡邊躲躲再想對策，於是趕緊跑了進去，把草門拴上。這時那隻狼已經追了過來，爪子伸進屋內，屠夫趁機一把抓住狼的爪子，使勁地拽著，使狼無法退出去，可一時又不知道如何才能殺死牠。忽然他想起身上有一把小刀，便伸手拿出來，在狼爪下方割開一道缺口，又使勁對著那缺口吹氣，直到累得吹不動為止。此時那狼也不再掙扎了，於是屠夫解下腰帶捆住了狼的前爪，跑出去一看，只見那隻狼脹得像一條大牛，四肢直挺挺的彎也彎不下去，嘴張得大大的，怎麼也合不攏。屠夫便把狼扛了回去，扒下皮拿到市場上賣掉了。

這三則故事都是描寫屠夫怎麼對付狼的，可見屠夫是真的很殘暴，即使狼百般兇惡也難逃其毒手。

七十三、豢蛇

很久以前，在山東泗水縣的山中有一座寺院，周圍也沒有村落，所以人們一般很少去那裡。只有一個道士住在那個寺院，附近的村民說寺裡有很多大蛇，原來想去上香的信徒們也不敢去了。有一天，有個少年進山去捉鷹，在山裡轉來轉去的，卻一隻都沒抓到，眼看天就要黑了，山裡也找不到可以住宿的地方，就匆匆地往回趕路。走著走著，遠遠看見有一座寺院，心裡很高興，趕快往那裡跑，看見有個道士在裡邊，就向道士請求借宿一晚。道士一聽，吃驚地問：「施主是從哪裡來的？幸虧你沒遇到我那些孩兒！」說完，便請他坐下，煮了些稀飯給他吃。少年邊吃邊好奇地想，這道士說幸虧未被他的孩子看見，難道這道士竟有孩子？

正在想著，一條大蛇從外面爬了進來，昂著頭、吐著信子，鼓著閃亮的眼睛盯著少年，那少年嚇得直往後退。這時道士過去拍拍蛇的額頭，大聲喊道：「趕快回去。」那蛇果然乖乖地爬到東邊那間房裡去，然後慢慢地盤好，待在那間房裡。道士說：「這裡的蛇是我平時所豢養的，有我在這裡，牠們是不敢傷人的，如果是你獨自一人碰到，那可就危險了。」那少年剛坐下，又爬進來一條蛇，比剛才那條略小一些。那蛇看到有陌生人，也像剛才那條一樣直瞪著他，道士又喝斥一聲，那蛇也爬進了房裡。此時房裡已無多餘空間，牠的一半身子就盤繞在屋樑上面，牆壁上的泥土也被抖落下來，發出「沙沙」的聲響。那少年更加害怕，一夜也沒敢合眼，這才明白道士說的孩子就是這些蛇。一到早上，忙向道士告辭，道士護送他走出門外，只見牆上階下爬滿了蛇，各式各樣的都有，一見到陌生人都迅速地抬起頭盯著他看。那少年緊緊地跟在道士身邊，又請道士送他下山，道士也沒拒絕，那少年才得以平安地回去。

山東省有個人很喜歡旅遊。有一次他去河南旅遊，天黑了就借住在蛇佛寺裡。寺裡的和尚為他準備了晚餐，有一鍋肉湯味道很鮮美，口味很像是雞脖子，便問寺裡的和尚：「殺一隻雞，怎麼會有這麼多的雞脖子呢？」和尚笑笑說：「施主誤會了，這哪裡是雞脖子，這些是蛇肉啊！」他聽了大吃一驚，頓時覺得胃裡很不舒服，立刻跑到門外大口大口地嘔吐起來。吃過飯，和尚給他打掃了一間屋子，他也感到很累就上床休息了。睡夢中，他感覺胸口好像有什麼東西在慢慢爬著，他伸手一摸，原來是一條蛇，嚇得大叫一聲，從床上跳了起來，大聲喊道：「和尚救命！」那和尚起來看了看說：「這有什麼好大驚小怪的，我還以為出了什麼事呢！」於是拿起燈往牆壁上照，只見大大小小的蛇爬滿了一牆，就連床上床下也都是蛇。天亮後，和尚帶著他來到佛殿，掀開佛座露出一口井來，井口處有一條大蛇，足有水缸那麼粗，和尚讓他走近些，又點上燈往井下一照，只見整個井裡都是蛇，大大小小的少說有幾萬條。和尚說：「過去那條大蛇常常出來為害，自從菩薩來了以後，蛇患方才平息下來。」

七十四、二商

山東莒縣有姓商的兩個兄弟，哥哥擅長經商，所以非常富有，但他的妻子卻很吝嗇；弟弟喜歡武術，家裡比較貧窮。兩家只隔著一堵牆。康熙年間，山東發生大災荒，地裡顆粒不收，哥哥因為有錢，過得還算不錯，可是弟弟家卻是吃了上頓無下頓。

一天，快到中午了，老二家還沒有生火做飯。老二在屋裡走來走去，無計可施，老二的妻子叫他去大哥家借些米下鍋。老二搖搖頭說：「去也沒用，大哥要是想幫助我們，早該想辦法了。」可妻子一直堅持要他去借，老二沒有辦法，只好叫兒子去了。過了一會兒，兒子空著手回來。老二說：「怎麼樣？我說不會借吧！」妻子很生氣，問兒子大伯是怎麼說的，兒子說：「伯父聽說要借米，就看著伯母。伯母對我說：『兄弟連家都分了，各人有飯各人吃，誰又能照顧誰呢？』」老二夫婦聽了，相對無言，只得拿幾件破爛傢俱典當，換了些秕糠充饑。

鄉裡有幾個無賴見老大家境富裕，就商議夜裡去打劫。到了夜裡，幾個人跳牆闖進內室。老大夫妻驚醒，趕緊抓起臉盆大敲，大聲呼救。鄰居聽到呼救聲，心想，這一家人太吝嗇，去救也撈不到什麼好處，於是誰也不去救援。老二睡夢中聽到呼救聲，爬起來就要往外衝。妻子一把拉住他，不讓他去，同時大聲向隔壁說：「家都分了，各人有禍各人受，誰又能幫誰呢？」一會兒，強盜撞開門，進屋抓住老大夫妻，用燒紅的烙鐵烙他們，逼著交出金銀。兩人疼得哇哇大叫，老二聽到了，皺皺眉說：「他雖然不仁，但我不能不義。我怎能眼睜睜看著兄長被人害死而袖手旁觀呢？」說完，掙脫妻子，帶著兒子從牆上跳到大哥家的宅院中，大聲叫罵。強盜見來人是商家老二父子，不禁一驚，因為他們父子的武藝很好，遠近馳名，又害怕因老二的到來會招引其他人前來援助，於是一個個溜掉了。老二也不去追，趕緊來看兄嫂，只見他們兩腳都被燙焦了，趕緊將二人扶到床上，安頓好了才回去。

老大家雖然遭了搶，但錢財並未受損失，他對妻子說：「咱家能保住這些財產，多虧了老二的幫忙，他家現在連飯都吃不上，不如分些給他們。」妻子卻說：「你若是有好兄弟，我們也不至於落到這步田地。」老大被堵得無話可說。老二家斷糧幾天了，認為哥哥這一次必定會幫助他，可誰知過了兩天，老大那兒卻一點動靜都沒有。老二的妻子實在是等不及了，再叫兒子提一口袋子去借米。不久，兒子回來了，僅僅借來一斗小米，妻子見了非常氣憤，想叫兒子把小米退回去，老二趕緊制止說：「先顧眼前吧！不顧妳我，也得顧孩子啊。」

老二靠這一斗小米又過了兩個月，兩個月後，家裡窮得實在過不下去了，老二對妻子說：「咱這個家實在無法維持了，不如把房子賣給大哥，說不定大哥怕我們搬走後強盜再來，也許會不要房契而給我們一些救濟，即使不給，房子也可賣個十多兩銀子，我們好歹也可以再支撐些時日。」妻子也覺得有理，於是就拿出房契叫兒子送去隔壁。老大見了老二的房契，就和妻子商量說：「老二他再不仁義，也還是我的親兄弟，如果他們真的搬走，我們會更孤單無助，不如把房契退回去，再給他一些救濟。」老大妻子一聽，瞪著眼說：「你這個笨蛋，他們哪裡是要搬走，分明是在要脅你，如果按你說的去做，正好中了老二的計謀。世上沒有兄弟的人多著呢，他走後，我們把牆加高些，自然也就安全了。不如留下房契，給他些錢，那樣我們的房子也可以再拓寬些。」兩人商定後，讓老二在房契上畫了押，給了他一些錢。老二見哥哥如此狠心，就搬到鄰村去了。

鄉裡那些流氓無賴，聽說商家老二搬走了，又闖進老大家，用盡各種手段逼得老大交出所有錢財，才保住了性命。強盜臨走時，又打開老大的糧倉，召集村中窮人來取，頃刻間就把糧食分光了。第二天，消息傳到老二耳中，趕緊跑來看望，此時老大已經神志不清，連話都說不出了。他睜開眼睛，看著老二，十分痛苦，雙手在蓆子上亂抓亂搔，不一會兒就死了。

商家老二非常氣憤，就告到了縣太爺那裡。但為首的強盜已經逃跑了，搶糧的那一百多人又都是村裡的窮人，官府也是無可奈何，只好草草了事。

商家老大死的時候留下一個小兒子，剛滿五歲，自從家裡破落以後，他就經常跑到叔叔家，一住就是幾天，老二一送他回家，他就不停地哭。老二妻子因為他母親的原因，常常故意冷落他。老二實在看不下去，對妻子說：「他父母雖然對我們不仁不義，但他還只是個孩子，妳怎麼能這樣對待他？」於是就買了一些饅頭把他送回家去。過了幾天，又背著妻子，背了一斗小米來到嫂子家，讓她好好哺養姪兒。從此，老二三不五時地就偷偷背些小米送去。直到嫂嫂賣了房子和田地，能夠維持生活後才慢慢停止接濟。

過了幾年，山東又鬧饑荒，路上隨處可見死人。商家老二也添了子女，無力再照顧姪兒，這時姪兒已經十五歲了，但身體卻很單薄，無法從事過度勞累的工作，商老二就讓他和自己的兒子一起去賣燒餅掙錢。有一天晚上，老二夢見大哥來了，淒慘地對他說：「大哥以前對不起你，都怪我被老婆的鬼話迷了心眼，還請賢弟不要見怪，你嫂子賣掉的那所舊房子，現在還空著，你趕緊租下住進去，那屋後的草堆下藏著一些銀子，你挖出來用吧！我那可憐的孩子就交給你了，還請你好生照顧，至於那賤婦就不要管她好了。」說完就不見了。老二醒後覺得很奇怪，但還是趕緊從房主那裡租下那所舊房子，果然在屋後挖出了五百兩銀子。從此，他也不做小買賣了，叫兒子和姪兒在街上開了個店鋪，姪兒非常聰明，不但把生意打理得很好，而且為人十分誠實，每一筆收支都清清楚楚地報給叔叔知道。老二見姪兒這麼懂事，也就更加喜歡他了。

忽然有一天，姪兒哭著來到老二家。老二問他原因，孩子說：「母親已經有幾天未吃東西了，請叔叔救濟一些小米。」老二妻子聽了十分不願。老二卻覺得姪兒的孝心可嘉，於是給他盛了一袋米，讓他背了回去。之後，每月都要給姪兒一些錢糧。幾年後，老二家裡變得更富裕了，這時，老大的妻子得病死了，老二見姪兒已經成長，就分出一半家產給姪兒，讓他另立門戶，自己過日子。

異史氏說：「大商其實本性不壞，還懂得潔身自愛，不隨便拿走不屬於自己的東西，然而只聽信婦人之言，連親骨肉都不認，最後因太吝嗇而自取滅亡，也不令人覺得奇怪。二商以貧困開始，最後變成有錢人，他和大商有什麼不一樣呢？只不過是比較不會聽老婆的話罷了。」

七十五、牛瘴

在蒙山有個人叫陳華封。有一天，天氣特別熱，他拿著一張蓆子來到路旁大樹下乘涼。正在休息間，忽然聽到一陣腳步聲，睜眼一看，只見一個頭戴圍巾的人向樹蔭這兒跑來，到了樹蔭下，喘著氣，臉上都是汗。那人一屁股坐到地上，從身後抽出一把扇子不停地搧起來。陳華封笑著說：「我說這位兄弟，你把圍巾取下來不就行了，還搧什麼扇子呀！」客人笑著說：「取下容易呀，要戴上可就難了。」兩人就坐在樹蔭下聊了起來，那人很詼諧，說話很風趣。客人看看周圍說：「這附近也沒有個酒店，如果此時能有一罈冰涼的美酒，喝下去，那種感覺該有多棒啊！」陳華封笑著說：「這個容易，我家離這裡不遠，如果你願意的話，咱哥倆去喝兩杯如何？」客人也不客氣，欣然答應，於是兩人來到陳華封的家裡。

陳華封請客人稍等片刻，自己到屋後山洞裡抱了兩罈酒回來，客人十分高興，一口氣就喝了十幾杯。這時天已經黑了，又下起雨來。兩人點上燈，邊喝邊聊。那客人談得興起，不覺解開了圍巾，陳華封見客人腦後不時閃著亮光，覺得非常奇怪，但又不好意思問。不久，客人喝得酩酊大醉躺在床上，陳華封提起燈來到客人身旁仔細地察看他的腦後，只見客人耳朵後面有一個酒杯大的洞，洞裡有幾層厚膜間隔著，厚膜外有一層軟皮遮蓋著，洞中似乎什麼也沒有。他感到很奇怪，在好奇心的驅使下，拔下一支頭簪撥開厚膜往裡看，突然，洞中竄出一個小牛般的怪物，從他旁邊飛過去，衝開窗子跑了。

陳華封心裡一驚，趕緊拿開簪子，正要轉身離開，客人突然醒了過來，吃驚地說：「你剛才是不是偷看了我的秘密？哎，怎麼少了一個，糟了！你剛才放跑的那個是牛瘟神，這可怎麼辦？」陳華封連忙向他道歉，又問起後果，客人嘆口氣說：「現在已經鬧成這個樣子，我也就不瞞你了，老實告訴你吧，我是六畜的瘟神，剛才跑的是牛瘟神，恐怕這方圓百里之內的牛都難免一死了。」陳華封一聽非常著急，因為他就是以養牛維生的，如果牛隻一死，他的損失可就大了，於是連忙向客人請教解救的方法，客人沒好氣地說：「這一次就連我都得受罰，哪還有什麼解救的方法？不過苦參散治牛瘟很有效，你必須把這個藥方廣泛宣傳，否則……」隨即又嘆口氣轉身朝門外走去，從外面捧了一些土，堆在牆壁上的神龕裡面，說：「一頭病牛用一小撮也很有效。」說完向陳華封說聲「告辭」，就不見了。

過了不久，附近的牛果然都鬧起病來，牛瘟發作得非常厲害。陳華封想壟斷治牛瘟的專利，就把藥方保存起來，只讓弟弟看了，弟弟回去試用苦參散餵牛，果然牛都好了。但他自己拿苦參散餵牛卻一點效果也沒有，眼看著自己的牛一頭頭的死去，想起客人所說的話，知道這是對他的懲罰，忽又想起客人臨走時放在神龕中的土，於是趕緊取出，拌在水裡餵牛喝，過了一夜，剩下的幾頭牛果然都好了。幾年後，那幾頭牛不斷繁殖，才慢慢恢復到原先的規模。

七十六、閻羅甕

從前有一個巡撫，一天夜裡忽然夢見死去多年的父親，只見他父親臉色悲悽，全身發抖對他說：「我平生並沒有什麼大的罪惡，只是有一次我調動了一支不該調防的邊疆部隊，致使他們在途中遇到海盜，全都犧牲了。現在他們告到了閻王那裡，要閻王懲罰我。陰間的刑罰很殘酷，我心裡很害怕，你要替我在閻王那兒求情啊！閻王就是明天那個姓魏的押糧官。你可一定要記住！」巡撫一下驚醒了過來，覺得很奇怪，心裡半信半疑，不久又睡下了。不久，他又夢見父親指著他喝斥道：「你這個孽子，你父親遭到不幸，你還不記在心上，還要把它當成夢魘！」說完又不見了，巡撫醒來更加疑惑。

第二天一早，他立即找來師爺，認真地審查往來文書。果然發現近日有個姓魏的押糧官停駐此地，於是巡撫立刻傳見他。那姓魏的一到，巡撫親自用參見上司的禮儀拜見他，拜完後，哭著把父親在陰間的經歷告訴了他。魏糧官聽了，不承認自己是閻王，巡撫一直跪在那裡不肯起來。魏糧官沒有辦法，只好說：「確實有這麼回事，但陰間的法度不像人間這樣馬虎，恐怕我無法幫你。」巡撫更加誠懇地哀求他，魏糧官不得已，只好答應盡力而為。巡撫又請求魏糧官快些處理，魏糧官考慮了一下，又推說沒有安靜的地方辦案，巡撫立即命人把客廳清掃乾淨，魏糧官只好同意了。巡撫又請求讓他偷看審訊，本來魏糧官說什麼也不肯，但禁不起巡撫再三懇求，魏糧官只好同意，並囑咐他說：「你去了可千萬注意不能發出一點聲響。陰間刑罰雖然殘酷，但與人間不同，懲罰時好像是死了，其實並沒有死。到時你不必驚慌害怕。」

到了夜裡，巡撫偷偷藏在廳堂。只見廳外階下有許多囚犯，許多斷頭折臂的人夾雜在一起，廳外院子裡架著一個大油鍋，幾個小鬼正在燒火。一會兒，魏糧官穿著官服走了出來，登上寶座，氣相威嚴，與白天大不相同。那群冤死鬼同時拜伏在階下，同聲訴說自己所受的冤情。魏糧官說：「你們是被海盜殺死的，冤情應當由海盜負責，怎麼能怪罪到長官的頭上呢？」那些鬼不服氣地說：「按理是不應該調遣我們的，如果不是他錯調，我們又怎麼會被海盜劫殺呢？」魏糧官又透過各種途徑為巡撫的父親開脫，眾鬼大呼冤枉，滿廳都是抱怨之聲。魏糧官只好對鬼役說：「看來只好把他扔到油鍋裡炸一下，才能在道理上說得過去。」話音剛落，馬上來了兩個鬼役押著巡撫的父親走下廳堂，用鋼叉把他丟進油鍋。巡撫在暗處見了，心裡十分難過，不覺痛哭失聲，客廳裡頓時寂然無聲，魏糧官和群鬼都不見了。

巡撫只好嘆息一聲，回到內室。第二天早上去看魏糧官，可是屋中竟沒有人，出來見魏糧官已經死在廳堂裡了。

七十七、柳生

大興縣有個官家子弟姓周，與和他同縣一個姓柳的少年關係很好，柳生曾得到異人傳授，很擅長看面相。有一天，他對周生說：「看你的面相，是不會做官的，但家裡以後會很有錢。不過你的妻子是個福薄之相，恐怕對你的幫助不會很大。」過了不久，周生的妻子果然去世了。自從夫人死後，周生整日無精打采，也不管理家務，家裡顯得冷冷清清，一點生氣都沒有。於是，他來到柳生家，向他打聽自己以後的情況。他坐在客廳等了許久也不見柳生出來。周生叫僕人去喊了幾次，他才慢慢地從內室裡出來，對周生說：「不要著急，這些天我正在為你物色一個比較好的妻子，今天總算是找到了。剛才我在內室作法，請月老牽紅繩，所以出來晚了，周兄不會見怪吧？」

周生一聽，高興地問他女方的情況。柳生說：「剛才有個人背著布袋從這裡出去，你看到了嗎？」周生說：「看到了，就是那個衣著破爛的叫化子吧！他跟我又有什麼關係？」柳生笑道：「對，就是那個人，你該對他恭敬些，知道嗎？他就是你未來的岳父。」周生皺了皺眉，說：「我自認為與柳兄頗有交誼，才來找你，你怎麼以此戲弄我呢？雖然我近來家裡狀況不好，但好歹還是個官家子弟，怎麼會和那樣的人結親呢？」柳生說：「這就是你的不對了，事物豈有亙古不變之理，耕牛還可以生出神牛呢！父親差一點又有什麼關係呢？」周生又問：「那你見過他的女兒嗎？」柳生答道：「沒有，我也是剛剛才知道他姓名的。」周生一聽笑著說：「你連他的名字都不知道，他的女兒更是無從談起了。」柳生又說：「我從他的面相看出他雖貧賤，但必定會有個大富大貴的女兒，但如果勉強結合必有大禍，因此我才會為你作法，撮合你們二人。」周生聽了，也不當真，仍是我行我素，到處尋找理想的配偶，但始終沒有找到。

有一天，柳生突然來到他家，對他說：「馬上會有貴客來，你快些準備酒菜吧！」周生問：「是誰？」柳生說：「是誰你就不必管了，快去準備吧！對你只有好處。」周生也不知他到底是什麼意思，就按吩咐備酒做菜。一會兒，那客人來了，周生一看，原來是當地一個姓傅的大兵。周生心裡很不願意，但表面上也說了幾句奉承話。柳生卻對他很尊敬。過了片刻，酒菜端了上來，裡頭摻雜著幾樣粗陋的蔬菜。柳生起身向客人解釋說：「我們公子早就聽說您的大名，常託我找您，昨天我才把您找到，回來對周公子一講，公子聽說您馬上就要遠征，所以立刻就讓我去請您來，為您餞行。但由於時間實在太倉促，沒有什麼好菜，還請不要見怪。」三人邊喝邊聊，傅某擔心自己的馬病了，不利於行軍打仗。柳生立刻接過話頭，答應一定為他找一匹好馬。客人走後，柳生責備周生說：「你這人也真是的，這個朋友以後對你幫助很大，如不早點結下交情，只怕以後對你不利呀。」柳生走時向周生借了匹好馬，並假借他的名義，登門把馬贈給了那姓傅的大兵。周生知道後，心裡有些不高興，但也無可奈何。

第二年春天，周生應朋友之邀去江西，給一個官吏做幕僚，臨走前來到柳生家，請他占卜一下這次遠行的吉凶。柳生占完後，對他說：「這回可要恭喜你了，這籤是上上籤，主大吉。」周生聽了笑著說：「我可沒有什麼其他的想法，只希望稍有所獲，討個好老婆也就行了。」柳生說：「沒問題，這些願望都能實現。」周生到了江西，正碰上江西發生暴亂，人民生活在水深火熱之中，他也三年沒能回家。後來暴亂漸漸被平息，他才選了個吉日上路返鄉。

誰知剛走到半路，就被四處流竄的強盜抓住。一同回家的幾個人中，只有他被捉進了強盜的老窩，其他人只是被劫了錢財。那強盜頭子盤問他的家世後說：「我有個女兒，想把她許配給你，你不答應也得答應。」周生認為他們是叛賊，因此百般不願。那頭目大怒，要手下人推他出去砍了。周生十分害怕，心想不如暫時答應他，等以後找個機會再逃走，於是趕緊說：「大王息怒，我之所以沒有馬上答應是因為我不會武術，身體又太單薄，不能打仗，恐怕到時給您添麻煩。如果您同意讓我和您的女兒成婚後離開山寨，我倒可以考慮這門親事。」強盜頭目說：「我也正擔心女兒會拖累我。這還有什麼好考慮的，我答應你就是了。」於是便命人到裡邊把女兒請出來。周生本不想成親，但看到這個女孩從內室出來後，馬上改變了主意。這姑娘大約十八、九歲，長得美極了，周生還以為是在做夢。當天晚上兩人在山寨舉行了婚禮，進了洞房，周生問起姑娘父親的姓名，才知道岳父大人就是當年碰到的那個背破布袋的叫化子，不禁又想起了柳生當年的話，心裡十分佩服。

兩人又在山上住了幾天，準備擇良辰吉日下山回家。忽然朝廷的大軍來圍剿，攻破了山寨，全家都成了俘虜。總指揮把這些俘虜交給三個將軍監管，三位將軍決定先殺了強盜頭子。殺完強盜頭子後又要殺掉周生，他心裡好一陣酸楚，想不到原本馬上要脫離險境了，卻又落入虎口，心下十分悽然。士兵上來推著他往外走，突然一個將官說：「且慢！」只見那將官走到周生面前，仔細地打量了他一會兒，說：「這不是周兄嗎？」周生抬頭一看，原來這位將官就是當年柳生請來作客的大兵，現已升為副將。他見確實是周生，回身對同僚說：「這位是我同鄉，他的歷代祖輩均在朝廷為官，很受重用，我想這其中一定另有曲折。」說完為他鬆了綁，又請他就座，問他道：「周兄怎麼會變成這個樣子？」周生解釋說：「我剛從江西娶親回來，半路被他們劫上了山。幸而被大軍救下，你們對我可是恩重如山哪！」不過，兩軍混戰時周生與妻子走散，傅將軍讓他上前去認，果然在俘虜中找到了妻子。傅將軍又命人擺酒招待，吃完飯後，還給了他一些銀兩，說：「當年承蒙您看得起我，為我設筵，又贈我良馬，我心裡非常感激。眼下動亂未平，沒什麼禮物可送周兄，只能為您準備些盤纏，還請笑納。」說完就命兩個騎兵牽過兩匹馬給二人當坐騎，並派這兩名騎兵護送二人回家。

途中妻子對周生說：「我爹不聽娘的勸告，氣死了我娘，如今，他又落得這個下場。因為小時候有個看相的人說我福氣好，我才苟且偷生，活到今日。父親在一個地方埋藏了許多銀子，我想挖出來，一些用來贖買父親的屍體，一些用於以後的生活，你看如何？」周生聽了，很受感動，於是請護送他們的騎兵在路上稍等，兩人迅速回到山寨，挖出那些銀兩，又仔細藏好才轉身下山回來。見到那兩個騎兵，便拿出一百兩銀子送給兩人，請兩人把父親的屍體埋好，又去拜別了母親的墳墓，才繼續趕路。到了邊界，又送了些銀子給那兩個騎兵作為回去的路費。

回家一看，家裡空蕩蕩，什麼都沒有了。原來周生出外幾年，家裡人都以為他早已死了，便把他的家產都分了，糧食、衣物等用具都被偷了個精光。聽說主人回來，僕人們一哄而散逃跑了，只剩一個老婆子、一個小丫鬟和幾個老僕人還對他一片忠誠，仍留在家裡。周生有了這一番經歷，把財富看得更輕了，也不追問那些失去的財物。他心裡很感激柳生，於是帶了些禮物去看他，可是柳生早已不知去向了。

周生的妻子很聰慧，很有治家的能力。她請了幾個老實人做夥計，用父親留下的錢開了間店鋪，每逢有人來談生意，她總是坐在簾後聽他們洽談、算帳。只要有人想在協商中施點小詭計，她立刻就能揭穿，甚至夥計撥算盤時撥錯一個珠子，她也能夠聽出來。所以店內店外的人，誰也不敢欺騙她。數年後，店中已有上百個夥計，家裡也積攢了幾十萬兩銀子。於是，周生請人把妻子父母的屍骨運送回來，重新隆重地安葬了。

異史氏說：「月下老人可以用行賄關說，難怪媒人就和居間買賣的商人一樣了。認為強盜就一定沒有聰慧的女兒，就像認定小山丘上不會有長青的松柏一樣是鄙夫之見。所以說，看人不能只看他現在的模樣就予以妄下定論。」

七十八、小翠

浙江有個人名叫王太常，他小的時候很喜歡在白天睡大覺。有一天，他又在睡懶覺，天色突然陰了下來，雷聲大震。王太常趕緊起來去關門窗，卻見一隻比貓稍大些的動物跑了進來，竄到床下轉來轉去不肯離開。不一會兒工夫，天又放晴了，那東西才跑出去。仔細一看，那並不是貓，卻不知是什麼，因此嚇得大喊住在隔壁的哥哥。他對哥哥說了剛才發生的事，哥哥高興地說：「看來你日後必將是個大貴人，這是隻狐狸，是進屋躲避雷擊的，這是個好兆頭，你的福氣可真不小啊！」後來王太常果然考中了進士，又從縣令升遷為禦史。

王禦史有個兒子，名叫王元豐，生性憨厚，別人都說他有些傻，到了十六、七歲還不懂事。王禦史想早些為兒子成個家，可附近卻沒有一戶人家願把女兒嫁給他。王禦史急得不知怎麼辦才好。忽然有一天，一個老太婆領著一個少女來到他家，要求見王禦史。王禦史覺得很奇怪，在客廳接見了她。那老太婆對王禦史說想把女兒嫁給王元豐，王禦史非常高興，仔細打量那名少女，見她笑盈盈地站在那裡，美得像個仙女。王禦史又問起少女的姓名。老婆婆說：「我女兒姓虞，名叫小翠，今年十六歲了。」王禦史非常高興，忙和老婆婆商量成婚的日子和聘禮的數目。那婆婆說：「女兒跟著我只能和我一起吃苦受累，來到您家，是她的福氣，只要她過得好，我也就心滿意足了，還談什麼聘禮呢！至於成婚的日子，隨便你們定吧！」

御史夫人在內堂聽到這個消息，高興極了，忙命丫鬟準備了許多禮物來到客廳。老婆婆見御史夫人出來，馬上叫女兒向王御史夫婦叩頭，吩咐她說：「這是妳未來的公公、婆婆，以後要小心侍奉，這裡可不比咱家。我還有些事情要辦，先走了，過幾天再來看妳。」王御史忙命僕人駕車送她。那老婆婆說：「不用麻煩了，我家離這兒不遠，自己走回去就行了。」說完便逕自離去。

小翠似乎並不依戀母親，老婆子剛走，她就在梳妝盒裡翻揀著各種繡花樣品。王夫人見她聰慧活潑，十分喜歡她。過了好幾天，小翠的母親還沒有來，王御史夫婦怕夜長夢多，急於給兩人辦喜事，就向小翠打聽她家的地址，小翠卻說自己也記不清楚來時的路了。於是御史夫婦決定即刻為兒子辦喜事，就命僕人打掃了另一個院子，為兒子舉行了婚禮。

剛開始親友們聽說王御史挑了個窮人家的女兒做媳婦，都譏笑他們，可在婚禮那天見到小翠美若天仙，都羨慕不已，再也不說三道四了。小翠非常聰慧，善於體察公公、婆婆的喜怒，深得兩位老人家的歡心，兩位老人家待小翠就像自己的親生女兒一樣，也希望小翠對自己兒子好些。結果小翠好像一點也不嫌棄元豐傻，整日開開心心的。

小翠成天逗元豐玩耍：她用布做了一個球，穿上小皮靴，一腳把球踢到很遠的地方，讓元豐和丫鬟來回地撿球。有一天，王御史來看兒子，剛進花園，球就迎面飛來，「砰」的一聲打在臉上。小翠和丫鬟們都嚇了一跳，連忙躲了起來，元豐卻仍然高高興興地去追那布球。王御史很生氣，撿起一塊石頭裝作要打他，元豐嚇得立時蹲下哭了起來。王御史把這件事告訴了夫人，夫人把小翠叫來，訓斥了她一頓，而小翠卻絲毫不以為意，臉上還帶著笑容。夫人又愛又氣，吩咐她要端正行止，可小翠回來後，依舊是蹦蹦跳跳的。有一次，她又用胭脂把元豐畫成一個大花臉，不巧被夫人見到，她氣得七竅生煙，又把小翠叫去大罵一頓，小翠倚在桌旁低頭擺弄著衣帶，既不害怕也不開口，夫人無可奈何，只好轉過頭去教訓元豐。元豐號啕大哭，小翠立即給母親跪下，替元豐求情。夫人見小翠為兒子求情，怒氣馬上消了，讓他倆回房休息。

小翠笑著拉起元豐，回到房裡，替他拍掉衣服上的灰塵，又為他擦乾眼淚，說笑話給他聽、講故事哄他，元豐這才破涕為笑。此後小翠依舊我行我素，有時把元豐打扮成楚霸王；有時又把他扮成匈奴人，自己卻穿上漂亮的衣服，在屋裡翩翩起舞；有時又在頭上插些野雞毛，把琵琶撥得亂響，成天弄得院子裡充滿笑語。王御史因為自己兒子太傻，不忍心過分責備媳婦，平時聽到些閒話，也懶得過問了。

有個姓王的給諫官和王御史家住在同一條街上，兩家之間只隔十多戶人家，但兩人素有怨仇。當時，正碰上三年一次的官吏政績考察，王給諫官嫉妒王御史掌管著河南省的監察權，就想設計陷害他，王御史也知道給諫官的陰謀，非常擔心而又無法對付。

一天傍晚，王御史很早就回房歇息了。小翠穿上官服，剪些白絲裝作鬍鬚，扮成吏部尚書的模樣，又叫兩個丫鬟穿上黑衣裝扮成隨從，從馬廄裡偷出馬來騎上，與丫鬟開玩笑說：「我們今晚去拜訪王先生。」她帶著兩個丫鬟騎馬來到王給諫官的門口，對丫鬟說：「妳們是怎麼搞的，我是來拜訪王御史的，怎麼走到王給諫官這兒來了呢？」並抽出馬鞭來假裝抽打她們兩個。隨後，掉轉馬頭就回家了。到了家門口，看門人以為真是吏部尚書來了，忙跑去報告了王御史，御史急忙從床上爬起來，穿好官服出門迎接。誰知出門一看，原來是小翠假扮的，御史十分生氣，對夫人說：「別人正在找我的麻煩，她卻又做出這種事來，如果讓上頭知道，那可就要大禍臨頭了！這可怎麼辦呢？」夫人聽了，又氣又急，跑到小翠屋裡好好罵了她一頓。可小翠仍只是站在那裡微笑，什麼話也不說。夫人見她只是笑，更加生氣，揚起手想要打她，卻又下不了手，放下手又想乾脆把她休掉算了。再一想休了她，她能去哪兒呢？御史夫婦既埋怨又後悔，可又無法可想！

當時的吏部尚書是皇上面前的紅人，權勢很大，朝裡的大臣都很怕他。小翠那晚扮尚書時穿的衣服和隨從都和吏部尚書一樣。王給諫官的僕人那晚聽了小翠的話，立刻報告了王給諫官。他詳細詢問了當時的情況，就信以為真了。於是他多次到御史家門口監視，只見進去的客人到了半夜遲遲未見出來，就懷疑尚書和御史有什麼密謀。有一天上朝時，給諫官問御史：「那晚尚書到您家談了些什麼呢，不知能否見告？」御史以為他在嘲笑自己，只是含含糊糊地應了幾聲，給諫官更加疑心，於是也就打消了陷害御史的念頭，並且又常來看望他，和他攀關係。王御史覺得很奇怪，私下裡一打聽，才知道全是那晚小翠的功勞，心裡暗暗高興。不過，他仍是囑咐夫人勸小翠以後千萬不要再這麼做了，小翠笑著答應了。

誰知第二年，吏部尚書被免了職。恰好給王御史捎了封私信，送信人卻誤交給了王給諫官。給諫官大喜，就託了個和御史有交情的人去御史那裡借一萬兩銀子給他，想以此要脅御史。御史聽說是給諫官要借就沒有答應。於是給諫官親自找上門來借錢，御史聽說給諫官來了，準備出來會客，卻怎麼也找不到自己的會客服，給諫官在大廳等了很久也不見御史出來，便認為御史有意怠慢他，心裡很生氣，轉身就往外走。剛到大廳口，忽然看見元豐穿著龍袍、頭戴皇冠被一個女人從門內推了出來，心裡一驚，卻又馬上高興起來。他把元豐叫到偏僻的地方，哄騙著脫下元豐的龍袍和皇冠，趕緊溜走了。等御史換好衣服出來時，給諫官早已經走了。

御史聽家人說給諫官從元豐身上拿走龍袍和皇冠之事，嚇得面如土色，大哭道：「完了，完了！這可是滿門抄斬的罪呀，小翠呀！妳可害慘了我們全家呀！」夫人聽到御史的哭聲忙出來看發生了什麼事，聽御史講了事情的經過，氣得差點暈過去。夫人怒不可遏，抓起桌上的家法棍就直奔小翠房裡去。御史急昏了頭，也隨夫人一道來了，小翠似乎早就知道，事先把門拴牢，任憑二老在門外怎麼叫罵都不開門。王御史見小翠不僅不認錯，還躲著不出來，氣更大了，命僕人去拿斧頭來，想要把門劈開。小翠在室內笑著對兩位老人家說：「公公、婆婆請息怒，禍是我闖下的，無論什麼後果，都由我一個人承擔，絕不會使二位老人家受到一點連累。」御史聽了這些話才住手，回到屋中和夫人商議對策。

果然第二天早朝，給諫官上奏章揭發王御史圖謀不軌，並獻上皇冠和龍袍等證物。皇帝大吃一驚，趕緊命人打開罪證，誰知那皇冠原來是用高粱稈做的，龍袍也是用破爛的黃布縫製的。皇帝對給諫官很不滿意，認為他在挑撥君臣的關係，於是又命人把元豐叫上殿來，皇帝看到他那傻呼呼的樣子，開心極了，因為他還從沒有見過傻子。他笑著對群臣說：「你們大家看看，這個樣子能做皇帝嗎？」於是決定將此事交給刑部、都察院和大理寺處理，王給諫官見皇帝不處罰王御史，心裡很不服氣，又告王御史在家裡私藏妖人作法戲弄皇帝。刑部就傳來王御史的家人，一個個審訊，可家人們都說：「家裡根本沒什麼妖人，只有一個瘋瘋癲癲的媳婦和一個傻呼呼的公子，整天鬧著玩。」刑部又傳來御史的鄰居審訊，鄰居們的證詞也都和王家人說的一樣。刑部把結果上報了皇帝，請皇帝裁奪，皇帝認為此事純屬王給諫官意欲陷害，無中生有，於是就判他充軍雲南。

經過這件事，王御史夫婦感到小翠不同於常人，又見她母親很久也不打照面，就猜想她不是凡人。於是叫夫人去盤問她，小翠聽了只是微笑不答。夫人很著急，總是不停地追問，小翠只好對婆婆說：「我本就不是凡人，是玉皇大帝的女兒，您難道還想不到嗎？」

不久，王御史升任太常卿。此時太常卿已經五十多歲了，時常因沒有孫子而發愁。小翠與元豐結婚已有五年多了，每晚卻都分床睡，兩人之間似乎什麼都沒發生過。夫人覺得這總不是個辦法，就命人搬一張大床來，以便兩人睡在一起。過了幾天，元豐哭喪著臉對母親說：「妳把我的床借走了，怎麼不還回來？小翠總是把腿架在我身上睡，壓得我喘不過氣來。」那些女僕、丫鬟們聽了，都捂著嘴吃吃地笑。夫人見兒子笨到如此地步，氣得直拍桌子，把元豐罵了出去。

有一天，小翠正在房內洗澡，恰好元豐從外面進來看到了，就要求和她一起洗，小翠笑著拒絕了他，叫他先等一會兒。小翠洗完後，換上熱水，又叫元豐脫去衣服，把他扶進澡盆，元豐大概是蒸得悶人，就直嚷著要出來，可小翠像沒聽到一樣，又用被子把澡盆緊緊蓋住。過了一會兒便沒聲音了，掀開被子，只見元豐已經斷氣了。小翠卻不慌不忙地把元豐拖到床上，擦乾身子上的水，又用被子蓋上。門外的僕人聽到元豐呼喊救命的聲音，趕緊告訴了夫人，夫人大驚，哭著跑到小翠房裡，指著小翠罵道：「妳這個瘋丫頭！怎敢害死我的兒子！」小翠作弄地笑著說：「像這樣的蠢兒子，還不如沒有的好。」夫人更加生氣，喊了一聲：「我也不想活了！」就朝小翠撞去，丫鬟們見勢不妙，立刻上前把兩人拉開。正在吵得不可開交時，一個丫鬟說：「不要吵，公子醒過來了。」王夫人一聽，忙跑過去看視元豐，只見他氣喘吁吁，渾身大汗，把被褥都濕透了。

又過了一頓飯的工夫，汗停了，元豐忽然睜開眼睛，好像不認識一樣，把身邊的人看了一遍，說：「現在想想以前的事情，好像是在夢中一樣，怎麼會這樣呢？」夫人見兒子說的不像傻話，好生奇怪，就把他拉到禦史房裡。禦史多次試他，他都回答得很有條理，也很有禮貌，老倆口看兒子果然不癡了，高興得像撿到一件稀世珍寶似的。夫人命人趕快把床送回去，重新鋪好床褥，看他怎麼過夜。元豐進房後，把丫鬟們都打發走了。早晨進屋一看，新安的床鋪根本沒有動過。從此，小翠的瘋病和元豐的癡病都好了，小倆口生活得很甜蜜，整日形影不離。

過了一年多，太常卿被王給諫官的同黨彈劾罷了官。太常卿打算賄賂朝中當權人物，想來想去，家中只有一件別人送的玉瓶，做工很精細，價值千金，於是打算將玉瓶當作禮物送給權臣。誰知有一天，小翠在玩賞的時候不小心失手把玉瓶打碎了，知道無法隱瞞，只好硬著頭皮告訴了公公、婆婆，老倆口正因為被罷官生著悶氣，一聽又碎了玉瓶，頓時火冒三丈，開口怒罵。小翠一氣之下衝出王家，對元豐說：「我為你們王家所保全的難道連一個瓶子都不值？可他們卻不講一點情面。老實告訴你，我本不是人，只因當年我母親遭雷擊時，你父親曾保護過她，所以我才來你家報答舊恩，了結緣分。可在你家卻經常地挨罵、受打，當時我之所以沒走，是因為我還沒有報完恩，現在恩已報完，我們的緣分也到了盡頭，我也該離去了。」說完就氣沖沖地走了。元豐和家人去追時，小翠早已不見人影。太常卿聽兒子講了小翠的來歷，追悔莫及，感到很對不起小翠。元豐回到房裡，看到小翠用過的東西，哭得死去活來，整日吃不下飯、睡不好覺，眼看著一天天瘦弱下去。太常卿夫婦非常著急，急忙請媒人給元豐物色了一個良家女子。元豐卻不答應，就請了位名畫家畫了一張小翠的肖像，日夜在像前禱告，一連兩年，從未中斷過。

一天，元豐從別處辦完事回家，當他路過自家在村外的一座花園時，聽到牆內有人說笑，便勒住馬，叫馬夫抓住轠繩，自己蹬上馬鞍向園內探望。只見兩個姑娘在園內遊玩，因天已經黑了，所以看不清兩人的相貌。只聽見一個女子說：「妳這個死丫頭，看我不把妳趕出去！」另一個女子說：「妳不看看是在誰家的花園，還要趕我走，好不知羞呀！」前一個女子又說：「妳才不知羞呢！媳婦沒做好，給人家趕了出來，還要冒認人家的家業。」後一個女子笑罵道：「哼！總比長了一把年紀，卻沒人要的丫頭強吧！」元豐聽這人的聲音十分像小翠，急忙大喊：「小翠！」另一個女子說：「好了，先不和妳吵，妳的丈夫來了。」一會兒，一個女子跑過來，元豐一看，果然是小翠。元豐高興極了，立刻爬上牆頭跪了下去。小翠連忙扶住他說：「兩年不見，看你瘦得只剩一把骨頭了！」元豐拉著小翠的手哭了起來，訴說對她的思念之情。小翠說：「我也知道你是真心愛我，只是覺得不好意思見家裡人。剛才正和大姊玩耍，恰好又讓你看到了，可見我們的緣分還真不淺哪！」

元豐請小翠一起回去，小翠不答應。元豐想了想，又說不如一起住進這個花園，待小翠同意後，元豐趕緊命牆外僕人回去告訴母親。夫人聽了僕人的報告，又驚又喜，立即從床上爬起來，命人備轎來到花園裡。小翠見是婆婆來了，連忙倒身下拜，夫人趕緊扶住她，流著淚對小翠訴說了思念之情。接著她又哭著說：「如果妳不記恨婆婆的話，就回去家裡住，讓我心理上也有點安慰。」小翠卻執意不肯。夫人見小翠心意已決，也不堅持，就打算多派幾個人來服侍。小翠說：「我什麼人都不願再見，只是從前跟我的兩個丫鬟，天天和我在一起，我很想念她們。另外，外面再加一個看門的老僕也就夠了。」夫人回去後便按小翠的意思予以安排，對外只說兒子在花園裡養病，每天往裡備辦吃食。

小翠勸元豐再娶個妻子，元豐百般不願。過了一年多，小翠的容貌和聲音漸漸變得和以前不一樣了。元豐取出當年的畫像一對照，完全是兩個不同的人。元豐覺得很奇怪，小翠卻說：「你看我現在比過去美嗎？」元豐說：「美倒是美，但好像不如以前了。」小翠說：「可能是我老了吧？」元豐心痛地說：「胡說，妳才二十多歲，怎麼會就老了呢？」小翠笑著接過畫像，丟到火爐裡。元豐趕緊上前搶救，卻早已燒成了灰燼。

一天，小翠對元豐說：「以前在家時，公公說我不會生孩子。現在父母都老了，你又是個獨生子。我真的是不能生育，我勸你還是趕緊再娶一個妻子，早晚也好由她服侍婆婆。你呢，就兩邊多跑跑，反正也沒什麼不方便的。」元豐只好答應，經過一番挑選，選中了鍾太史的女兒。兩家定了婚期，元豐告訴小翠，小翠也很高興。婚期一天天的近了，小翠忙著為新娘做衣服、鞋子，送到婆婆那裡。等到新娘過門的那天，元豐發現她的容貌、言談、舉止與小翠一模一樣。元豐感到很奇怪，就到園中找小翠詢問，可小翠卻早已不知去向。那兩個服侍小翠的丫鬟走過來取出一條紅巾說：「少奶奶說她暫時先回娘家去了，讓我們把這條紅巾交給少爺。」元豐展開紅巾，只見繫著一塊表示永別的玉，知道小翠再也不會回來，便帶著兩個丫鬟回去了。元豐雖然總是想起小翠，但一看新娘就像看到小翠一樣，心裡也稍稍覺得好受些。他這時才明白，小翠早預料到會有今天，所以先變化成鍾家女兒的容貌，以便安慰元豐日後對她的思念之情。

異史氏說：「小翠本是一隻狐狸，為了人家無意中幫助了她的母親而想要報恩，但她報恩的對象竟然只為了一個玉瓶對她大吼大叫，真是氣量狹小，等夫妻團圓之後，小翠才離去，可見狐仙的情意真的是比凡人深重。」

七十九、細柳

細柳本是山東汶上縣一個讀書人的女兒，只因有人見她婀娜可愛、柳腰纖細，就笑稱她為「細柳」。細柳生性聰明、知書識字，並且很喜歡看一些關於星相之類的書，但她生來沉默寡言，從來不談別人的是非。有人來家裡提親，她一定要親自看看對方，提親的人很多，可是細柳卻沒有一個相中的。一晃眼，細柳已經十九歲了。父母擔憂地說：「難道這世上就沒有妳中意的男人嗎？難道妳打算一輩子不嫁人是不是？」細柳向母親說：「我其實是想借他人的福相戰勝上天給我的苦命，誰知這麼長時間了也沒辦成，這只能怨我的命薄。從今以後，我聽從父母的安排也就是了。」

當時有個姓高的書生，是個出身世家的名人。他聽說細柳聰明漂亮，就請人提親。父母很滿意這門婚事，細柳想了想也就同意了。兩人成婚後，非常恩愛。高生的前妻去世時曾留下個男孩，名叫長福，已經五歲了。細柳對孩子很好，可真稱得上是無微不至。細柳要回娘家時，長福也總是哭著要跟去，打他罵他都沒用。又過了一年，細柳也生了個男孩，取名長怙。高生問她取名的含義，細柳說：「沒什麼別的意思，只是希望他能常常留在我們身邊。」

細柳不太喜歡做那些小家務活，卻對田產、租稅盈虧等事情十分關注。她常看些關於這方面的書籍，有不懂的地方，就向丈夫請教。又過了很長一段時間，細柳忽然對高生說：「家裡的事情，你以後就不要再操心了，交給我來處理好嗎？」高生聽了很高興，欣然同意。半年過去了，細柳把家裡的各項事務管理得井井有條，高生很佩服妻子的治家能力，就決定以後一切事務全都交給細柳。

有一天，高生應朋友之邀，到鄰村喝酒去了。剛好來了個收稅的官員，那個官員有意刁難，細柳囑咐家人一定要小心伺候，可那人就是不肯離去，細柳沒辦法，只好命僕人趕緊去把高生找回來。高生回來後，應酬自如，很快就把那人打發走了。高生笑著說：「細柳，妳現在應該知道了吧，應付外事，就算能幹的婦女也比不上傻男人啊！」細柳聽了心裡很不痛快，忍不住低聲啜泣。高生見自己一句玩笑話傷了細柳的自尊心，心裡很過意不去，再三勸慰，可是細柳一連幾天都是悶悶不樂的。高生見細柳這麼辛苦，也不忍心把操持家務的事全都丟給她，於是提出想替細柳分擔一些的想法，可細柳卻沒有答應。從那以後，細柳日以繼夜經營得更辛苦了，總是早早就準備好了下一年的賦稅。因此，再也沒見到過上門催收稅款的事情發生。細柳又儘量提前安排好全家的吃穿用度，又節約了一筆開支。高生見細柳如此能幹，開玩笑說：「人家都說細柳眉細、腰細、腳細，我說啊，細柳的心思更細。」細柳高興地說：「人家都說高郎品高、志高、文采高，但願年壽更高。」兩人說完相視一笑。

村裡有個人因急需用錢，把自家一口上好的棺材抬出來賣。細柳聽說了，立刻派人不惜高價買了下來，可手上的錢不夠，又找親戚們借了一些。高生認為不是急需的東西，再三攔阻不讓她買，細柳只是不聽。一年後，附近有個富戶家死了人，說願意出兩倍的價錢來買這口棺材，高生見有利可圖，於是就和細柳商量把棺材賣掉，但細柳卻怎麼也不同意。高生奇怪地問她原因，她也不作聲，再三追問，細柳急得兩眼淚汪汪的，但就是不說。高生心中十分疑惑，可又不忍傷細柳的心，也就不再插手此事。又過了一年，高生剛過完二十五歲生日，細柳就告誡他千萬不要出遠門。到朋友家回來稍晚些，就命書僮和僕人去催他回來。高生的朋友常開他玩笑說：「嫂夫人管家可真嚴呀！」

有一天，高生又去朋友家裡喝酒，喝到一半突然感到身體不太舒服，就匆匆告辭回家，走到半路，實在撐不住，突然由馬上跌了下來，一會兒工夫就嚥氣了。當時正是七月間，幸好細柳早就給他準備了壽衣和棺材，鄉親們見了，很佩服細柳有先見之明。

轉眼間，長福也已經十歲了，細柳送他去上學。可自從高生去世後，他也變得不用功了，常常逃學到野外去玩。細柳知道後，狠狠教訓了他，可他卻依然我行我素。細柳又用荊條抽他，勸他好好上進，可他仍然是頑固不化，不肯悔改。細柳無可奈何，便把他叫到面前說：「你既然不想讀書，我也不勉強你。可是貧家無閒人，你以後就和僕人一道幹活。不然的話，我就要用鞭子抽你，到時你可不要反悔。」於是命家人找出破棉襖，讓僕人教他放豬。每天回來，家裡都已經吃過了飯，他只好自己拿陶缽子和僕人一道吃。這樣過了幾天，長福受不了，就跪在庭院裡哭著對母親說要回去讀書。細柳不理他，逕自轉身走了。長福不得已，只好拿起鞭子又去放豬了。

秋盡冬來，長福身上也沒有換洗的衣服，腳上也沒有鞋穿，一下雨就冷得渾身發抖，像個乞丐一樣。街坊鄰居都很可憐長福，有娶了後妻的都教家裡人千萬別學細柳那樣，又對細柳說三道四的，細柳也聽到了一些對她的議論，卻不當回事。長福實在是受不了這份苦，丟下豬跑了。細柳知道後，也不命人去找，隨他自便。過了幾個月，長福實在是在外無法生活下去，就又跑了回來，可又不敢直接回家，就請鄰居老婆婆向母親說情。細柳說：「如果他願意挨一百板子就來見我，不然，還是趁早走遠些。」長福在外面聽到了，急忙跑進來，跪在母親面前痛哭流涕，表示情願挨打。細柳問他：「現在你知道悔改了嗎？」長福說：「孩兒決心悔改了。」細柳又說：「好，既然你已知道悔改，我也不打你了，你還是安心去放豬吧！如果再跑可就不饒恕了。」長福忙給母親叩頭，大聲哭道：「那我還是情願挨一百板子，只求您讓我回去讀書。」細柳仍是不答應，鄰居老婆婆又在旁幫他說了許多好話，細柳這才點頭，讓長福下去洗個澡，換身新衣服和弟弟長怙一同去上學。

長福自從吃過一番苦頭後，也不用母親囑咐，每日早起晚睡發憤讀書，和當年完全兩樣。不到三年就考中了秀才。楊禦史看到他寫的文章，對他十分器重，於是就每月補助一筆獎學金助他上學。

再看長怙的腦筋非常遲鈍，讀了幾年書，卻連書中古人的姓名都記不全。細柳見他不是讀書的料，就叫他去種田，可長怙平日閒散慣了，又怕吃苦，故不願去。細柳生氣地說：「每個人都應有各自的專長，你既不能讀書，又不肯種田，難道是想餓死路邊嗎？」於是命人取家法來，把他痛打了一頓。從此，每天命他領著傭人去耕田。哪一天要是起晚了，也要遭到母親的責罵。在吃穿上，母親也總是把好的留給長福。長怙雖不敢爭，心裡卻總是不服氣。

田裡的活做完後，細柳又拿出些銀兩叫他去學做生意。可長怙生性好賭，一賭就輸，輸了就說是被偷了，或是運氣不好生意賠了本。不久，細柳漸漸感覺不對，就命家人注意他。事情終於被細柳查清楚，就親自動手打他，打得他渾身是傷，長福在一旁跪著求情，請求替弟弟挨板子，她的怒氣才漸漸消了。從此，只要長怙一出門，細柳就派人暗中監視。長怙自此稍稍收斂一些，可他並不是誠心改過，只是不敢再在母親面前放肆。一天，長怙對母親說，想隨一夥商人到洛陽做生意。其實他是想藉出遠門的機會，玩個痛快。長怙心裡很不安，生怕母親不答應，不料母親聽了，馬上拿出三十兩銀子給他做本錢，又給他準備了行裝。臨走時，還給了他一個元寶，囑咐說：「這可是你祖父留下的俸銀，不到萬不得已不能動用。況且你初出家門學做生意，我也不指望你能賺多少，只要不把三十兩本錢都賠光就可以了。」臨走時又反覆叮囑他，長怙歡歡喜喜地答應了，然後洋洋得意的出了門。

到了洛陽，長怙告別了同來的客商，住到了名妓李姬的家裡。只十多天的時間，就把三十兩銀子全用光了。可他自以為口袋裡還有個大元寶，也沒把這些事放在心上。有一天要使用的時候，砸開一看才知道是假銀，當場嚇得大驚失色。妓院老闆見他的銀子都花光了，便冷言冷語地嘲諷他，長怙心裡很不是滋味，但口袋空了無處容身，本希望李姬會留他住些時日。誰知忽然有兩個衙役拿著繩子走進來，二話不說套住他的脖子，拉著就走。長怙嚇得不知如何是好，怯生生地問是什麼原因，原來是李姬偷了他的假元寶到縣衙告發了他。長怙被押到公堂，但又無法申辯，被打了個半死，關到獄中。只因無錢疏通，受盡了獄吏的折磨，只得向別的囚犯討口飯吃，勉強苟活。

在長怙去洛陽的同時，細柳對長福說：「你記著，二十天以後，我要派你去趟洛陽，如果我忘了，記得到時提醒我。」長福不知母親這番吩咐是何用意，但見母親神色黯然，也就不敢再問下去了。二十天後，長福問起母親去洛陽的事情，細柳嘆口氣說：「你弟弟今日的情形，就和你當年一樣。那時我如果不冒著虐待你的名聲，你哪能變成今天這個樣子，別人都說我心狠，但我每晚都心痛得以淚洗面，可又有誰知道呢？」說著說著就抽泣起來，長福站在一邊恭敬地聽著，也不敢細問。細柳止住淚，哽咽著說：「你弟弟一心只想玩，又不思悔改，所以這次他去洛陽時，我給了他一錠假銀子，讓他受些折磨，我估計他現在已經被關進了監獄。你去洛陽求求楊禦史，一來可以救他出來，二來也可使他產生悔改之心。」長福聽了心裡著急，立即趕往洛陽。到洛陽時，長怙已經被關了三天。長福到獄中去看他，長怙已經被折磨得不成人形，見到哥哥來看他，頓時號啕大哭，長福也心疼地流下了眼淚。

長福立刻找到縣令，遞上楊禦史的書信。縣令一看此人是高長福，而高長怙又是他的弟弟，連忙命人把長怙請了出來，並在家中設酒招待兄弟二人。

長怙回到家裡，害怕母親生氣，就跪著爬到母親面前，請求母親饒恕。細柳轉過頭說：「這下子你該滿意了吧？」長怙只是跪在那裡哭，也不敢吭聲，長福也連忙跪下替弟弟求情，母親才叫二人起來。從此長怙立誓痛改前非，對家中的大小事務，都管理得很盡心，偶爾有些疏忽，母親也不再喝斥他了。幾個月過去後，長怙想去經商但又不敢對母親說，便請哥哥婉轉地告訴了母親。母親知道了很高興，便拿了很大一筆錢交給他，也沒什麼囑咐。半年過後，長怙就把本錢賺了回來。這年哥哥長福也考上了舉人，又過了三年，考上了進士。而長怙的生意也越做越大，成了有幾萬資本的大富商。人們見早已做了太夫人的細柳仍像三十多歲的模樣，而且穿著依舊樸素，都交口稱讚，並以她為榜樣教育兒女們。

異史氏說：「有些後母為了怕人家指責她虐待前妻所生的子女，所以十分放縱他們，但後母打自己親生的兒子就沒有人會說閒話，細柳甘願冒著被指責為惡後母的可能，管教前妻子女十分嚴格，最後讓她的兩個兒子都大富大貴，實在是和男子一樣優秀啊！」

八十、夢狼

河北省有個姓白的老漢，他有兩個兒子。大兒子白甲在南方一個縣府當縣官，由於通信不方便，白老漢也不知兒子在南方的情況。有一天，有個姓丁的親戚來看望他。白老漢曾聽其他親友說這個姓丁的親戚能藉由假死，使靈魂出竅去陰間當差，於是就問起陰間的事，丁先生聽了，只勸他喝酒，並不回答。

過了幾天，白老漢睡覺時夢見丁先生來邀他一起出去走走，白老漢也沒拒絕。走著走著，兩人進了一座城門，丁先生領著他來到一戶人家門前，指著大門說：「這兒就是你外甥家。」

白老漢看了看丁先生，不解地問：「你是不是搞錯了，我外甥在山西做縣令，怎麼會住在這兒呢？」丁先生說：「信不信由你，進去看看就知道了。」老漢見門開著，就走了進去，果然看見他外甥頭戴官帽、身穿官服，坐在大堂上，堂下站著兩列衛士。白老漢剛想開口喊外甥，丁先生卻從後面抓住他的手，把他拉了出來。又對他說：「你家公子的衙門離這兒也不遠，不想去看看嗎？」白老漢感到很驚奇，立刻就同意了。

不一會兒，兩人來到一個衙門口。丁先生說：「到了，進去吧！你不是老想知道白甲的情況嗎？」說完拉著他走了進去。來到中門，只見堂上堂下，坐著的、躺著的都是狼，又看到兩邊台階上白骨堆積成山。看得白老漢心驚膽顫，連忙緊緊地挨到丁先生身旁。丁先生用身體擋著他走進了內門，正好白甲從屋裡出來，看見父親來了非常高興，忙把二人請到屋裡。坐了一會兒，白甲便命手下人去準備酒席。過了一會兒，只見一隻狼啣了一個死人進來。白老漢戰戰兢兢地站起來說：「你這是幹什麼？」白甲不慌不忙地說：「湊合著做幾樣菜。」白老漢連忙阻止他，心裡非常害怕，就想離開這裡。他剛往外走了幾步，就被一群狼攔住了去路。正在白老漢進退兩難時，忽然群狼一哄而散，四下逃竄，有的躲到了床下，有的鑽進了桌子底下。白老漢怔怔地不知發生了什麼事情。

就在這時，有個身披金甲的猛士瞪著大眼衝了進來，手裡拿著一條烏黑發亮的鐵索衝著白甲走過去，用鐵索把白甲綁了起來。白甲倒地變成了一隻老虎，齜著牙，牙齒又尖又長。這時又進來一個金甲武士，手提一把寶劍，走過來舉起劍就朝虎頭砍去。另一個一轉身抓住他的手腕說：「且慢！殺這畜生的頭應該是明年四月的事，我們不如先敲掉牠的虎牙。」說完取出一支大錘，猛敲虎牙。虎牙被敲得東一顆西一顆的。老虎疼得大叫，聲音震得牆都有些顫動，白老漢嚇得魂飛魄散，突然醒了，才知是做了一場惡夢。

白老漢心裡覺得很奇怪，就叫二兒子去請丁先生來家裡一趟。兒子回來說丁先生出去雲遊了。白老漢心裡放心不下，又派二兒子帶了信去南方看白甲。在信裡，白老漢詳細地寫了惡夢的經過，勸白甲為官要清廉。老二到了哥哥那裡，遞上父親的書信，又見哥哥的門牙都掉光了，就問他是怎麼回事，老大就說了事情的原委：原來有一天他喝完酒打算回府，卻不慎從馬上掉了下來，把門牙撞掉了。老二聽了很驚訝，原來哥哥摔傷的時間正好是白老漢做夢的那天晚上。老二把父親做的夢告訴了他，並讓他看看父親的信，白甲讀完後，神色大變，想了片刻說：「沒什麼奇怪的，不過是巧合罷了，何必擔心呢！」原來當時白甲因向當權者行了重賄，被保舉重用，所以也沒把父親說的話放在心上。

老二在白甲那裡住了幾天，看見白甲的部下都是些貪贓枉法之徒，就勸哥哥別忘了父親的話。白甲聽了卻說：「你整天住在鄉下，怎麼會知道升官的訣竅呢？這決定權在上司身上而不是老百姓，上司說你是好官你就是好官，不給上頭一些好處，怎能討得上司的歡喜呢？」老二知道再說也沒用，只好回來了。白老漢聽了二兒子敘說的情形，大哭了一場，只好破財消災，用家財救濟附近貧民，又天天向神靈祈禱，乞求老天不要因為白甲而使全家受到牽連。

第二年，有人來給白老漢報喜，說白甲被舉薦為吏部主事。親戚朋友們聽說後，紛紛上門祝賀，可是白老漢卻躲在屋中暗暗啜泣，二兒子只好推說父親有病，自己替父親招待親友。不久，又聽人說白甲在進京途中碰到了強盜，主僕一行都被殺害了。白老漢聽說後才下床，對來弔喪的客人說：「鬼神的怨怒，只報應了這孽子。唉！老天對我們全家的恩德實在太重了。」於是趕緊焚香拜謝上天。來弔喪的人聽了白老漢的話，又都說這消息只是道聽塗說的，不一定準確。只有白老漢對此深信不疑，並定了一個日子為白甲辦喪事。

其實白甲並沒有死，他四月離任趕往京城，才走出縣境就遇到了強盜。白甲苦苦哀求強盜饒了他的性命，並許諾給他們許多金銀。強盜們說：「你的錢不都是榨取我們血汗而得來的嗎？我們此來便是要為全縣百姓報仇的。」說完一刀砍下了白甲的腦袋。強盜又問僕人：「你們當中哪個是司大成，趕緊站出來，不然的話，把你們全都殺掉。」原來這個司大成是白甲的心腹，為白甲出了許多壞主意，百姓們恨透了他。僕人聽了強盜的話，趕緊供出了司大成。強盜們把司大成也殺了，又處決了四個專門魚肉百姓的衙役，並瓜分了白甲的錢財，才揚長而去。

白甲被殺死後，靈魂並沒有散，就躲在路旁的樹後。遠遠看見有一群人向這邊走過來，走近一看，原來是一個京官。那京官看了看白甲的屍首，問開路的隨從：「這個被殺死的縣令是誰？」隨從說：「是江南的白縣令。」那京官聽了又說：「聽說此人為官不正，但也不能讓他的家人看到如此慘狀，還是替他把頭接上吧！」於是有個隨從拎起他的頭來到身旁，把腦袋接到頸上，一邊接一邊說：「像他這樣的人，還是讓他的下巴對著肩膀好些，到了陰間也好看看自己從前的所作所為。」接好腦袋後，那京官又命人去告訴他的妻子，安排好後，才命人起轎繼續趕路。

誰知腦袋接上不久，白甲又慢慢醒了過來。恰好這時他的妻子來收屍，見他還有一口氣，便把他抬到車上，慢慢地給他灌了些湯水。由於錢財被搶光了，沒有路費回家，只好寄居在旅店裡。半年後，白老漢才得到白甲的確實消息，就派二兒子把他接了回來。白甲雖僥倖沒死，但因頭接得不好，又怪又醜，再也沒人把他當人看了。而白老漢的外甥卻因為官清廉，被提升為禦史。這兩件事也都應了白老漢所作的夢。

八十一、褚生

京都有個舉人姓陳，他十六、七歲的時候，曾拜一個私塾先生為師。這個老師有許多門生，其中有個褚生，自稱是山東人，讀書很刻苦，好像從沒休息過，也沒見他回過家，總是住在寺廟裡。陳生和他的關係很好，經常問他何必如此刻苦。褚生說：「我家裡很貧困，籌措學費很不容易，所以有時替別人做點事、掙些錢，晚上再加倍看書學習，以彌補平時學習不足的時間。」陳生聽了很受感動，就要求搬過來和他一起生活、學習。褚生忙制止說：「暫時不要這樣做，我覺得我們現在的這個老師學問並不怎麼樣。聽人介紹說，阜城門有個呂先生，年紀雖然大了，卻是個理想的老師。」

又過了一個月，兩人繳清了學費，便投到了呂先生門下。呂先生是浙江一帶有名的才子，只是科場不得志，又沒有回家的路費，只好在京城教書度日。但其實他並不喜歡教書，可自從收了這兩個學生後，心情比以往愉快多了，而褚生又特別聰明，所有功課只要看一遍就能明白，呂先生對他尤其器重，把希望都寄託在他的身上，陳生和褚生的友情也一天天地加深。

到了月底，褚生忽然向呂先生請假回家去了，可是一去就是十幾天，也沒再來。陳生和呂先生都很著急，但又不知他去幹什麼了。有一天陳生去天寧寺辦點事情，卻在走廊裡碰到了褚生，他正在那裡做引火的材料。褚生也看到了他，感到很不好意思，陳生問他：「這些天你都幹什麼去了，怎麼不到學堂了呢？」褚生忙把他拉到僻靜處，滿臉愁容地說：「我沒錢繳學費，只好先做半個月工，掙些錢繳下個月的學費。」陳生原本就知道他不富裕，但沒想到竟這麼艱苦。聽了褚生的話，感慨地說：「這樣吧！你儘管讀你的書，我一定盡力幫助你。」就命隨從收拾好褚生的東西，一同回到學館。呂先生問起原因，褚生只好假託其他緣故瞞了過去。

陳生的父親是個商人，家裡很有錢。於是陳生就常從家裡偷些錢來替褚生繳學費。日子久了，父親發覺錢總是有規律地減少，便追問陳生，陳生也不隱瞞。陳父認為兒子太傻，便不讓他繼續讀了。褚生知道後覺得很慚愧，對呂先生說自己也不再讀了。呂先生追問是什麼原因，褚生知道無法再隱瞞下去，只好把實情都說了出來。呂先生聽了很受感動，責備他說：「你既然家裡貧困，為什麼不早點告訴我呢？你這孩子，唉……」於是呂先生取出自己的積蓄，替褚生還給了陳父，留下褚生繼續讀書，又讓他在家裡吃住，就像對待自己的親生兒子一樣。陳生雖然不再讀書，但卻常來學館看褚生，請他吃飯。褚生為了避嫌不肯去，但陳生堅決要請他，褚生不忍拒絕朋友的好意，有時偶爾去一次。

過了兩年，陳生的父親去世了，陳生又來到學館，要求復學，呂先生起初不肯，但最終被他的誠意所感動，還是同意了。但由於荒廢的時間長了，和褚生的差距也就更大了。

又過了半年，呂先生的長子從浙江沿途討飯到京城來找父親。學生們知道了，都忙著為老師籌集路費，只有褚生每天都是愁眉苦臉，淚眼汪汪的。呂先生臨走時，單獨叫來陳生和褚生，囑咐陳生跟著褚生好好讀書。陳生誠懇地接受了。老師走後，他就在自己家裡開了個學館，請褚生做老師收門生。

不久陳生到縣裡讀書，後來又要參加舉人考試。陳生怕在考場中不能寫出好文章，褚生知道了他的難處，就要求去替他，陳生也答應了。考期一天天臨近了，有一天，褚生領了一個人來到他家，說是他表兄叫劉天若，囑咐陳生同表兄一塊兒出去散散心。陳生也正想出外玩玩，也就同意了。兩人剛走到門口，陳生感覺後面有人拉了他一下，險些跌倒，劉天若急忙拉住他出了門。兩人到處遊玩了一下，就跟著來到劉天若的家裡休息，由於劉家沒有女眷，便讓陳生在內舍住了下來，準備過幾天回去看看考試結果。

住了幾天，便到了中秋節，劉天若又領著他到皇親花園去玩，並說散完步後，順便送他回家。到了花園，那裡遊玩的人很多，根本進不去。他們走過水關，只見一棵柳樹下停著一艘畫船，兩人便上了船，又要了些酒，邊喝邊聊天，可總是感到有些冷清，劉天若對書僮說：「梅花館新近來了個美人，不知在不在家？」書僮去了一會兒，就領來一名女子，一看原來是京都名妓李遏雲，陳生曾和朋友到她家玩過，有過一面之緣。幾人相互寒暄一番，可是李遏雲卻總是愁眉苦臉的，劉天若請她唱歌，她唱了一支〈蒿裡〉。陳生有些不高興地說：「也許我們使妳感到厭煩，但也不該對著活人唱送葬的歌吧？」李遏雲連忙起身道歉，強作歡顏，唱了一首〈浣溪紗〉。陳生很高興，忘情地拉著她的手說：「這首歌是我最喜歡的，今天聽妳一唱，更加優美動聽，請妳再唱一遍好嗎？」於是李遏雲又唱了一遍。過不多久，船靠岸了。走過長廊時，陳生見牆上題詩很多，就拿起筆來將李遏雲吟的〈浣溪紗〉寫在牆上。這時太陽也快下山了，劉天若說：「參加考試的人也該出場了。」便送陳生回了家。陳生進門之後，劉天若就告辭了。

陳生見室內昏暗無人，正猶豫間，卻見褚生走了進來，但仔細一看那人卻不是褚生，好像是自己，正在糊塗時，那人突然向他身上撲過來，他躲閃不及，跌倒在地，家人忙扶起說：「公子疲憊了。」就把他抬到床上，讓他休息。陳生忽然又看見褚生就在身旁，他一下子感到十分迷糊，恍恍惚惚的好像是在夢中一樣。於是便把家人支開，問褚生是怎麼回事。褚生說：「我告訴你，你可要有些心理準備。我本是個鬼魂，早該投生了。之所以遲遲沒有離開，是因為忘不了你我的友情。我把魂附在你的身上，代替你去考了試。現在三場都考完了，我的心願也就了結了。」陳生聽了又想請他替自己參加進士的考試。褚生說：「你祖上福薄，你最多也只能是個舉人。」陳生又問他將投生到哪裡去。褚生說：「呂先生和我有父子的情分，我常常掛念著他。我表兄在陰司裡掌管公文，我求他向地府中主持生死的官吏說過，也許快有消息了。」說完就不見了。

陳生覺得很奇怪，天亮後就去拜訪李遏雲，準備問她中秋節那天的事情。到那裡才知道，她已經去世好些天了。又趕到皇親花園去看，只見所題詩句還在，但墨痕暗淡，字跡模糊。這才明白題字的是自己的靈魂，考試的是自己的軀體，而這個李遏雲是個鬼。

到了晚上，褚生歡歡喜喜地來了，他說：「我的事辦成了，今晚特來和你告別。」說完伸出雙手，叫陳生在上面寫個褚字作記號。陳生要為他設宴餞行，褚生搖頭說：「時間來不及了。如果你還記得我，等你放榜以後，一定要去浙江看我。」說完就向他辭別。陳生流著眼淚把他送出了門，看到有個人在門外等著，褚生也淚眼汪汪的依依不捨，那人隨手抓住他的頸項，兩手一合把他壓扁，塞進口袋，轉身走了。

過了幾天，朝廷放出榜來，陳生一看，自己果然中了舉人，於是立即整理行裝去浙江看望呂先生和褚生。呂先生的妻子已經五十多歲，新近又得一子，全家都非常高興。可那孩子生下來，兩拳就握得緊緊的，怎麼也打不開，全家人為此都十分憂愁。忽然有一天，陳生來了，呂先生聽說他考中舉人，也很高興。陳生聽說師母生了小孩，就要求老師領他去看看，並對老師說孩子掌心肯定有個「褚」字。呂先生聽了並不相信。誰知那孩子看到陳生，拳頭便自動打開了，掌心果然有個「褚」字。呂先生吃驚地問他事情的緣由，陳生便把他和褚生的約定說了一遍，家人聽了又是高興又是吃驚，陳生又給老師和褚生買了許多禮物，這才告辭回去。

後來，呂先生以貢生的身分到京師參加廷試，就住在陳生家裡，並告訴他，小兒子已經考取了秀才，考取的那一年才十三歲。

異史氏說：「呂先生教門人而不知道要教好自己的兒子，但他對別人施與恩惠所以有好的福報，而褚生未能報答師恩反而以自己的靈魂回報舊友，真是有道德的鬼。」

八十二、錢卜巫

有個河間人夏商，他的父親夏東陵非常富有，平日奢侈浪費慣了，對糧食一點也不愛惜。每次吃包子時只把裡面的餡吃完了就丟掉，弄得滿地狼藉。因為他長得又肥又壯，人們也不稱呼他的名字，都叫他「丟角太尉」。可是到了晚年家道中落，一日三餐經常沒有保障，兩條手臂瘦得連皮都垂了下來，像掛著個小口袋似的。人們都說他這是報應，因此又稱他「寡莊僧」。他臨終時對夏商說：「我平生糟蹋天物，得罪了老天，落到如今的下場。你可不要像我一樣，要愛惜東西，努力行善，替我贖罪啊！」

夏東陵死後，夏商遵照父親的遺命，對人誠懇質樸，全靠種田過日子。鄉裡的人都很喜歡他、尊敬他。鄉裡有個富翁很同情他的處境，就借給他一些錢，讓他學做一些小生意，可惜生意沒做好，把本錢也賠了進去。夏商沒錢還，就與富翁商量為他做工抵債，但富翁就是不答應。夏商心裡很不安，就把家產和田產都變賣了，到富翁家還債。富翁見他一下子湊了這麼多錢，就問起錢的來歷，夏商不肯說，富翁就命人去查問。家人回來後把情況告訴了富翁，富翁聽了很受感動，更覺得他正直可靠，硬是為他贖回了產業，又借給他一大筆錢，讓他開店做買賣，夏商忙推辭說：「您對我的恩情我心領了，但這些錢我萬萬不能再用。」

富翁又透過各種辦法終於勸服他去做生意，並且請了幾個商人和他一同去，並囑咐他們照顧夏商。幾個月後回來一結帳，剛好把本錢賺回來。那富翁叫他再拿這些錢去好好做生意，也不收他的利息。過了一年多，夏商賺了一大筆錢，就高高興興地返家。誰知船在江中碰到暴風，差點翻船，貨物損失了一大半。回來後一計算，只夠還富翁的本息。夏商覺得過意不去，便把清查好的帳目交給合夥的商人，自己抽身退出，並對商人道歉說：「一個人要走霉運，誰也救不了他，多謝各位對我的幫助。同時也要請各位原諒，是我拖累了大家。」富翁知道後又勸他再去試試，他這次卻是下定決心不去經商，仍舊老老實實地在家種田。

有一天，鄉裡來了個女巫，說是能以數錢的方式占卜，又能預測人的運氣。夏商聽了決定去卜一卦。他來到那女巫住的地方，見屋裡整潔雅致，中間擺著一個神座，整天插滿了香火。夏商進去朝拜過後，女巫便讓他拿出銅錢來。夏商遞上一百個銅錢，女巫都丟進木筒裡，她又拿起木筒跪在神座下麵，搖著木筒，嘴裡唸唸有詞，過了一會兒站起身來，把錢倒在手裡，然後在案上依次擺好說：「如果有字的這面朝上的話表示不走運。」擺完後一看，前五十八個銅錢字都朝上，後面四十二個銅錢都是面朝上。

那女巫問他：「你今年多大歲數了？」夏商說：「二十八歲了。」女巫說：「還早得很呢！你現在走的是先人運，不是自身的運氣，要等到五十八歲以後才能走本人的運氣，到那時就沒有錯綜複雜的事故了。」夏商又問：「什麼是先人運呢？」女巫說：「所謂先人運，就是說你的祖上有善行，他的福沒享盡，後人可以繼續享先人的福；如果你祖上有不善的行為，他受的禍還沒受夠的話，就留給了後人。」夏商聽了說：「五十八歲啊！還要再過三十年才能行自己的運，到時人都老了，只怕也該進棺材了。」女巫說：「因你的為人不錯，五十八歲以前生活會好一些，但也僅僅是不受饑寒。五十八歲那年，會有筆大財自然而來，用不著費力去謀求。你這一生沒什麼過失，且人品也不錯，你的子孫會有享不盡的福分。」夏商聽了只是半信半疑，回家後還是老老實實地種田，不敢隨意去找發財的門路。

時間一年年過去，到了五十三歲那年，他就開始留心女巫的話是否靈驗。那年春耕時，他正患疾不能耕田。等到病好後，又逢天大旱，早春作物都乾枯死了。快到秋天才下雨，他一看家裡只有粟米可種，於是把幾畝田都種上了粟米。後來天又乾旱，蕎麥、豆類都半死不活的，只有粟米安然無恙。誰知不久，天又下起雨來，別的作物一乾一澇減產不少，只有他種的粟米大豐收。第二年春天，發生大饑荒，因為粟米豐收，全家居然沒有挨餓。夏商見果然應了女巫的話，從此開始相信女巫的預言，就從富翁那裡借來一些錢，做起小本生意，果真賺了一些錢。於是有人勸他去做大生意，夏商記著女巫的話，於是不肯。五十七歲那年，他見自家圍牆太破舊了，就動手修補，挖地時挖出一隻鐵鍋，移開一看，忽然有一團白氣像棉絮一樣，慢慢升起，漸漸散去。白氣消了，卻看見一罈白銀。夫妻二人見了又驚又喜，忙取出抬到屋裡，秤了一下，共有一千三百二十五兩。夫妻二人正在屋中商議的時候，鄰居的妻子來借東西，恰好看到兩人在秤銀子，趕緊跑去告訴丈夫，她丈夫很嫉妒，便暗地裡告到官府，逼他交出銀子。夏商的妻子想偷偷地藏起一半。夏商卻說：「不是咱們該得的東西，留下也會給我們招來禍害。」於是把銀子全都交給了那貪官。可是那貪官得了銀子，又疑心夏商偷藏了一些，於是向他要來裝銀子的錢罐，銀子正好把罐裝滿，這才相信夏商沒有隱瞞，就放了他。

過了不久，那貪官被升為南昌知府。第二年，夏商去南昌進貨，聽人講那知府死了，他老婆急著回老家，正在拍賣一些不值錢的東西。於是夏商就趕去看看有什麼可以買的。到那兒一看，只有一些桐油，要價不高，就全部買下運了回去。到家以後，他發現有一罈桐油有些滲漏，便將桐油倒進另一個罈子。倒完了桐油仍覺得罈子很沈，仔細一看原來罈底有幾錠大元寶，於是把所有的罈子都打開一看，果然，每一罈都是這樣，便都撈了出來，一秤恰好是那貪官奪去的數目，夫妻二人見失物復得，真是喜出望外。

從此，夏商家開始暴富起來，但他並沒有忘記女巫說過的話，便經常周濟附近的窮人，不論誰有個小難小災的，他都鼎力相助，因此深得鄉裡人的好評。妻子勸他多積些錢財留給子孫，夏商卻說：「我這樣做正是為子孫著想，為他們多積點陰德，讓他們以後有好日子過，不要像我這輩子吃苦！」妻子聽後也不再勸他了。而那個向貪官告密的鄰居卻越過越窮，想請夏商救濟些，但又覺得實在沒臉開口。夏商知道了，就拿了些米和錢來到鄰居家說：「那時的事，也不能怪你，只是因為我的罪還沒能受夠，所以上天才透過你使我不能發財。都是老鄰居了，沒什麼不好意思的，這點米和錢先拿去用，不夠的話儘管開口。」那鄰居感動得哭了起來，夏商又安慰了一番，才告辭回去。後來夏商活到八十歲才無疾而終，子孫們繼承了他的產業和家風，一連幾代人都很興旺。

異史氏說：「王侯都不免過於浪費，何況是庶人。生前暴殄天物，死後一口飯也沒得吃不是很悲哀嗎？還好夏商自己爭氣，可以中興家業，要不然子子孫孫都只能當乞丐了，那女巫竟然能看透人之命運，真是十分神奇。」

八十三、崔猛

崔猛，字勿猛，是江西奉新縣的一個官家子弟，生性暴躁，但為人卻很正直。崔猛小時候在學館裡讀書，同學們只要稍微觸碰了他，就和別人動手打架，老師多次懲罰警告他，也不見他有悔改的樣子，所以老師就把他的名字改成崔猛，字勿猛。到了十六、七歲的時候，他的力氣和武藝開始出類拔萃，但他卻從不倚仗力氣和武藝欺負別人，鄉裡人都很喜歡他。因為他平日最愛打抱不平、鋤強扶弱，所以鄉里間誰要是受了欺負或被人冤枉了，都會主動告訴他，請他幫忙。他也不怕得罪誰，只要誰敢頂撞他，就和別人動武。只要他一生起氣，誰也不敢勸阻他，但他對母親非常孝順，無論有多大脾氣，只要母親一來，怒氣就全消了。母親總是反反覆覆地勸導他，他也知道自己的毛病非改不行，可是一出門就忘記了。

鄰居有個惡婆娘，經常虐待婆婆、不讓婆婆吃飯，卻又總是指使婆婆做這做那，而她自己卻每天吃得飽飽的監視婆婆幹活。這些事早在鄉裡間傳遍了，崔猛早想教訓教訓她，可是母親怕他再傷人，不讓他過去。有一天，老婆婆的兒子偷偷拿了些吃的給母親送去，卻被他老婆看見了，她立即上前將食物奪過來，扔到地上，並指著丈夫和婆婆破口大罵。鄰居們都趕緊過來勸，可那惡婆娘見有人來，罵得更厲害了。崔猛在隔壁早就忍耐不住，又聽她罵人的聲音更大，氣得掙開家人的手臂順手抓起一把刀，跳過牆去，衝進人群中把那惡婆娘的唇舌耳鼻都割了下來，那惡婆娘還沒反應過來就被送上了西天。

家人趕緊把此事告訴了崔老夫人，崔老夫人嚇壞了，立刻命人去把鄰居的兒子叫來，請他不要告訴官府，並答應把一個小丫鬟許配給他，才算把這件事平息下來。送走了鄰居，崔母氣得痛哭，崔猛害怕母親氣壞身子，就跪在母親面前，雙手舉起板子請母親懲罰，可是母親只是痛哭，並不理他。崔猛的妻子也趕緊跪在地上，替崔猛求情，崔母才抓起板子把兒子打了一頓，並叫家人取來針和顏料，用針在他的手臂上刺了個十字花紋，又染上顏料，以此來告誡他。

崔母為人很善良，也常常救濟一些貧困的人。由於崔母篤信佛教，所以對那些出外化緣的道士、和尚都很尊敬。有一次，一個道士化緣來到他家門口，恰好崔猛外出回來，從他身邊走過。道士盯著崔猛說：「可惜呀！可惜！」崔猛一聽轉過身來問：「可惜什麼？」道士說：「公子身上有一股兇猛強悍之氣，恐怕會給你帶來不幸。唉！你們積善人家，怎麼會有這種事呢？」崔猛剛受過母親的懲戒，聽了這話，便很恭敬地說：「我也知道自己脾氣不好，但一看見不平之事，就不能約束自己，不知您是否可以告訴我一個免禍的方法呢？」道士笑著說：「先不要問是否可以免禍，你應該先問問自己能不能改掉這脾氣。你應該下決心改改自己的脾氣，如果萬一發生了不可避免的事情，我倒可以告訴你一個免死的方法。」

崔猛平生就不相信詛咒或祈禱的法術，所以聽了道士的話也不說話，只是笑了笑。道士見了又說：「我知道你不相信這些，但我說的和巫婆們唸咒祈禱不同，我是叫你去做一件積德的事情，即使沒有效果也不會對你有什麼傷害。」崔猛就向他請教免死的法術。道士說：「剛才過去的那個後生，你該設法與他結交，你將來如果有什麼大災難，他也許能幫你化解。」說完指著剛才走過去的一個少年，崔猛一看，原來是鄉人老趙的小孩，名叫僧哥。這個老趙是南昌人，因為家鄉鬧饑荒，只好寄居在奉新，崔猛沒有因為他是外鄉人而看不起他，反而與趙家結為深交，又請老趙在家裡開了學館收門生教書。僧哥那時才十二歲，拜見了崔母，崔母見他十分討喜，就收他做了義子，和崔猛結拜成異姓兄弟。第二年春耕開始時，老趙帶著家眷回了老家，兩家也從此斷了音訊。

自從崔猛殺了鄰居的刁婦以後，崔母對兒子管得更緊了，鄉裡人也知道崔猛的情況，一般的小事也就不來麻煩他。有一天，崔猛的舅舅去世了。崔猛跟著母親去舅舅家弔喪，在路上看見幾個人捆著一個男子，對他又罵又打，催他快點走。圍觀的人很多，把路都堵住了，車子無法前進。崔猛向母親請示，說要去看看是怎麼回事。崔母想了想也就同意了，又囑咐他千萬不要鬧事。崔猛來到人群裡詢問事由，有認識他的人都爭著向他訴說。崔猛聽了半天才明白，原來有個大鄉紳的兒子在鄉裡稱王稱霸，他看到鄉裡李申的妻子長得有幾分姿色，就想占為己有，可又找不到藉口。他的朋友替他出了一個主意，設法引誘李申賭錢，用高利貸的方式借給他賭本，然後再拐他在借條上寫明以老婆作抵押。鄉紳的兒子依計而行，使得李申欠了他幾千文錢的賭債。

過了半年，李申的欠款已達三萬多文。李申沒錢還債，鄉紳的兒子便派了許多家丁到李申家把他的老婆搶了過來，李申沒有辦法，只好跪在鄉紳家門口哭著求情。鄉紳的兒子知道後大怒，就命人把他綁在大樹上，又打又罵，逼著李申寫了「無悔狀」。崔猛聽了，不禁怒氣沖天，打馬就要往前衝。崔母掀開車簾喊道：「猛兒，你又想幹什麼？」崔猛只得停下來，隨同母親去弔喪，弔喪回到家後，氣得說不出話來，飯也不吃，坐在那裡雙眼發直，一個人生著悶氣，妻子問他有什麼心事，他也不吭聲。到了夜晚，他和衣躺在床上，翻來覆去地折騰了一夜。妻子怕惹他生氣，也不敢問。第二天夜裡還是一樣，崔猛有時突然開門出去，一會兒又回來躺下，這樣鬧了幾次，妻子見他心情極為惡劣，只得在那靜靜躺著聽他動靜。後來有一次他出去了很長時間才回來，關上門後就倒在床上呼呼大睡。

第二天一早就聽人說鄉紳的兒子和李申的妻子都被殺死在床上。官府懷疑兇手是李申，就把李申抓到大堂，嚴刑拷打逼迫他招供。可李申始終不承認自己是殺人兇手。官府沒辦法，只好暫且把他關進牢房，繼續折磨他。就這樣過了一年多，李申實在是堅持不下去，被迫屈服了。官府判處李申死刑，秋後處決。這時崔猛的母親也去世了，等母親出殯以後，崔猛對妻子說：「那鄉紳的兒子其實是我殺的，只是不願連累母親才沒有說。現在母親已經去世，我也沒太多的牽掛，只有妳使我放心不下，我去後妳一定要好好保重身體，不要過分傷心。」妻子聽了知道他要去自首，放聲痛哭，抓住他的衣服不放。崔猛看了看妻子，嘆了口氣，一狠心割斷衣服衝出門外，到公堂上自首。縣令一看自首的人是崔猛，非常奇怪，就命人上了鎖銬押進監獄，又命獄卒釋放了李申，可是李申卻一口咬定人是自己殺的。縣令更加糊塗，無法判定到底誰是兇手，只好把兩人都關進了監獄。李申的親戚朋友知道後，都責備李申充什麼好漢。李申說：「崔公子殺人是因我而起，我自己沒膽量做，可他卻代我做了，我感激他還來不及呢，又怎能坐視他死而不管呢？」於是仍不改口，照舊和崔猛爭著承認自己是兇手，過了很久，官府經過仔細地調查，終於瞭解了事情真相，就強行把李申推出了監獄，判處崔猛死刑，仍等秋後處決。恰好這時刑事審查趙部郎出巡來到奉新，在審閱案件時看到崔猛的名子，心裡一驚，馬上摒退左右，把崔猛請到後堂。崔猛到後堂一看，原來這個趙部郎就是自己的異姓兄弟趙僧哥。僧哥問起事情的原委，崔猛就把犯案的詳情如實告訴了僧哥，趙部郎猶豫了許久，依舊命人把崔猛押回監獄，又命獄卒好好照顧他。不久，官府就以自首為由免除了他的死罪，充軍發配到了雲南。李申感激崔猛的恩情，也跟著崔猛到了雲南，照顧他的生活。不到一年，又有官令來，赦免崔猛返回老家。崔猛知道這都是僧哥私下裡出力幫忙的結果，同時也對那道士非常感激。

回鄉以後，李申始終跟著崔猛，幫他料理生意和家業，崔猛覺得過意不去，要給他報酬，可李申堅持不肯接受，卻要求學習崔猛的武藝。崔猛傾囊相授，李申學得十分用心，久而久之，武藝也很出色。崔猛和李申的關係越來越好，就像是親兄弟一樣。崔猛又幫他買些田產，還幫他娶了妻子。李申也常常提醒崔猛注意自己的行為。崔猛從此決心痛改以前的莽撞行為。每當摸到臂上母親刺的十字，就眼淚汪汪。因此，鄉鄰有了什麼事情，李申都主動關切並以崔猛的名義去勸解。

當地有個王監生，家中十分富有，附近的流氓無賴都投在他的門下，做他的打手，到處為非作歹，縣裡許多有錢人家都曾遭到過他的劫掠，如果有人得罪了他，往往會被他暗算，在半路上殺掉，他的兒子也很殘暴。但是王監生的妻子卻是個善良的人，她經常勸阻王監生父子，王監生很不耐煩，就把她勒死了。王監生的兩個內弟見姊姊慘死，就告到了官府，可王監生卻買通了官府，反而給他內弟判了罪，罰了他們許多銀兩，才算了事。兄弟二人無處申雪，就找到了崔猛處訴冤，李申拒絕了兄弟兩人的要求並把他們打發走了，也沒有把此事告訴崔猛。

過了幾天，家裡來了客人，恰好僕人不在旁邊，崔猛便叫李申為客人泡茶。李申也不吭聲，走到堂外對別人說：「我和崔猛是好朋友，我陪他萬里充軍，又為他管理家業，但他卻不給我工錢，反而把我當成僕人使喚。」說完就離開了崔猛家。有人把李申的話告訴了崔猛，崔猛感到很奇怪，不明白他為什麼突然離開，但也沒有把這當成一回事。不久，李申忽然告到官府，說崔猛三年不付給他工錢。崔猛非常吃驚，親自到公堂上與他對質。李申憤怒地和他爭吵，官府聽了判定李申是胡搞蠻纏，斥責了他一番，趕出了公堂。過了幾天，崔猛聽說李申殺了王監生全家，於是更加吃驚，四處打聽原委，才知道王監生妻子的兄弟來申冤的事情，也明白了李申不辭而別，和與他打官司的原因。原來李申不願讓崔猛為難，又怕官府懷疑到崔猛身上，便於殺人後在牆上留下自己的名字，又把王監生父子的劣行和自己除害的決心都一併寫到了牆上。官府派人前去追捕，可李申早已逃得無影無蹤了。官府又通緝捉拿他，恰好碰上闖王起義，很快也就沒人再過問這件事了。明朝滅亡之後，李申才帶著家眷回鄉。崔猛聽說他回來了，又設宴招待他，為他洗塵，兩人一見如故，仍和以前一樣親如兄弟。

當時，到處都有強盜出沒，王監生姪兒王得仁又把他叔父門下的那些無賴們集結在一起占了個山頭，做起了強盜，經常到附近村莊搶劫。一天晚上，他們以報仇為名傾巢出動，包圍了崔、李兩家，崔猛恰好有事外出，而李申卻直到強盜破門而入時才驚醒，便翻牆而出，藏在暗處。強盜們沒抓到崔猛和李申，就抓走了崔猛的妻子，搶走了屋裡值錢的東西。強盜們走後，李申回家一看，家中只剩下一個男僕。李申覺得無臉再見崔猛，於是決定獨闖賊穴。他想了想，找來一根粗繩弄成幾十段，全都浸上桐油，把短的交給僕人，長的自己拿著，囑咐僕人趁夜色在賊窩後面的半山腰外把繩子點著掛在荊棘上，掛完就回來。

僕人答應著走了，李申又趕緊照剛才強盜的裝束化了妝，當時家裡只剩下一匹剛產了小駒的母馬，李申把小駒拴在樹上，騎上母馬朝強盜追去。到了賊窩附近，李申把馬拴好，自己跳過寨牆進了賊窩。賊徒們也是剛剛回來，紛紛亂亂的還沒來得及休息，於是他趁亂偷偷地混到賊窩裡，向他們打聽崔妻的下落，強盜告訴他王得仁正在審問。過了一會兒匪首傳令休息，匪徒們一哄而散。忽然又有人喊東山有火花，匪徒們一驚忙向東山望去，開始只有一、兩點，不一會兒到處都是一閃一閃的火光，就像天上的星星一樣。李申大喊東山有敵人的蹤跡。王得仁聽到後大吃一驚，以為是崔猛、李申率眾前來攻打，趕緊整隊而出，李申趁機從王得仁身旁溜過去，跑進房裡，看見有兩個匪徒守著床帳，知道崔妻就被困在裡邊，走過去對兩匪徒說：「將軍的佩刀在哪裡？快點！」兩匪徒趕緊去找，李申抽出刀，從背後一刀一個，殺掉了匪徒。李申馬上背起崔妻翻牆而出，他把韁繩交給她說：「嫂子放心，老馬識途，妳只要放開韁繩讓牠跑就可以了。」說完請嫂子上馬，在馬屁股上猛拍一掌，那母馬立即縱蹄狂奔，李申跟在後面，出了一個山口，把自己的繩段點燃，到處掛起來，掛完就趕緊跑回了家。

第二天崔猛從外地回來，聽說了這件事，認為受了奇恥大辱，非常生氣，提起兵器就要去賊窩拼命。李申趕緊勸住他，又召來村人共同商議對策。眾人害怕打不過強盜，一時竟沒人敢回應。李申再三地陳說利害，才動員二十多個青年願意同去，可又苦於沒有足夠的武器。這時有個村民從王得仁親戚家抓住了兩名奸細，崔猛盛怒之下要殺了他們，李申又阻止說留著有用，於是就命令那二十幾個小夥子拿著白木杆列隊站好，當眾割下兩奸細的耳朵，把他們放了。眾人見李申放了奸細，不解其意，紛紛埋怨說：「我們只有這麼幾個人，本來就怕強盜知道底細，你反而放走奸細，亮出實情，如果匪徒們傾巢而出，只怕全村都保不住了！」李申笑了笑說：「我正希望他們來呢！」他一方面命人把暗藏奸細的人殺了，另一方面又派人到處收集火弓箭，自己又到縣城借來兩門大砲。

到了黃昏，待一切都準備好了之後，就率領二十多人到山口，對著大道架上了砲，又叫兩人帶上火種埋伏在暗處，囑咐他們一定要等敵人走近再開砲；接著又領人到東邊山口砍了許多大樹放在山崖上，最後和崔猛各帶十幾個人埋伏在山谷兩旁。一更剛過，遠處就聽到了馬嘶聲，強盜果然出動了大隊人馬，朝此處飛奔而來。等他們都進了山谷，眾人已經準備就緒，只聽一聲砲響，眾人立即推下砍斷的大樹，擋住了敵人的退路，山谷裡喊殺聲和號叫聲響成一片。強盜們一驚馬上亂了陣腳，開始自相踐踏。等他們退到東山口，全都擠成了一團。就在這時，山上的火、弓箭、大石頭如急雨般地射向強盜們，片刻只剩下二十多個強盜跪在地上求饒。李申下令停止放箭，領人衝下山把剩下的強盜捆綁好，命幾個人押送回村。自己則率領眾人乘勝直搗賊窩，守寨的匪徒聞風而逃，他們便把匪徒的全部東西運回村子。

崔猛很高興，在慶功宴上問起他和僕人那一次是如何燃火繩故佈疑陣呢？李申說：「我在東山點火是防止他們向西追；用短繩，是為了快點燒完，怕強盜發現是空城計。後來又在山口點長繩，是因為山口很窄，一個人擋住就很難過來，即便他們追來，一定以為這兒有許多人守著，就不敢追過來，其實這都是極冒險的下下之策。」崔猛命人把抓住的匪徒提上來，經過審問，才知那晚他們追到山谷口處，見到火光以為有人把守，就又回來了。崔猛聽了哈哈大笑，直誇李申高明，又命人割下被抓土匪的耳朵和鼻子，然後把他們放了。從此，二人聲威大振，各地方來這個村子避亂的人非常多。他們為了保衛家園，自發組成了一個三百多人的團體。各處的土匪都不敢來侵犯，附近地方也因此得到了安寧。

八十四、陳錫九

陳錫九是江蘇邳縣人，他的父親陳子言在縣裡很有名。縣裡有個姓周的富翁因仰慕陳子言的名氣就把自己的大女兒許配給陳錫九為妻，兩家結成了親家。由於陳子言多次參加科舉都沒有考上，花掉了許多錢，家境日趨蕭條。但陳子言仍不灰心，又攢了些錢到陝西去求學，誰知一去就是好些年，音訊全無。這時兩家的孩子也都漸漸長大了，周家見陳子言好些年沒有回來，他家也日趨貧困，就產生了悔婚的念頭，便去和女兒商量，可女兒春燕卻寧死也不肯悔婚。周家沒辦法，只好再去和陳家商量早日成婚，陳家對陳子言也不抱什麼希望了，便商量了一個吉日，成婚那天周家只送來一些大小姐平日在家使用的東西作為嫁妝。陳家時常窮得三餐不繼，周家卻不聞不問，一點接濟都沒有。

有一天，周家叫一個女僕為女兒送去一籃食物。那女僕一進門就對陳母說：「我家主人叫我來看看小姐是不是餓死了。」春燕怕婆婆難為情，趕緊強笑著打斷那女僕的話，又從籃子裡取出食物擺在婆婆面前，女僕擋住說：「主人說這些是給小姐吃的。自從小姐嫁到他家，我們連他家一杯熱水都沒喝過。我們家的東西，料想妳婆婆也吃不下去。」陳母大怒，聲色俱變。女僕不服氣，便對陳母惡語相向。正鬧得不可開交時，陳錫九從外面回來，看見周家女僕仗勢欺侮母親，知道是她家主人指使的，頓時氣不過，上前一把抓住女僕的頭髮，一抬手就是幾個耳光，打完後又把她踢出門去。陳母告誡兒子多注意些，擔心周家再來找事。果然第二天周家便帶人來接春燕回去，春燕苦苦相勸總算是勸走了父親。誰知第三天一大早，周家又來了一大批人，大吵大鬧，非要接小姐回去，春燕聽從了婆婆的話，淚眼汪汪地上了車，跟著家人回去了。過了幾天，周家又派人來逼迫陳錫九寫休書，陳母也勸兒子先寫一封給他們，一心想著等陳子言回來後再另做打算。

一天，周家有人從西安回來，告訴主人說陳子言已經死在西安。周富翁一聽很高興，立刻派人到陳家報喪。陳母聽了這個消息，又傷心又氣憤，隨即得了一場大病，不久就去世了，只剩下陳錫九一個人孤伶伶的。他很希望春燕能回來，但過了很長一段時間也沒有消息，他徹底絕望了，心裡更加難過。埋葬了母親之後，就決定去西安找回父親的屍骨。由於安葬母親，家裡已窮得一無所有，陳錫九便沿途討飯來到了西安，他到處打聽父親生前的情況，有人告訴他，幾年前有個書生死在客店裡，被店家埋在城東郊，現在恐怕連墳都找不到了。陳錫九只好白天上街乞討，晚上找個破廟安身，邊乞討邊查找父親屍骨的下落。

有天晚上，陳錫九走過一片孤墳地，忽然有幾個人從墳堆後跳出來擋住他的去路，向他索要錢財。陳錫九聽了苦笑著說：「我是個外鄉人，每天在城裡靠討飯過活，怎麼會有錢給你們呢？」那幾人大怒，上來把他打倒在地，又用一塊破棉絮緊緊塞住他的嘴巴，陳錫九拼死掙扎，但漸感筋疲力盡，眼看著就要死於那幾人之手，忽然有人說：「不好，好像有大隊人馬過來，快走！」幾人趕緊幫陳錫九鬆綁，悄悄躲了起來。果然不久後有一群車馬衝了過來，在陳錫九身旁停住，一人問道：「躺在地上的是何人？」幾個隨從立刻把陳錫九架到車旁。車上人一看，激動地說：「啊！是九兒！這些強盜的膽子也太大了。把他們都給我捆起來，一個都不准跑。」說完忙將陳錫九嘴裡的破棉絮掏出來。

陳錫九在昏迷中感覺口裡一鬆，猛吸了一口氣醒了過來，略一定神，仔細一看車上那人，「撲通」一聲跪在車旁大哭道：「爹，沒想到您還活在世上，為了找您的屍骨，我找得好苦啊！」陳子言嘆口氣說：「孩子，我已不是陽間的人了，是陰曹的太行總管，這次是專為你而來的。」陳錫九一聽哭得更傷心了。父親勸慰他一陣，問他有什麼難處。他又哭著告訴父親周家逼他休妻和母親去世的事，陳子言聽了說：「不要愁了，你媳婦和你娘在一起，你娘很想念你，快上車吧！」陳錫九剛登上車子，車就飛快地跑起來。不一會兒到了一個官署門前，陳錫九隨父親下了車，進了幾道門，果然看見母親坐在大廳裡，媳婦春燕站在一旁伺候著。陳錫九一步衝上大廳，跪在母親面前，放聲痛哭。陳子言在旁把他勸住，他又抬頭看了看春燕，問母親道：「春燕怎麼也在這裡，莫非她也死了？」母親說：「不是，是你父親接她來的，等你回家以後再把她送回去。」陳錫九說：「還讓我回去幹什麼，就讓我留在這裡侍奉父親吧！」母親說：「孩子，快別說傻話了，你千辛萬苦來西安不就是為了找父親的屍骨嗎？你不回人間，怎能實現當初的心願呢？況且你的孝心已經傳到玉帝那兒了，玉帝賜你白銀萬兩，你們夫妻享用的日子還長著呢！怎能說不回去呢？」

陳錫九只是低頭哭泣，父親再三催他快走，他又痛哭不止，父親發怒道：「你真的不走嗎？」陳錫九心裡一驚，馬上止住哭聲，又問起屍骨埋葬的地點。父親聽了拉住他的手說：「孩子，不是我趕你走，這兒不是生人待的地方，你必須走。離亂墳崗一百步左右，長著大小兩株白榆樹，那兒就是我的墳墓。」說完就拉他走出門外，他竟沒來得及向母親告別，門外早有個僕人牽著馬等著。等他上了馬，父親囑咐道：「我在你往日過夜的地方，為你留了些路費，你儘快取出屍骨回家，到家後就向周家要春燕。」陳錫九答應著走了。那馬跑得飛快，天沒亮就到了西安，僕人把他扶下馬，他正要向僕人致謝，那僕人和馬卻都不見了。

陳錫九來到原來的住處，便靠在牆上閉眼休息，坐下時腿碰到一個拳頭大的石頭，他抓起石頭放在一邊。天亮後一看，那石頭竟變成了一塊銀子。他知道是父親留給他的，便拿著去買了一口上好的棺材、租了一輛馬車，來到白榆樹下取出父親的屍骨，安置妥當，然後乘車回了家。

家裡只剩一棟空房子，幸虧父老鄉親們同情他是個孝子，輪流請他吃飯，又幫助他把雙親屍體合葬了。等一切都辦妥後，陳錫九又想起臨走時父親的囑咐，就想去周家要回春燕，可又想到自己人單勢孤，便請了族兄陳十九一同前去。兩人來到周家門口，看門人卻不讓進去。陳十九是個天不怕地不怕的人，在門口大罵，周富翁過了許久才命人來勸他們先回去，並答應馬上送回春燕，兩人這才住口不罵，回家等候。

原來周家把春燕迎回去後，整日對她講陳錫九和他母親的壞話，春燕也不吭聲，只是偷偷地掉淚。後來她婆婆去世也沒有人告訴她，還拿出他們逼陳錫九寫的休書丟給春燕看，說：「妳對陳家還有什麼好依戀的，人家都將妳休掉了。」春燕不信，說：「我在陳家沒做錯什麼事，陳家是不會休我的。」後來陳錫九到西安去尋找父親的屍骨，周家又以陳錫九病死的假兇信來斷絕春燕的念頭。兇信剛一傳出，內閣中書杜家就來提親，周家欣然答應，並定了迎親的日子。眼看著迎親的日子一天天逼近，也不見陳錫九來要人，自己又出不去，急得整日絕食哭泣，哭完就蒙頭睡覺。沒幾天，就只剩一口氣了，周家正在發愁，忽然聽說陳錫九來討還春燕，心想，女兒這次是必死無疑了，如果送到陳家，待女兒一死，便可立即告到官府去治他的罪，於是才讓陳錫九回去等。

兩人到家還未坐定，周家就把春燕送了過來，周家僕人怕陳錫九不肯收留病重的春燕，進屋放下擔架就走了。鄰居們勸他還是把春燕送回周家，陳錫九卻不答應，扶著春燕放在床上，再一看，春燕已然斷氣，他這才嚇壞了。正當他驚慌失措的時候，周富翁的兒子帶著一夥人手拿武器在屋裡亂砸一通。陳錫九嚇得逃到鄰居家躲了起來。陳十九糾集了十幾個人不顧一切的衝了過來，把周家人打得抱頭鼠竄。周家見鬧事不成又傷了人，更加惱怒，便告到了官府。縣令差人來拘捕陳錫九和陳十九等，陳十九他們早已躲了起來，只有陳錫九還守在春燕身旁。陳錫九臨走時，把春燕的屍體託給鄰居大娘照管。剛走出門，鄰居大娘便喊道：「春燕醒了！春燕醒了！」陳錫九趕緊奔回床前，果然春燕已經微微地睜開了眼睛。又過了一會兒，已能緩緩翻身了，陳錫九大喜，又請差人作證，向官府講了事情的前因後果，縣令聽了陳錫九的話後很氣憤。周富翁怕官府問罪，急忙給縣令送了很多禮物才算了事，陳錫九回到家裡，夫婦倆抱頭痛哭，陳十九他們聽說沒事了，也都來向夫婦二人表示祝賀。

原來，在春燕絕食昏睡的某一天，她突然感覺有人拉她起來說：「我是陳子言的僕人，主人讓我來請妳，趕快走還能相見，不然可就來不及了。」春燕迷迷糊糊地就走出了家門，接著有人扶她上了一頂轎子，片刻間就來到了一處官府，一看公公婆婆都在裡邊坐著。她奇怪地問：「這是什麼地方？」婆婆說：「不必多問，到時自然送妳回去。」又一天，她看到陳錫九和公公從外面進來，非常高興，但才一見面陳錫九又被公公趕走了，心中很是不解，但又不便問起。陳錫九走後，公公也跟著離去，過了幾天才回來，進門就說：「我在武靈山多耽擱了兩天，真是難為九兒了。快點送媳婦回去，時間到了。」說完忙命人備車送春燕。一眨眼間，人已回到了家裡，就像是剛從夢中醒來一樣，春燕和錫九又互相講述了別後發生的一些事情，兩人是又驚又喜，從此小倆口恩恩愛愛地生活在一起，只是生活還很艱難。錫九只得在村裡辦了個私塾，一面教書謀生，一面刻苦攻讀。他常常自語說：「玉帝賜的萬兩黃金，什麼時候才能兌現呢？難道靠教書讀書能發財嗎？也許母親是在騙我吧！」

有一天，陳錫九從私塾回來，路上遇到兩個差役，問他：「你就是陳錫九吧？」他說：「是的。」話音剛落，兩差役立刻拿出鐵索把他捆了起來。陳錫九感到莫名其妙，大喊「冤枉」。一會兒，村裡人聽到喊聲都趕了過來，大家紛紛責問差役是怎麼回事。差役說：「奉勸大家不要生事，此事和州裡一件大盜案有關，萬一出了什麼意外，那可是……」大家一聽，知道他是受了冤枉，但又不敢怎樣，只好湊了一些銀子交給差役，請他們多加照顧，兩個差役收了賄賂也不為難錫九，順利地到了州裡。陳錫九見了太守，詳細地說了自己的家世，太守一聽，驚訝地說：「你是陳子言的兒子？那你又怎麼會成了強盜呢？」一邊命人解下陳錫九身上的鐵索，一邊又命人把強盜帶上堂來，經過一番嚴刑拷打後，那強盜才供出是周家買通他誣陷陳錫九的。太守又問起陳錫九與周家的恩怨，陳錫九訴說了兩家反目的緣由，太守聽後非常氣憤，立即命人去提周富翁前來。安排好了，就請陳錫九到後院吃飯，席間太守提起和陳子言是師生，原來太守的父親早年是邳縣的縣令韓公，和陳子言的關係很好，並請陳子言當兒子的老師教他讀書。太守又鼓勵陳錫九好好讀書，還送給他一百兩銀子，臨行時又送他兩頭騾子。州裡的官員敬佩他的孝行，也分別送了他一些禮物，陳錫九騎著騾子回到家裡，夫妻兩人都感到很欣慰。

有一天，春燕的母親哭著來到陳家，春燕吃驚地問出了什麼事情。母親哭著告訴女兒，她的父親被太守抓進了監獄，春燕也傷心地哭了起來。她認為父親之所以入獄都是由自己引起的，就請丈夫去太守那裡求情。陳錫九不得已，只好按妻子的吩咐到州裡替岳父求情。太守想想，就罰他交一百石穀子給孝子陳錫九。周富翁出獄後，從倉庫取出穀子，摻上秕糠裝車送到陳家。陳錫九見了，笑著對春燕說：「妳父親這個人真是以小人之心度君子之腹，他怎麼會認為我肯定要他的穀子呢？還小裡小氣地摻些秕糠呢！」說完又讓人把穀子送了回去。

此後，陳錫九家雖比從前過得好些了，但院牆仍然破爛殘缺，他也不想修補，因為他覺得家裡沒什麼值得偷的。有一天晚上，一大群強盜闖了進來。僕人發現後大聲呼救，強盜急忙逃跑，只搶了兩頭騾子。陳錫九也沒放在心上。半年後的一個晚上，陳錫九正在挑燈夜讀，猛然聽到敲門聲。陳錫九問：「誰呀？請進！」卻沒人答應，於是他站起身打開門一看，原來是半年前被搶去的兩頭騾子，兩頭騾子好像很累，站在那裡「呼呼」地喘氣，他拿燈一照，只見兩頭騾子背上各馱著一隻大袋子，打開袋子一看，裡面竟是滿滿的兩袋白銀。陳錫九感到很奇怪，但又不知這些銀子是從哪兒來的。後來聽說那天夜裡一夥強盜搶了周家，在半路碰到巡邏的官兵，便丟掉搶來的東西，四散而逃。這兩頭騾子還記著原來的主人家，就跑了回來。

周富翁從獄中出來後，身上的傷還沒有痊癒，家裡又遭搶劫，氣得舊傷復發，大病而死。有一天晚上，春燕夢見父親身穿囚服被鐵索縛著來找她，說：「我生前做了許多壞事，現在後悔也來不及了。如今在陰間受著酷刑，除了妳公公別人都幫不上忙，妳代我求求妳丈夫，請他幫我寫封求情的信給他父親吧。」春燕一驚，醒了過來，回想起夢裡父親的話禁不住哭了起來。陳錫九忙問她為何傷心，春燕就把夢見父親的事告訴了丈夫，叫丈夫求求公公饒過自己的父親。陳錫九也早想去太行山看看，於是當天就出發了，到了太行山，準備香燭、三牲等物，向父母禱告並露宿在山下，希望能見到父母，可是直到天亮也沒見到，知道父母不願見自己，便回去了。周富翁死後，周家一日日的敗落，全靠二女婿王舉人救濟，王舉人只當一任知縣就因貪汙被罷了官，全家都遷到了瀋陽。周家母子更加失去了依靠。陳錫九過意不去，經常命僕人送去一些糧食和銀子，周家母子都很感激他不計前嫌。

八十五、采薇翁

明朝滅亡時，各地都有人揭竿而起，占山為王的多不勝數。山東長山有一位劉芝生聚集了數萬人馬，準備渡黃河參戰。一天，有一個大胖子來到寨門口，敞開衣服露出大肚皮，衣服又長又寬，不修邊幅，說話聲音特別大，他對寨門口的守兵說要見他們的主帥。守兵見他生得很怪，也不敢得罪，立即報告了劉芝生，劉芝生此時也想招集一些有本領的異人，聽了守兵的報告，忙命人出寨將那人請了進來。劉芝生問了許多關於作戰方面的知識，他都對答如流，滔滔不絕。劉芝生很高興，就請他留在軍營做軍事參謀。又問他姓名，那人自稱叫采薇翁。

劉芝生見他沒有兵器，就命人給他取一把好刀來。采薇翁說：「我自己有很好的兵器，不須為我特意準備了。」劉芝生覺得奇怪，便問他：「你的兵器藏在哪裡？」采薇翁掀開衣服露出肚子，肚臍眼大得可容下一枚雞蛋，只見他稍稍運了口氣，肚子慢慢鼓了起來，忽然肚臍中「嗤」的一聲冒出一個劍柄，采薇翁伸手握住，往外一抽，抽出一把閃著寒光的寶劍。劉芝生大吃一驚，忙問：「還有別的兵器嗎？」采薇翁笑著指了指大肚皮說：「這是一個大兵器庫，什麼都有，想要什麼都行。」劉芝生要他拿一副弓箭出來，采薇翁又稍一運氣，從肚臍中取出一張雕琢精細的弓，過了片刻，又有一支箭從肚臍飛出。接著又有人請他拿別的兵器，采薇翁也都一一拿了出來。一會兒，他把劍插進肚臍，一眨眼間又都不見了。劉芝生又驚又喜，將他視為神仙，對他非常尊敬，吃飯睡覺都在一起。

當時兵營裡號令雖然很嚴，但士兵畢竟都是烏合之眾，經常有人違紀出去搶劫百姓。采薇翁對劉芝生說：「軍隊最重紀律，現在有數萬人馬，如果不能鎮伏軍心，難免失敗。」劉芝生認為此話很對，便對士兵進行檢查，發現有掠取婦女和財物的，立即斬首示眾，從此部隊的紀律嚴明多了，但還是偶爾會發生一些違紀現象。采薇翁經常騎馬到兵營裡查看，軍中那些不服從指揮的將校和士兵常常不明不白地就掉了腦袋，官兵們都懷疑是采薇翁暗算的。他以前提出嚴整軍紀，將士們早就對他又怨又怕，此時的怨恨更加深了。各部將領私下裡對劉芝生說：「采薇翁他只是會使些妖術，沒有智謀。而自古成大事的名將都是有謀略的，從沒有哪個依靠妖術成功的。像『浮雲』、『白雀』這些靠妖術起義的集團軍，最後不都是被消滅了嗎？現在很多無罪的將士，往往莫名其妙地就丟了腦袋，弄得營裡人心惶惶。您和他生活在一起，時刻都要提防，不如將他殺掉算了。」

劉芝生想了想，決定放棄軍師保住軍隊，也就同意眾人之議，並計畫等采薇翁睡著後把他殺了。到了夜間，眾將都準備好兵器，伺機下手。劉芝生派了一名將官去探看采薇翁的行動。那將官回來說：「采薇翁已經入睡了，我推了一下，他也沒醒。」眾人大喜，立刻把房子團團圍住，又選了兩個膽子很大的將官持刀進去。兩將官聽采薇翁鼾聲如雷，就小心翼翼地抽出刀朝他脖子上砍去，采薇翁的腦袋一下子就與身體分了家，誰知刀一提起，腦袋又長好了。他照樣睡著，好像什麼事都沒發生一樣。兩將軍又連忙朝他肚子上砍去，肚子被砍開卻沒有一滴血，肚中藏著許多兵器，刀尖槍尖都露在外邊。眾人見了非常害怕，不敢靠近，只好從遠處用長矛去撥他的肚子，肚中的鐵弩向外一陣亂射，士兵們躲閃不及，頓時傷了好幾個人，眾人一哄而散，立刻跑到帥府告訴了劉芝生。劉芝生覺得很奇怪，又想留下采薇翁，就趕緊去房裡找他，可是采薇翁卻早已不知去向了。

八十六、畫馬

臨清有個姓崔的書生，家裡十分貧窮，房屋圍牆東邊一個洞、西邊一個窟窿，但卻無錢修補。每天早晨他讀書時，都能看到有一匹馬臥在露草間，黑毛白斑點，尾巴上的毛像被火燒斷了似的，長短參差不齊。崔生把牠趕跑，但第二天早上牠又來了，崔生感到很奇怪，不知這馬是從哪裡跑來的。

崔生有個好朋友在山西做官，崔生想去投靠他，可又苦於沒有腳力，心想這匹馬似乎沒有主人，不如先拉回來借用。於是第二天就把那匹馬牽了回來，配上馬鞍轡頭，準備去山西投奔好友。臨走時他囑咐家裡人說：「如果有人來找馬，就如實地告訴人家，我回來後就還。」上路以後，那匹馬跑得飛快，轉眼就跑了上百里路，崔生只覺耳邊生風，不敢睜開眼，到了夜晚餵牠草料，牠只吃了幾口就不吃了，崔生想，可能是今天跑得太快累病了，所以吃不下東西。於是第二天就勒緊馬韁不讓牠跑得太快，但那匹馬卻又蹦又跳又叫，仍像昨天一樣雄健，崔生只得放開韁繩，任牠奔馳，到了中午就趕到了太原。崔生騎著馬走在街上，旁觀的人無不嘖嘖稱嘆。晉王聽說後，就命人找到崔生，表示願出重金買下那匹馬。崔生怕失馬的人來找，不敢出售，又過了半年，也沒聽說有人來找馬，崔生便以八百兩銀子的高價賣給了晉王府，自己另買了頭雄健的騾子騎了回去。

又過了幾年，有一次晉王有緊急要事要到臨清去，就拉出那匹馬命校尉速去速回，到了臨清，那匹馬忽然掙脫韁繩跑了。校尉趕緊搶下一匹馬追上去，一直追到了崔生東鄰家門口，眼見那匹馬進門後便蹤影全無。校尉跳下馬，拍開那戶人家的門，向主人索要。主人聽了莫名其妙，說自己家裡根本就沒有馬，也沒有看見有什麼馬跑進來，況且剛才門是關著的。校尉哪裡肯信，便抬出晉王的名號來強行搜索，主人聽是晉王的家丁也不敢再說什麼，只好讓他進來。可是那校尉屋前屋後屋裡屋外找了一遍也沒看見馬的蹤影。校尉很納悶，忽然一抬頭看見牆上掛著一幅趙子昂的畫馬圖，仔細一看，其中有一匹馬的毛色和那匹丟失的馬一模一樣，尾巴部位被香火燒壞了一點，才知道原來這匹馬是畫中的妖怪。

校尉一時也沒了辦法，便到衙門告他，兩人互不相讓，吵得不可開交。鄰居們聽說後，都爭相圍過來看那幅畫馬圖。崔生聽了此事，也覺得很奇怪，就來到鄰居家。此時崔生用賣馬的本錢，做生意發了大財，心裡暗暗感激鄰居家的這幅畫，於是就拿出八百兩銀子交給校尉，讓他回去交差。校尉這才平息了怒氣，趕緊拿了錢，出門上馬趕著去辦事。鄰居很感激崔生慷慨相助，連連作揖稱謝，崔生只是笑笑，又安慰了幾句便走了。誰也不知道崔生就是當年賣馬給晉王的人。

八十七、小棺

天津有個船夫，有天夜裡忽然夢見一個人告訴他明天將會有一個帶著竹箱的客人來租船，那人吩咐自己要向他索要一千兩銀子作租金，否則就不要租船給那客人。船夫滿心歡喜，但醒來之後又不相信這是真的，以為是自己想錢想瘋了才會做這麼奇怪的夢，於是躺下又繼續睡。過了一會兒又夢到那個人，那人在牆上寫了三個字，並囑咐他說：「如果那客人不捨得出錢，你就寫這三個字給他看。」說完就不見了，船夫一驚又醒了過來，仔細琢磨那三個字，也不知怎麼唸，更不明白是什麼意思。

第二天，船夫就開始留心觀察往來的旅客，直到太陽偏西時，才有個人趕著騾子來租船，騾子馱著一個大竹箱。船夫想夢中所說的人可能就是他，於是開口就向他要一千兩白銀的租金，趕騾的那人聽了笑了笑，反覆和船夫討價還價。船夫也不相讓，又想起夢中那人寫的三個字，就拉過趕騾人的手，用手指在他手掌上寫下那三個字。那人一見，臉色頓時一變，盯著船夫看了兩眼，一轉身就不見了。船夫見那人走了，心裡很奇怪，就打開那大竹箱檢查。只見裡面有許多小棺材，大約有一萬多副，那些棺材僅有一個指頭那麼大，每口棺材裡有一滴血。船夫見了，心裡很害怕，趕緊蓋上箱蓋，任那騾子去了。不久，吳三桂叛亂的陰謀敗露，他的同黨和手下將官都被殺了。船夫私下裡一計算，屍體的數目幾乎和小棺材的數目相等。

八十八、佟客

從前有一個姓董的書生，是江蘇徐州人，平日喜歡擊劍，常常誇說自己是如何慷慨的豪俠。有一次，偶然在路上遇到了一個過路的人，兩人騎著驢子結伴同行，說起話來，董生覺得那個人談吐豪放，便問他的姓名，那人說他是遼陽人，姓佟。董生問他到哪兒去，姓佟的人說：「我離開老家二十多年了，剛從海外回來。」董生說：「你闖蕩四海，見識到各種各樣的人肯定很多，有沒有遇到過有特殊本領的人呢？」佟客問道：「你說的是哪樣的奇人？」董生於是便向佟客表達了自己如何愛好擊劍，只是遺憾得不到奇人的真傳。佟客說：「奇特的高手哪兒都有，但必定要是忠臣孝子，才能得到他們的真傳。」董生於是又馬上說自己是一個盡忠盡孝的人。當下就拔出佩劍，用手指彈擊著吟唱起來，還一時興起，揮劍砍斷路旁的小樹，來誇耀他的佩劍刃口之鋒利。

佟客摸著鬍子微笑，向董生借來佩劍觀看，董生就遞給了他，佟客拿著那把劍，上下檢視了一番，說：「你這把劍是用盔甲中的熟鐵打造的，盔甲長期受到汗臭薰染，用來做成的劍就是最差的了。我雖然不懂什麼劍術，但我有一把劍，湊合著還可以用一用。」說完就從衣服下面抽出一把短劍來，只有尺餘長，用來削董生那把劍，就像切黃瓜條一樣，隨手就切成馬蹄鐵似的碎片。董生大吃一驚，就從佟客手中拿過那柄短劍看了半天，再三拂拭，才還給了佟客。他把佟客邀到家裡，堅持要留他住上兩夜。晚上，董生問他劍術，佟客推辭說自己一竅不通，於是董生就對他高談闊論，而佟客只是洗耳恭聽而已。

夜漸漸地深了，兩人正交談著，忽然聽到隔壁院子傳出吵吵鬧鬧的聲響，隔壁院子是董生父親的住所。董生又吃驚又疑惑，便湊近牆壁仔細聽，聽到有人怒氣沖沖地說：「趕快叫你的兒子出來受死，便饒了你。」沒有多久，就聽到好像有人動手打了起來，有人不住地呻吟，聽聲音是自己的父親。董生抓起一把長矛就想衝出去，佟客阻止他說：「你這一出去，怕就沒有活路了，應當慎重地考慮一個萬全之策。」董生便向他討教，佟客說：「強盜指名道姓地要找你，一定是要達到目的才會甘心，你應當去向你的妻子交代一些後事，我去開門，為你召喚僕人們來。」董生覺得有理，便進裡屋去告訴妻子，妻子拉住他的衣服哭哭啼啼，董生的雄心壯志頓時瓦解，於是夫妻兩人一起逃到樓上，尋找弓箭，準備預防強盜的進攻。正在慌亂之中，就聽到佟客在樓簷上笑著說：「謝天謝地，沒事了，強盜們都走了。」

邊說著，聲音就遠去了。董生舉燈一照，人已經杳無蹤影了。董生便遲疑地走出屋來，卻見父親去鄰家喝酒，才提著個燈籠回來，院子內有好多草燒剩的灰留在那兒，這時董生心裡才明白過來，佟客就是一個奇人。

八十九、大鼠

明朝萬曆年間，宮中出現了大老鼠，體型足足有貓那麼大，給宮裡帶來了嚴重的危害。朝廷便向民間徵集善於捕鼠的貓，可是都打不過老鼠，反被大老鼠咬死當作了美食。正好這時國外進貢了一隻波斯貓，周身毛色雪白，宮人們便把牠抱進老鼠出沒的屋子，關上房門，在外面偷看牠如何捕鼠。

只見那白貓蹲在地上許久，老鼠才遲遲疑疑地從洞裡鑽出來，一看見貓，就怒氣沖沖地直撲上去。白貓叫了一聲，便跳上桌子，大老鼠也躍了上去，白貓卻又跳下桌子，大老鼠也跟著跳了下來。就這樣竄上跳下，不下百餘次。大家在門外都說這貓膽小，不能捉老鼠。後來老鼠蹦跳的頻率漸漸慢了下來，大肚子飛快地起伏，好像喘不過氣來，蹲在地上休息。就在這時候，白貓飛快地從桌上竄下，用爪子鉗住老鼠的頭，一口就咬住了牠的脖子，在地上撕打著翻來滾去，一時間只聽見白貓嗚嗚怒嘶，老鼠吱吱尖叫。大家連忙打開門一看，只見老鼠的頭已經被咬碎了。這才明白過來這貓兒的躲避，不是害怕，而是採取敵進我退，敵退我進的策略，耗費老鼠的體力，等待牠筋疲力盡，才將大鼠一舉成擒。

九十、牧豎

兩個牧童進山遊玩，發現一個大石頭旁有一個狼窩，窩裡面有兩隻小狼，於是兩人商量好，各自捉一隻，爬上了兩株相距幾十步的大樹。過了沒多久，老狼回來了，進窩發現小狼丟了，十分驚慌。這時牧童就在樹上扭小狼的耳朵、掐牠的蹄子，故意讓牠慘叫，老狼聽見了叫聲就抬頭尋找，怒氣沖沖地奔到樹下，一邊嗥叫，一邊用爪子在樹身上扒抓。

另一個牧童也在那邊的樹上弄得另一頭小狼急叫，老狼停住嗥叫左右張望，才發現了目標，於是放下這頭奔向那頭，也是又抓又嗥。而這邊樹上的小狼被牧童弄得再次哀鳴起來，老狼又奔轉回來，嘴裡不停地叫，腳下不停地跑，這樣跑了幾十來回，步子漸漸慢了，嗥聲也減弱了，到了後來奄奄一息不支倒地，許久便不再動彈，這時牧童們爬下樹來一看，老狼已經斷氣了。

如今有個豪強子，圓睜怒目、手按利劍，一副要與人拼命的狠樣，而對方只是關起門來不予理會。豪強子聲嘶力竭地咆哮，威風凜凜自以為是大英雄，卻不知這只是逞禽獸之威，就像被人逗著玩一樣。

九十一、王司馬

明朝兵部尚書王霽宇是山東新城人，朝廷曾派他鎮守北方邊境。那時，他命令工匠們鑄了一把大刀，光是刀身就有一尺多寬，重達三百多斤，每次巡視邊境的時候就叫四個人抬著它，隊伍停下的時候，便把大刀放在地下，叫那些滿人去拿，滿人們使盡了吃奶的力氣卻一點兒也不能提起。王尚書暗自命人用桐木又做了一把一模一樣的刀，表面上貼上銀箔，經常在馬上揮舞，滿人們見了，無不佩服王尚書的神勇。他又在邊境上用葦草鋪在地上作為界線，彎彎曲曲的有十幾里長。邊境外的清兵前來將這些葦草全部拔出付之一炬。王尚書又照樣設置了一道，清兵們又拔出來燒掉，就這樣連續被燒了三回。第四回他就用火藥地雷安上機關埋在葦草下面，清兵們來燒的時候，引爆了地雷，炸死炸傷了很多人。王尚書又重新設置起了葦牆，清兵們遠遠看見，再也不敢來犯。

後來王尚書告老還鄉之後，邊境上又傳來了警報，朝廷召他再度出山。那時王尚書已經八十三歲了，勉強支撐著病體向皇上辭別，皇上說：「不用你出戰，你只要坐鎮指揮就行了。」於是王尚書又來到了邊防，每駐守一個地方，總是躺在帳中。清兵們聽說王尚書來了，都半信半疑，就假裝議和，來探聽虛實。每回使者打開簾帳，看見王尚書果然躺在裡面，都不禁向床榻跪拜行禮，一個個縮頭畏尾，乖乖地退兵而去。

九十二、王子安

王子安是山東東昌地方的名士，科舉考試一直都不是很如意。有一次參加考試後，在家中滿懷希望地等待佳音。到了臨近放榜的時候，他痛飲了一頓，喝得酩酊大醉，回到家便倒臥在床上。迷迷糊糊中，忽然有人來說：「報喜的來了！」王子安踉踉蹌蹌爬起來嚷道：「快給十貫賞錢！」家裡人看他喝醉了，就哄他安心躺下，說：「你只管睡下，我們已經給過賞錢了。」王子安就繼續睡覺。不久又有人進來說：「你中進士了！」王子安有些驚訝自言自語道：「我還沒有赴京趕考，怎麼會中進士呢？」那個人說：「你忘了嗎？禮部的三場考試早已考過了。」王子安不由大喜，一骨碌爬起來喊道：「快賞十貫錢！」家人們一聽，便又像前一回那樣哄騙他睡下。又過一會兒，一個人急匆匆進屋說：「你殿試考得了翰林，有兩個服侍的跟班在這兒。」王子安定睛一看，果然有兩個衣著光鮮的人拜在床前，王子安忙呼喊賞酒食，而家人們又哄他，暗地裡都笑他喝醉了。

又過了許久，王子安想到要出去向鄉里的鄰居們炫耀一番，於是大叫跟班，可是叫了幾十聲，卻沒有人應答。家人笑著對他說：「你暫且躺著，我們替你去叫。」又過了好一陣功夫，跟班果然來了，王子安便搥著床板跺著腳罵道：「你們兩個狗奴才，剛才死到哪兒去了！」跟班也發了火道：「你這個窮酸秀才真是無賴，我們剛才只不過是跟你開個玩笑，你怎麼罵起人來了？」王子安十分憤怒，便從床上朝他們撲去，打落了其中一個人的帽子，他自己也腳立不穩，跌倒在地。這時，他的妻子走進來，扶起他說：「怎麼醉成這個樣子？」王子安說：「我哪裡醉了，只是這跟班很可惡，我就處罰他。」他妻子笑著說：「家中只有我一個人，白天為你做飯，晚上為你暖腳，哪來的什麼跟班來伺候你這把窮骨頭啊！」他的子女也一起笑了出來，王子安這才稍稍清醒了一些，知道自己之前喝醉了。但他還依稀記得那跟班的帽子掉在大門口，跑去一看還真的有一頂帽子在那兒，只好自嘲說是被狐狸耍了。

異史氏說：「秀才參加考試，有七像：剛進考場，赤腳提著裝筆墨硯台的籃子像乞丐。點名的時候，考官喝斥、公差叱罵，像囚犯。對號進考場，每一小間都探著一顆頭，每間小房底下都露著一雙腳，像深秋蜂巢裡面的蜜蜂。出考場，神情恍惚、天地變色，像出籠的病鳥。盼望報信人的到來，風吹草動都驚心，胡思亂想也成真，時而想到自己榜上有名，彷彿頃刻間登上樓閣；時而又想到名落孫山，又彷彿一眨眼間軀體都已腐爛。這時坐立不安，像被拘囚的猴子。忽然飛騎向別人報捷，自己榜上無名，這時神色驟變，灰心喪氣半死不活的，就像剛吃了毒藥的蒼蠅，撥弄牠也毫無知覺。剛落第，心如死水，萬念俱灰，大罵主考官瞎了狗眼，筆墨不靈，甚至將書桌上的文章付之一炬，燒了還不解恨，又踩得稀巴爛，再丟入濁流，從此便披髮遁入深山，面壁發呆。不久，時光漸漸流逝，心氣逐漸平復，又開始技癢，就像斑鳩窩破蛋損，只得啣來樹枝，重新建巢。

像這樣的情況，當事者痛哭欲絕，而在旁觀者看來，世上沒有比這更可笑的事了。像王子安的內心中頃刻間思緒萬端，想必令鬼狐暗中訕笑不已，所以趁他喝醉特來捉弄他一番。然而得意的快感，不過一剎那，舉人、進士、翰林等功名地位，也不過三兩個剎那罷了，而王子安在一天之內盡數嚐到了功成名就的快樂，那狐精的恩惠豈不是和考場的主試官一樣大了嗎？」

九十三、刁姓

有一個姓刁的人，家裡沒有田產，就靠他每次出外為人看面相賺錢，但實際上他並沒有這方面的本領。然而他每隔幾個月回家一次，總是帶回滿包的金銀財寶，鄰里鄉民都感到奇怪。是逢有個鄰人在外鄉作客，遠遠看見高門大屋裡有一個人，戴著道士的中方巾，嘴裡喃喃地說個不停，有一大群婦女密密匝匝地圍著他。走近一看，原來就是那姓刁的，於是便暗暗偷看他的把戲。

只見有個人問他說：「我們這一群人當中，有一個官太太，你能辨認出她來嗎？」原來有一個貴婦人穿著平常人的衣服夾雜在人堆中，準備來試一試姓刁的本事，鄰人不禁為他捏了一把冷汗。只見那姓刁的卻從容不迫，朝天用手指橫畫了一道說：「這有什麼難認的，你們看這個貴婦人的頭頂上，自有一圈雲氣環繞著。」大家於是情不自禁地把視線集中到一個婦女身上，想看看她的「雲氣」，姓刁的趁機指著那個婦人說：「這位太太真是貴人！」眾人驚奇萬分，都說他是神人。鄰人返回家鄉後，向人講述了他騙人的小聰明，這才知道雖然是小小的伎倆，也一定要有超過常人的才智，否則怎麼能夠掩人耳目地騙取銀錢，沒本就能贏大利呢？

九十四、楊大洪

楊漣先生字大洪，未做官的時候是江漢一帶有名的學者，頗為自命不凡。舉人考試之後，他聽說錄取優等的名單出來了，當時他正在用餐，嘴裡含著飯問道：「有我楊漣沒有？」報名單的人回答說：「沒有。」楊漣頓時感到很沮喪，一口飯嚥下堵在胸腹之間，因此生了病。大家勸他參加補考，他擔心路費不夠，大家就湊了十兩銀子給他，送他上路，他才勉強成行。

晚上，楊漣在客店裡夢見有一個人告訴他：「前面路上有人能治你的病，你應當極力地求他。」臨走的時候，又送給他一首詩，楊漣只記住了其中一句「江邊柳下三弄笛，拋向江心莫嘆息」。第二天路上，果然看見一個道士坐在江邊柳樹下，於是就懇請他為自己治病。道士笑道：「你弄錯了，我哪裡會治病？讓我吹〈梅花三弄〉還可以。」說著就取出了笛子吹奏起來。楊漣此時想起了夢境就下拜哀求，更加誠懇，並拿出身上所有的銀子獻給道士。道士接過了銀兩就拋到江水中，楊漣因為銀子來之不易，不免驚叫起來，很是惋惜。道士說：「你還看不開嗎？銀子就在江邊，你自己去撿吧！」楊漣跑去一看，果然在江邊，於是又更加欽佩道士，連稱他神仙。道士隨手一指，說：「我不是神仙，那裡來的才是神仙。」哄得楊漣轉過頭去看，道士這時便往他頸上用力一拍，楊漣挨了一掌，張嘴發出聲音，喉嚨中嘔出一團東西來，結結實實地落在地上。他彎腰撥開一看，血絲內還包著那口飯，頓時就除了病根。再回頭看那個道士，已經不知去向了。

異史氏說：「楊漣後來做了官，他活著的時候像黃河泰山，死了像日月星晨，品德高尚足以為眾人表率。其實何必要長生才算不死呢？有人認為他不能免俗，錯過了成仙的機會，因而替他惋惜；但與其天上多一個仙人，不如世上多一個聖賢，不是嗎？」

九十五、安期島

大學士劉鴻訓是山東鄒平人，奉命和一個武官一起出使朝鮮。到了朝鮮之後，聽說安期島是神仙住的地方，便打算乘船去遊覽一番。而朝鮮國的大臣們都說不行，必須等小張去到島上時才能跟去。一打聽，才知道安期島上不與塵世交通往來，只有仙人的徒弟小張，一年間來個兩、三次。想要去島上的人，先要自報家門，如果是小張認為可以去的，那麼只要用一隻小船就可以到達，否則就會被颶風掀翻船隻。

過了一、兩天，朝鮮國國王召見劉鴻訓一行。入朝之後，看見一個身佩長劍，頭戴棕斗笠，年約三十餘歲，儀容整潔的人坐在殿上。原來他就是小張。劉鴻訓就向他表明自己嚮往仙人的心意，小張同意讓他去，但說：「你的副使不能去。」又走出來，逐個檢視隨從人員，只有兩人能夠陪同出遊。於是就派下船隻，領著劉鴻訓一同前去。水路上大家不知遠近，只覺得風聲習習，就好像騰雲駕霧一般，過了幾個時辰就到了安期島。

當時正值寒冬季節，上了島之後，只覺得氣候溫暖和煦，滿山百谷開著鮮花。小張領著劉鴻訓走進一座洞府，洞內有三個老人盤膝坐著。東西兩邊坐著的二人見劉鴻訓進來，態度冷冷的，好像毫無知覺，只有當中坐著的那個人站起身來迎接客人，與劉鴻訓相互行禮，禮畢，坐下後吩咐上茶。有一個童子帶了茶盤出去。外面的一面岩石上有一把鐵錐，尖端插沒在石頭中，童子拔出鐵錐，水就噴射了出來，童子便用玉杯接著，滿了之後又用鐵錐將小洞塞住，托了進來。劉鴻訓見水色淡碧，便試著啜了一口，冰涼刺牙。劉鴻訓怕水冷，不敢再喝。老頭兒望著童子，用下巴向他示意，童子就取走玉杯，將剩下來的茶啜飲乾淨。然後仍在老地方拔開錐子，裝滿了一杯回來，這一次卻茶香四溢，熱氣騰騰，好像剛從爐子上端下來的一樣。劉鴻訓暗暗稱奇。過了一會兒，他向老人請教自己的禍福吉凶，老頭兒答道：「世外之人歲月都不知曉，哪裡能懂得人間的事呢？」劉鴻訓又向老人問長生不老的方法，老頭兒回答道：「長生不老這種事，不是你們富貴中人所能做得到的。」劉鴻訓和老頭兒談了半天便起身告辭，小張仍送他回去。到了朝鮮以後，劉鴻訓向國王一五一十地說起島上的奇事。國王嘆息了一聲道：「可惜你沒有喝下那冷泉，那是天然形成的玉液，喝一杯可以多活一百歲呢！」劉鴻訓聽了後悔不已。

公事辦完，劉鴻訓要回中國了，國王便送給他一件禮物，外面用紙和布帛包了一層又一層，囑咐他在靠近海的地方千萬不要打開。可是船一出海，劉鴻訓就迫不及待地把禮物拿出來，拆開了幾百層包裹，才看見是一面鏡子。仔細觀察，只見水晶宮殿和龍魚蝦蟹，一樣樣都呈現在眼前。正在出神觀看的時候，忽然發現有一個比樓閣還高的浪頭，洶湧著朝船逼近，船上的人大吃一驚，把船開得飛快；浪頭緊追不捨，急如狂風暴雨，眼看就要打著船尾。劉鴻訓害怕極了，又想起了國王的話，就迎著浪頭把鏡子扔過去，潮水一下子便平息了。

九十六、鳥語

河南省境內有一個道士，有一天到一個村莊裡吃飯，飯吃完了，聽到黃鶯鳴叫，就對主人說要他小心火燭。主人問他為什麼，道士回答說：「我剛才聽見鳥兒說：『大火難救，可怕得很！』」大夥聽了覺得道士說得很好笑，便不放在心上。到了第二天，果然發生了大火，燒了好幾戶人家，大家這才驚佩道士料事如神。有熱心人追上了他，稱他神仙。道士說：「我只不過是略懂一些鳥語罷了，哪裡是什麼神仙！」正好旁邊樹上有小雀兒在吱吱喳喳地叫，那人就問他鳥兒在叫些什麼。道士說：「雀兒在說：『初六養的，初六養的，十四、十六小命就沒了。』大概這家人生了雙胞胎吧，今天是初十，不出四、五天，看來都得死呢！」於是有人就去打聽，果真那戶人家生了一雙兒子。不出幾天，果然都夭折了，日期完全符合。

縣令聽說了這個道士的奇事，就把他招來，置酒款待。當時屋外正有一群鴨子搖搖擺擺地走過，縣令便指著鴨子發問。道士說：「大人的內眷們正在吵架呢，鴨子叫著：『罷罷，你偏向他！』」縣令不由得大為佩服，原來他的妻妾發生口角，他剛才就是因為受不了吵鬧才出來的。於是便將道士留在官府中，對他十分禮遇，而道士常常聽辨鳥語，大都奇妙地言中了。

然而道士生性是一個樸實的人，開口就是直話，無所顧忌。這個縣令很貪財，許多官府中用的公物，他都變賣成銀錢中飽私囊。一天正和道士坐著閒聊，那群鴨子又來了，縣令又問他鴨子說些什麼。道士回答說：「今天說的，和上一次不同，這回是在學老爺核算呢。」縣令問道：「核算些什麼？」道士說：「牠們說：『蠟燭一百八，銀株一千八。』」縣令不禁羞紅了臉，懷疑道士在挖苦自己。道士請求離開縣衙，縣令沒有允許。過了幾天，縣令正在宴請賓客，忽然聽見杜鵑啼叫。客人們就請教道士杜鵑在說什麼，道士說：「杜鵑鳥說：『丟官而去。』」客人們聽了，都變了臉色，這時縣官大怒，把道士趕了出去。果真過了不久，縣令因為貪汙被查辦，丟了烏紗帽。

唉！這是仙人的警告在先，可惜那些利欲薰心、甘願涉險的人執迷不悟啊！

九十七、喬女

山東平原縣喬家有個女兒長得又黑又醜，不但一隻鼻孔凹塌，還瘸了一條腿。長到二十五、六歲，還沒有人來提親。縣城內有一個穆生，年紀有四十多歲了，死了老婆，但家中貧窮不能續弦，於是就娶了喬女為妻。結婚三年後，喬女生了個兒子，一家人和和睦睦，過得很開心。可是過了不久，穆生去世了，家中便蕭條下來，只得向母親求援，但喬女的母親很不情願。喬女心中很生氣，便再也不回娘家，只靠紡紗織布維持生活。

有個姓孟的讀書人新近死了妻子，留下一個兒子叫烏頭，才剛滿周歲，因為沒有人幫他拉拔孩子，便急於再求婚配，可是媒人說了好幾個，都不中他的意。有一天，他無意之中看見了喬女，心中十分愛慕，就暗中請人向喬女示意。喬女謝絕了他，說：「我如今這般挨凍受餓，如果跟上孟官人，就能過上豐衣足食的生活，說起來有什麼不願意的呢？但我生得醜，又落下殘疾，樣樣都不如人，唯一自信的，便是我的品德罷了。如果我又去嫁人，不能從一而終，孟官人還能看中我什麼呢？」孟生一聽，更覺得喬女賢德，思慕之情越發深切，便委派人帶著厚禮，去說動她的母親。喬母心中高興，親自到女兒家裡勸說，然而喬女抱定了要守寡的心意，始終不答應。喬母拿了孟家的財禮，自己作主把女兒許給孟生，孟家的人都很高興，而孟生本人卻知道是沒有希望的。

過了不久，孟生突然得了急病，不治而亡。喬女知道後，前往孟家哭弔，極盡哀思。孟家沒有什麼親戚，他死之後，村裡的無賴都來了，把他家裡的東西一搬而空，還商量著要瓜分他的田產，僕人們也順手牽羊各自偷摸東西跑了，只有一個老婆子抱著烏頭在床帷中哭泣。喬女問明瞭情況，感到忿忿不平。她聽說林生是孟生的好朋友，就找上門去，對林生說：「夫婦、朋友，是人倫的重要部分。我因為長得醜陋，被世人看不起，唯獨孟生能夠瞭解我，我以前雖然拒絕嫁給他，但心卻早已許給他了。現在他人不在了，兒子幼小沒有依靠，我自然對知己應該有所報答。然而撫養孤兒容易，抵禦外人的欺侮卻艱難，假如沒有了父母兄弟，就坐看人死家亡而不救，那麼五倫之中就該去掉朋友這個倫常了。我對你也沒有更多的要求，只希望你寫一張狀子投交縣官，至於撫養孤兒，我是責無旁貸的。」林生佩服喬女的義氣，便答應了，喬女也就告辭回家了。

林生欲按喬女的囑咐寫狀子的事讓無賴們知道了，他們都大怒，揚言要殺他。林生嚇慌了，關起門躲了起來，不敢到衙門裡去。喬女好幾天都聽不到音訊，等她去問林生的時候，孟家的田產早被瓜分光了。喬女氣憤極了，挺身而出，親自去衙門告官，縣官問喬女是孟生的什麼人，喬女回答道：「我是大人主管的這一縣的百姓，憑的是一個『理』字罷了。如果是誣告，即使是至親也難逃罪責，如果情況屬實，就算是過路人的話，也是值得聽取的。」縣官對她直率的回答感到惱火，就喝斥著將她趕出了衙門。

喬女滿腔冤憤沒有地方申訴，就到官紳人家門口哭訴。某先生聽說後，為她的義氣所感，就代她向縣官陳情，縣官調查下來，果然情況屬實，就將那些無賴們一一查辦，把他們侵吞的財產全部收回來。有人提議讓喬女留住在孟家，撫育孟生的遺孤，但喬女不肯。她把孟家的門鎖上，叫老婆子抱著烏頭跟自己一起回家，安排他們在別屋居住。之後凡是烏頭日常的用費，她就和老婆子一起打開孟家的門，取出糧米錢物，為烏頭張羅置辦，而她卻不占分毫，抱著自己的兒子粗茶淡飯，清貧地過日子，一如既往。

過了幾年，烏頭漸漸地長大了，喬女便為他請了老師讀書識字，自己的兒子則讓他學做農活。老婆子勸她讓兩個孩子一起唸書，喬女回答道：「烏頭的學費，是他自己出的，我如果花別人的錢來教養自己的孩子，那我以前的那一番心思怎麼還能說得清呢？」又過了幾年，她替烏頭積攢了幾百石糧食，於是就為他娶了一戶出身名門的媳婦，為他修好老家的屋宅，叫他們回家去住，烏頭哭著要和喬女住在一起，喬女便答應了，但她還是同以往一樣紡紗織布。烏頭夫婦奪走了她的紡車，不讓她勞累，喬女說：「我母子倆坐吃現成飯，怎麼能夠安心呢？」於是她日以繼夜的為孟家經營家業，派她的兒子到田地裡巡視，就好像傭工一樣。烏頭夫婦犯了再小的過錯，喬女都嚴加訓斥，絲毫不留一點情面；若是不肯認錯改過，她就板起臉要離開孟家，直到小夫妻倆跪下表示悔過，她才罷休。不久，烏頭考中了秀才，喬女又要告辭回家，烏頭不放她走，還拿出錢來作彩禮，為她的兒子完婚，於是喬女就讓兒子遷回舊居，烏頭挽留不住，就暗中派人在附近村子買下了百餘畝田產，送給喬女的兒子才讓他回去。後來喬女得了病要求回家，烏頭不肯答應，但病情卻一日日地沉重，喬女叮囑烏頭道：「一定要把我抬回穆家安葬。」烏頭總算答應了。

喬女死後，烏頭暗中用金銀誘使她兒子同意母親與孟生合葬。到了下葬的那一天，棺木很沉重，三十個壯丁都抬不起來。忽然，喬女的兒子跌倒在地，口鼻流血，大聲喊道：「不肖的兒子，怎麼敢出賣自己的親娘！」烏頭怕極了，忙跪下禱告，才恢復了常態，於是又將棺木停放了幾天，把穆生的墳墓修繕完畢，才在那兒落棺合葬。

異史氏說：「感謝知己而以身相報，像喬女那樣，即是忠肝義膽的大丈夫之所為啊！」

九十八、陵縣狐

濟南李翰林家裡，常常發現有古董一類的擺設被挪移到桌子邊沿，搖搖欲墜。李翰林懷疑是僮僕們幹的，每次都大發雷霆，喝斥一番，而僕人們則大呼冤枉，但是也不知道是什麼緣故，於是便把書房的門緊緊鎖上，到了天亮又是如此。他們心裡明白是出了怪事，便暗中觀察。

一天夜晚，書房內大放光明，大家都感到驚訝，以為是盜賊。於是有兩個僕人走近悄悄探頭往裡一望，只見一隻狐狸躺在櫃子上，從牠的兩眼中發出晶瑩四射的光芒。僕人們怕牠逃走，急忙開門進去把牠捉住了。狐狸咬僕人手腕上的肉想要掙脫，僕人們就抓得更牢，七手八腳將牠綁住，拎起來一看，牠的四條腿都沒有骨頭，隨手搖動晃晃悠悠的，像條帶子一樣軟垂著。翰林念牠有靈性，不忍心殺牠，就用柳條筐子罩住牠，狐狸跑不出來，便在筐裡竄來竄去。於是李翰林便數說了牠的罪狀，告誡了一番，就放牠走了。從此怪事再也沒發生過。

九十九、三生

湖南有個聲稱能夠記住自己前三生事跡的人。人們不信，他就把自己前三生的事情描繪給人們聽，有好事者真的到他述說的地方去查證，果然都是真的。

他說自己第一世是個縣令。有一年科考時，主管批改試卷，他的上司給了他一張條子，讓他照顧條子上的幾個人，縣令不敢違抗，就照上司的意思辦了。結果發榜時，條上的幾人都榜上有名，而當地的一個才子興于唐卻被偷改了試卷，落了榜，興于唐氣憤不過，懷恨而死。他的鬼魂拿著試卷到閻王那裡告狀，狀子往上一遞，立即有許多像他一樣的鬼也遞上了狀子告這個縣令，群鬼推舉興于唐作發言人，立志不告倒縣令絕不罷休。

閻王接了眾人的狀子，立刻命鬼卒去抓縣令到陰間對質。鬼卒將縣令押到堂上，閻王一拍驚堂木問道：「你身為父母官，又擔任判卷官，為何要罷廢這些優秀人才卻推舉那些庸才呢？」縣令辯解說：「這是上司的意思，我只不過是在執行上司的命令罷了。」閻王聽了又命鬼卒去捉主考官。一會兒，主考官跟著鬼卒來到堂上，閻王就把縣令的話說給他聽。主考官聽了不服氣地說：「我不過是做個最後歸總，就算是有好文章，底下人不推薦，我也是看不到的，這怎麼能怪我呢？」閻王聽了，氣得一拍桌子說：「選人才怎麼能像你們這樣，互相推諉，都怕擔責任，不管怎樣，你二人照例都該打。」說完命鬼卒抬上刑具，準備施刑。

興于唐在旁看到，忙站起身說：「且慢。」閻王一揮手，鬼卒又放下兩人。閻王問興于唐還有什麼話要說，與于唐看了一眼堂下的那些鬼才，說：「這樣的懲罰對他們來說太輕了，應該挖他們的雙眼，懲罰他們不識好文章；再挖出他們的心，懲罰他們污昧了良心。」階下眾鬼一片附和叫好聲，閻王聽了並不同意。那些冤鬼立刻跪在階下，痛哭哀嚎。閻王見觸發眾怒，也沒了辦法，只好命鬼卒剝去兩人的衣服，開膛取心。兩人痛得大呼小叫，鬼卒捧著兩人的心讓眾鬼看過又放了回去，眾鬼這才停止喧鬧，來到閻王面前磕頭稱謝，又圍著與于唐說：「我們委屈地來到陰間，一直沒有出氣的機會，如今得到您的幫助，總算是出了口悶氣，真是太謝謝您了。」閻王見了也很感動，又判縣令來世到陝西投胎做一個平民的兒子。眾鬼聽了高高興興地謝過閻王，一哄而散。果然那晚縣令就死在自己家裡，大家都說是他的報應。

縣令被開膛剖胸後，又被押送到陝西投胎。二十多年後，他已長成了個年輕小夥子，恰好趕上陝西一帶出了一夥土匪，他也跑去投靠土匪。不久，朝廷派兵前去鎮壓，雙方一交手，這群烏合之眾就潰不成軍，官兵擒獲了許多土匪，這個縣令也被抓住。原先他心裡還存些僥倖，想：「我又不是頭目，就算殺頭也輪不到我。」不多時，開始過堂審問，輪到他的時候，他不疾不徐地走到堂上，只見堂上坐著一個二十多歲的官員，似乎很面熟，仔細一看，原來是前世的對頭與于唐，他一下子就雙腿發軟，跌坐在地，知道自己必死無疑了。果然審訊完畢，堂官判了他死刑，即刻處決，縣令連辯解的機會都沒有，就被殺了。縣令十分氣憤，一狀告到了閻王那裡。可閻王並不急於命人去提與于唐，說要等他把官做完了再說。

過了三十年，與于唐才被提到閻羅堂上，閻王質問他為何草菅人命。與于唐說只是為了報復縣令而已。閻王很不高興，就罰興于唐下輩子當畜生，又命人調查縣令在人間的行為，閻王聽小鬼報說他曾經打過自己的父母，更加生氣，也判他做畜牲。縣令一聽，哭著對閻王說怕興于唐再報復他，閻王想了想，就判他變成大狗，興于唐投胎變成小狗，兩人都投到人間做狗。縣令投到順天府一個店裡，沒幾年的時間長得又高又大。有一天，他正臥在街頭曬太陽，看到一個南方人牽著一條金毛獅子狗走過來。他仔細一看，那小狗原來是興于唐，於是一躍而起，衝上去就咬，小狗也不甘示弱，猛地一口咬住他的喉嚨，兩條狗在街上亂撲亂咬，嗥叫奔竄，引得街上的人都趕來看熱鬧，賭哪條狗能贏。兩條狗的主人無論怎樣也無法分開他們。結果兩條狗咬到最後，落得滿嘴的毛，身上不停地流血而死。好事的人到那兒一打聽，人們仍記著這件事，紛紛向他講述兩狗相搏的過程，與那人說的一模一樣。

兩狗死後，共同來到陰府，互相指責雙方，互不相讓。閻王聽了嘆口氣說：「冤冤相報，何時了啊？好了，下輩子就讓你們成為親家，看你們如何報復。」於是判興于唐下世做縣令的女婿。縣令投胎到人間的時候，家裡人都說他有祥瑞之氣，以後一定有福氣，果然在二十歲時考中了秀才，之後又生下一個女兒，長得很漂亮，也很賢慧。附近有錢有勢的人家都爭著來提親，可他卻總是看這個不順眼看那個不順心，始終沒能找到合適的女婿。有一次他路過郡城，正好趕上學使考試，縣令就想在考生中為女兒挑個女婿。等到放榜時，他就在那裡仔細尋找。突然他看見有很多考生圍著一個小夥子問長問短，便信步走過去，一打聽，原來這小夥子就是這次的榜首李生，他又仔細地打量那小夥子，見他長得眉清目秀、儀表堂堂，立即就相中了。於是就把李生請到自己休息的客店，熱情地招待他。席間又問他家中的情況，知道他還沒有娶親，就提出希望他能做自己女婿的想法。小夥子也不害羞，欣然同意了這門親事。兩人商定了日子，為李生和女兒完了婚。

人們聽說了這件事，都說他愛才，可誰也不知道這只是前世的恩怨而已。結婚後，夫妻二人生活得很融洽，恩恩愛愛，鄰居常以他們為榜樣教育自己的兒女。但李生卻有些看不起自己的丈人，認為他只不過是個秀才，所以很少到老丈人家來看望。老丈人也只好忍耐著，不說什麼閒話。這個縣令也就是講這個故事的人，那李生就是他的冤家興于唐。後來李生屢次參加科舉都落榜了，多虧老丈人多方活動，才慢慢地好轉起來。從此，兩人親得就像父子一樣，前世的怨恨也都不提了。

異史氏說：「一世被偷改試卷落了榜，就可以三生三世互相怨恨，閻羅王處理的方式固然很好，但是發生這種偷改試卷情況的人有那麼多，難道說天下所有被丈人疼愛的女婿，都曾經是含冤悲鳴的鬼魂嗎？」

一百、席方平

在東安有一戶人家，姓席，老頭兒名叫席廉，兒子叫席方平。席方平三歲時，他的母親就去世了，席廉父代母職，含辛茹苦地把席方平拉拔長大。席方平也很孝敬父親，對父親的話從不反駁。由於席廉性情剛直、不畏強暴，常替鄰居們打抱不平，因此和同鄉一個姓羊的富翁結下了宿仇，那姓羊的富翁也不敢把席廉怎樣。有一年，羊富翁得暴病死了，鄉親們都拍手稱快，說是報應，可又過了兩年，席廉也病倒了，吃了很多藥都沒效果，眼看著就要死了。一天，他突然對家人說：「那姓羊的在陰間賄賂官吏，對我嚴刑拷打，我就快不行了。」說完全身紅腫，不一會兒就死了。席方平聽了父親的話，擔心父親在陰間受不了酷刑，整日茶不思飯不想，愁眉苦臉的。忽然有一天他對家人說：「父親為人老實，在陰間一定會吃虧，我要去為父親伸冤。」從此不再說話，也不吃飯，整日時坐時立，癡癡呆呆，家人都以為他急出了瘋病，抓藥給他吃，也不見好轉，於是也就不管他了。

話說那日席方平的魂走出了家門，但又不知縣城在哪個方向，他看到路上有行人走過，趕緊上前問明了路。他邊走邊打聽，大約走了兩個時辰，遠遠看見前面有一個城門，人們進進出出的，他心想，一定是這裡了。於是就進了城，又向城裡人打聽了監獄的所在，便逕直來到監獄門口，遠遠地就看見父親躺在屋簷下，渾身上下都是傷，顯得非常狼狽。席方平趕緊跑過去，扶起父親。席廉抬頭見是兒子，頓時流下了眼淚，說：「這裡的獄吏都受了那姓羊的賄賂，整日地拷打我，現在我恐怕連站都站不起來了。」席方平大怒，指著獄吏說：「你們這些死鬼，我父親如果有罪，自然會有王法懲治他，你們為什麼這樣拷打他？」獄吏也不說話，只是把他趕出門去。

席方平立即找來紙筆寫了狀子，趁城隍爺坐早衙時把狀子遞了上去。早有獄吏偷偷告訴了羊富翁，他趕緊拿錢上下打點，買通了城隍，才不慌不忙地上堂和席方平對質。城隍聽了兩人的對質，把狀子扔給席方平說：「你上告的內容無憑無據，本官也不好擅自做主判你有理，還是先下去吧！」席方平滿臉怒氣無處申訴，明知是城隍故意刁難，一時也沒了主意，但又不甘心，就決定繼續上告。於是又來到百里之外的府城，又寫了狀子，把官府衙役徇私的情況都告到了郡司那兒，郡司接了狀子，也不多說，叫他先等一等。誰知一等就是半個月，才對質審理，城隍反咬一口說是席方平誣陷官吏，郡司不由分說，命人把席方平打了一頓板子，仍批示由城隍處理。席方平又被押回縣城，城隍命人對席方平使用各種刑具，打得他渾身是傷。城隍擔心他再上訴，便派差役押送他回家，那差役也沒多想，到了席家門口就逕自轉頭離去了。

席方平知道一進門口，再出來就難了。因此他一見差役走了，立刻逃到了閻王府，上告郡司和城隍接受賄賂，欺壓良善。閻王馬上傳他們來到府上對質。兩人見是閻王傳見，知道是席方平告到了閻王府，就暗中派了親信去和席方平商量，希望他撤出狀子，不再上告，並承諾要送他幾千兩銀子。席方平聽了大怒，把那兩個親信罵了出去。過了幾天，客店老闆告訴他：「小夥子呀，你太傲氣了，官府向你求和你卻不肯同意，我聽說閻王收了那兩人的紅包，恐怕你要倒楣了。」席方平對閻王抱著很大的期望，聽了老闆的話，他還是不相信。

第二天，有個差役來提他上堂。他跟著差役來到堂上，抬頭一看，只見閻王面帶怒色，不等他說話，就下令先打他二十大板。席方平一聽，大聲問：「為什麼要打我，我有什麼罪？」閻王坐在那裡臉色冷冷地像是沒聽見。兩個差役把他按倒就打，差役打一下，席方平就罵一句，閻王見他罵個不停，又命準備鐵床。準備好鐵床後，兩個小鬼就把他拖下了堂，那鐵床下燒著紅紅的烈火，床板燒得通紅。兩小鬼扒掉席方平身上的衣服，把他扔到鐵床上，推過來推過去，皮肉都烤焦了，席方平痛得大叫，空氣裡瀰漫著一股焦臭氣。

這樣折磨了一個時辰左右，一個小鬼說：「差不多了。」於是兩個小鬼把他拉了下來，替他穿上衣服，架著他走上公堂。閻王問：「怎麼樣？還敢再上告嗎？」席方平咬牙切齒地說：「大仇未報，我為何不告！」閻王又問：「你還能告什麼呢？」席方平瞪著眾人說：「我所受的一切一切，都要說出來。」閻王見他仍不肯服軟，命令小鬼鋸開他的身體，兩個小鬼拉起他就走，剛到堂口，閻王大喊：「先給我拉回來。」兩小鬼又把他押了回來。閻王又問：「你還敢上告嗎？」席方平回答說：「別以為這些能嚇住我，我一定要告。」閻王大聲喝道：「馬上把他給我鋸了。」拉到堂下，只見左邊立著一根八、九尺高的木柱，上面朝天靠著兩塊木板，板子上都是黏糊糊的血。

兩小鬼用兩塊木板夾住席方平綁在木柱上，席方平一抬眼，見鋸已抵到了腦門上，趕緊閉上眼，咬緊牙。鋸刃剛一接觸頭皮，就覺得頭頂在一點點的裂開，席方平痛得挺直了身子，左右使勁地搖晃，緊咬牙關，始終不叫一聲。一個小鬼說：「這漢子可真夠硬的！」鋸子已經鋸到了胸口，另一個小鬼說：「聽說這個人十分孝順，被人陷害，才變成這個樣子。」接著又說：「喂，鋸子稍偏一些，不要損到他的心。」席方平只覺鋸子彎了一下，疼得他差點喊出來，一會兒，就被鋸成了兩半。兩小鬼解開木板，兩片身體落在地上。一個小鬼跑上堂報告，片刻那小鬼又跑了下來，說：「堂上有命，接好上去拜見。」於是兩小鬼一人推一半把身體合在一起，拖起就走。席方平覺得被鋸開的地方，疼得像是又裂開了，剛站起一點，又趴在地上。一個小鬼從腰裡抽出一條絲帶遞給他說：「看你是個孝子，就讓你少受點罪吧！快繫好。」席方平感激地望了那小鬼一眼，接過絲帶繫在腰間，頓時感覺很輕鬆，一點也不疼了。到了堂上，閻王又問他同樣的問題，席方平害怕再受酷刑，便回答說：「我不敢再告了。」閻王立即命小鬼送他回去。一個小鬼領他走出北門，指點了回家的路，轉身就回去了。

席方平心想：「人世間雖然黑暗無道，可陰間比起人世更是有過之而無不及啊！難道陰間真的沒有一個正直無私的官嗎？」忽然想起以前老人講灌口的二郎是個聰明正直的神，於是就準備去灌口找二郎告狀。他看押送的小鬼走遠了，就轉身向南走去。正走著，那小鬼又從後面追上來，抓住他說：「閻王早就懷疑你不會就此罷休，果然如此，哼！看你還往哪兒跑。」說著又把他抓了回去，交到堂上。

席方平以為閻王一定會給他施加更殘酷的刑罰，但閻王卻心平氣和地對他說：「我敬佩你的孝心，你父親的冤屈，我已為他平反了。現在我想把你投生到富貴人家，給你百年的壽命，怎麼樣，該滿足了吧？」於是命小鬼搬來生死冊，登記上去又蓋了大印，遞給席方平看過。席方平看了連忙稱謝，閻王命小鬼護送他下去。路上，那小鬼拿著鞭子抽他，讓他快走，嘴裡還絮絮叨叨地說：「告訴你，下次再犯罪一定把你磨成粉，來回走這一趟一趟的可苦了我們。」席方平一瞪眼，大罵：「你算個什麼東西，敢拿鞭子打我，我雖然能忍受床烙刀鋸之苦，但卻不能忍受你的鞭打辱罵。走！我們回去見閻王，看看他怎麼說。」於是席方平抓住小鬼的手腕往回就走。小鬼見他發怒，心裡也很害怕，連忙賠禮道歉，席方平這才不追究，又繼續向前走。

席方平故意刁難那小鬼想甩掉他，再去灌口找二郎告狀，於是走幾步就休息一會兒，小鬼知道席方平是故意刁難自己，但又不敢再說什麼。走了很長時間，進了一個村子，前面有戶人家的門半開著，小鬼趕緊坐在門外石階上，席方平見小鬼休息，也靠在門檻上休息。那小鬼趁他不備，一腳反把他踹進了門裡。

席方平鎮靜後一看自己，已變成了嬰兒。他不甘心就此罷休，落地後就整日啼哭，也不吃奶，三天不到就又死了。他的魂飄飄蕩蕩朝灌口方向遊去，大約飄了十幾里路，忽然看見遠處有一大隊人馬過來，其中有一輛很華麗的車子，眨眼間就到了面前。席方平躲閃不及，撞到了儀仗隊，被前邊的人抓住，押到那華麗車子旁。席方平抬頭看見車裡有個年輕人，儀表堂堂。那人問：「你是何人？竟敢衝撞我的人馬。」席方平正愁無處伸冤，見這人好像是個大官，心想或許能夠為自己平冤伸屈，因此詳細報告自己的身世，又申述了父親和自己所受的迫害。車中那人聽了，下令給席方平鬆了綁繩，讓他跟著自己的車子走。

不久，到了一個地方，路旁有十幾個官員迎候拜見，車中人一一問候了他們，並指著席方平對其中一個官員說：「這個人是下界來為父親伸冤的，你立即去審理此案，儘快給他一個答覆。」席方平聽那人說話口氣很大，就悄悄問隨從人員：「車中這位是誰？如此氣派。」隨從看了看他，說：「這位是玉帝皇子九王，為你審案的那個是九王的親戚灌口二郎。」席方平一聽，十分高興，心想：「這下我的冤情總算可以平反了。」再仔細打量二郎，只見他身材高大，站在那裡威風凜凜，滿臉鬍鬚，一臉正氣。

九王離開後，席方平跟著二郎來到一座官署，進門卻看見父親和羊富翁都在裡面，周圍站列著兩排武士。過了一會兒，又有兩個武士從外邊進來，身後跟著閻王、郡司和城隍。二郎端坐大堂上，一個個地審問、對質，閻王、郡司、城隍三人戰戰兢兢地跪在那裡，一聲不吭，二郎冷冰冰地瞪著三人。對質完後，二郎提筆當即判決：席方平申訴的內容完全屬實，無罪釋放；閻王身居王位，卻貪圖錢財，招來貪官名聲，罰用西江流水洗腸，燒紅刑床，立即上刑；城隍、郡司都是百姓的父母官，卻貪贓枉法，人面獸心，為正法紀判處死刑，然後脫掉人皮、換上獸皮，仍舊投生人間；差役們本該積善修德，以便回復人身，卻幫貪官虐待百姓，施威作惡，判處砍掉手腳，扔到沸水鍋裡，再挑去他們的筋骨；羊富翁為富不仁，狡猾詭詐，判處沒收全部財產，補償席方平的孝行。二郎判完後，又讓他們各自畫押，問他們是否有冤要訴，誰也不敢吭聲，默默畫上了押。二郎於是又命武士把犯人帶下，立即押往東嶽施刑。

判決完畢後，二郎對席廉說：「念在你兒子孝順仁義，你也很善良，所以再給你多加三十六年的陽壽。」又派兩名武士送父子二人回家。父子倆有說有笑，走著走著，忽然掉下一個懸崖。過了一會兒，席方平醒了過來，一看已經到家裡了。家人見他又清醒過來，都十分高興，問這問那，席方平叫家人趕緊開棺看看父親，屍體還是冰涼的，過了一天，才逐漸地回溫活了過來。家裡人感到非常奇怪，忙問是怎麼回事，席廉就把事情的經過講給眾人聽，大家聽了，更加敬佩席方平。

從此，席家的日子越過越好，三年後良田沃土遍地，而羊富翁的後代卻衰敗不振，房屋田地全歸到席家名下。有一次，有一個人買了羊家的地，晚上夢見一武士喝斥說：「這些都是席家的財產，你怎麼能要呢？」起初他還不信，就種上了作物，可收成時卻什麼也沒有收到，這才相信，只好再賣給席家。席家人無論種什麼，都能豐收。人們都說席方平的孝心感動了上天，有老天爺的保佑，能不豐收嗎？

《聊齋志異》將近五百篇的文言文小說是五百顆閃耀著民族文化光芒的絢麗珍珠；是作者蒲松齡畢其一生心血，裝點中國文學女神的光彩桂冠。

作者以「追魂攝影之筆」著孤憤之書，崛起於「千年之衰」，「可與天地相終始」，是世世代代取之不盡的藝術寶藏。

◆坎坷一生近五百篇，寄寓萬言世代相傳

蒲松齡（一六四〇——一七一五年），字留仙，別號柳泉居士，山東淄川（今淄溥市）人。他出生在一個書香門第，可是祖上科名都不顯。其父原來走科舉出仕之路，無奈二十多歲還未能考取秀才，便棄文從商，到他這一代就更為窮困潦倒。受當時世風時俗和家庭的影響，蒲松齡從小就熱中功名科舉，並在十九歲時一連考取縣、府、道三個榜首，名振一時。但儘管他滿腹經綸，詩、詞、歌賦、戲曲、小說無所不精，惟獨不擅長「八股文」，因此屢試不中。三十二歲時，他迫於家貧而受聘做幕僚，但與其志相違，次年便辭職返鄉。此後四十年間，他一面教書、一面應考、一面搜奇說異，歸而粉飾，傾心構築《聊齋志異》。

蒲松齡的一生，是一個天才文人深受腐朽的科舉制度、黑暗的封建制度毒害的寫照。他

曾忿忿不平道：「仕途黑暗，公道不彰，非袖金輸璧，不能自達於聖明。真令人憤氣填胸，欲望望然哭向南山而去！」他希望能實現自己致仕天下的理想，然而卻遭到現實的無情打擊。他只好悲嘆道：「天孫老矣，顛倒了天下幾多傑士。蕊宮榜放，直教那抱玉卞和哭死！數卷殘書，半窗寒燭，冷落荒齋裡。」

正因為仕途坎坷不幸，他始終與下層人民為伍，使他對不公平的世道萌生批判良知，對平民百姓的疾苦深有感觸，寫鬼、寫妖高人一籌，繪世畫心特立獨行，寫出了一個時代正直文人的理想與愛憎。由於作者廣泛地吸取了傳奇、史傳文學，乃至先秦兩漢散文悠遠的傳統精華、融會貫通，形成了自己的獨特風格，使得這部洋洋幾十萬言的小說集達到了文言小說的高峰。它是承繼世代前人的藝術而成的一部經典之作，問世後立即風行一時，為後期文言筆記小說帶來深遠影響。

蒲松齡著《聊齋志異》一書約於康熙九年（一六七〇年）左右開始，並於康熙十八年大致定稿。完成時，蒲松齡已是四十歲左右的中年人，歷經人世滄桑，集所有潦倒不幸於一身。然而身世不幸文章幸，此時他的筆力已達爐火純青的化境。蒲松齡作為一個「蘊藉深遠」的「恂恂然長者」，將一腔孤憤、滿腹牢騷、平生感慨寄之於筆端，以嚴肅的態度將其幻化為一個花妖狐魅、幽冥絢爛的大千世界。

作者一生接觸交遊的人物相當廣泛，他對封建社會的各色人等無不瞭如指掌，上自官僚縉紳、舉子名士，下至農夫村婦、婢妾娼妓，甚至蠹役悍僕、惡棍無賴、賭徒酒鬼、僧道術士的精神風貌、命運遭際都盡納眼底，並將這些形象以文字刻畫，栩栩如生、躍然紙上。《聊齋志異》厚積博采，在文學殿堂裡自成突兀一峰，可以說全基於它根植深廣的現實沃土。

◆現實主義與浪漫主義的珠聯璧合

蒲松齡將花妖狐魅的幽冥世界和當時的現實生活和諧地組合在一起，構築出一幅幅虛實相生、幽冥相間的生活畫面，意境獨具、立意高遠。作者一會兒寫狐魅鬼怪，一會兒述世俗真人；一會兒上至天界，一會兒又回到人間。不僅描繪人與人之戀，更擅長寫人鬼之愛、人狐之情、人仙之慕，他將人鬼混融，把狐魅精怪人格化、把幽冥世界世俗化。讀《聊齋志異》，我們會陶然沉醉在一個五彩斑斕的綺麗世界，流連忘返。故事主人翁多是狐魅精怪，卻具有常人甚至「與人無異」的真實可親之品格。我們情不自禁隨其憂歡、同其歌哭，誠如魯迅所言：「花妖狐魅，多具人情，和易可親，忘為異類。」

作者把狐魅精怪人格化，其形象總是栩栩如生、呼之欲出。你看那嬰寧走到哪裡，笑聲猶如和風飄蕩到哪裡；你看那狐女妙語橫生、語出驚人，滿座皆為之傾倒，若不是她忽然別去，一切都悉如常人；還有那菊精（黃英）、鬼（伍秋月）、蜂（綠衣女）、獐（花姑子）、鼠（阿纖）、牡丹（香玉）、荷花（荷花三娘子）等．無不超乎形骸原性，集人的精靈稟性，予人可驚、可讚、可歌、可泣的藝術震撼力。

《聊齋志異》還擅長於把幽冥世界社會化，從而使陰司地獄的描寫也成為揭露和抨擊世俗社會的真實畫卷。針對封建統治者剝削壓迫、經濟掠奪及科舉制度的弊端、社會風氣的腐敗、封建禮教的束縛，蒲松齡總是寓冷峻、辛辣與深刻於奇詭妙想、俏比幽托、揶揄百態之中，在一個個有聲有形、光怪陸離的精魂身上抒寫不平，宣洩感慨、表達理想，一任思緒遨遊在現實與幻想之中，大量使用奇妙的想像與誇張，增添了浪漫主義的色彩，更加深了批判力。如〈餓鬼〉、〈黎民〉、〈書癡〉、〈勞山道士〉和〈鏡聽〉等作品，看來就是由「餓死鬼」、「引狼入室」、「書中自有顏如玉」、「蠢人碰壁」、「貧窮則父母不子」這類意念或詞語聯想出來的；〈鳳仙〉中劉赤水所見到的鏡影悲笑等，又顯然都是由生活中人們所熟悉的現象與情態想像和誇張出來的，它們虛妄卻又真實，怪誕卻又辛辣。最精彩的是〈王子安〉中描寫士人應考前後的七個比喻，作者一會兒把士人比作乞丐、一會兒比作囚犯，一會兒比作冷蜂，貼切、鮮活地刻畫出科舉這面重枷之下儒生們的慘相。既嘲笑了士人，又諷刺了科舉制度本身對於士人的摧殘。

有些作品「與之托諭，婉而成章」，近乎寓言。如〈小獵犬〉、〈瞳人語〉、〈大鼠〉等；有的則近乎傳奇故事或傳奇小說，如〈僧術〉、〈羅剎海市〉、〈續黃粱〉等，讀之覺得含蓄影射，聞此而憶彼、因淺而見深，耐人尋味。另外，為了達到強烈的反差效果，作者大量使用對比，以達到嘲諷誇張的目的。如〈勞山道士〉中對於王七前面自云能吃苦而後面卻表現出不耐吃苦的描寫；〈餓鬼〉中對於地方官見人「袖中出青蚨．則作鸕鷀笑」，與不見人出青蚨「則睫毛一寸長，稜稜若不相識」的描寫；〈考弊司〉中表面上標榜仁義廉恥，而實際上卻貪財索賄的描寫等等，使得諷刺更見深刻，情節矛盾而又和諧。

總之，《聊齋志異》是以浪漫主義的筆調來表達現實主義之內涵，以浪漫之「矢」射現實之「的」。神仙鬼怪打破幽冥的界限，飄然而至又飄然而逝，使故事氛圍無不籠罩在神秘浪漫的光環之中。縱是寫人本身亦是實相中見虛幻，充滿誇張之典型化筆法。如〈司文郎〉中瞎和尚能以鼻代目辨別文章優劣；〈王子安〉中的王子安幻想自己考中科舉的瘋癲行為等都是例證。同時，作家塑造的一系列女性理想人物，或人或鬼、或狐或仙，敢愛敢恨、勇於蔑視封建禮教，完全憑自己主觀意願行事，不屈服於父母之命、媒妁之言，具有一種詩情畫意般的完美品格。理想的男主人翁則都是以誠摯的感情和平等的觀念來看待對方，無悔初衷。另外，很多作品還廣泛觸及到其他的社會理想，如〈鞏仙〉中對「袖裡乾坤」的描寫：「中有天地、有日月，可以娶妻生子，而又無催科之苦、人事之煩」簡直就是一幅世外桃源的畫境。

◆化工賦物獨千古，窮形盡相各面目

《聊齋志異》不朽的藝術魅力在於賦予一個個人物特立獨行的個體，不論是現實生活中的「畸人」，還是幻化成人、躋身於人類社會的鬼狐，多數都「同於化工賦物、人各面目」。讀之，音容笑貌宛在眼前。

蒲松齡總是能從數種相同、相近或相類的因素中寫出人物性格的差異來，充分顯現出了「犯中見避」的藝術功力。〈小謝〉、〈連鎖〉、〈聶小倩〉均歌頌人和鬼在患難中建立起來的真摯愛情；〈俠女〉、〈商三官〉、〈庚娘〉都透過復仇情節表現對強暴的反抗；〈嬰寧〉、〈小翠〉都寄託著作者對於「新人」的理想等等。但是，其中的人物卻是個性鮮明、迥然不同。例如在〈俠女〉、〈商三官〉及〈庚娘〉三篇中，我們從俠女身上看到的是不同凡俗的俠氣；從商三官身上洞見超人之膽識；從庚娘身上則發現了臨危不驚、警變非常、智勇無雙的特點。同是寫為自己的友伴或者女主人物色佳偶，封三娘閱世頗深，精明練達、深謀遠慮，又處事果斷、義氣干雲；而青梅則單純直率，卻也無視封建禮法，敢於大膽地追求純真的愛情。兩個故事雖有近似之處，但兩個主人翁卻是冬梅春蘭，各具風采。

《聊齋志異》中的許多形象，都是既有鮮明的人格特質又有多面向、多角度的外在表徵。作家立足於主要特點，準確地抓住它，並用誇張手法將其放大、不斷輻射，使之更突出、更強烈，這往往使作品充滿一種相乘效應，使人物全方位地立體活現於眼前。如〈俠女〉中的俠女，不但「俠」而且「孝」，既藐視封建禮法，又端莊凝重、刻苦耐勞，以「俠」為藝術構思的軸心，顯其肖像、舉止、擊狐、生子、殺仇，無不是為表現她的「俠」；從顧生的角度去寫俠女，引出顧生母子對她的觀察，寫出了顧生在愛情上對她的試探，寫「俠」旁及其「孝」和端莊穩重之特點；正因為她「孝」，所以才對顧生的養母之德「刻刻不去諸懷」、才有了為顧生生子之舉；正因為寫出了她端莊穩重的特點，才使她為顧生生子的舉動與輕浮苟且區別開來，反襯出這一舉動的凜凜俠氣。這種相輔相成的多側面就構成了一個和諧統一的整體。

《聊齋志異》對現實生活的描寫並不限於愛戀之情、兒女之態，而是將廣泛的生活場景、社會風貌、民間習俗、人情世態一一攝取，構成豐富的藝術內涵。養鳥、種花、弄蛇、鬥蟋蟀、玩鵪鶉、賽龍舟、跳神、占卜、賭博、堪輿、兄弟爭產、婆媳爭執、酒徒罵座、商販討價還價、衙役敲詐索賄、秀才賣弄詩文、官紳作威作福等，無不摹繪如生、躍然紙上。僅舉〈狐夢〉為例，主要是寫作者友人畢怡庵做的一個夢，其夢與〈鳳陽士人〉、〈續黃粱〉的夢境不同，既無生動故事，又無非常遭際，只是一個普普通通的生活場景——狐氏姊妹為女主人翁「賀新郎」的宴飲戲談，看似狐仙所託之夢，其實分明是人間生活細事、閨閣閒情，句句畢肖、筆筆入妙，「最喜小女兒聲口一一如繪」、「閨房戲謔都成雋語」、「文字逼真、化工肖物」等人情描寫，具有鮮活的現實血肉及濃郁的人間氣息。

《聊齋志異》「說鬼說狐，彈指即現」、「奇性異彩，矯然若生」，寫山魈入室，「殆與梁齊」、「面似瓜皮色」、「呵喇之聲響連四壁」（〈山魈〉），儼然是一巨鬼；寫女屍作怪，「面淡金色，生絹抹額」、「俯近床前，遍吹臥客」（〈屍變〉）。讀之「令人毛髮森立」；寫虛擬之物又窮其細，「宮有玉樹一株，圍可合抱，本瑩澈如白琉璃，中有心淡黃色，稍細於臂，葉類碧玉，厚一錢許，細碎有濃蔭。花開滿樹，狀類薝葡。每一瓣落，鏗然作響。拾視之，如赤瑙雕鏤，光明可愛。」（〈羅剎海市〉）。蒲松齡「使萬象化為美麗」的理想化描繪造成了詩的意象和境界，強而有力地吸引、感染著讀者。

《聊齋志異》在講求情節多變的同時，還特別注重人物刻畫，用粗線條的細節描寫、刻畫人物性格和心理，從而發展了古代短篇小說的白描藝術。透過「描畫眼睛」、「極節省地」寫出人物的思想、精神與性格特徵。尤其是寫青年男女的戀愛心理，每有燭微顯隱之筆。嬌娜為孔生動手術，孔生「貪近嬌姿，不惟不覺其苦，且恐速竣割事，偎傍不久」；劉子固愛阿繡，「蹈隙輒往」，買脂粉任女包裹，從不要檢視，女包赤土為戲，他也毫無察覺。此種筆觸默默地將人物的專注精神、微妙心境透視得一清二楚、明晰可辨。

在景物描寫方面，《聊齋志異》不只畫面鮮明，而且常常造成一種氣氛、境界，烘托出人物的性格。如寫嬰寧所居之處，「門前皆絲柳，牆內桃杏尤繁，間以修竹，野鳥格磔其中」、「門內白石砌路，夾道紅花，片片墮階上。曲折而西，又啟一關，豆棚花架滿庭中」、「粉壁光如明鏡，窗外海棠枝朵，探入室中」充分透視出了女主人純潔天真之個性。

《聊齋志異》可說是成功地使用文言表現其深刻內容的「獨有千古」之語言藝術奇葩，其語言具體可感、繪影傳神、遣詞造句、鍊字設譬，都具有濃厚的藝術功力，使作品的文句既簡潔、凝練，具有文言的長處又生動具象，富於小說語言的浮雕性。既創新地運用古代文學語言，又適當地摻雜口語方言。在單行奇句中間用駢詞儷語，典型工麗而又生動活潑，極富於形象性和表現力。《聊齋志異》的描寫語言較之其他文言小說嵌入較多的對句、排句，卻絲毫不見呆板、造作，彷彿隨手而對，涉筆成偶，一派天然渾成氣象，不僅增加了語言的整齊美和節奏感，也提高了藝術描寫力，使作品的語言更為凝練，更加精美。「夜合一株，紅絲滿樹」；「小山聳翠，細柳搖青」；佳石「四面玲瓏，峰巒疊秀」；麗人「嬌波流慧，細柳生姿」；仙樂「烈足開胸，柔可蕩魄」；俠女「豔如桃李」、「冷語冰人」；縣令堂上放蝶，「如風飄碎錦」；新娘只哭不妝，「眼零雨而首飛蓬」；魚妖湖上興波，「浪接星斗，萬舟簸蕩」。凡此種種，不一而足，都是精美的描摹語句，比喻、比擬、裝點、誇張都很精當，聲色俱現。

至於把大小星星比作瓿、盎盂，把它們嵌在天上比作「老蓮實之在蓬也」更是新穎、生動。〈小翠〉中寫公子挨了打，小翠「笑拉」公子入室，「代撲」衣上塵、「拭」眼淚、「摩挲」杖痕、「餌」以棗栗，五個動作連三並四，五個動詞珠璣參差，構成一幅清晰而又親切的圖像：有聲有色，錯雜相間。〈嬰寧〉一篇寫笑達二十三處，用語竟無一處重複。「微笑」、「憨笑」、「濃笑」、「大笑」、「狂笑」、「含笑」、「忍笑」各有分別，又各盡其妙，與所處情境十分和諧。從先聲奪人的「隱有笑聲」到「吃吃笑不已」，繼而「猶掩其口，笑不可遏」，直至老媼怒目申斥，才「忍笑而立」。後聞王問年庚，「復笑不可仰視」；聽婢小語「又大笑」；但仍受拘束並未完全放開，「至門外，笑聲始縱」。一連七次寫笑，層層疊疊，各自曲盡其妙、恰到好處，可見作者語言藝術達到了爐火純青的化境。

蒲松齡幼讀經史，吸取各家之長，又能「絕去町畦，自成一家」。《聊齋志異》的語言以一種全新的風貌卓立於文言名作之林，足與爭輝，毫不遜色。作品吸收生活語言之精華，大力改造古文詞，創造一種嶄新且富有藝術描摹力的文言，較之許多歷史上的文言小說，顯得雅致、簡淨、圓潤、優美；比之歷代大家之文，又顯得活脫、靈性、明白曉暢，兼擅口頭文言與古文詞之長，又力避兩者之短，提高了文言對小說內容的適應性，增強了文言刻畫人物形象，顯示豐沛人生的能力與活力。

◆妙手剪輯舒錦繡、匠心獨運通靈犀

《聊齋志異》講究形式與內容的統一，在結構藝術與人物塑造二者間找到了諧和點，情

節結構的剪輯安排與造設提煉做到「事隨人走」，從而達到了匠心獨運通靈犀的至臻化境。《聊齋志異》大部分作品頭尾完整、短章精緻、跨時馳空，不僅逾月經年，乃至隔生再世，作品皆結構緊湊集中。可以說，鋪陳則花繁葉茂，約簡則雲淡風輕。蒲松齡總是「一題到手，必靜相其神理所起止，由實字堪到虛字，更由有字句處堪到無字句處」具體落筆講究起承轉合，使之「水霓風裳，剪裁入妙；冰花雪蕊，結撰維新」。

如〈胡四娘〉「寫銀台之卓識、寫孝思之力學、寫四食之端默，中間以旁人之非笑、諸子之鄙薄、僕婢之揶揄、神巫之風鑑、婢媼之嘲呼、桂兒之忿恚，紛紜雜沓，聒耳亂心」。通文觀之，人雜文不雜，事亂而法不亂，「以敘筆為提筆，以閒筆為伏筆。」若網在綱，有條不紊、前呼後應，引人入勝。在言情類作品中，〈蓮香〉、〈阿繡〉、〈嫦娥〉、〈小謝〉、〈香玉〉、〈巧娘〉、〈陳雲棲〉等均有兩個女主人翁並呈，忽此忽彼、忽分忽合，螺旋式向前推進，步步達到歸止之境。〈蓮香〉、〈阿繡〉、〈嫦娥〉等三篇，使人聚焦於蓮香，又念及李氏；方見嫦娥，又失顛當；正疑惑於阿繡之去向，又為假阿繡的來歷懸心。唯有如此，眼前好景閃爍迷離，心中疑雲不絕如縷，不看到山窮水盡、水落石出，礙難釋手。

《聊齋志異》的作品將近五百篇，作品總是盡可能地安排新穎別致的開頭、盡可能地創新，變化多姿。〈織成〉的開頭寫洞庭水仙在湖上臨風奏樂，繼而寫柳生聞仙樂、見仙人的情景，聲色並茂、不落俗套。《聊齋志異》中的許多作品都注意從側面寫起，而不是平鋪直述地從正面切入，比如〈青鳳〉開頭不直接寫人，而是描寫狐仙出沒的地方：「第宅弘闊，後陵夷，樓舍連亙，半曠廢之。因生怪異，家人中夜駭嘩。耿患之，移居別墅」繼此之後才寫耿去病夜間大膽入宅的故事；再如〈死僧〉開頭所寫：「某道士，雲遊日暮，投止野寺。見僧房扃閉，遂藉蒲團，趺坐廊下。」然後才寫了一個在道士眼中看來的故事。作品中的主人翁不是道士，卻從道士的行為開頭，可謂佈局精巧。

在具體的內容組織佈局上，《聊齋志異》中的故事性作品幾乎篇篇有懸念，而且常常不止一個，前山才過，後山又來，前後相銜，直至終局。決定於情節，又推動情節，是作者精心營構之藝術效果，又是敘事引人入勝之所需。故事上升到藝術境界，就不能像生活本身一樣自流地進行，而要進行得有預防、有準備，要善於利用聰明而不露痕跡地轉換敘事方法，要既能跌宕多姿，又能萬變歸一。〈嬰寧〉、〈葛巾〉、〈紅玉〉、〈花姑子〉、〈白秋練〉、〈綠衣女〉、〈蓮花公主〉以及其他一些篇章都是臨近結尾才點明身分、解開疑團，前面將它藏於雲霧，偶見鱗爪，造成一種具有懸疑效果的神秘感，隱約依稀之中逗引讀者急不可耐地往下讀，又暗中推動情節的發展。展讀〈三仙〉，見赴考士子與三個怪秀才「詩酒歡洽」，擬題作文，只覺蹊蹺，不解寓意，直到末筆點明三人乃是蟹、鯤、蛤蟆，士子用其所作高中舉人，方才恍然大悟，拍手稱快。

蒲松齡利用不同的結構聯繫環節和紐帶，造成情節的契合點，將雙層或多層思想結構自然、輕巧地連成一氣，融為一體，不露人工斧鑿的痕跡。如〈梅女〉前文一直寫封生與梅女的往來相聚，唯不及亂。一夕，「封苦逼之」，女曰：「君勿纏我。有浙娼愛卿者，新寓北鄰，頗極風致。明夕（招）與俱來，聊以自代。」這位愛卿實際上就是「期月夭殂」的某典史妻被公婆送入青樓代夫償還貪債的顧氏。如此引出，不留斧鑿之痕地將故事引導進入另一思想結構，跨入梅女報仇的情節，有「明修棧道，暗渡陳倉」之妙。後寫典史悼念亡妻，聽說封處有靈鬼，「欲以問冥世之緣遂跨馬造封。」這樣將他引到封處，與妻和梅女相遇，遭鬼痛打，一命嗚呼，自然結局，體現出作者圓融的匠心之所在，予人審美的驚悅：於山窮水盡之處突起樓閣，另立門戶，為後文開出柳暗花明的藝術新天地。

一部作品的結尾曲終奏雅、餘韻綿長必然給讀者無盡的美之享受與陶醉。〈粉蝶〉寫陽生飄至仙島，十娘夫婦授之〈天女謫降〉二曲。時隔十六年後返回人間，娶女入門，女即仙島上所傾慕的粉蝶。「每為之鼓〈天女謫降〉之操，輒支頤凝思，若有所會。」可謂：「結筆飄飄欲仙，更著不得讚詞」、「不結之結，趣味悠然」，讀之掩卷回味，真可謂餘音繞樑。〈綠衣女〉的結局則又別有一番風味，先寫「綠衣長裙，婉妙無比」的少女戀愛故事，最後才點明她原是一隻綠蜂，因遭蜘蛛捕捉幾乎喪命，為她的戀人所救。結尾寫綠蜂「徐登硯池，自以身投墨汁，出伏几上，走作『謝』字。頻展雙翼，已乃穿窗而去。自此遂絕。」以此作結，精練含蓄。

另一種處理結尾的方法是戛然而止，以短促散句收尾。因為故事高潮已過，不必贅述。比如《羅剎海市》的結尾部分：「晝暝，龍女忽入生閨之，突入，執手啜泣。俄頃，疾雷破屋，女已無矣。」一字一頓，節奏短促，給人一種事起突然，主人翁手足無措之感，此時收尾留有餘味。與此相對的還有一種結尾則是高潮過後，作者卻並不急於收尾，而是要蕩開來寫。這種結尾要做到既有益於主題又不覺累贅，的確需要獨具的藝術匠心。〈狐嫁女〉的故事講到狐仙嫁女，婚禮既成，按照常理，故事結束、順理成章，可作者卻寫了一個金杯盜而復得的故事。最後作品又點明：「始之千里之物，狐能攝致，而不敢終留也。」這看似多餘的一筆，然狐之性情、處世原則皆出，極富人情味。

《聊齋志異》對高潮的組織架構與處理因其內容的不同而各有千秋。比如有的作品高潮部分表現刀光劍影的打鬥場面，令人驚心動魄。〈妾擊賊〉開始寫妾如何受正妻的凌辱折磨。一夜賊入戶，妾卻表現得異常英勇。「妾舞杖動，風鳴鉤響，擊四五人仆地；賊盡靡，駭愕亂奔，牆急不得上，傾跌啣啞，亡魂失命。」原來此妾曾習武，本領大約能與一百人相匹敵，在家裡忍辱負重只覺得是做人的本分罷了。這篇短文裡，有高潮的準備，妾甘受正妻凌辱；有高潮的餘韻，妻從此對妾尊重。顯得首尾完整，高潮之後一語點破，不覺令人對妾的行為益發敬重。

有些故事的高潮部分，表現的是激烈的內心衝突，如〈王六郎〉的高潮出現在許某觀看王六郎找替身，當看到婦人落水之時，許某的內心是「意良不忍」，思往奔救；但「念是代六郎者，又遂遽止」，因為婦人死時，六郎便能再生。在河中等待轉世投胎的王六郎內心也同樣充滿矛盾掙扎：一方面他希望新生，另一方面又擔心若婦人死去，小孩無人看管。「沉浮久之」四字寫出了王六郎內心的激烈動盪。

還有一種高潮的組織方式則是作品在故事的前半部分廣佈疑陣，然後一語點破，做畫龍點睛式的交代，把情節推向高潮。比如〈霍女〉一篇寫的是霍女三次嫁人。前兩次，一次是嫁給「吝者」朱大興、一次是嫁給豪門何家，其行為是言語輕浮、情感不專、揮霍無度；嫁給黃生後卻變得「躬操家苦，劬勞過舊室」。同一霍女前後判若兩人，作品的中心在後面，最後由霍女說明：「妾生平於吝者則破之，於邪者則誑之也。」至此，讀者才知道霍女的真實品格。

最後，我們看看作品篇末「異史氏曰」的藝術特徵。現存的近五百篇作品中有近兩百篇於篇末有寫「異史氏曰」。這種做法乃是承繼司馬遷《史記》首創的傳統，體現出獨特的藝術價值。大致可分為三類：

「異史氏曰」的部分往往借題發揮，深化主題，體現為思想的閃光。如〈促織〉篇末的「異史氏曰」指出：「天子偶用一物，未必不過此已忘；而奉行者即為定例，加以官貪吏虐，民日貼婦賣兒，更無休止。」作者將矛頭直指皇帝，點出了社會弊端的根源首先是皇帝昏庸，加之以官貪吏詭，讀來字字千鈞，發人深思。其他如〈冤獄〉、〈潞令〉等作品的篇末都是透過「異史氏曰」來針砭時弊，痛快淋漓地揭露社會醜惡及其根源，此其一也。

其二是作適當的引申，使得作品能錦上添花。比如〈王子安〉一文，前寫王子安於夢中「大呼跟班」的醜態，後文的「異史氏曰」中寫了秀才入闈時的情景，一口氣用了七個比喻，極盡形容，精細入微。前者寫王子安是具體寫，後者「異史氏曰」則是對儒生整體所發的議論，前後珠聯璧合、各有千秋，可謂相得益彰。

其三，抒情寄憤、言簡意賅、淋漓盡致、嬉笑成文，這樣的結尾都比較精練，卻又含有一定的寓意。〈姚安〉篇末對喜新厭舊的不道德行為憤怒地譴責道：「愛新而殺其舊，忍乎哉！人只知新鬼為厲，而不知故鬼之奪其魄也。嗚呼！截指而適其屨，不亡何待！」另外，如〈鳳仙〉、〈鏡聽〉、〈天宮〉等作品的「異史氏曰」都是有所寄託，表達了作者憤世嫉俗的獨到見解。

◆集歷史之大成，創藝術之經典

將《聊齋志異》放到整個中國小說史的長河中去考察，我們可以從兩條線索中找到它的地位。一條是我國古代的文言小說發展系統，另一條則是整個中國古代的小說發展系統，前者是一個小範圍，後者是一個大範疇。

首先，我們從古代文言小說發展的線索來看《聊齋志異》的地位。宋代是我國古代小說發展的重要階段，因為在此之前我國的古代小說屬於文言體小說，自宋代開始，才出現了文言小說與白話小說共存的局面。文言小說的產生和發展大約經過了以下幾個階段：

第一階段是唐以前文言小說的萌芽階段。魏晉南北朝時期出現了志怪小說和志人小說。這些「志人」類作品的審美標準是講究「實錄」，不能算是一種創作，只能算是一種耳聞目睹之事的筆記體記錄。

第二階段是唐傳奇階段。唐傳奇的出現，是對魏晉「志怪」、「志人」小說雛形的重大發展。此一時期出現了許多有成就的傳奇作家，如李公佐、沈既濟、白行簡、陳鴻、沈亞之等。諸多成熟的優秀傳奇如《霍小玉傳》、《李娃傳》、《南柯太守傳》等代表了那個時期的高峰。

第三階段是宋、元、明三代文言小說的衰落期。正如魯迅所批評的：「宋一代文人之為志怪，既平實而乏文采，其傳奇又多託往事而避近聞，擬古且遠不逮，更無獨創之可言矣。」、「既失六朝志怪之古質，復無唐人傳奇之纏綿。」（均見《中國小說史略》）這樣就使得文言小說的創作呈衰落趨勢，這種趨勢一直延續到元、明兩代。

第四階段是以《聊齋志異》為代表的一些清代文言小說構成了唐傳奇以來文言小說創作的又一座高峰。在宋、元、明三代文言小說衰落的時期裡，文言小說的創作並非就此停駐消失，只是大體而言成就不高。正當白話小說大有獨霸文壇之勢的時候，《聊齋志異》卻異峰突起：它以作品之眾多、內容之豐富、藝術之精湛，樹起一座文言小說創作的豐碑，被稱為文言小說高峰的回歸。

《聊齋志異》之所以能在宋、元、明三代文言小說衰落之後取得如此卓越的成就，其原因當然不是偶然的。首先，蒲松齡所處的時代是一個小說創作經驗和小說理論本身都很豐富的時代，因此蒲松齡能夠廣泛地吸收前人的經驗和理論。明末清初，小說創作已走過了「志人」、「志怪」的萌芽期、唐傳奇創作期和宋話本創作期，這不僅為日後的小說創作提供了許許多多的題材，而且還累積了一系列的創作經驗。比如題材上，《聊齋志異》中很多作品就直接取材於唐人傳奇，正如魯迅在《中國小說史略》中指出的：「然書中事跡，亦頗有從唐人傳奇轉化而出者。」在創作技巧上，則是師承傳奇與志怪兩種文體，並加以創新，「用傳奇法，而以志怪」（見《中國小說史略》）。我們還可以從語言的簡約上看到六朝志怪小說的影響，從「記敘委曲」、「作意好奇」上又能找到唐傳奇的影響等等。

小說理論的發達，也對作家的創作產生了深刻影響。從《聊齋志異》的創作實踐中可以看出，中國古代小說的美學理論中「真」與「假」、「虛」與「實」、「常」與「奇」等範疇的精髓都被作者植入創作之中了。

其次，同一時代許多作家共同致力於文言小說的創作，為蒲松齡創作《聊齋志異》提供了一個良好的外在環境。魯迅在《中國小說史略》中論及文言小說在明清的發展情況時說：「傳奇風韻，明末實瀰漫天下，至易代不改也。」這個時期的文言小說家及其作品，如張潮的《虞初新志》、王士禎的《池北偶談》等等形成了一個良好的文學環境，成為《聊齋志異》產生的催化劑。

其三，蒲松齡的文學修養及其「發憤著書」的內驅力也是《聊齋志異》取得極大成就的重要因素。蒲松齡一生「落拓名場」幾十年，生活在社會的最底層，懷才不遇，自然心中懷有怨憤之情。這些為他「發憤著書」提供了深厚的生活經驗和心理內驅力，「集腋成裘，妄續幽冥之錄；浮白協筆，僅成孤憤之書。」正因為有如此強烈的內驅動機和所累積的豐富創作素材及文學素養，才使得《聊齋志異》獲得了前所未有的成功。

以上把《聊齋志異》限制在文言小說的創作範圍內分析了它的地位及成果。如果我們把視野進一步擴大，從中國歷代整個小說創作歷史流程來觀照，《聊齋志異》又處在什么地位呢？

從文言小說的範圍內來看，中國文言小說的第一高峰是唐傳奇創造的，第二高峰的形成（亦即最後一個高峰）則可以《聊齋志異》為標誌。從整個中國古代小說史的角度來看，第一個高峰的出現當是明代出現的一系列章回體長篇小說，如《三國演義》、《水滸傳》、《西遊記》、《金瓶梅》等等；第二個創作高峰則由文言小說《聊齋志異》以及白話小說《儒林外史》、《紅樓夢》等表現出來的。《紅樓夢》等作品代表當時白話小說的最高成就；《聊齋志異》則代表中國文言小說的經典總結，它們共同把中國古代的小說創作推向一個新的歷史階段。

刀郎《羅剎海市》一曲封神借古諷今

沉寂已久的中國創作歌手刀郎攜新專輯《山歌寥哉》歸來，以一首《羅剎海市》席捲中國各大社交平台。這首歌的討論度與形成的輿論影響力，可能比史上任何一首歌的討論度都要高得多。刀郎對新作採取極低調的姿態，不願接受任何採訪，但刀郎不談自己的作品，卻有更多人去討論。中國網易上的《羅剎海市》播放次數超過二十五億次，時至目前為止全球播放量已破百億，刀郎的故事與作品，創造了全球性的文化狂歡。

◆刀郎何許人也？

刀郎何許人也？《羅剎海市》這首歌又述說了什麼故事、這張名為《山歌寥哉》的專輯，又為什麼能引起各界的大規模討論？

《羅剎海市》的歌名，取自蒲松齡《聊齋志異》羅剎海市的故事。是一首對人類本質與社會有著批判、審視意味的歌曲，在短短一週內據說就創下了全世界八十億點擊，歌曲發布不到一個月，據說點擊數已經破百億，火爆全網，風靡華人世界。一位網友還說：「以為刀郎已經隱退，沒想到十年磨一刀，手起刀落，一曲封神。」《山歌寥哉》這整張專輯帶有「新民歌」概念，以聊齋文本及民間曲牌印象為主題概念，旨在將這個時代的山歌元素融入其中，又借用了文言志怪小說的一些內涵，詞曲都發人省思。樂評人丁太升錄製視頻對刀郎和歌曲做了點評，他認為「寥哉」取的是「聊齋」的諧音，反映一種寂寥、孤獨的心境。並說：「刀郎用山歌、民間音樂的形式，寄托了很多個人思想。作品基本來自《聊齋志異》裡的故事，用聊齋來寫，更適合進行深度思考，說出一些不便講出來的道理。」

刀郎出生於一九七一年，原名羅林，出生於四川省內江市資中縣的羅泉鎮，十七歲時因為喪兄之痛而選擇離家出走，開始追尋自己的音樂之夢。年輕時的羅林四處浪跡，在各地的酒吧中往返賣唱，並在此時結識了第一任妻子，兩人因為工作上的交集而相識，但過於快速而草率的婚姻，是無法長久維持的，當時窮困潦倒的刀郎一直未能取得成功，第一任妻子受不了這種拮据的生活，在生下女兒後就揚長而去，只留下一張字條就離開了。妻子的離去為刀郎帶來了很大的打擊，後來，他帶著傷痛到海南尋求發展機會，組了個樂團，並在此時結識了第二任妻子，也就是後來一直支持著他，陪著他度過窮困潦倒、與他一起共享成功的重要之人，由於當時一直處於低谷之中、找不到任何機會，所以羅林在妻子的提議下隨妻回到新疆，這片熱情且樸實的土地，也成為了他人生中最重要的一個轉捩點。

「刀郎」是維吾爾族中的獨特文化，與刀郎文化相關的舞蹈與畫作，記錄了維吾爾「刀郎人」反抗壓迫、追求自由的歷史。羅林的歌雖然與刀郎文化沒有任何關係，但他選擇用「刀郎」做為藝名，追求自己人生上的自由與成就，並逐漸地找到了屬於自己的成功之路。

◆大眾化、通俗性的曲風

他在二〇〇四年時推出的專輯《二〇〇二年的第一場雪》在沒有任何宣傳的狀況下，就火遍了全中國，在當時，各種傳統超市、小店鋪或商店街都能聽到這些歌曲，專輯更是以兩百七十萬張的銷量登上了華語樂壇的榜首，這張唱片是音樂圈中的一個奇葩，刀郎沒簽給任何一家大唱片公司，然而光是正版專輯就賣出兩百七十萬張，雄霸華語歌榜首，盜版唱片粗估更賣出上千萬張。在那之後，他也出了不少家喻戶曉的單曲，如《西海情歌》，以及以第一任妻子為創作靈感的《衝動的懲罰》等，他的曲風比起現今的華語樂壇來說更加樸實，文字簡白易懂，能夠被更多不同階層與不同職業的人了解並接受。二〇〇〇年初，網路時代開始變革，要打入一般流行音樂圈必須跟媒體打好關係、加入大型唱片公司的時代已經結束。刀郎將音樂直接發給唱片行，讓唱片行在大街小巷播放，當時又恰巧遇到來電答鈴興起的年代，刀郎的歌一首一毛賣給彩鈴公司，這讓他的作品產生了更高的傳唱度，也容易被大眾記住。

刀郎可以說是全能型的音樂人。從作詞、作曲、編曲，甚至連錄音、混音、和聲等都是刀郎自己完成的。這樣的全才在音樂圈就很難找出幾個，更何況他還都是自己演唱。臺灣音樂教父羅大佑曾經在採訪中明確地表示對刀郎的欣賞，他當時是這樣評價刀郎的：「他天生就是唱歌的嗓子。」由此可知，不管是在大眾還是一部分音樂人眼中，刀郎無疑都是個優秀的歌手與詞曲創作者，他的作品通過了大眾的檢驗，是個能夠貼近廣大聽眾內心情感的音樂人。

雖然有著被群眾認可的實力，但依然有部分科班出身或經過系統化音樂教育的人們對他的歌表示無法欣賞，對當時的主流音樂人來說，這個全然陌生的「異物」帶來了威脅，也為制式化的審美觀帶來了衝擊，於是主流歌手與創作者們開始紛紛抵制刀郎，且刀郎不屬於任何一家規模較大的公司，身陷孤立無援的局面。當年中國音樂圈舉行了主旨為「抵制惡俗歌曲」的會議，刀郎的歌與其他爆紅的歌曲，如〈老鼠愛大米〉等，都被列入「十大惡俗歌曲」。

在二〇一〇年的音樂風雲榜十年盛典上，那英是「最具影響力的十大歌手」獎項的評委，而刀郎則是候選人之一，那英當時對刀郎的評價是「刀郎的歌不是音樂，一點審美都沒有」、「刀郎的專輯賣得好，但不具備音樂性」，網路上更是盛傳著一種說法，指出那英嘲笑刀郎的歌是底層審美，在KTV中點他歌的人都是農民。

而汪峰、高曉松與楊坤等人也都各自對刀郎的曲子與風格發表了個人看法，在《三聯生活週刊》二〇〇四年第四十四期《北京音樂圈看刀郎：從地獄到天堂》這篇採訪報導中，汪峰所說的「都是媒體的惡炒，才成就了刀郎的虛假繁榮。」是對於一種現象的抨擊，他的說法相當於否定了刀郎的藝術價值，將他的成功打成了媒體的炒作，否定了他的風格；高曉松則是直接說出「他的專輯我可能會直接丟垃圾桶」，如此嚴厲的評價，直接地表現出對刀郎的嫌棄；楊坤在其他的採訪中所說的「這些網絡歌曲泛濫成災，讓內地流行音樂倒退十五年」被認為是針對刀郎的曲子。

於是在二〇一〇年之後，開始減少活動，刀郎沉寂數年，香港中文大學政治與行政學系副教授周保松一直都是刀郎粉絲，他說，刀郎在消失的這幾年裡仍持續創作，風格逐漸轉型，例如二〇二〇年時的《彈詞話本》，就是將評彈、崑曲、吳語中的話本人物與故事，交疊融合成一幅江南群像圖，但被眾聲喧譁、快速多變的流行音樂圈所遮蓋，未能成為被關注的對象，一直到二〇二三年才用一首《羅剎海市》重回大眾視野，隨即引發全網熱議。當年一群人利用自己的地位與名聲打壓刀郎的作為，使得許多在現實生活中遇到類似情況的人產生了共情，因此在《羅剎海市》驟然降臨時，許多人都默認這首歌是在諷刺幾位音樂人的貶低與打壓，因此而落井下石，嘲笑這幾位藝人得到了「報應」。

目前，網路上對這首歌的看法主要分為兩種，其中一種看法認為這首歌就是在影射那四位對他作出惡意評價的音樂人，藉由這首歌來抒發自己的不滿；另一種則是認為網路上的看法太過於偏激，過度解讀了這首歌，因此造成了不好的社會亂象。

★《山歌廖哉》中的「廖哉」，取自清代小說家蒲松齡《聊齋志異》小說的諧音，專輯十一首歌曲的歌名和歌詞亦大多取材自蒲松齡的小說文本。分別如下：序曲、羅剎海市、花妖、鏡聽、路南柯、顛倒歌、畫壁、珠兒、翩翩、畫皮、未來的底片。其中鏡聽、珠兒、畫壁、畫皮等都直接來源於蒲松齡的同名小說。

《山歌寥哉》
線上聽

《羅剎海市》小說與歌曲隱喻諷刺什麼？

只要提到《羅剎海市》，不管是指文章還是歌曲，都是帶有諷刺意味的作品，這個名字所賦予的意義，似乎已經與「嘲諷」做了綁定，光是聽到這幾個字湊在一起，似乎就代表著某個人或者某個群體展現出了可笑的一面，變成大眾的笑柄。

蒲松齡《聊齋志異》中所收錄的〈羅剎海市〉講述商人之子馬驥在兩個不同的國度——羅剎國與海市龍宮所發生的故事。羅剎國是一個「以美為尊」的國家，他們任用官員、選擇「人才」的標準，就是看一個人的長相去做決定，不論多有文采、在國家治理上多有心得，只要長得不夠「好看」，就無法坐上高位，用自己的能力去實現個人價值。那裡美醜顛倒，越是猙獰怪異，越以之為美，越顯榮華富貴。

雖然這是個以美為尊的國度，但他們的審美卻與其他地方的標準不同，相貌越是周正、俊秀的人物，在羅剎國的標準下就越接近醜陋、可怕，在中國被認為風度翩翩、儀態優雅的主角馬驥在羅剎國被視為怪物一般的存在，除了執戟郎之外，大家都不敢隨意接近他，直到他以白錦纏頭、以黑煤覆面，才獲得了正面的評價，並做為上賓被請入宮中。他在宮中常常表演些頹廢、差勁的歌舞，但卻因此而受到賞識。

後來馬驥離開了羅剎國，前往海市去開開眼界，在那裡，他被龍族的太子邀請到龍宮做客，見識到了一個與羅剎國完全不同的世界。在龍宮中，龍王第一件事情就是請馬驥作賦一首，並在看到他所寫的佳作時才表現出讚賞之意，擺酒宴款待並將龍女嫁給馬驥為妻。在龍宮段落的描寫中，沒有提到龍族人對馬驥的外貌評價，從頭到尾龍王只在看過了他的作品之後表達了個人的看法，並將自己覺得優秀的文章傳到海中諸國，讓其他國家一同欣賞，而其他海國的人們也與龍王一樣，認同了馬驥的能力，並因此爭相邀請馬驥赴宴。

羅剎國是一種社會亂象的象徵，他們雖以美為尊，但與中國、龍宮相比，卻是美醜顛倒的，這種美醜顛倒、好壞倒置的狀況從古至今一直存在，科舉時代在文章中寫各種逢迎拍馬的詞句，被視為傑出的作品；那些不學無術的高門子弟隨手寫下的淺白文字、無病呻吟之作，被有求於人的追隨者誇上了天，蒲松齡就是吃了這種社會現象的虧而屢試不第。科舉中的各種貪污舞弊，對應著不以能力選人的不公平標準，只要有錢、有權、有外貌、有關係，就算沒有能力，也可以得到重用；科舉中考官不辨優劣、是非不明的問題，對應著羅剎國美醜相反、以醜為美的狀況，這些考官實際上並不知道什麼樣的文章是好的，他們無法從試卷的答案中找到更適合的人才，增加能為國家帶來改變、讓國家更為富強的優秀人物。

與羅剎國對應的龍宮，則是寄託著蒲松齡的夢想而出現的，這個理想的國度不以美醜做為將人分門別類的標準，龍王並不在意馬驥的相貌，而是藉著他的作品去了解他的能力、文采，因此將其奉為上賓，並把自己的女兒嫁給了他。這是蒲松齡心中最理想的狀況，任人唯賢、唯才是舉，其餘的影響要素都該被排除，而不是成為一個人能否得到機會的決定因素，導致有能力的人無法得到任何施展抱負的機會。

就算到了現代，〈羅剎海市〉的諷刺效果依然不減當年，不管在哪個領域裡，都可以看到一樣的問題存在，考大學時，即使成績不好、人品不佳，也能花錢出國念書，回國後用鍍過金的身分找工作，擠掉其他有能者的位置；在藝術界，有錢、有權的人更容易受到追捧，就算是涉及粗俗用詞的詩作，也能因為家庭背景的關係而獲得優秀詩人的提名。從這些時而聽聞的實際狀況來看，蒲松齡的作品不僅諷刺了他所處年代與更久遠前的社會，在今日甚至更遙遠的未來，這個問題都會一直存在。

不辨是非、不分美醜的人是從古至今不變的毒瘤，縱使經過千百年、世事多變，但這樣的問題卻實實在在地貫串了古今中外。最好的證明就是以歌曲形式再次出現，並以小說〈羅剎海市〉為曲名、用來針砭時事的歌曲。這首歌用了蒲松齡作品的名字，讓知道這篇故事的人一看就知道這首歌的創作目的，加上以原本的故事內容為基礎，卻比原作更有批評意圖的歌詞文字，說明了刀郎是有備而來的，十幾年的歲月裡，他藏起了自己的鋒芒，在暗處默默地磨一把利劍，不出鞘則已，一出鞘就要一擊必殺。

◆《羅剎海市》歌詞究竟寫什麼？

《羅剎海市》這首歌的歌詞諷刺程度與原作小說相比有過之而無不及，每一個段落的歌詞都用怪誕的描寫去嘲弄著人類社會的愚蠢現象。

以下是《羅剎海市》的歌詞：

羅剎國向東兩萬六千里
過七衡越焦海三寸的黃泥地
只為那有一條一丘河
河水流過苟苟營
苟苟營當家的杈桿兒喚作馬戶
十里花場有渾名
她兩耳伴肩三孔鼻
未曾開言先轉腚
每一日蹲窩裡 把蛋來窩
老粉嘴多半輩兒
以為自己是隻雞
那馬戶不知道 他是一頭驢
那又烏不知道 它是一隻雞
勾欄從來扮高雅
自古公公好威名

線上聽歌傳送門

打西邊兒來了一個小伙兒
他叫馬驥
美豐姿 少倜儻 華夏的子弟
只為他人海泛舟搏風打浪
龍游險灘流落惡地
他見這羅剎國裡常顛倒
馬戶愛聽那又鳥的曲
三更的草雞打鳴當司晨

半扇門楣上裱真情
它紅描翅那個黑畫皮
綠綉雞冠金鑲蹄
可是那從來煤蛋兒生來就黑
不管你咋樣洗呀 那也是個髒東西
那馬戶不知道它是一頭驢
那又鳥不知道它是一隻雞
豈有畫堂登猪狗

哪來鞋拔作如意

愛字有心 心有好歹
百樣愛也有千樣的壞
女子為好非全都好
還有黃蜂尾上針
西邊的歐鋼有老板
生兒維特根斯坦
他言說馬戶驢又鳥雞
到底那馬戶是驢 還是驢又鳥雞
那驢是雞那個雞是驢
那個雞是驢 那個驢是雞
那馬戶又鳥
是我們人類根本的問題

在歌詞的第一段中，首先就點明了有個從羅剎國向東兩萬六千里的地方存在，是個需要度過七沖、越過焦海的地方，在中醫的觀念裡，七沖與焦海都是指人的消化系統，所以歌詞中過了這些「凶險之地」後到達的黃泥地指的就是糞坑，也就是指藏汙納垢、汙穢不堪之地。在這個地方，有一條叫作「一丘河」的河流，這條河流是造成此地汙穢的理由，它象徵的是讓世界變得骯髒的「一丘之貉」，這條河上還有個叫作「苟苟營」的地方，象徵著「一丘之貉」們狗苟蠅營的日常。

苟苟營裡有一個名喚「馬戶」的老鴇，她的耳朵很大、耳垂很長，甚至到了及肩的程度，除此之外她還有三個鼻孔。馬戶除了長相之外，也有奇怪的動作習慣，她總是要先轉動屁股回過身，才會開始說話。儘管她有著對其他地區的人而言極為奇怪的外貌和姿態，但這個老鴇依然花名在外，在苟苟營這個風月場所中極富盛名，她有著飽經世故後的圓滑，總說著花言巧語，並像是一隻母雞一樣，孵著蛋想孕育出更多的雞。這裡的孵蛋，象徵在青樓裡培養妓女，馬戶兩字組合起來為「驢」的簡體字，她是頭驢，但她對這件事情並沒有清楚的認知，她認為自己是與其他勾欄女子們一樣的「又鳥」。又鳥就像是用簡體書寫的「鸡（雞）」，一隻驢卻認為自己是雞，而真正的「雞」卻喜歡打扮得優雅脫俗，彷彿這身衣飾、姿態就能讓她們變成真正的官家小姐，從此成為身分高貴的人。一頭驢卻妄想著孵蛋，一群雞卻自命清高，喜歡穿著高雅的服飾、畫著清麗的淡妝，這樣顛倒黑白、認不清自己身分的人，就跟古代喜歡倚仗著天家威勢作威作福，到處干涉、插手朝政的太監一樣可笑。

下一段就開始用原作《聊齋志異》裡主角馬驥的視角開始看馬戶與她手下的妓子們可笑的故事，所謂的華夏弟子馬驥，可以說是嘲諷社會的作者——刀郎本人，也可以說是聽著音樂、思考歌曲內涵的聽眾們，從馬驥的身上開始轉換視角，不再用第三人稱的角度去看這個荒誕怪異的世界。

馬驥躲過了各種海上的災難，就看見了這個美醜顛倒的、倫常失序的世界，在這裡，因為馬戶喜歡又鳥們所唱的曲子，所以這群「雞」就開始在大半夜裡「鳴叫」，而賣身賣藝的娼妓們半掩著門扉，裝出一副深情款款的模樣。母雞做著公雞應該做的事情、驢子做著雞應該做的事情，該遊戲人間、與眾多男性周旋的青樓女子們則像是嬌羞的世家未嫁女一樣，這個世界的一切都不符合常理，失去了原先應有的秩序。

馬戶與「雞」們開始用各種方法裝飾自己，馬戶想將黑色的皮膚塗掉、將蹄子鑲上金邊，雞則是將翅膀描上紅邊、將雞冠繡上鮮艷的綠色，但在馬驥眼裡，他們不管如何打扮，該是黑色的東西就是黑色的，不管再怎麼打扮、掩蓋，都不能改變他們是驢與雞的事實，上不了抬面的事物，就算這個世界再怎麼顛倒是非對錯，都不能改變他們低賤的事實，豬狗永遠都不該出現在華美的大堂中，鞋拔也永遠是鞋拔，不會變成高貴的玉如意。

最後一段歌詞再回到對現實的諷刺。

愛這個字裡有心字，但人心難測，有好心人亦有懷揣著歹意的壞人；好字由女子二字所組成，但女子並非全是好人，還有比青竹絲與黃蜂的蜂針更毒的婦人心。

父親是鋼鐵巨頭的哲學家維根斯坦曾經說過：「凡是可說的，都可以說清楚；凡是不可說的，都應該保持沉默。語言的邊界，就是思想的邊界。」人類所有的思想活動都要依賴語言進行，但過去驢就是驢、雞就是雞的有序世界逐漸崩壞，驢子認為自己是雞、美與醜的定義被轉換，人類的社會變成了難以言說的混亂狀態，是非黑白被倒轉，對的被錯的所取代，因為意義的置換，可以被敘述的事情被人曲解，開始找不到正確的解釋，無法被語言正確解讀的狀況越來越嚴重。從古至今，這種扭曲的現象不斷出現、疊加，到了今日，很多思想因為語言體系與觀念被破壞，因此而被排除到世界的邊界之外，世道無法被整頓，社會秩序只能一直處在混亂中，詞句的意思由手握話語權、受人們所追捧的群體所決定，我們與思想的邊界只會越來越遙遠，渾沌的世界將會成為全人類必須共同承受的共業。

《羅剎海市》這首歌的歌詞，充分借鑒了蒲松齡《聊齋志異》針砭時弊的特點，借古諷今，狠狠地諷刺了當下社會的醜惡現象。不論是蒲松齡的〈羅剎海市〉，還是刀郎的《羅剎海市》，在諷刺的表象下都藏著警惕世人的作用，因為這種現象並不會只出現在一個小群體或一個族群身上，這是個從古至今、由東方到西方都會出現的社會問題，以醜為美、顛倒黑白的問題讓所有人都帶有一股怨氣，我們都是這種現象的受害者，但同時又都是這種現象出現的幫兇。

要擺脫這種現象，除了將書裡可笑的現象套用在某一個人、某一個群體身上進行攻擊，不如回頭看看自己，從自身開始檢視，避免成為《羅剎海市》中所描寫的那類人。

《羅剎海市》一曲諷刺了誰？

關於《羅剎海市》歌曲的創作目的，網路上最多的說法是為了要「復仇」，要斬當初抵制刀郎的流行音樂圈，尤其針對楊坤、那英、高曉松、汪峰等人，許多人認為刀郎想對這幾個人當年對自己的羞辱表示不滿，因此而寫歌進行反擊。歌詞中的「她兩耳傍肩三孔鼻，未曾開言先轉腚」，「腚」就是屁股，被網民解讀成那些音樂大佬在選秀節目《中國好聲音》中，背向歌手，轉椅子才評分的權威德行。

但也有少數人認為刀郎十年磨一劍，這首歌的格局不應該只有如此，如果花了十幾年的時間，只是為了要諷刺過去貶低自己作品的人、將他們推向輿論巔峰受幾百萬、幾千萬的人批評，那刀郎的心胸也未免太狹隘了。也有一派認為，歌詞和中國當前社會黑白顛倒現象十分契合，影射人間百態，引起廣大中低階層民眾共鳴。而面對網民的各種解讀和想像，刀郎表示不打算對歌詞進行回應，反而更加激發內地網民和自媒體的解讀欲望，更令網上討論越演越烈。

《羅剎海市》一曲因八卦走紅，但越來越多人不再以狹隘的觀點去解讀這首歌。「快意恩仇」的故事在網上持續發酵，但傾向再進一步對歌曲進行解讀的言論也慢慢浮出，取代了最早的猜測，例如：經常對台海政局發表觀點的聯電前董事長曹興誠認為這首曲子「幫中國人宣洩了對習近平和他那些『習家班』的不滿」，中國也有部分人群也認為《羅剎海市》罵的是美國的拜登顛倒黑白的行事風格。

而要探討刀郎是否如網路上所說，對那四位歌手抱有不滿，可以從原作、他與幾位藝人過去的採訪報導、活動軌跡去探討，找出他真正的想法。

關於網路上盛傳那英稱刀郎的作品只有農民才聽的說法，基本可以確定是假資料，且刀郎本人也在一次的採訪中替那英解了圍，他反問記者是否為親耳聽到，並在最後為這個資訊下了「空穴來風」的評論，唯一可以確定由那英所說的言論是「刀郎的歌不具備審美觀點」，但這並非是她一個人的看法，當時許多主流的音樂人都有這樣的想法，歌手朴樹與劉歡委婉地表示不對刀郎做出評價，每種歌只要有人喜歡，自然就有存在的價值，相比起羅大佑，他們用相當溫和的言詞表示了「不喜歡但尊重」的想法。而被點名為刀郎復仇對象的其他三位歌手，也各自用了相當激烈、嚴重貶低的詞句去表達了他們對刀郎作品的不喜，所以那英當時並沒有格外嚴重的作為，另外，那英拒絕將獎項頒給刀郎，並用自己的影響力強制取消刀郎獎項的說法更是無法被證實，反而是刀郎曾經說過對娛樂性的獎項不用認真，再加上刀郎本人性格低調、不喜歡受到關注，所以他本人拒絕獎項、不願到場的可能性會相對更高一些。

至於另外三位，刀郎也未曾在公開場合中陳述過對他們的想法，因此基於復仇而寫歌的說法，顯然有些牽強附會，並沒有那麼正確。這樣的說法以及大眾對這四人的憤怒，顯然是將自己帶入了刀郎的視角，想像了被強權欺壓的痛苦而引起的，因此有許多網友同時湧入這幾位藝人的微博辱罵、批評。

那如果目的並非復仇，刀郎又是為何而寫歌呢？

《羅剎海市》就像是一把刀子，提刀者要斬向誰，不是刀能決定的，而當刀砍下去時，會痛的人就是持刀者想要砍的人，將《羅剎海市》視為一把專砍「是非不分、顛倒黑白」的人的刀，那麼會因此而跳腳、對號入座，覺得這首歌太過尖酸刻薄、沒有價值的人，就是這首歌最先嘲諷的對象。《羅剎海市》所針對的對象，可以是無條件捧上司、商人的官員，可以是靠著財富為所欲為、做什麼事都會被追捧的大少爺大小姐，所謂的「馬戶」與「又鳥」可以是任何人，這是人類的集體劣根性，只要滿足了某些條件，就會讓人變成歌中的驢和雞，做出這些可笑的行為。

「現在，刀郎的意圖根本不重要，他的歌詞曖昧，沒人知道他在說什麼。」有一位學者這樣評價了《羅剎海市》，但另一位女士卻這樣反駁：「大家知道他在說什麼，他說了大家不能說的事！」這就是《羅剎海市》帶來的效果，看似什麼都沒說，但又什麼都說了的樣子。事情發展到現在，刀郎的創作初衷已經不再重要了，思想家羅蘭．巴特說過「作者已死」，當作品誕生後，作者對作品不再具有影響力，閱聽者的後續解讀與行動，才能真正賦予作品意義，刀郎不接受採訪、不解釋作品內容，以及社會對這首歌的廣泛討論，正好能完美地貼合這樣的概念。

心中有怨的人，更能從這首歌中找到共鳴感，無法聽懂這首歌的人是幸運的，因為他們的人生歷程是順遂的，過往的經歷沒有讓他們留下滿腔的怨氣，但大多數人並非如此，正因為許多人的心裡都懷有常駐不散的怨氣，才成就了《羅剎海市》，因為它為人們的怨憤出了一口氣，將大家想罵卻不敢罵的人、事、物諷刺了一遍。

雖然將仇恨的對象帶入歌曲中聽完會有「大仇得報」的快感，但在嘲笑這些人時，要記得時時進行自我檢視，避免在不知不覺中成為了歌詞中那醜陋的、愚蠢的模樣，成為被其他人帶入歌詞中嘲弄的笑柄。

如前所述，前聯電董事長曹興誠在臉書上表示，這首歌之所以爆紅，是因為它成為了中國人宣洩對權貴不滿的出口，並稱其絕妙之處在於他借古諷今，沒有指名道姓，即使中共懷疑被罵，也不便對號入座。

◆各界對《羅剎海市》的評價

中國時事評論人鄧清波於《聯合早報》發表「警惕《羅剎海市》迴響中的怨氣和戾氣」一文，稱刀郎的作品以文雅的方式將污穢、骯髒的事物引入詞中，引發社會的戾氣，且一再以妓女、雞的形象去貶低女性，有歧視女性的嫌疑，容易引發兩性平權主義者與反歧視者的不滿。他認為刀郎這十幾年內就創作了這樣的作品，浪費了音樂上的天賦，沒有足夠的成長，且這首歌的爆紅代表有某種負面的情緒在社會中滋長，值得警惕。

實踐家教育集團創始人林偉賢於臉書上發文，內容為「您聽過刀郎的羅剎海市嗎？靜默十年磨一劍，全網播放破百億！寫盡人間以醜為美、以非為是、聚眾自嗨的亂象！只要忍辱負重，含冤終將得雪！」從含冤得雪可以看出他對刀郎與《羅剎海市》所抱持的正面評價。

新京報在「《羅剎海市》刷屏，刀郎歸來並非為『復仇』」一文中指出當年四位歌手封殺的事情應該是子虛烏有的，刀郎當時淡出大眾視野應該是風格造成的，他所創作的音樂並不能夠經常更新，孤獨才是他的創作能量，他必須用與眾不同去成就特殊的創作風格。如今大眾會對《羅剎海市》與四位音樂人有那麼大的反應，復仇論甚囂塵上，最大的原因是對多年來「以醜為美」的風氣忍無可忍，所以需要靠這樣的曲子去洗滌心靈。

汪峰在二〇二三年八月二日做出回應，他表示：「音樂從來就應該是音樂本身，而不是是非。」他的工作室微博釋出約二十三分鐘的影片，汪峰在裡面否認對刀郎存在偏見，也不認為自己與刀郎有優劣之分，他表示刀郎除了做音樂外沒有傳出過任何緋聞、負面新聞，光是這一點就讓他對刀郎十分尊敬。他從樂評者角度對刀郎的新專輯進行分析，稱《山歌寥哉》專輯裡自己最喜歡的歌曲不是討論度最高的《羅剎海市》，而是《未來的底片》、《花妖》、《鏡聽》、《路南柯》等歌曲，並評價這張專輯完美地將中西方音樂元素融合了起來。汪峰表示如果以百分制去評分，自己會給《山歌寥哉》打九十三分。

在評價與那英等歌手一同陷入輿論漩渦的事件，汪峰表示：「對於這張專輯不要上綱上線，不要去賦予太多道德的東西，如果刀郎的作品有讓人去思考，這就是創作者給我們最大的益處，不要把一件事歪曲變性質。」他強調：「今天所談論的不是解釋，只是提醒大家去尊重一個好的音樂，去尊重一個好的音樂家，不要把純粹的東西強加一些東西。」

在汪峰做出回應後，文學城新聞頻道在《汪峰兩次評刀郎音樂，目的卻大相徑庭》這篇文章中做出了後續的評論，認為汪峰過去的評論是基於音樂上的專業素養與社會現象所得出的評價，雖然是以精緻化的精英思維去考量，認為刀郎的歌曲過於大眾美感、風格一般，難登大雅之堂，但這是用專家的角度去思考，對各種與刀郎同類型的創作者與歌曲崛起表示悲哀，因為這代表在審美上相對平庸的東西會成為流行，影響未來的流行歌曲領域，所以是件悲哀的事情。汪峰的第二次回應，有討好意圖，他用讚美的方式，去取代直接的道歉，他不提造成輿論的《羅剎海市》，但把同專輯的其他歌曲誇了一頓，去取得大眾的諒解。這篇文章的作者認為汪峰不需要道歉，過去的他只是以專業者的角度去點評，並非有意針對刀郎，但這樣的做法很好地處理了公關危機，以長遠來看，他做出的得體回應比不回應帶來的影響更好。

曾經的音樂頻道Channel V中國首席代表邵懿德評論：「大陸太大，十四億人口，東南西北喜歡的音樂類型其實都不一樣，並沒有統一的東西。只是當年，大陸受港台音樂影響，才形成一個比較主流的音樂類型。」他舉美國的鄉村音樂為例：「多麗．帕頓（Dolly Parton，台譯桃莉．巴頓）雖然不是麥可．傑克森那樣的主流類型，卻還是很紅。」另外，刀郎的音樂常以嗩吶、琵琶、笛和傳統戲曲小調塑造生活感與日常氛圍，所以作品就會呈現出質樸且有力的樣貌，「聽起來土到掉渣，但我們（主流音樂圈）沒理解到，中國本身有很大受眾喜歡這種類型、曲調。」邵懿德說。

唐子林

你相信命運嗎？
是認命還是改命，是隨波逐流，還是逆風翻盤
你相信十年磨一劍嗎？
機會是留給準備好的人，學習改變命運

我生長在一個充滿童話和神秘的家庭，家中的書架上總是擺滿了各式各樣的書籍。小時候我第一次接觸到了《聊齋志異》，那些神秘的故事和超自然的元素，讓我沉浸在浪漫奇幻文字世界裡，跟著書中的人物，遊走奇幻域境，體驗著他們的喜怒哀樂，人間百態。

隨著歲月的流逝，我逐漸長大，開始面對現實世界的種種挑戰，追求著自己的夢想，希望像《羅剎海市》中的主人翁一樣，在複雜的城市中尋找屬於自己的一片天地，我嚮往自由，愛情的力量使我遠嫁到了臺灣，原以為可以有更好的發展，沒想到十幾年前沒有工作證是不能有正職工作的，我成為了臺灣最底層二等公民。

在成長的過程中，我逐漸發現生活的多變與世道的黑暗，就像《聊齋志異》中的故事一樣。我開始用自己的眼睛去發現、用自己的心靈去感受，每一個人、每一段經歷都像是一本書，值得細細品味。我用自己的堅持與才華努力超越社會的限制，創造出屬於自己的事業。但無論多麼努力，依然達不到我的夢想，直到二〇二二年三月遇到我的人生教練，他讓我明

白跨越圈層並不容易，因為這個社會是有規則的，必須「跟對人，做對事」才能賺到錢，世上並無公平二字，必須跟著強者才有可能改變命運。回想過去，確實是如此，少先隊員的選拔，老師一句「你的成績很好，但是有下降的趨勢」就將我淘汰，讓另一位成績不好，但有背景的同學入選……而我不能有任何的想法，只能順從，長大後工作也都是要看人臉色，好不容易嫁來臺灣卻不能工作，只能選擇創業，當團隊發展到一千多人時又出現停滯，而且找不到原因，難道我真的不能改變命運嗎？

神奇的事情發生了，自從去年遇到我的教練後，又認識了我生命中的貴人，在這個平臺付出與努力，讓我獲得了意想不到的驚喜，收穫了很多寶貴的經驗和智慧。在這個平臺沒有《羅剎海市》中的是非黑白顛倒、有志難伸，只有一步一腳印，每一個努力都會被看見，我明白了每一個人都有屬於自己的故事，每一段經歷都是人生中的一筆財富。不要去糾結，我將繼續保持對知識的渴望，不斷追求夢想，用自己的行動去書寫屬於自己的精彩篇章。

現任：

◎智慧型立体學習教育長

◎台灣暢銷書第一名《642財富大躍遷》作者

◎二〇二三年度亞洲八大名師

◎168成功系統創辦人

掃描上面的 QR Code，加我為朋友。

邵群

相信就是力量，點燃心中那團火。
為了愛和使命活出卓越人生！

二十年前的我畢業於北京電影學院，從事造型設計。你們相信嗎？我出生在幸福有愛的家庭，二〇〇八年漂洋過海嫁來台灣，以為女人只要找個人結婚就能找到歸屬感。但失望大於盼望，我沒有人脈、沒有親人，沒有房子、沒有工作，生活過得很壓抑。因身份的原因，在台灣很難有個好工作，家人都非常擔心我，生了孩子後，我變得更憂鬱，不斷問自己人生的意義是什麼？有一天，我告訴自己我不能再這樣了，人生短暫，我要找到我的價值。我必須要奮鬥，我不想在我的孩子想飛時，無力為她托起夢想……但一個平凡的女子又如何在台灣找到夢想呢？

在我最迷茫焦慮、想要改變我的人生時，上帝給了我亮光、讓我遇到生命中的貴人和好姐妹唐子林老師，開始在台灣創業，成立了Tinas時尚精品店。有實體、有組織，通過十年努力，我過上了財富自由的生活。選擇大於努力！女人只有靠自己，才能活出精彩人生。我喜歡挑戰自我、追求夢想，我知道只有不斷學習、投資大腦才能更好地提升自己、跟上時代。二〇一九年找到人生中的教練，打開了格局、提升思維和見識、讓我的業績成長了五倍。二〇二三年新商業時代，老闆的時代過去了，老師的時代就此來臨。未來五到十年內我要找到我的人生軌道，在教育行業創造輝煌成就。

最近一曲《羅剎海市》在中國爆紅，短短十一天，網路播放量創新高，逾八十億次，歌詞的隱喻引發全網共鳴及討論，我在內地的親友更是天天與我分享最即時的帖子。這是一首對當今社會有著批判、審視意味的歌曲，點出了社會的問題和不公，有帖子說這首歌是在影射「價值顛倒、黑白不分、權貴踐踏草根」的中國現況。人們對於刀郎新歌紛紛各自解讀，引爆網絡熱議，帖子滿天飛，正是因為大眾想藉刀郎之歌一吐不平之氣！這樣的現象警醒著我，就算是個平凡人，也要做非凡事！要改變社會的亂象，就要帶著愛和使命去使更多人成長，成長比成功更重要。我的夢想是成為優秀的教育家、慈善家！榮耀家族，為了愛和使命創造人生奇蹟！

經歷：

◎醫美美容中心美容顧問講師

◎Tinas形象美學顧問

◎上海初莘文化傳媒有限公司國際演說學苑全球董事合夥人

◎智慧立体學習華文網集團亞州會長！兩岸百強講師

劉芸竹

活出生命的價值，慈悲、智慧、教育、教化、朝著理想境界邁進！

我是劉芸竹，是一個終身素食者，出生於中國吉林的偏遠農村！小時候媽媽是基督教徒、童真的我則是個無神論者！自幼就愛看聊齋裡的鬼故事的我，當時就很喜歡〈羅剎海市〉這個故事，所以此次刀郎譜成新歌後就立刻發了不少帖子與網友們討論。對於《聊齋志異》，我印象最深刻的是狐狸修練千年，化身美若天仙的女子，濟世助人的稱仙女下凡塵，害人的則稱為妖精，善惡終顯化，自古善者天護佑，惡者引天怒！經過非人類的出馬仙指點、尋求高僧大德指教，因緣際會來到台灣、尋萬里無解、四年的時間找到了宇宙真相，潛意識是有靈性的，當你輝煌時，人財相聚；當你落難了，人情是紙張薄。人無苦難，智慧不生；事不多磨，真情難見。人這一生，在助人被助的路上渡過，酸甜苦辣讓我變得更勇敢，人情冷暖讓我變得更堅強，縱使遇到困難瓶頸，一樣要勇敢走下去，自信勤勞、不認輸，高人會給你指路，安然度過，貴人會給你幫助，友人會與你同路，人生需要舞台、公眾演說和影響力，人生低谷也是翻轉人生的機會！

我是單親，經過多年努力擁有一間房、五十三尊神佛，最大的心願是建廟！媽媽心肌梗塞、腦梗，兩次生死大關，觀音慈悲救劫數，一個人的力量真的很渺小，神奇的力量一直推動我前行，宇宙的真相是順天行而順境、逆天行而逆境！

我要向宇宙下訂單：月收入百萬！組建萬人團隊、架構賺錢系統讓錢自動流進來。能力提高承擔更大的責任，願力業力的結合，上天賦予每個人使命，扮演不同的角色，發揮個人專長，共同完成使命，佈施為菩薩淨土！施比受更有福！累積功德福報，百善孝為先！好好珍惜跟父母相聚的時刻，不要嫌棄父母責罵，這代表父母還很健康，當再也聽不到聲音，表示父母已老去、無聲無息，留下的是記憶，悔不當初！

《羅剎海市》歌詞裡警示人類根本的問題。善念善行從愛護小動物做起，掃地不傷螻蟻命、尊重生命、團結友愛、止惡揚善，神佛庇佑躲災劫。我Yogeshwari1 超能力（印度修行者命名）上天賦予使命傳遞愛、和平、道德觀與喚醒迷失的人。我將發揮最大的潛能三年建廟，盼更多的人支持，感恩感謝支持勇仁宮，所有建廟功德金都會開感謝狀，捐壹萬元以上會將功德石刻銘流千古！萬人萬元支持，圓神佛的家！

護持勇仁宮：台灣銀行代號：004　帳號：074004315304　戶名：劉芸竹

經歷：

◎現職台灣房屋專案經理

◎智慧型立体出書經理

◎通靈神服務十八年、科學無解、因果異病

許宏源

花若盛開，蝴蝶自來！
自我不設限，人生無極限！

九歲時父親因心臟病過世，家庭頓時陷入經濟困境，母親又受朋友拖累，積欠銀行高額債務，為了繳納銀行利息，母親不得不四處打工借錢。年少的我既無助又無奈，曾送過報紙、送羊奶、在加油站工作、在火鍋店打工、當仲介，甚至做過各種業務，但全家也僅能勉強維持生計。

當時的我對武俠小說中的少年英雄十分嚮往，仗劍江湖、懲奸除惡、匡扶正義的情節每每讀之澎湃不止。蒲松齡的短篇怪志小說《聊齋志異》更是帶給我深刻感觸，《羅剎海市》故事中以主角馬驥的遊歷為線索，寫了羅剎國和龍宮兩個世界，其中以羅剎國最為引人注目，因為這是一個美醜顛倒的世界，這樣描寫顯然有諷刺社會的用意。故事中的主角經歷了許多風雨，最終卻無法擁有完美結局。「無盡的悲歡離合，化為羅剎在海市中徘徊的永恆宿命」，讓我深深體會到，凡塵俗世中充滿了無奈與辛酸。

我半工半讀艱辛地完成了台大食品科技研究所及台北大學企業管理研究所的雙碩士學業，到上海市任職高薪工作，努力打拚了十幾年，在一切似乎順利發展的過程中，公司無預警地轉手解散，讓我先前所有的努力轉眼間化為泡影！在這期間，我失去了家庭、健康與寶貴的黃金歲月。回到台灣我賣掉了房子，處理了所有銀行的債務，我的人生完全歸零。這些經歷讓我深刻體悟到人生的珍貴與脆弱，以及生命的冷酷與無常。不論經歷多少挫折逆境，我始終相信：人生需要有勇氣去面對一切困難和挑戰，要持續不懈地追求自己的夢想！也許我無法改變我的命運，但我依然會堅持不懈地追求知識，持續努力，讓自己變得更強大。我也希望這些經歷能夠讓我更加懂得珍惜身邊的人和事，成為一個有愛心和責任感的人。

刀郎重新演繹《羅剎海市》的新曲，對不良的社會現象進行嘲諷，選取的角度非常巧妙，重新演繹也是有深度的。用流行歌曲演繹古代小說名著，非常成功，值得肯定！這樣經典才有活力，能被年輕人接受，我對刀郎的創新所賦予詞曲的深刻詮釋予以高度讚許！

人生總是充滿著無盡的驚喜和挑戰，我在智慧立体及一六八成功系統中找尋到人生新的契機，我將繼續面對這些挑戰，勇往直前，無論遭遇多大的風浪，我都會緊緊抓住自己的目標與理想，勇敢用愛、熱情、活力去面對一切！

作者介紹

經歷：

◎冠恆會計師事務所審計員
◎振芳香料（股）公司R&D
◎嘉麒房地產開發（上海）有限公司 副總經理
◎翊群投資諮詢（上海）有限公司 總經理

鄭向恩

改變思維，改變磁場，一輩子的合作必須放下性格，彼此成就。

我是鄭向恩，來自屏東鄉下，父母都是農人，從小在打罵的環境中長大，一直想要出人頭地。高中畢業後一直想創業，那時沒有背景跟本錢，但我有滿腔的熱血，所以我投入組織行銷學習，邊學邊做，也把家人帶進事業裡面，照顧家人，和家人一起成長。那時的我雖然沒有起步的本錢，但是我有學習的本事，經過幾年的經營，年收入突破五百萬，當時覺得很滿足了，而萌生退休之意，會覺得想要退休是因為遇到人際關係不會處理，不知道如何真正去複製，所以想創建系統，再創系統的過程中，我生了場大病，事業也因此暫停發展，但是我的內心是不放棄的，開始了自我成長的一連串挑戰。

回想所經歷過的一切，直到生病我都沒辦法停下來，為何會突然生病？到底是怎麼一回事？一個噴嚏讓我瞎了左眼，我想要追求生命的力量、生命的成長，但是它需要花錢，而且是不少錢，所以我遲遲沒有下決定，重點是我還不知道是我自己在阻擋自己。感謝教會裡的朋友協助我，讓我能面對自己的狀況，當面對了之後，我開始一步步解決問題，經過這幾年的個人成長，我知道自己因為害怕而沒有在行動。面對問題，要麼變得強大，解決它，要麼變得堅強，無視它。但當我達成階段性的成長之後，我明白我可以主導自己的人生，只有讓自己變得更強，才能活得精彩！感謝教會裡的朋友！

刀郎新曲《羅剎海市》風靡全球，小時候有一段時間我總是抱著《聊齋》看，故事有狐仙鬼怪、奇聞異事，有男女戀情、科舉悲歡，寫得妙趣橫生，從《聊齋》的故事中，能看出當時世道的黑暗，百姓申冤難，作者勸善懲惡的著書意圖。小說總是看到好人被壞人欺負或是人鬼戀但人鬼殊途，結局都是不好的。這世上不公平的事太多太多，每天都在發生，然而弱的人又能如何呢？唯有自己變強才是生路！要成為你想成為的人，就要去做會讓你恐懼的事，擁抱改變，才會讓更好的事情發生，不要等著他人來說你的努力還不夠。理解自己、理解人生，找回相信自己的力量後，我決定起步智慧立体，創造另一個事業的高峰，在最正確的時間做最正確的事情，我覺得我真的是太幸運了！

經歷：

◎向恩生技創辦人
◎組織行銷培訓講師
◎山達基教會慈善家
◎智慧立体出書經理

鐵金剛

掃描上面的 QR Code，加我為朋友。

謝磬

改變世界不用大刀闊斧，一個個小碎步一樣可以光芒萬丈

我叫謝磬，我是一名廚師。

小時候的我有很多的夢想跟目標，但是在現實傳統產業的局限下，這些兒時的夢想越來越遙遠。我很感謝我媽媽和阿姨，從小帶著我四處奔波與學習。我清楚我必須有一個被動式收入，讓我有時間去實踐我的目標。

我真正踏入組織行銷這個行業，是因為我的廚房排煙系統故障，整個廚房煙霧瀰漫，導致我全身爆發異位性皮膚炎，我的手遍布濕疹，睡覺時都不自覺地抓到破皮流血，但即便是這樣，我仍然要去上班。因為我對餐飲充滿熱情，但在這樣的環境跟心境下，我決定要改變。

一個偶然的機會下我接觸到一六八成功系統，讓我看到我想要的東西，及這家公司未來的發展。我決定投資自己的頭腦，不想再依靠大量的時間和勞力來賺錢。

學習使人不惑，如果沒有學習，沒有拓展自己的格局，當機會出現的時候，就會失去判斷機會的能力。

每一個人都有自己的人生故事，或許會有人認為自己的人生是因為環境造就的，但我認為最大的原因是選擇，每一個今天的結果都是過往不同的選擇產生的。

作者介紹

關於最近很火紅的一首歌，中國歌手刀郎的《羅剎海市》，這首歌取材自《聊齋志異》，由於歌詞晦澀，我剛開始是聽不懂的，不管是音樂界、商業界或政治界都玩起「對號入座」的遊戲，讓我想起自己的成長過程，母親說：我從小就有異於常人的舉動，每每做出的事情總是讓別人對我投以異樣的眼光。我對這世界充滿著好奇，完全無法靜下來學習所謂課堂上的功課，對事情的看法有著自己不同的觀點，我成了老師眼中的過動加上低能，還被評估是否需要送資源班。有一次，老師直接請媽媽到學校，建議媽媽帶我去做智商測驗、看心理醫生，老師認為需要吃抑制過動的精神科藥物。真的非常感謝我的媽媽，媽媽告訴老師：「我的孩子是正常的，他只是想法特別，不代表是弱智，我只要求我的孩子品行端正，就算他現在每科都考零分，我都不在乎。」如果不是媽媽對孩子的愛和信任，我被老師看成智能障礙，老師就會用自己狹礙的眼光扼殺一個未來的國家棟梁，就像羅剎國中「以醜為美」、「以美為醜」。

或許世界真的像羅剎國了，價值觀變得越來越怪異，這些事是現今社會上每個人的問題，但我依然可以選擇用什麼角度來看待這世界，選擇自己認為對的事情，也用欣賞的眼光來看世界上的人，這個時代不缺善良的人，缺的是身在高位還依然選擇善良的人。

經歷：

◎磬時圖書有限公司創辦人
◎組織行銷培訓講師
◎美式餐廳副主廚

賴國基

真正的生命是真永是真。春花永在，秋高氣爽。
真正的情誼是貴時不重，貧時不輕。
真正的祝福是情真意濃，韻味十足。

我生於西元一九四二年十一月十三日，是台灣省桃園市人。適逢第二次世界大戰，台灣被日本佔領，民不聊生、貧困不已，經濟蕭條難以度日，父母親胼手胝足賺得微資才足以供應我完成初、高中學業。服了兩年兵役後踏入社會，我於王永慶旗下企業擔任會計工作多年，又自設汽車修理廠經營綜合修理，任職廠長，爾後步入社會教育公益事業擔任無給職事業至今。

吾自幼就愛看《聊齋誌異》之類的鬼怪故事傳奇，當時就很喜歡「羅剎海市」中的寓意與諷諭，這次中國創作歌手刀郎借這個故事譜寫新曲《羅剎海市》，這首歌韻味十足、意境深遠，歌詞內容卻備受爭議，一推出立刻引起大眾的共鳴，紛紛發帖子抒發各自的體會，網友們熱烈討論，故全球點閱率已逾百億次。

人生必須堅持和努力奮鬥，終身學習才能獲得更豐富的智慧。在人生的旅程中縱使跌到谷底，也要堅持自己的夢想，發光發亮。吾在智慧立体學習平台上「以書導客，以課導客」中收獲良多，在一六八成功系統與環境中學習的感想是——「學習使人不惑」、「賺錢使人不屈」，願共勉之。

經歷：

◎中華傳統經典文化講師

◎隆昇汽車公司廠長

◎世界和平總會經理

◎智慧立体學習會員

◎代理他人自費出書經理

掃描上面的 QR Code，加我為朋友。

張麟鑫

泰戈爾詩文《用生命影響生命》

把自己活成一道光，因為你不知道，誰會藉著你的光，走出了黑暗

請保持心中的善良，因為你不知道，誰會藉著你的善良，走出了絕望。

我生長在傳統的農業大家庭，早期是地主，家裡長期聘僱十多人為長工，每天需要耕耘十幾甲的田，二十多甲的山林，有忙不完的工作要做，很幸運自己早期有個富爸爸。

於民國七十年成立兩個公益機構，於八十五年獲得全國模範父親李登輝總統獎。有緣就讀山東中醫藥大學並在康見醫療訓練，取得精準健康管理師執照，一生之中，健保卡零支付，獲衛生署優良獎，結識了前監察院長張博雅。本人獲得世界和平大使使命，在信仰方面，也經各大門派的洗禮，已是萬教歸宗於一身。

麟鑫自民國七十五年無意中接觸中山聖業，本著從事有關歷史許多典故的奧秘，相關整個歷代先祖所遺留給我們後代需要解決的金融遺產，弘揚孝道、四維八德，歷史傳統傳承的文化精神。近日刀郎一曲借古諷今的新曲《羅剎海市》在全球的播放量已逾百億次，破了金氏世界紀錄。這首歌取材自《聊齋志異》，由於歌詞晦澀，很多人聽不懂，但影響力卻十分驚人，各地的網路、論壇充斥著對《羅剎海市》熱議與各式解讀。清代文人蒲松齡《聊齋志異》借鬼怪情，諷人間事，是我國傳統志怪小說的經典。蒲松齡曾自評《羅剎海市》是「花

面逢迎、世情如鬼。嗜痂之癖，舉世一轍。小慚小好，大慚大好。」意思是社會美醜顛倒、越是壞的越受歡迎；人不能以真實面目與人相處，否則會被視為怪人；美好理想只存在幻想中，無論是奇珍異寶還是純潔高尚的心志，都只有在海市蜃樓中尋找。

聖明世界和平慈善基金會成立至今已三十多年，我們的宗旨是在推動世界和平運動，消除世界戰爭，人類社會福祉及實現世界和平為宗旨，協助世界和平運動推行、俾本運動所到之處能發生濟世利民影響，奠下世界和平事業根業。

聖明法師世界和平思想發源地蓬萊普陀靈山普陀寺，為世界和平大殿堂，普陀靈山大殿堂之周圍，屬本山有土範圍內，應建成莊嚴聖境，造就中華民族台灣時期的一代盛業，為本會之建設目標，用以接待國際嘉賓，安頓對世界和平有貢獻人士及本會之有功人員，處理弱勢團體的扶貧等項目工作。希望大家一起共襄盛舉，在我們的人生中，共同參與慈善事業，感恩！

財團法人台北市聖明世界和平慈善基金會

永豐銀行台北城中分行，帳號：126-001-0008111-1

現任專營：

◎財團法人台北市聖明世界和平慈善基金會、高雄花旗安養山莊、普邦國際有限公司、匯豐國際生技公司。兩個社的社長（儲蓄社、警政法政）。兩岸百強講師、代理他人自費出書。大陸地區：周浩然基金會副總裁、黃興基金會副總裁。

顯示或發送行動條碼來加入好友。

何嘉欣

一花一草一世界，在這世界上都有其存在價值與功能，千萬不要小看自己！

我生長在富裕小康的家庭，從小過著無憂無慮的快樂童年生活，父親是經營營建、建築事業，從小耳濡目染，讓我也熟悉有關這方面的寶貴資源經驗，我的家族曾在菲律賓經營渡假村，和現任的菲律賓總統馬可仕家族當過鄰居，如此般的生活讓我結識很多達官貴人，奠定了我如今從事金融事業的機會，可以從事多元化的國際事業，所以無數次到美歐、中東、大陸等地域開發市場。我近幾十年接觸中山聖業，從事有關歷史典故的奧秘，相關整個歷代先祖所遺留給我們後代需要解決的金融遺產，弘揚孝道、四維八德，歷史傳統傳承的文化精神。今日有緣了解火到世界的神曲《羅剎海市》，便讓我產生極大的想像漣漪，羅剎和海市對古人來說都是超脫現實生活的概念跟想像，但人們卻又回到現實生活中進行探討，沉寂多年的刀郎推出新專輯《山歌廖哉》，《羅剎海市》一曲引發全世界的關注，無論歌詞跟風格都跳脫主流，沒一點文化還真的看不懂。這首歌的靈感源自於蒲松齡所著的奇聞軼事小說《聊齋志異》裡的一則故事，在佛教經典中有著很多關於羅剎的故事，此類故事與經典我皆有涉獵與研究。

一個機緣，我到中國大陸北京，一待就是十幾年，一直從事一帶一路項目等及各國人道事業空軌等項目，也投資金融整合方面。我個人的志向，與一帶一路所推廣的地球村生活圈、協助各國工商業生產技術提升、協助各國社會急難救助及人道慈善事業各項目等完全相符，我正在階段性地推廣此利他事業，結識了中國十大之父現碩果僅存的最後一父，即兩岸全國電腦之父、世界和平大會主席范光陵博士（院士），本人獲得世界和平大使使命。經營世界和平慈善基金會，為社會、為人類貢獻一己之力。

聖明世界和平慈善基金會，成立到現在已三十多年，我們的宗旨主要是在推動世界和平運動，消除世界戰爭，人類社會福祉及實現世界和平為宗旨，我想做到的是，促進各國建立保護動物條款、補助流浪動物及對流浪老人、弱勢團體的扶貧等項目工作，希望大家一起來共襄盛舉，成就像海市那般的理想國，共同來參與慈善事業，感恩！

財團法人台北市聖明世界和平慈善基金會

彰化銀行台北分行，帳號：50120101485800

現任：

◎中國絲綢之路PPP項目開發管理委員會

◎上海金融控股集團運營部合夥人

◎財團法人台北市聖明世界和平慈善基金會副董事長

◎智慧型立体學習（股）公司股東。代理他人自費出書。

◎專營一帶一路及海外上市IPO股權投融資及台灣不動產大樓、飯店、土地買賣開發。

林春億

我一九五六年出生於臺北縣三峽鎮的鄉村，因家境清寒，自幼就開始打工賺錢貼補家用，例如到茶廠分撿茶葉、和媽媽到山上採茶、做家庭代工。後來由於母親做保母照顧孩子很有口碑，陸續有人登門請求照顧嬰幼兒，母親堅持維護品質一次只照顧一名幼兒，其餘皆婉拒。前後總共照顧了八位孩子，我也從旁協助。幼時閱讀過《聊齋》的故事，讓我知道這個世界有不公平的地方，但我也知道如果不像〈司文郎〉中的王平子一樣努力上進、充實學識並提升能力，那麼日後也不會有翻轉人生的機會。家人也非常支持跟鼓勵，我一路考上師大附中、政大經濟系、交大管理科學研究所、台大商學研究所以及東吳法律研究所，通過考試院交通事業高級業務人員水運特考，以及國際商務人員特考。

工作經歷方面曾經就職於新光產物保險公司、陽明海運公司、經濟日報房地產記者，以及經濟部經濟研究室、國際貿易局和國際合作處，也曾任教於淡江大學及中國科技大學。在經濟部服務期間曾經得過研究發展報告頭等獎，研究項目是我國公共投資障礙檢討與對策。若當時政府有依據報告內容建議去執行，就能大幅提升公共建設的品質，可媲美德國及日本的建設成效，每年至少能避免上千億政府經費的損失。另外也榮獲考試院全國公務人員專書閱讀心得寫作比賽全國第三名。

參與的社團有：中華經濟研究院的財經策略協會、國際獅子會、中華知識經濟協會、臺北經營管理研究院等。也時常參與社會公益活動與慈善捐獻，目前則從事不動產買賣仲介、危老都更、土地開發、租稅規劃及企業管理顧問……等。由於熱愛學習，認為學習有助於成長改變及突破，能快速提升自己的知識能力外，也能結合一些志同道合的朋友，從事對社會有意義的工作，所以我在智慧型立体學習體系參與成功啟動班及最新各領域的課程，如公眾演說班、出書出版班、AI人工智慧班、區塊鏈等，也經常參與各大社團所舉辦的企業家座談會、商業論壇與各種研討會等，讓自己的知識領域更寬廣，結交許多企業界的朋友，可以針對時事或是企業經營問題等交換意見。我是個幸運的人，與蒲松齡不同，我的努力獲得了回報，沒有如《聊齋》故事般遭受不平的待遇，所以未來除了發展事業，我也想從事社會服務工作，例如成立文教基金會以及贊助孤兒院、養老院，幫助所有人實現自我價值，並落實老吾老以及人之老，幼吾幼以及人之幼之社會大同精神。

華文網
www.book4u.com.tw

智慧型立体学习体系

出书加盟专案

2023

主讲：王晴天

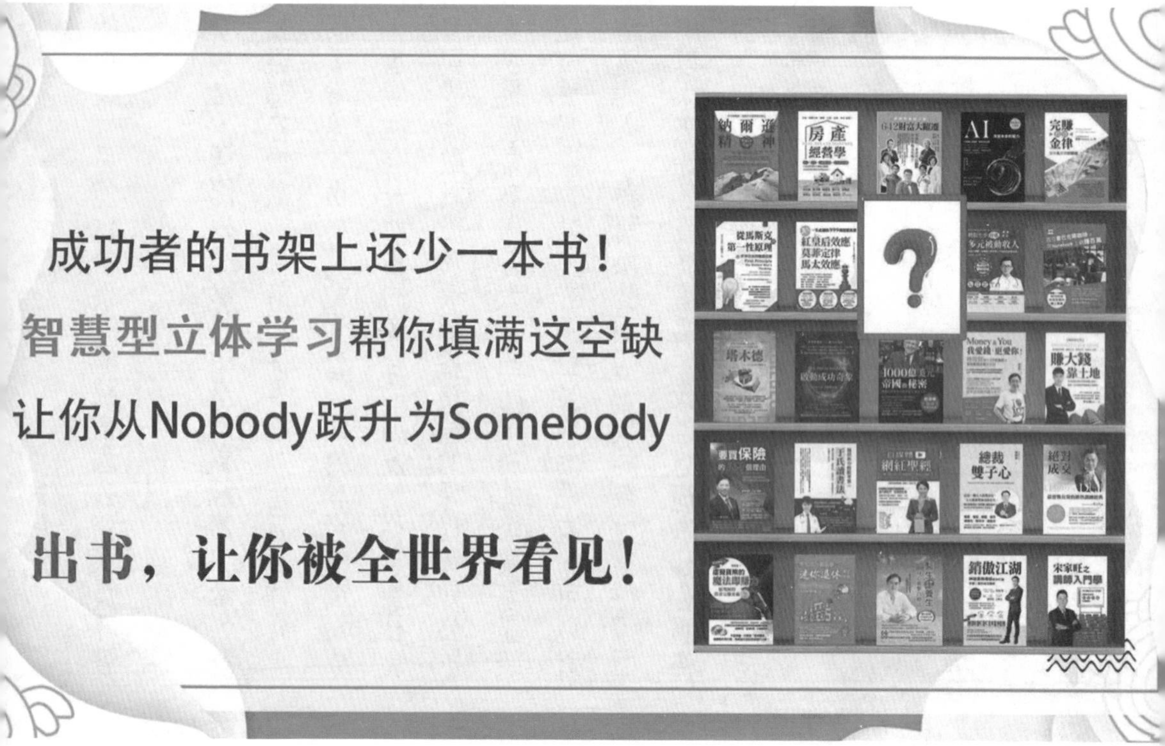

成功者的书架上还少一本书！

智慧型立体学习帮你填满这空缺

让你从Nobody跃升为Somebody

出书，让你被全世界看见！

出书，可以奠定你的江湖地位！

1. 企业／个人高级名片，提高信任度与好感度，获得更多合作机会。
2. 粉丝资源，粉丝经济。
3. 拉动产品销售⇒以书导客
4. 奠定权威地位，吸引优秀人才。

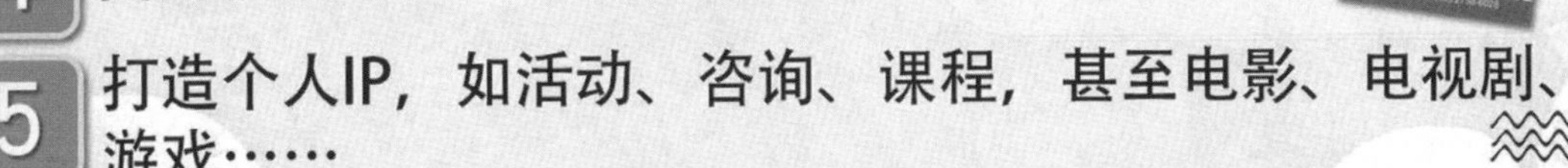

5. 打造个人IP，如活动、咨询、课程，甚至电影、电视剧、游戏……

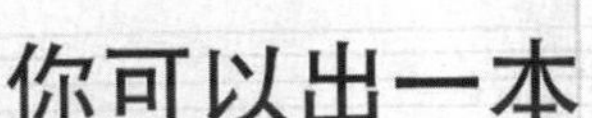

你可以出一本

- 创业者故事
- 加盟品牌故事
- 专业领域

……

＋置入性营销及QR code

两岸出书比较

	大陆	台湾
退稿率	超高	高 胜
出版型式	单一	多元 胜 （实体书、电子书、有声书……）
出版类型	书籍内容需经严格审批	简易审批、多元、不设限 胜
国际书号	不易取得	易取得 胜
市场规模	大 胜	小
自费出书费用	较高	较低 胜
出书难易度	超高	低 胜
为畅销书机率	极低	高 胜

由于大陆书市饱合度高，出书门坎极高。

因此最好的出书方式就是：

先在台湾出繁体书，成为畅销书后，才易被大陆知名文化公司或出版社（如博集天卷、北京磨铁……）相中出简体书。

华文网出版集团已协助数百位
中、港、澳素人作家完成出书梦想！

畅销书迷思

迷思 1

只有名人才能出畅销书！

一般人都以为只有网络社群流量高或人气高的名人才能出书。错！其实就算是没有社群基础的素人，也是可以出书晋升为畅销书作家！

迷思 2

我写不出来，所以出不了书！

免惊！智慧型立体学习有出书的神兵**【最完整的出版培训】**与利器**【高科技专业总编写作群】**，能指导并协助你完成出书使命。

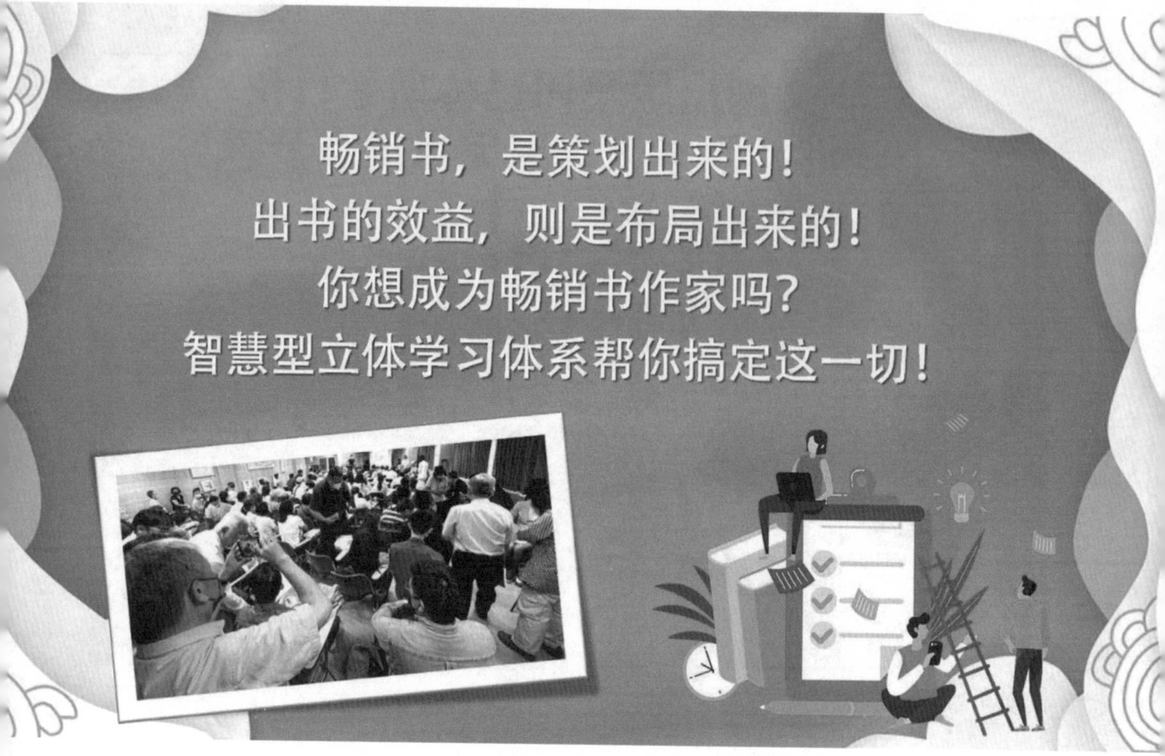

畅销书，是策划出来的！
出书的效益，则是布局出来的！
你想成为畅销书作家吗？
智慧型立体学习体系帮你搞定这一切！

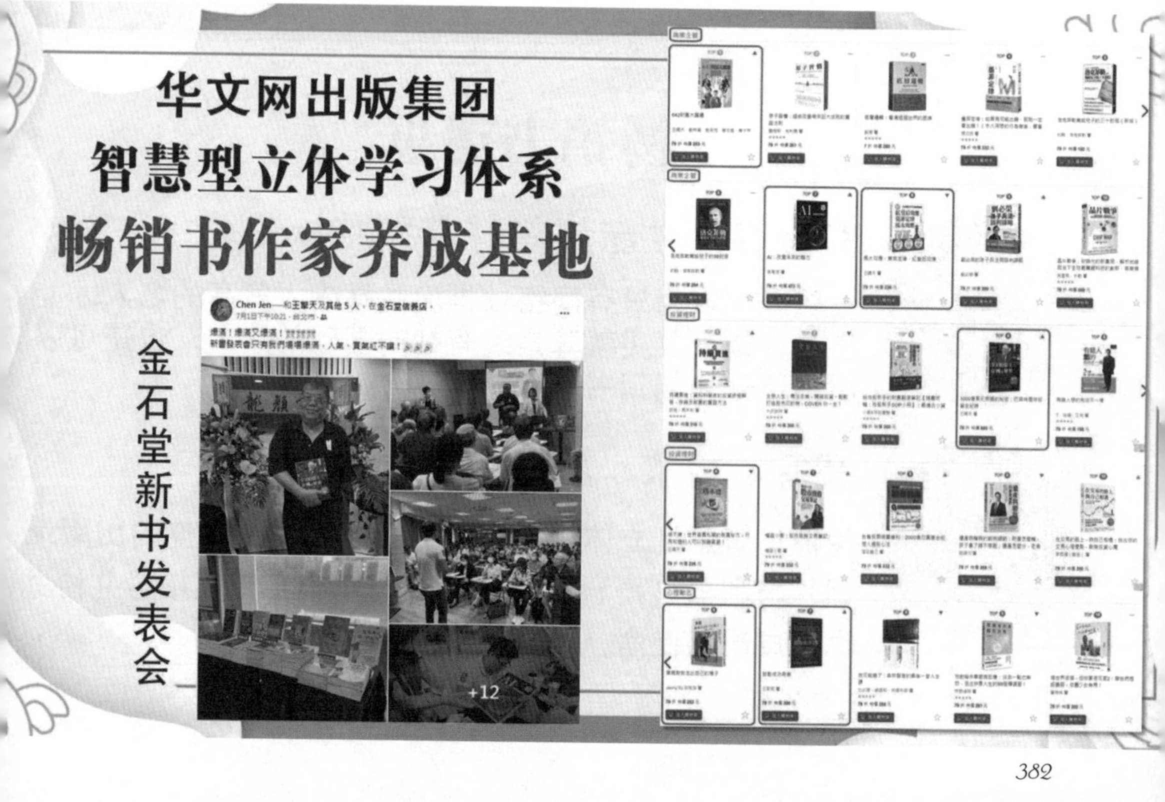

华文网出版集团
智慧型立体学习体系
畅销书作家养成基地

金石堂新书发表会

华文网
出版集团

智慧型立体学习体系

华文网出版集团

華文網 华文网出版集团

华文网出版集团起源于书籍出版和杂志媒体，
致力发展多元产品及知识服务，
提供以书为核心的知识型服务，
助您将知识变现，创造价值！

多层次．全方位．立体式．3D Pro

华文网出版集团在台湾拥有5家公司，18家出版社，
2家杂志社，在大陆成立6家文化公司。

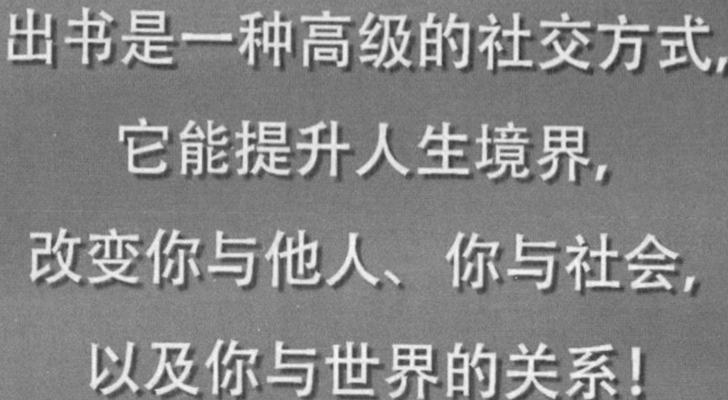

B2B

采舍国际次集团
两岸及新马影音平台
两岸书刊发行流通联盟
魔法区块链知识服务系统
区块链顾问辅导

B2C

- 新丝路网络书店
- 华文网网络书店
- 华文自资出版平台
- 新丝路电子书城
- 魔法众筹平台
- 联盟营销网店及门市逾六千家
- 区块链算力租赁
- 区块链项目合作
- 智慧型立体学习系统

知识服务

- 开设实体与线上课程三百余种
- 创见文化、知识工场、典藏阁、活泉、集梦坊等二十余家出版社
- 新丝路视频
- 魔法讲盟IP(藏经阁)
- ef东京衣芙杂志
- KOD & WOD智慧服务
- NEPCCTIAWSOD同步出版

区块链元宇宙

- 链圈讲师培训
- 币圈专业出版
- 矿圈合作出版
- 盘圈会议式营销
- 元宇宙虚拟出版
- NFT数字藏品&赋能应用
- 生成式AI出版
- 讲师培训
- 顾问培训
- 培训体系设计与项目规划
- 商机对接&跨境服务
- OMO虚实资源整合

国际运作

- 北京、天津、杭州、上海等各地合作公司
- 广州、大马、新加坡等各地联盟机构
- 广州数字区块链科技集团
- 广东财经大学
- Amazon FBA▶Prime Club

独步全球同步出版

N E P C C T I A W S O D

E-Book电子书

China简体版

Training培训

实 虚

Audio book有声书

Speaker讲师

Direct selling
直效营销体系

Paper纸本书

International
国际版权

Writer作家

NFT&NFR
非同质化通证/权益

Channel影音说书

Other people's
借力众筹
Open 开放式平台

旗下拥有数十家两岸知名出版社

元宇宙股份有限公司

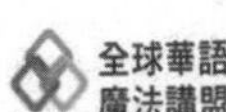

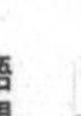

全球華語魔法講盟

采舍國際

silkbook com

智慧型立体學習

華文聯合出版平台

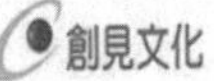

創見文化

典藏閣

啟思

文化達鎮

活泉書坊

知識工場

集夢坊

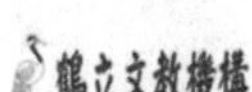

鶴立文教機構

鴻漸文化

雲國際

語研村

閱世界

北京含章行文

东方智典

輯閱書城

晴・天・文・化 SUNSHINE PRESS

書客文化 Book Smart

風信子文化

廣讀書城

全球華文

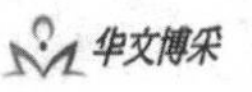

华文风云

华文博采

台芝

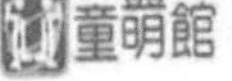

風雲館

童萌館

戲語館

崇文館

智富館

……

台湾最专业的讲师培训机构

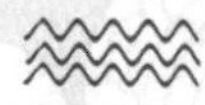

万坪书库

名下房地产均为自有

01 台北国际书展现场实况

02

智慧型立体学习体系
出书加盟专案

02 一般的出书模式

跟出版社投稿

你会等到天荒地老

自费出书

出一本要￥50～80万！

现在，你有更好的选择！

02 智慧型立体学习超优惠出书专案

优惠1

出二本书＋拥有700本自己的著作

及

包含自己，多人合着

自己是唯一作者

智慧型立体学习超优惠出书专案

优惠2

千余种在线＋线下课程全部送！

• 来台参加实体课程，仅需自付机酒，课程学费全部免费！

智慧型立体学习超优惠出书专案

优惠3

来台参访，招待董事长私人秘境之旅

博士级导游＋温泉秘境＋两岸人脉交流

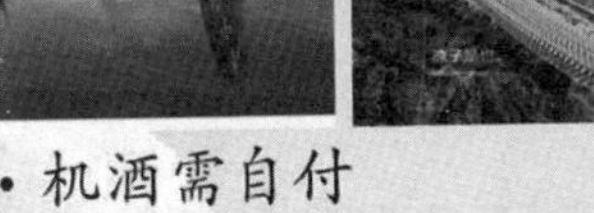

• 机酒需自付

超优惠出书！

☑ 出二本书＋拥有700本自己的著作

☑ 千余种在线＋线下课程全部送！

☑ 来台参访，招待董事长私人秘境之旅

打造台湾畅销书第一品牌行情价￥25～50万

限量特惠价只要￥198,000

签约 → 交稿 → 制作 → 发行 → 引荐

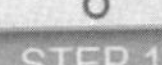

STEP 1
一次付清出书费用，并签订出版契约

STEP 2
提供文稿档案／作者简介相关数据

STEP 3
设计、撰写、编务、印制、发行

STEP 4
媒体曝光、新书发表会、畅销书榜

STEP 5
引荐他人出书，帮助他人完成梦想！

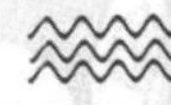

03 哪里可以看到你的书？

实体书店　量贩店　新书发表会　国际书展　7-11便利超商　杂志

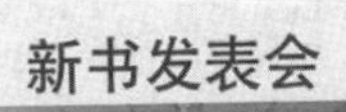

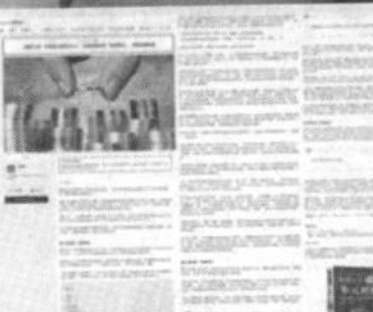

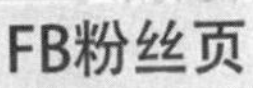

全國高中生英文單字比賽冠軍的私密筆記

网络书店　网络商城　网络媒体报导　电台广播　FB粉丝页　说书频

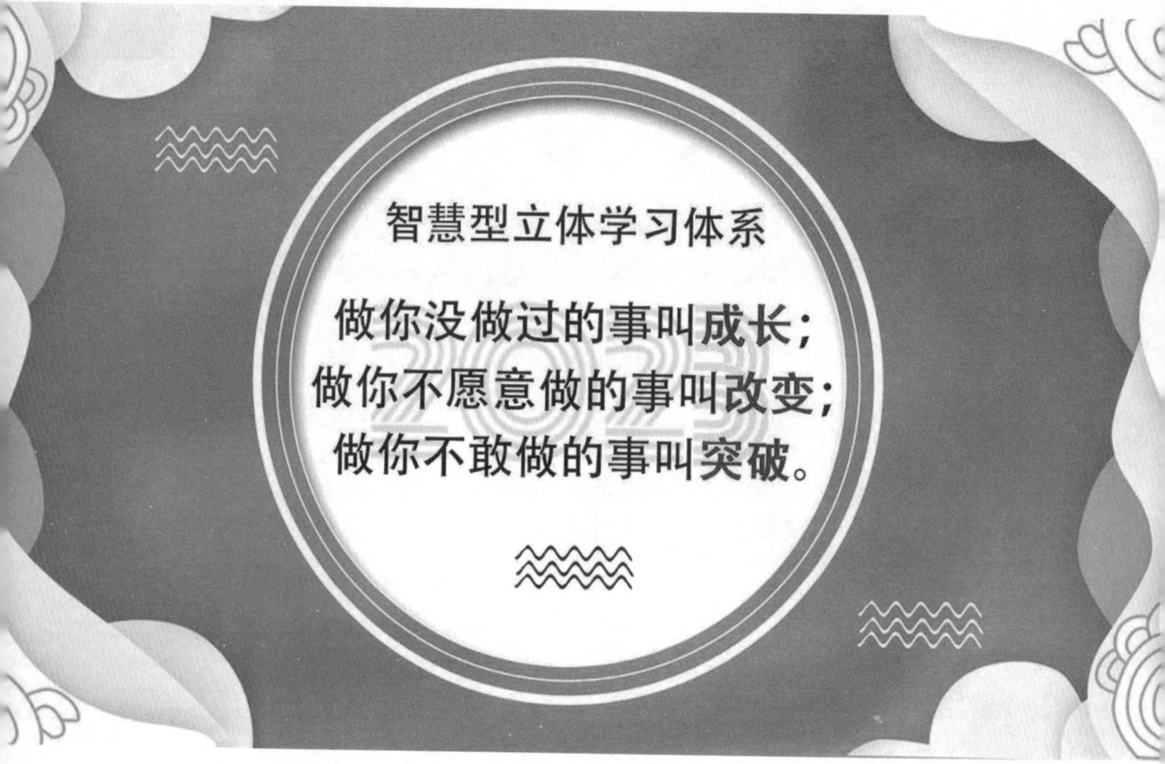

智慧型立体学习体系

做你没做过的事叫成长；
做你不愿意做的事叫改变；
做你不敢做的事叫突破。

以书导客・以课导客

学习使人不惑，
赚钱使人不屈！

THE END